U0100852

国家社会科学基金重大项目
"《文心雕龙》汇释及百年'龙学'学案"
（批准号：17ZDA253）阶段性成果

国家出版基金项目
NATIONAL PUBLICATION FOUNDATION

「龙学」前沿书系

《文心雕龙》与《刘子》

戚良德 主编

涂光社 著

长江出版传媒

崇文书局

图书在版编目（CIP）数据

《文心雕龙》与《刘子》/ 涂光社著 . -- 武汉 :
崇文书局，2023.8
（龙学前沿书系）
ISBN 978-7-5403-7373-3

Ⅰ . ①文… Ⅱ . ①涂… Ⅲ . ①《文心雕龙》—研究
Ⅳ . ① I206.2

中国国家版本馆 CIP 数据核字（2023）第 117262 号

丛书策划：陶永跃
责任编辑：王　璇
封面设计：杨　艳
责任校对：董　颖
责任印制：李佳超

《文心雕龙》与《刘子》
WENXINDIAOLONG YU LIUZI

出版发行　长江出版传媒 ｜ 崇文书局
地　　址：武汉市雄楚大街 268 号 C 座 11 层
电　　话：(027)87677133　　邮政编码：430070
印　　刷：湖北新华印务有限公司
开　　本：880mm×1230mm　　1/32
印　　张：13.75
字　　数：329 千
版　　次：2023 年 8 月第 1 版
印　　次：2023 年 8 月第 1 次印刷
定　　价：98.00 元

总　序

《文心雕龙》是一部什么书？

戚良德

四十年前的 1983 年，中国《文心雕龙》学会在青岛成立，《人民日报》在同年 8 月 23 日以《中国〈文心雕龙〉学会成立》为题予以报道，其中有言："近三十年来，我国出版了研究《文心雕龙》的著作二十八部，发表了论文六百余篇，并形成了一支越来越大的研究队伍。"因而认为："近三十年来的'龙学'工作，无论校注译释和理论研究，都取得了丰硕的成果。"至少从此开始，《文心雕龙》研究便有了"龙学"之称。如果说那时的二十八部著作和六百余篇论文已经是"丰硕的成果"，那么自 1983 年至今的四十年来，"龙学"可以说取得了令人瞩目的巨大成就。据笔者统计，目前已出版各类"龙学"著述近九百种，发表论文超过一万篇。然而，《文心雕龙》是一部什么书？这一看起来不成问题的问题，却在"龙学"颇具规模之后，显得尤为突出，需要我们予以认真回答。

众所周知，在《四库全书》中，《文心雕龙》被列入集部"诗文评"之首，以此经常为人所津津乐道。近代国学天才刘咸炘在其《文心雕龙阐说》中却指出："彦和此篇，意笼百家，体实一子。故寄怀金石，欲振颓风。后世列诸诗文评，与宋、明杂说为伍，非其意也。"他认为，《文心雕龙》乃"意笼百家"的一部子书，将其归入"诗文评"，是不符合刘勰之意的。无独有偶，现代学术大家刘永济先生虽然把《文心雕龙》当作文学批评之书，但也认为其书性质乃属于子书。他在《文心雕龙校释》中说，《文心雕龙》为我国文学批评论文最早、最完备、最有系统之作，而又"超出诗文评之上而成为一家之言"，从中"可以推见彦和之学术思想"，因而"按其实质，名为一子，允无愧色"。此论更为具体而明确，可以说是对刘咸炘之说的进一步发挥。王更生先生则统一"诗文评"与"子书"之说，指出"《文心雕龙》是'文评中的子书，子书中的文评'"，并认为这一认识"最能看出刘勰的全部人格，和《文心雕龙》的内容归趣"（《重修增订文心雕龙导读》）。这一说法既照顾了刘勰自己所谓"论文"的出发点，又体现了其"立德""含道"的思想追求，应该说更加切合刘勰的著述初衷与《文心雕龙》的理论实际。不过，所谓"文评"与"子书"皆为传统之说，它们的相互包含毕竟只是一个略带艺术性的概括，并非准确的定义。

那么，我们能不能找到更为合乎实际的说法呢？笔者以为，较之"诗文评"和"子书"说，明清一些学者的认识可能更为符合《文心雕龙》一书的性质。明人张之象论《文心雕龙》有曰："至其扬榷古今，品藻得失，持独断以定群嚣，证往哲以觉来彦，盖作者之章程，艺林之准的也。"这里不仅指出其"意笼百家"的特点，更明白无误地肯定其创为新说之功，从而具有继往开来之用；所谓"作者之章程，艺林之准的"，则具体地确定了《文心雕龙》一书的性质，那就是写作的章程和标准。清人黄叔琳延续了张之象的这一看法，论述更为具体："刘舍人《文心雕龙》一书，盖艺苑之秘宝也。观其苞罗群籍，多所折衷，于凡文章利病，抉摘靡遗。缀文之士，苟欲希风前秀，未有可舍此而别求津逮者。"所谓"艺苑之秘宝"，与张之象的定位可谓一脉相承，都肯定了《文心雕龙》作为写作章程的独一无二的重要性。同时，黄叔琳还特别指出了刘勰"多所折衷"的思维方式及其对"文章利病，抉摘靡遗"的特点，从而认为《文心雕龙》乃"缀文之士"的"津逮"，舍此而别无所求。这样的评价自然也就不"与宋、明杂说为伍"了。

清代著名学者章学诚在其《文史通义》中则有着流传更广的一段话："《诗品》之于论诗，视《文心雕龙》之于论文，皆专门名家，勒为成书之初祖也。《文心》体大而虑周，《诗品》思深而意远；盖《文心》笼罩群言，而《诗品》深从六艺溯流别也。"这段话言简意赅，历来得到研究者的肯定，因而经常被引用，但笔者以为，章氏论述较为笼统，其中或有未必然者。从《诗品》和《文心雕龙》乃中国文论史上两部最早的专书（即所谓"成书"）而言，章学诚的说法是有道理的，但"论诗"和"论文"的对比是并不准确的。《诗品》确为论"诗"之作，且所论只限于五言诗；而《文心雕龙》所论之"文"，却决非与"诗"相对而言的"文"，乃是既包括"诗"，也包括各种"文"在内的。即使《文心雕龙》中的《明诗》一篇，其论述范围也超出了五言诗，更遑论一部《文心雕龙》了。

与章学诚的论述相比，清人谭献《复堂日记》论《文心雕龙》可以说更为精准："并世则《诗品》让能，后来则《史通》失隽。文苑之学，寡二少双。"《诗品》之不得不"让能"者，《史通》之所以"失隽"者，盖以其与《文心雕龙》原本不属于一个重量级之谓也。其实，并非一定要比出一个谁高谁低，更不意味着"让能""失隽"者便无足轻重，而是说它们的论述范围不同，理论性质有异。所谓"寡二少双"者，乃就"文苑之学"而谓也。《文心雕龙》乃是中国古代的"文苑之学"，这个"文"不仅包括"诗"，甚至也涵盖"史"（刘勰分别以《明诗》《史传》论之），因而才有"让能""失隽"之论。若单就诗论和史论而言，《明诗》《史传》两篇显然是无法与《诗品》《史通》两书相提并论的。章学诚谓《诗品》"思深而意远"，尤其是其"深从六艺溯流别"，这便是刘勰的《明诗》所难以做到的。所以，这里有专论和综论的区别，有刘勰所谓"执一隅之解"和"拟万端之变"（《文心雕龙·知音》）的不同；作为"弥纶群言"（《文心雕龙·序志》）的"文苑之学"，刘勰的《文心雕龙》确乎是"寡二少双"的。

令人遗憾的是，当西方现代文学观念传入中国之后，我们对《文心雕龙》一书的认识渐渐出现了偏差。鲁迅先生《题记一篇》有云："篇章既富，评骘遂生，东则有刘彦和之《文心》，西则有亚里士多德之《诗学》，解析神质，包举洪纤，开源发流，为世楷式。"这段论述颇类章学诚之说，得到研究者的普遍肯定和重视，实则仍有不够准确之处。首先，所谓"篇章既富，评骘遂生"，虽其道理并不错，却显然延续了《四库全书》的思路，把《文心雕龙》列入"诗文评"一类。其次，《文心》与《诗学》的对举恰如《文心》与《诗品》的比较，如果后者的比较不确，则前者的对举自然也就未必尽当。诚然，《诗学》不同于《诗品》，并非诗歌之专论，但相比于《文心雕龙》的论述范围，《诗学》之作仍是需要"让能"的。再次，所谓"解析神质，包举洪纤，开源发流，为世楷式"，这四句用以评价《文心雕龙》则可，用以论说《诗学》则未免言过其实了。

鲁迅先生之后，传统的"诗文评"演变为文学理论与批评，《文心雕龙》也就理所当然地成了文学理论或文艺学著作。1979年，中国古代文学理论学会在昆明成立，仅从名称便可看出，中国古代文论已然等同于西方的所谓"文学理论"。作为中国古代文论的代表，《文心雕龙》也就成为继承和发扬中国古代文学理论的重点研究对象。在中国《文心雕龙》学会成立大会上，周扬先生对《文心雕龙》作出了高度评价："《文心雕龙》是一个典型，古代的典型，也可以说是世界各国研究文学、美学理论最早的一个典型，它是世界水平的，是一部伟大的文艺、美学理论著作。……它确是一部划时代的书，在文学理论范围内，它是百科全书式的。"一方面是给予了崇高的地位，另一方面则把《文心雕龙》限定在了文学理论的范围之内。这基本上代表了20世纪对《文心雕龙》一书性质的认识。

实际上，《文心雕龙》以"原道"开篇，以"程器"作结，乃取《周易》"形而上者谓之道，形而下者谓之器"之意。前者论述从天地之文到人类之文乃自然之道，以此强调"文"之于人类的重要性和必要性；后者论述"安有丈夫学文，而不达于政事哉"，强调"摛文必在纬军国，负重必在任栋梁"，从而明白无误地说明，刘勰著述《文心雕龙》一书的着眼点在于提高人文修养，以便达成"纬军国""任栋梁"的人生目标，也就是《原道》所谓"观天文以极变，察人文以成化，然后能经纬区宇，弥纶彝宪，发挥事业，彪炳辞义"。因此，《文心雕龙》的"文"，比今天所谓"文学"的范围要宽广得多，其地位也重要得多。重要到什么程度呢？那就是《序志》篇所说的："唯文章之用，实经典枝条：五礼资之以成，六典因之致用，君臣所以炳焕，军国所以昭明。"即是说，社会生活的各个方面——政治、经济、军事、法律、制度、仪节，都离不开这个"文"。如此之"文"，显然不是作为艺术之文学所可范围的了。因此，刘勰固然是在"论文"，《文心雕龙》当然是一部"文论"，却不等于今天的"文学理论"，而是一部中国文化的教科书。我们试读《宗经》篇，刘勰说经典乃"恒久之至道，不刊之鸿教"，即恒久不变之至理、永不磨灭之思想，因为它来自于对天地自然以及人事运行规律的考察。"洞性灵之奥区，极文章之骨髓"，即深入人的灵魂，体现了文章之要义。所谓"性灵镕匠，文章奥府"，故可以"开学养正，昭明有融",以至"后进追取而非晚,前修久用而未先",犹如"太山遍雨,河润千里"。这一番论述,把中华优秀文化的功效说得透彻而明白,其文化教科书的特点也就不言自明了。

明乎此,新时代的"龙学"和中国文论研究理应有着不同的思路,那就是不应再那么理所当然地以西方文艺学的观念和体系来匡衡中国文论,而是应当更为自觉地理解和把握《文心雕龙》以及中国文论的独特话语体系,充分认识《文心雕龙》乃至更多中国文论经典的多方面的文化意义。

目　录

上　卷

下　卷

上　卷

导　论

魏晋南北朝是先秦以后哲学思辨精神复归、学术长足进步的时代。玄学的相互辩难中不乏相互吸收、借鉴，促进了道、儒引领的学术发展和佛学的中国化，显现出三教合一的趋向。齐梁问世的《文心雕龙》《刘子》均有兼综儒、释、道的思想印记，原为玄学专擅的范畴组合创设运用成就了系统的经典论述，充分体现了时代的学术精神以及思想理论大家的非凡造诣。

《刘子》作者为谁有多种说法，长期存在争议。上世纪三四十年代以来，余嘉锡、杨明照、王叔岷、傅亚庶、程天祜等人的论著中认为是北齐刘昼作。八十年代起，王重民、张光年、顾廷龙、林其锬、陈凤金、朱文明、韩湖初等则力主为梁刘勰撰。2012 年出版的《刘子集校合编》① 汇集了《刘子》文献整理的成果，其"前言"中除对书名、篇名、卷帙、版本、研究概况等系统梳理外，还作了作者考辨，在十多个争议的焦点问题上有令人信服的论证，明确指出《刘子》作者为刘勰，而非刘昼。港台和海外一些学者也持此看法，且从不同角度进行了补证。

《刘子》《文心》是否同为刘勰所作的问题笔者不再赘言，本书拟通过比较研究弥补目前《刘子》思想理论研究上的欠缺，更全面地了解思想理论大家刘勰的卓越成就；厘清两书思想理论与撰述方式同异之所在及其缘由；也分别进行同类论著——《文心雕龙》与其他文论著述、《刘子》与其他杂家子书的比较，揭示其在各自领域的理论贡献。如此也当有助于进一步澄清以往的争议。

---

① 　《刘子集校合编》编著者署名林其锬，另一人陈凤金因不肯联署而未列名。

《文心雕龙》研究可谓近现代显学，对其文学经典理论贡献的探讨已相当深入；《刘子》的理论探讨则因作者长期不明的缘故而滞后，比较中的考究与阐发不能不对它有所侧重。由于二者分属不同门类的论著，对理论成就和价值的评说则无疑要侧重于其所属领域进行。

两书产生在同一时代无可置疑，比较就要回答这样的问题：齐梁为何会出现刘勰这样的思想理论大家，有彪炳千古的文论经典和建树独特的杂家子书问世？故须对先秦汉魏六朝学术史进行梳理，探究那个时代学术思辨水平跃升的所以然，略窥古代三教合一学术传统形成的态势。

一、两书分属集部和子部，所论却有交叉、重合之处

《刘子》为论政的杂家子书；《文心》现代属文学理论，是古代文章学的经典。古代典籍多按经、史、子、集分类，子书大抵是思想主张自成一家的社会哲学，《刘子》属子部没有问题；集部多是个人或流派文章的结集，《文心雕龙》最早被归入集部。《隋书·经籍志》将其与《文章流别集》《玉台新咏》等皆纳入集部"总集"目中。由于它实非诗、赋和评论的文集，而是一部系统缜密、兼综各家思想的文章论经典，以后《篆竹堂书目》《脉望馆书目》等则将其归入子部。① 其实，古书中子与集的类别划分并不严格，如上面所说文章的结集与一部系统缜密的论著并非同类。《梁书·刘勰

---

① 古代不少藏书家将《文心雕龙》归入子部。杨明照《文心雕龙校注拾遗·附录》所列"入子类者"有云："宝文堂书目'子《文心雕龙》'、徐氏家藏书目'子部子类《文心雕龙》十卷'、杨升庵批点《文心雕龙》十卷、奕庆藏书楼书目'子部子之一 诸子《文心雕龙》六卷'、文瑞楼书目'子类'、鸣野山房书目'子之一 诸子《文心雕龙》十卷'。""入子杂类者"则包括"篆竹堂书目'子杂《文心雕龙》一册'、脉望馆书目'子杂家《文心雕龙》二本'。"见《文心雕龙校注拾遗》，上海：上海古籍出版社，1982年，第420—421页。

传》明言"文集行于世"①。《金楼子·立言》云："诸子兴于战国，文集盛于二汉，至（按，指魏晋以后）家家有制，人人有集。其美者足以叙情志，敦风俗，其弊者只以烦简牍，疲后生。"②魏晋南北时期是个性觉醒、文学自觉的时代，如《文心·序志》所言，人多以为"君子处世，树德建言""腾声飞实，制作而已"③。《梁书·王筠传》载筠《自序》云："范蔚宗云崔氏'世擅雕龙'，然不过父子两三世耳；非有七叶之中，名德重光，爵位相继，人人有集，如吾门世者也。"所以正是子书（先秦子书多为学派文集）向着凸显个人文集转变的时期。林其锬先生80年代《〈刘子〉作者考辨》一文中指出史传既有"文集行于世"的记载，又有这么多未被本传列举，但已被证实确是刘勰的著述，我们为何不可以认为《刘子》五十五篇亦属刘勰行于世文集的一部分呢？

古今文学观念存在差异。《文心·情采》说："圣贤书辞，总称文章，非采而何？"一切美的辞章，包括抒情言志、论道议政、评古说今的文字皆在其所论"文章"（即今所谓"文学"的艺术门类）的范围内，故所论难免逾越子、集区界。

由于子、集分类界限存在模糊处，《文心》《刘子》论证对象虽属不同学科领域，也有某些重叠交叉处，如《文心》的文体论在《明诗》《诠赋》《乐府》之外还论及《诸子》《论说》《议对》等；《刘子》撷取秦汉子学中合乎时用者议政建言，《九流》篇有对秦汉诸子之学的全面述评，此外，也立有《辨乐》的专章。

---

① 〔唐〕姚思廉：《梁书》（修订本），北京：中华书局，2020年，第791页。

② 〔梁〕萧绎撰，许逸民校笺：《金楼子校笺》，北京：中华书局，2011年，第852页。

③ 〔梁〕刘勰：《文心雕龙》，范文澜：《文心雕龙注》，北京：人民文学出版社，1958年，第725页。本书《文心雕龙》原文以此书为据，不再一一标注，只在行文中提示篇名。

当然《文心》重在探讨"书辞"（文章）造艺之功用，《刘子》则为兼综前论、针砭时弊的政论。即便如此，居然在两书中也寻得到近乎雷同的论述：

《文心·乐府》强调"乐本心术，故响浃肌髓，先王慎焉，务塞淫滥"，亦推崇古乐："敷训胄子，必歌九德，故能情感七始，化动八风。"感慨"自雅声浸微，溺音腾沸""中和之响，阒其不还""淫辞在曲，正响焉生""韶响难追，郑声易启"。《刘子·辨乐》亦云："乐者……人情所不能免也……容发于音声，形发于动静，而入至道……先王恶其乱也，故制雅乐以导之，使其声足乐而不淫，使其音调伦而不诡，使其曲繁省而廉均。是以感人之善心，不使放心邪气得接焉，是先王立乐之情也。"①肯定"五帝殊时，不相沿乐；三王异世，不相袭礼；各像勋德应时之变"，恪守儒家乐教，推崇所谓"上能感动天地，下则移风易俗"的"德音之音，盛德之乐"的古乐；慨叹"明王既没，风俗凌迟，雅乐残废，而溺音竞兴""今则声哀而心悲，洒泪而歔欷，是以悲为乐也。若以悲为乐，亦何乐之有哉！今怨思之气，施于管弦，听其音者不淫则悲，淫则乱男女之辨，悲则感怨思之气，岂所谓乐哉"！两篇乐府述评竟然可与《九流》的"儒者……明教化之本，游心于六艺，留情于五常""儒以六艺济俗"相印证。

更值得一说的是对诸子的评论。《刘子·九流》序书，大半篇幅列论秦汉诸子学说；《文心·诸子》全篇述评九家子学，字数超过《九流》这方面的综论。

《诸子》篇探究子学类著述的特点和成就，表述上有所不同；随后也未像《九流》那样，作《刘子》以道、儒为核心，兼综各家

---

① 林其锬：《刘子集校合编》，上海：华东师范大学出版社，2012年，第98页。本书《刘子》原文以此书为据，不再一一标注，只在行文中提示篇名。

的杂家思想宗尚宣示。

《诸子》先追溯渊源，再按先后评述春秋战国两汉魏晋子学，对"九流鳞萃"逐一评骘。与《刘子·九流》不同的是仅道各家建树与优长，除魏晋"间出"者外，较少对其"薄者"进行贬斥；且极赞撰著子学"入道见志之书"的人生价值和社会意义。毕竟《诸子》是文论的阐发，故对各家学说言辞上特点的表述格外精切。该篇云：

> 诸子者，入道见志之书。太上立德，其次立言……昔风后力牧伊尹，咸其流也。篇述者，盖上古遗语，而战代所记者也。至鬻熊知道，而文王咨询，余文遗事，录为《鬻子》。子目肇始，莫先于兹。及伯阳识礼，而仲尼访问，爰序《道德》，以冠百氏。然则鬻惟文友，李实孔师，圣贤并世，而经、子异流矣。

> 逮及七国力政，俊乂蜂起：孟轲膺儒以磬折，庄周述道以翱翔；墨翟执俭确之教，尹文课名实之符；野老治国于地利，驺子养政于天文；申、商刀锯以制理，鬼谷唇吻以策勋；尸佼兼总于杂术，青史曲缀以街谈。承流而枝附者，不可胜算。并飞辩以驰术，餍禄而余荣矣。暨于暴秦烈火，势炎昆冈，而烟燎之毒，不及诸子。逮汉成留思，子政雠校，于是《七略》芬菲，九流鳞萃，杀青所编，百有八十余家矣。迄至魏晋，作者间出，谰言兼存，琐语必录，类聚而求，亦充箱照轸矣。

> 然繁辞虽积，而本体易总，述道言治，枝条五经。其纯粹者入矩，踳驳者出规。《礼记·月令》，取乎《吕氏》之纪；《三年问》丧，写乎《荀子》之书：此纯粹之类也。若乃汤之问棘，云蚊睫有雷霆之声；惠施对梁王，云蜗角有伏尸之战；《列子》有跨山移海之谈，《淮南》有倾天折地之说：此踳驳之类也。是以世疾诸子，混洞虚诞。按《归藏》之经，大明迂怪，乃称羿毙

十日，嫦娥奔月。殷易如兹，况诸子乎！至如《商》《韩》，"六虱""五蠹"，弃孝废仁，辗药之祸，非虚至也。公孙之白马、孤犊，辞巧理拙，魏牟比之鸮鸟，非妄贬也。昔东平求诸子、《史记》，而汉朝不与。盖以《史记》多兵谋，而诸子杂诡术也。然洽闻之士，宜撮纲要，览华而食实，弃邪而采正，极睇参差，亦学家之壮观也。

研夫孟、荀所述，理懿而辞雅；管、晏属篇，事核而言练；列御寇之书，气伟而采奇；邹子之说，心奢而辞壮；墨翟、随巢，意显而语质；尸佼、尉缭，术通而文钝；鹖冠绵绵，亟发深言；鬼谷眇眇，每环奥义；情辨以泽，文子擅其能；辞约而精，尹文得其要；慎到析密理之巧，韩非著博喻之富，吕氏鉴远而体周，淮南泛采而文丽：斯则得百氏之华采，而辞气之大略也。若夫陆贾《新语》，贾谊《新书》，扬雄《法言》，刘向《说苑》，王符《潜夫》，崔寔《政论》，仲长《昌言》，杜夷《幽求》，咸叙经典，或明政术，虽标论名，归乎诸子。何者？博明万事为子，适辨一理为论，彼皆蔓延杂说，故入诸子之流。

夫自六国以前，去圣未远，故能越世高谈，自开户牖。两汉以后，体势浸弱，虽明乎坦途，而类多依采，此远近之渐变也。嗟夫！身与时舛，志共道申，标心于万古之上，而送怀于千载之下，金石靡矣，声其销乎！

赞曰：丈夫处世，怀宝挺秀。辨雕万物，智周宇宙。立德何隐，含道必授。条流殊述，若有区囿。

首段说到子学发端，明显可见道、儒思想奠基与统领后世学术的印记。接着生动描述战国时期子学的异彩纷呈：孟子"膺儒以磬折"，肯定其承传和进一步阐扬儒学的巨大贡献；"庄周述道以翱翔"暗用《逍遥游》鲲鹏图南的故事，赞许《庄子》是独具特色的子书，"述道以翱翔"是谓"逍遥游"以充满天外奇想的寓言表述其哲学思考；"申、商刀锯以制理"凸显法家治理的严苛，"尸佼兼总于杂术"已有杂家兼综取向，"青史曲缀以街谈"表明小说家所记中不乏街谈巷语的传闻。此外，"承流而枝附"总括子学的源流和发展脉络，"飞辩驰术"是谓诸子谋求用世以雄辩争鸣彰显其治术。

子学有幸逃过"暴秦烈火"的劫难，"逮汉成留思，子政雠校，于是《七略》芬菲，九流鳞萃，杀青所编，百有八十余家矣"，可见"九流"之称。

批评"迄自魏晋，作者间出，谰言兼存，琐语必录，类聚而求，亦充箱照轸矣"，颇类《九流》中对"薄者"的摈斥，但非就秦汉子学而言。

又论后起子学承传前说的取、弃之道："然繁辞虽积，而本体易总，述道言治，枝条五经。其纯粹者入矩，踳驳者出规"和"然洽闻之士，宜撮纲要，览华而食实，弃邪而采正，极睇参差，亦学家之壮观也。""洽闻之士"在梳理整合中有取有舍，杂家著述中尤为常见。

毕竟是文论经典中的阐发，《诸子》对各家著述辞采特色的表述格外精切，如"孟荀所述，理懿而辞雅"云云。

末段列论汉代子学则见"皆蔓延杂说"的思潮，有"远近之渐变"的论断。

《九流》未如《诸子》般按先后逐个介评子学名家的思想理论建树及其异采纷呈的表达，而是扼要述评九大流派的思想主张，语言直捷明晰，逻辑性强，较少文学性的形容和声色描绘，合乎政论需要。论证对象（文章造艺和军政大计）的不同也令《文心》和《刘子》语言风格有异。两书略有差别还与作者人生历验起伏相关：《文心》撰于意气风发的青壮年，《刘子》出自历尽仕途坎坷、沉于下僚的晚岁，不难看出少壮怀抱远大、暮年多际遇感慨的差异。

《诸子》标举"诸子者，入道见志之书"，盛赞君子、英才"炳曜垂文，腾其姓氏，悬诸日月"的作为，知其思想精神和生命价值追求绝不限于儒家理念。篇末云："嗟夫！身与时舛，志共道申，标心于万古之上，而送怀于千载之下，金石靡矣，声其销乎！"清人纪昀对此有"隐然自寓"之评。

此外，《文心·情采》说："圣贤书辞，总称文章。"刘勰持传统的美文文学观，故《诸子》《论说》《议对》等说理文体的写作也在《文心》探讨范围；毕竟美的创造是"文章"（类似今所谓文学艺术）的首要特征，故赞许"深文隐蔚，余味曲包"（《隐秀》）的表达；论政说理的文辞则有剀切、明断的要求，《诸子》有"博明万事为子，适辨一理为论"的诠释，《论说》云"原夫论之为体，所以辨正然否；穷于有数，追于无形，钻坚求通，钩深取极""论如析薪，贵能破理"，《议对》"议惟畴政，名实相课，断理必刚，摘辞无懦"。因此，总的说来《文心》语言的文学性或较多陈史事、针砭讽劝的《刘子》稍胜一筹。

此后探究思想宗尚时还要谈到《论说》对玄学以及道、儒、佛的评价。此处从略。

二、皆成书齐梁，一为文论，一为政论

《文心》《刘子》问世齐梁，表明那个时代具备学术境界跃升的条件。不过，文论和政论在当时处于不同的发展阶段。汇总文学自觉时代理论批评成果的《文心雕龙》体大思精、系统缜密，前无古人、后无来者。面对南北分裂、篡代频仍的乱局与积弊甚多的时政，"用古说今"的《刘子》有若干切中时弊的亮点，但结构统序与论证之周严上稍逊《文心》不足奇。如两书篇次同样取法"大易

之数":《文心》四十九、《刘子》五十五。①《文心》结构谨严，仅个别篇章稍有欠缺，像《书记》"衣被事体，笔札杂名"的一些文体归纳已相当繁琐，却未言及《汉志》所谓"出于稗官，街谈巷语，道听途说"的"小说家"与《庄子·逍遥游》所谓"齐谐者，志怪者也"；此外《练字》也因论证略显薄弱曾受非议。《刘子》不少篇章则不无凑数之嫌（如《诫盈》《明谦》本可合而为一，《遇不遇》《命相》《类感》等内容贫乏）。应强调的是，取法《易传》确定论著篇目数，无论在子学还是文论著述中均难寻他例，似也可作为两书出自一人之手的旁证。

《文心雕龙》并不讨论复杂具体的时政问题。它集建安时期以来"为艺术而艺术"的"自觉时代"（鲁迅语）有长足进步的文学理论批评之大成，专精于文学艺术原则规律的探究和理论体系的建构，故得成为"体大思精"的中国古代文论经典，一千五百年后仍获学界广泛认可，不少精论妙语历久弥新。既为中国古代文学理论首屈一指的巨著，就可将它与西学东渐以来的现当代文艺理论比较，显示其经典性论证的价值、意义。

与《文心》是首创"体大虑周"的文论经典不同，兼综"九流""用古说今"的《刘子》是南北朝杂家子书，其所用之"古"，指战国百家争鸣、成就辉煌以及两汉颇有建树的诸子之学；所谓"今"指其面对的秦汉大一统四百来年后的政治乱局：国家长期分裂、战乱不断、篡代迭出、豪门世族骄奢淫逸把持仕进、政治腐败民不聊生。"用古说今"，指萃集前论之精华，择其中可为时用者阐发应对策略之要义、刷新吏治的主张。

作者身处乱世，沉于下僚，所言就与先秦两汉诸子重在向君上

---

① 《易·系辞上》有曰："大衍之数五十，其用四十有九。……天数二十有五，地数三十。凡天地之数五十有五，此所以成变化而行鬼神也。"

进谏献策有别：将施政主体论十篇列前，告诫从政者须提升自身素质，包括精神品性修为和才学积累，确保廉明施治、根治贪腐，透露出吏治时代（建立中央集权大帝国的秦代"以吏为师"，此后各朝仍准此施政）的特点。随后讨论农本、民本经济思想，以及教化、法制之类；针对人才选拔任用的积弊，讨论如何让品评名副其实，察举贤能，使其任得其所；《文武》有"以文止戈"的新诠释，《兵术》的"兵者凶器，财用之蠹，而民之残也"，《阅武》的"好战则亡，忘战必危"和"农隙教战，以修戒备"等论点，得见珍爱和平又加强武备、对战争保持警惕的文化精神与民族智慧，对传统战争理念、国防战略、军事思想和将兵之道进行多方面的总结，皆有跨越时空的世界性意义，堪称华夏文明的闪光点。此外，还有对从政吏员如何在官场处事得宜的告诫：入能乘势而有所作为，出能全身而退……

六朝存在门阀士族奢靡无度、把持仕进，官员贪腐，以及人才察举不实等积弊。《世说新语·汰侈》记载了石崇、王敦、王武子、王恺等东晋权贵的穷奢极侈（能证之古代史籍者莫过于此），贪腐到如此地步，则不难理解《刘子》首论"清神""防欲""去情"的所以然；对研讨来说，若不了解六朝的社会政治，岂能认识其论说的价值意义？

由此也有助于理解其后隋代建立科举制度和唐初黄老理念治国取得成效之所以然：其现实针对性突出，廉明施治、选才任才等论可供其后的施政者借鉴、取法。顾廷龙先生《敦煌遗书刘子残卷集录序》云："《刘子》一书，著于《隋志》，而虞世南《北堂书钞》、释道宣《广弘明集》、唐太宗《帝范》、武后《臣轨》、释道世《法苑珠林》、释湛然《辅行记》多数征引,是必盛行于隋唐。"① 得到开创大唐盛世的唐太宗和武则天的垂青,对于《刘子》适时政所需是很好的证明。

《九流》追溯政论渊源,指出诸子之学"俱会治道",标举"道者玄化为本,儒者德教为宗,九流之中,二化为最",可以说是一篇六朝杂家著述的宣言。凡此种种,不仅先秦两汉子书中均无先例,后来的子书、政论也难能企及。

三、两书思想宗尚的异中之同

学界有人只言《刘子》"归心道教",②《文心》尊孔宗经;无视《刘子》兼综"九流",既崇道也重儒,《文心》诸多关键性论证皆倚凭老庄学说进行。

两书对各自的思想宗尚亦有表述。《刘子·九流》明示:"道者玄化为本,儒者德教为宗,九流之中,二化为最。"值得注意的是,篇中对包括道、儒在内的九家学说之"薄者"(即该学派的末流或持论偏谬者)均予贬斥。《文心雕龙·序志》膜拜孔子,声言"宗经""征圣",论文推崇"德教为宗"的儒学不足奇;然而其"剖情析采"以及"摛神性"等造艺基本问题的论证却倚重老庄,更毋须说在《诸子》篇称许道家"鬻惟文友,李实孔师,圣贤并世,而经、子异流矣"。刘勰论文广采众说,兼用、修正并存,如《原道》标举"自然之道";《正纬》篇称纬书"事丰奇伟,辞富膏腴""无益经典,而有助文

---

① 摘自林其锬:《刘子集校合编》,第 60 页。《敦煌遗书刘子残卷集录》中的"《刘子》作者补证"一节说:《北堂书钞》卷十三、卷二十七、卷一百二十二、卷一百二十六、卷一百四十四、卷一百二十九,共七处征引《刘子》。参见林其锬:《刘子集校合编》,第 1233 页。

② 这个观点较早见于《四库全书总目提要·刘子》,文曰:"此书(指《刘子》)末篇乃归心道教,与勰志趣迥殊。"参见〔清〕永瑢、纪昀等撰:《四库全书总目》,北京:中华书局,1965 年,第 1010 页。

章""后来辞人，采撷英华"；对玄学亦未一概而论，《论说》篇有这样的述评：

> 魏之初霸，术兼名法；傅嘏、王粲，校练名理。迄至正始，务欲守文；何晏之徒，始盛玄论。于是聃、周当路，与尼父争途矣。详观兰石之《才性》，仲宣之《去伐》，叔夜之《辨声》，太初之《本玄》，辅嗣之《两例》，平叔之《二论》，并师心独见，锋颖精密，盖人伦之英也。至如李康《运命》，同《论衡》而过之；陆机《辨亡》，效《过秦》而不及；然亦其美矣。次及宋岱、郭象，锐思于几神之区；夷甫、裴颜，交辨于有无之域：并独步当时，流声后代。然滞有者，全系于形用；贵无者，专守于寂寥：徒锐偏解，莫诣正理；动极神源，其般若之绝境乎！逮江左群谈，惟玄是务；虽有日新，而多抽前绪矣。

"独步当时，流声后代"无疑是对玄学名家有创获的理论建树的充分肯定，当然也有对其末流（可以说是玄学之"薄者"）以及江左玄谈之风的贬抑。"动极神源，其般若之绝境乎"一语发人深思，不仅意在表明刘勰心仪的佛学般若境界至高无上，也透露了庄玄与佛学思维方式的切近，否则岂能作如此比较。

《时序》述评六朝文学思潮很有分寸："正始余风，篇体轻澹，而嵇阮应缪，并驰文路矣。""正始余风"指受玄风影响，"篇体轻澹"言其风格，虽非大加褒赏，亦非贬斥；其后的"简文勃兴，渊乎清峻，微言精理，函满玄席，澹思浓采，时洒文囿"，则予较多肯定。最后总括说："自中朝贵玄，江左称盛，因谈余气，流成文体。是以世极迍邅，而辞意夷泰，诗必柱下之旨归，赋乃漆园之义疏。故知文变染乎世情，兴废系乎时序，原始以要终，虽百世可知也。"

直言六朝诗赋唯作老庄诠解而已，可知"贵玄"对创作的消极影响，尤其是"江左称盛"的清谈之偏谬对文风的误导。

四、哲学思辨回归营造出的时代条件

大思想家和杰出论著的问世都有一定的时代条件。先秦百家争鸣，诸子在学术上有多方面的开拓。到了战国中晚期，论争中有以互鉴互补完善和提升一己学说的倾向，这种趋势《庄子》《孟子》中可见，《荀子》更为明显，《吕氏春秋》则明言集合不同门派学者撰成。从此，有兼综前说，乃至坦言自己为杂家的学派出现。可谓百家争鸣后学术发展进步之必然！

汉魏六朝的学术以兼综百家起步，两汉儒学曾有武帝倡言"独尊"的垄断地位（取代"文景之治"倚重黄老），经学有"今文""古文"之分野；两汉之交尚"玄"之风起，东汉渐炽，到魏晋玄学昌盛中有道、儒的互补和互动互促，由此带来先秦学术思辨精神的复归。如此曲折的演进有其原委，也是学术水平再次实现跃升的历程。汉代的尚玄之风在学术史上有重要意义，却未受到学界足够重视。

两书均有佛学浸润印记。除《文心·论说》有"动极神源，其般若之绝境乎"的极尽赞誉外，林其锬先生《〈刘子〉作者综考释疑——兼论〈刘子〉的学术史意义》指出，《刘子》的许多话语出自佛学或与其关联，如《爱民》的"政之于民，犹琴瑟也：大弦急，则小弦绝；小弦绝，大弦阙矣"；《命相》的"伏羲日角，黄帝龙颜，帝喾戴肩，颛顼骈干，尧眉八彩，舜目重瞳，禹耳三漏，汤肩二肘，文王四乳，武王骈齿，孔子返宇，颜回重瞳，皋陶鸟喙"，《惜时》的"夫停灯于钉，先焰非后焰，而明者不能见；藏山于泽，今形非

昨形，而智者不能知。何者？火则时时灭，山亦时时移"①，《崇学》的"至道无言，非立言无以明其理；大象无形，非立形无以测其奥。道象之妙，非言不津；津言之妙，非学不传"，再联系《刘子》书中用了"神照""垢灭""炼业""机妙"等佛学习用语，可见《刘子》不仅融合道儒，而且也会通佛家。②

因《序志》《九流》中未及佛学，于此再略作补充：

正史记录在学术论证材料中占有重要地位。《刘勰传》录存了《文心雕龙·序志》全文，约占整个传文的六成，表明《文心雕龙》是最被《梁书》作者看重的著述，甚至认为是刘勰最大的历史贡献。本传和一些存世佛学资料中可见刘勰生平、思想与佛学的密切关联，在捍卫佛学宗旨的《灭惑论》中还宣示其对道、儒两家思想的理性态度。本传中前有"勰早孤，笃志好学，家贫不婚娶，依沙门僧祐，与之居处，积十余年，遂博通经论，因区别部类，录而序之。今定林寺经藏，勰所定也"，后有"然勰为文长于佛理，京师寺塔及名僧碑志，必请勰制文。有敕与慧震沙门于定林寺撰经证，功毕，遂乞求出家，先燔鬓发以自誓，敕许之。乃于寺变服，改名慧地。未期而卒。文集行于世"，足见刘勰一生与佛教因缘延绵不绝，佛学造诣高深，名重一时。

---

① 慧远《沙门不敬王者论》中云："文子称黄帝之言曰：形有靡而神不化。以不化乘化，其变无穷。庄子亦云：特犯人之形而犹喜之。若人之形，万化而未始有极……火木之喻，原自圣典。失其流统，故幽兴莫寻……请为论者，验之以实，火之传于薪，犹神之传于形。火之传于异薪，犹神之传于异形。前薪非后薪，则知指穷之术妙。前形非后形，则悟情数之感深。"（《弘明集》卷五，《大藏经》卷五二，页三一至三二）参见冯友兰：《中国哲学史（下）》，上海：华东师范大学出版社，2010年，第105页。

② 参见林其锬《〈刘子〉作者综考释疑》"关于《刘子》思想同佛教关系问题"一节。（林其锬：《〈刘子〉作者综考释疑——兼论〈刘子〉的学术史意义》，《文史哲》2014年第1期。）

刘勰传世的另一篇文章是为批驳道士顾欢崇道毁佛的《三破论》所写的《灭惑论》，其中有段话值得注意：

> 案道家立法，厥品有三：上标老子，次述神仙，下袭张陵。太上为宗，寻柱史嘉遁，实为大贤，著书论道，贵在无为。理归静一，化本虚柔。然而三世弗纪，慧业靡闻。斯乃导俗之良书，非出世之妙经也。若乃神仙小道，名为五通，福极生天，体尽飞腾，神通而未免有漏，寿远而不能无终。功非饵药，德沿业修。于是愚狡方士，伪托遂滋：张陵米贼，述记升天；葛玄野竖，著传仙公。愚斯惑矣，智可罔欤？①

《灭惑论》将道家分为三个品级，赞老子"实为大贤"，称其著述"乃导俗之良书，非出世之妙经"；"著书论道，贵在无为"肯定其学说的政治功用。等而下之的是信奉神仙的道教，以及用方术愚民作乱的五斗米道。刘勰痛斥"神仙小道"和"张陵米贼""教失""体劣"，述评至为中肯。古代论著中"道家""道教"常不甚区别，在当今研讨中是不宜混同的。他在批驳《三破论》之时能做到区别对待，尤其难得。"乃导俗之良书，非出世之妙经"与"著书论道，贵在无为"透露出刘勰确有以积极入世的黄老治国理念从政的意向。

《灭惑论》对儒、道都是认可的：谈到汉译中佛教语汇音义上的差别时称"五经世典（其后也提及'五经典籍'）……得意忘言，庄周所领；以文害志，孟轲所讥"；屡言"殊教合契"有"三皇德化，五帝仁教"，"梵言菩提，汉语曰道……故孔、释教殊而道契；解同由妙，故梵、汉语隔而化通。……其弥纶神化，陶铸群生，无

---

① 〔梁〕释僧祐撰，李小荣校笺：《弘明集校笺》，上海：上海古籍出版社，2015年，第427–428页。

异也"①，亦可见佛玄儒之融通、三教合一的特点。

就学术倾向的时代因素似可再略作补充：

《南史》二十二卷《王昙首（孙俭）传》有云："宋时国学颓废，未暇修复，宋明帝泰始六年，置总明观以集学士，或谓之东观，置东观祭酒一人，总明访举郎二人；儒、玄、文、史四科，科置学士十人，其余令史以下各有差。"②梁武帝萧衍在魏晋南北朝诸帝中在位时间最长（四十六年），在古代帝王中算是较宽容的一位（丘迟在《与陈伯之书》中说武帝对臣下罪过和不足之处"吞舟是漏"，不全是谀词），思想更有兼尚的特点，其《会三教诗》云："少时学周孔，弱冠穷六经……中复观道书，有名与无名……晚年开释卷，犹月映众星。"③与原来世代奉天师道的道士华阳真人陶弘景（大同二年即公元536年卒）有"书问不绝""每有吉凶征讨大事，无不咨请"的故事。梁武帝也以佞佛著称，大通元年（527）、中大通元年（529）、太清元年（547）三次舍身同泰寺。另外据《颜氏家训·勉学》记，萧衍、萧纲父子都曾在宫中讲论"三玄"。范缜著《神灭论》公然与其"神不灭"的佛学主张唱反调，辩难附和他的一批大臣，不仅未影响自己的仕途，其后甚至得奉调回京。范氏尚儒，其神形"体用不二"之论显然受了玄学思想方法的影响。齐梁的统治者和士人思想上儒、道、佛杂糅可见一斑，刘勰生当其时，受益于开放包容的学术氛围也很自然。

不容置疑的是：《刘子》《文心》中确实能见到包容开放兼综诸家言说的学术精神以及"三教合一"学术传统形成的态势。

---

① 〔梁〕释僧祐撰，李小荣校笺：《弘明集校笺》，第423-428页。
② 〔唐〕李延寿：《南史》，北京：中华书局，1975年，第595页。
③ 丁福保编：《全汉三国晋南北朝诗》，北京：中华书局，1959年，第864页。

五、以范畴创用实现理论突破、境界提升

《文心·序志》中有"经""纬""纲领""毛目"的对举，论及思想方法用到"剖析""折衷"的概念，其他篇中有"神用象通""文附质、质待文""望今制奇，参古定法""拟容取心"等概念组合，与"体性""风骨""通变""隐秀"等专论；《刘子》以"清神""防欲""去情"论施政主体修为，作"民本""农本""国本"论，要求举贤任能、"名实"相符，以更新的"以文止戈"释"武"，撷取阐扬"好战必亡，忘战必危"的古训……

两书范畴和概念组合按论证需要创设运用，如"神"在《文心·神思》中指创作的精神活动与思维的神奇创造力，故云"神与物游"和"神用象通"；《刘子·清神》的"神"是精神境界，所"清"是令其清纯高洁。玄学有才性的同、异、离、合之辨，《文心·体性》指出风格形成的四个因素是才、气、学、习。才、气多受先天本真因素影响，学、习则属后天因素。但篇末补充说"习亦凝真，功沿渐靡"，后天的"习"之所得也会积附于先天素质之上。全书所言之"情"更多指写作之动力与作品内容的核心。《刘子》前三篇则说："容身而处，适情而游，一气浩然，纯白于衷。故形不养而性自全，心不劳而道自至也"（《清神》）；"人之禀气，必有性情。性之所感者，情也；情之所安者，欲也。情出于性而情违性，欲由于情而欲害情"，"约欲以守贞"为"全性之道"（《防欲》）；"情者，是非之主，而利害之根""是以圣人弃智以全真，遣情以接物，不为名尸，不为谋府，混然无际，而俗莫能累也"（《去情》）。

《文心》论文学基本理论问题的《神思》《体性》《风骨》《情采》等篇皆以范畴组合的论证为主干，《刘子》的吏治施政主体论、以名责实的人才举拔任用、治国安邦的农本理念、"文武"之道与军事策略的思考和建言等核心论证和关键性话语皆用范畴概念组合

表述。

道家早有天、地、人的三维范畴组合，六朝文论中三维范畴组合亦屡有所见，如《文赋》的"恒患意不称物，文不逮意"，《文心》的"情以物迁，辞以情发"，《刘子》的"清神""防欲""去情"则是同一维度三个层次的心理和精神境界。

仔细考察可以发现，无论《文心》还是《刘子》，所有具开拓性和突破性的理论建树都离不开其范畴和概念组合的创用。魏晋南北朝学术思辨水平提升的关键在于范畴的系列创设运用上，故须辨识古人思维、言说方式的民族特色和传统范畴生成的文化土壤。从范畴学的角度研讨古代理论是当代学术的一个重要特点和新的突破口。

"范畴"指不被包容、有大概念，是从西学移植来的。因用"象形为先"的汉字书写，古代的范畴、概念在运用中也常带有"不舍象"的特点。

古人思考多"不舍象"。以历史久远的八卦为例，《易》"象"虽也是一种线条符号，但同样显示模糊的感性意涵，作为媒介的"象"经常参与人的思维运作过程。古人倚重"象"有普遍性，"类万物之情，通神明之德"，乃至认为"尽意莫如象"，并以"象"代"言"。尽管这种习惯不能保证达"意"的尽善尽美，但却显出包容万有的智慧，形成了对认知客体的模糊把握，以及主体认知的分阶段渐进的特点。古人对范畴概念很少作逻辑的定义，话语常以描述为主，好作"近取诸身，远取诸物"的类推比况，指域广阔，给读解提供了充实、可拓展的空间。

汉语在世界上有独特性，对范畴的创用影响很大。古人思维倚重"象"，记录语言的方块字也是一种"象形为先"，以表意为第一属性的线条符号。这两者堪称汉语言文字的"双绝"。利用"象"

与"文"的互动与互促，结合语音、词序上的特殊处置，汉字最终体现出它特有的表意性、集约性和稳定性。由于有集约语义的功能、字形稳定，话语组合不全依靠语序语法；自身语义网络在词语搭配和组合上也能发挥作用；名词有"意动""使动"用法，语法可放弃符号标识，使不显于语言形式，类似压缩助词等语法标识带出的隐性特征使拼接也较灵便自由；这些都对范畴生成、运用和解读有积极影响。比如，汉代以后衍生出的理论范畴多为两字拼接，用于文艺理论能尽显节奏之美，甚至见出诗的意味和复合的艺境。

"大象无形"的"象"，"强字之曰道"的"道"，"玄"的幽深指向，都有比况的意味，均多少有诉诸感官的模糊性。"仁""气""势""体""德""本末""风骨"都有从"象形为先"的字形结构带来的意蕴；《易》学的卦象，也可以说是不离具象的"抽象"。

西方哲学的范畴概念是抽象的。马克思在把握事物现象的哲学思考上推崇"从抽象回到具体"[①]，这种"回归"是对抽象的验证和必要补充，以及重新启动思考的导向。因为事物现象毕竟是具体的，抽象只限定在一定层面，止步于抽象不可能全面、完整把握事物现象。古人的哲学思考与表述往往都是"不舍象"的，传统的范畴概念"抽象"程度虽较一般语词为高，但大都未与"具体"绝缘。

---

① 马克思《政治经济学批判·导言》中说："从表象中的具体达到越来越稀薄的抽象，直到我达到一些最简单的规定。于是行程又得从那里回过头来，直到我最后又回到入口，但是这回入口已不是一个混沌的关于整体的表象，而是一个具有许多规定和关系的丰富的总体了。……具体之所以具体，因为它是许多规定的综合，因而是多样性的统一。因此它在思维中表现为综合的过程，表现为结果，而不是表现为起点，虽然它是现实中的起点，因而也是直观和表象的起点。在第一条道路上，完整的表象蒸发为抽象的规定；在第二条道路上，抽象的规定在思维行程中导致具体的再现。"参见《马克思恩格斯选集·政治经济学批判·导言》，北京：人民出版社，1972年，第103页。

"不舍象"的思维有其优势（避免偏颇、绝对），常是对精微处的模糊把握，也为进一步的思考以及从片面到整体、从认知上升到智慧留有余地。

六、汉魏六朝学术史之脉流与核要

老子《道德经》一章称："玄之又玄，众妙之门。"所言之"玄"是"道"的一个重要特点。论"道"说"玄"重在精神和思维层面的探究，所以与佛学有更多的交融、契合，后世多见"庄玄""庄禅""道佛"连用。

《刘子·九流》标举"道者玄化为本，儒者德教为宗"，"玄化"和"德教"凸显了道、儒学说的特点，厘清汉魏六朝学术之内核，点明"玄"是道家学术之精要，表明其理论思考所"本"是对社会现象运化机制、内在规律的把握。

尚"玄"是道家学说的一个特征，在勾勒先秦汉魏六朝学术发展脉络的《九流》中具有凸显道家思想特点和功用的标志性意义：汉初黄老理念成就了文景之治，西汉末和东汉有尚玄之风，魏晋南北朝则玄学昌盛。以往（尤其是两汉）的学术史论对此重视不够，更少关注玄学思想方法（尤其是以范畴概念组合进行论证）之优长对学术思考水平跃升的促进。

《刘子·九流》篇综述诸子学术思想之后说："观此九家之学……然皆同其妙理，俱会治道，迹虽有殊，归趣无异……道者玄化为本，儒者德教为宗，九流之中，二化为最。"是其书学术宗尚的宣示，也是作者对古代学术理论基石和主流脉动的勾勒，"玄化""德教"点明了道、儒学说的内核和特点。尤其是在南北朝子书中出现的"道者玄化为本"一语，极富启示性。

《老子》一章称："无名天地之始，有名万物之母。故常无欲，以观其妙；常有欲，以观其徼：此两者同出而异名，同谓之玄，玄之又玄，众妙之门。"玄者，幽远、精微，模糊抽象、神妙难测，直指事物运化的内在机制；是"道"的一个特点，也是智者思维深邃机巧的取向。

古代哲学中"道"与"德"可谓"体用不二"，即"德"是"道"本体在某个领域或一定层面的功用和体现。若说"玄化"指向左右事物演化的内在机制，"德教"则指向匡正社会风尚的道德教化。道家重事物演化规律的把握，儒家重社会道德理想的建构，互补互促的道、儒学说是先秦以降学术演进的基石，居于发展的主流地位。

《老子》中"玄"是对"道"一种整体性特征的表述和形容，精微奥妙、幽深难测。"玄之又玄，众妙之门"表明，"玄"指向左右事物演化、成败的妙道（如"玄机""妙招""玄神""几神"），以及通往这"众妙之门"的途径；"玄而又玄"表明"玄"思的深化是不间断、无止境的（魏晋玄学昌盛之时已出现"重玄"的概念，唐初还有重玄之学①）。玄学思考深入事物运作内在机制，故惯用"抽象"化概念表述，尤擅两两组合的范畴入论，揭示其相互间关系及其作用、意义。

玄学思辨有创设运用范畴组合之优长，且无固定模式，范畴义一般不作逻辑规定，由其出现的语境确定，故有本与末、体与用的考释，"贵无"与"崇有"，"自然"与"名教"的论争，也有才性的离、合、同、异之辨。两书中的范畴也不能作定义，如《文心·神思》之"神"指主体的精神活动和思维创造力之神奇，故有"神与物游""神用象通"之论；《刘子·清神》则指维系精神境界之清纯恬静，有

---

① 汤一介《论魏晋玄学到初唐重玄学》云："'重玄'这一概念到南北朝时已较为普遍地使用。有东晋孙登'托重玄以寄宗'，佛教徒支道林和僧肇也都使用过'重玄'这一概念，至于道教使用这一概念就更为广泛……"参见《道家文化研究》第十九辑，北京：生活·读书·新知 三联书店，2002 年，第 12 页。

云"恬和养神，则自安于内""神恬心清，则形无累矣"。

两书属不同领域的理论，却皆可见同一时代学术的独特风貌：玄学思辨推动下的哲学思考和范畴创用及其非凡的理论建树。《文心雕龙》对进入自觉时代文学评论作了系统总结并实现理论境界的全面跃升。《刘子》"用古以说当前"，兼综"九流"之"治道"，体现了开放包容的学术精神，"道者玄化为本，儒者德教为宗""二化为最"清晰勾勒出先秦汉魏六朝学术发展的脉络和动向，乃至三教合一传统形成的趋势，又可谓典型的六朝杂家宣言。

冯友兰先生上世纪三十年代所著《中国哲学史·南北朝之新道家》中论及"玄学与孔子"：

> 汉代中叶（西历纪元前1世纪至1世纪）为纬书及谶书最盛行之时代。然随古文学派之兴起，谶纬渐失其势，而孔子之地位，亦自半神重返于"师"。下一步之发展，为道家学说之复兴。此无足怪，盖古代诸家，惟道家最重自然主义，而此种自然主义正古文学派的重要成分也。如王充《论衡》中，即有道家学说，上文已详。故王充以后，至南北朝时，道家学说日益兴盛。
>
> 欲区别此经过修正之道家与原来之道家，今以使用"新道家"一名为宜。然其当时之人谓为"玄学"。
>
> ……即此等人虽宗奉道家，而其中之一部分，仍推孔子为最大之圣人，而谓道儒二家无本质区别。如《晋书》云："（阮瞻）见司徒王戎，戎问曰："圣人贵名教，老庄明自然，其旨同异？"瞻曰："将无同？"（《晋书》卷四十九，同文影殿刊本，页五）此所说"圣人"即孔子。当时大多数人以为，"贵名教"，"明自然"，已概括儒道二家之异，而复问"其旨同异"，盖已疑此所谓异不过肤浅之谈。答曰"将无同"，盖谓不可谓为全同，亦

不可谓全异也。

……

"无"之意义下文另详。现只须说，凡已"体无"之人，绝不可能言及其体外之无；事实上，即太初之无，亦根本不可讨论。此可解释何以孔子只能言有。至于老庄，言无不已，此一事实正足说明，老庄求无而未得之。庄子云"知者不言，言者不知"，正王弼此意。换言之，王弼意欲言者，老子思想中仍有"有"与"无"之对立。老子仅由"有"得一"无"之观点，其结果乃申之无已，若在其体外。孔子则反是，"有"与"无"之对立已完全综合。既已体无，乃自"无"之观点而言"有"，故为站在真正言"有"之立场也。

……郭象断言，庄子与真正圣人即孔子，"固有间矣"，"此其所以不经而为百家之冠也"。心知此意，乃能对于孔子与老庄同异问题所作"将无同"之答案，有更清楚之理解。其同者，孔子与老庄皆重"无"；其异者，孔子已"体"无，而老庄但"知"无耳。然此异乃仅一发展过程中相对之异，非谓孔子与老庄有根本不同也。①

陈寅恪先生对冯友兰《中国哲学史》（上、下）的《审查报告（三）》中论及中外文化（儒释道）接触交流，特别是六朝道、佛对新儒学的影响，指出：

李斯受荀卿之学，佐成秦治。秦之法制实儒家一派学说之附

---

① 冯友兰：《中国哲学史·南北朝之新道家（上）》，《三松堂全集》（第三版），北京：中华书局，2015 年，第 532–535 页。

系。《中庸》之"车同轨，书同文，行同伦"（即太史公所谓"至始皇乃能并冠带之伦"之论）为儒家理想之制度，而于秦始皇之身而得以实现之也。汉承秦业，其官制法律亦袭用前朝。遗传至晋以后，法律与礼经并称，儒家《周官》之学悉采入法典。夫政治社会一切公私行动莫不与法典相关，而法典为儒家学说具体之实现。故二千年来华夏民族所受儒家学说之影响最深最巨者，实在制度法律公私生活之方面；而关于学说思想方面，或转有不如佛道二教者。如六朝士大夫号称旷达，而夷考其实，往往笃行孝义之行，严家讳之禁，此皆儒家之教训，固无预于佛老之玄风也。释迦之教，无君无父，与吾国之传统学说、存在之制度无一不相冲突。输入之后，若不变易则决难保持。是以佛教学说能于吾国思想史上发生重大久长之影响者，皆经国人吸收改造之过程。其忠实输入不改本来面目者，若玄奘唯识之学，虽震荡一时之人心，而卒归于消沉歇绝。近虽有人焉，欲燃其死灰；疑终不复振，其故匪他，以性质与环境互相方圆凿枘，势不得不然也。六朝以后之道教，包罗至广，演变至繁。不似儒教之偏重政治社会制度，故思想上尤易融贯吸收。凡新儒家之学说，似无不有道教或道教有关之佛教为先导。[①]

儒、道思想本非水火不容。儒者原以搜集、整理、研讨、传习古代经典为职事，有孔子这样"信而好古"、孜孜以求的儒学宗师，他在传统学术尤其是道德理念中具有不可取代的崇高地位；道家倡言"道法自然"，探究万物演化的客观规律。陈先生的补充透

---

① 冯友兰：《中国哲学史（下）》，上海：华东师范大学出版社，2010 年，第 336–337 页。

露出那个时代乃至中国古代学术开放包容的精神和三教合一的发展态势。

将两书作比较，取材必以两书文本为主。两书之序的比较极有价值。《文心·序志》追溯了文学进入自觉时代以来文论名家评说的得失，而后申言《文心》的思想宗旨、理论体系和立论原则、方法。《刘子·九流》的子学综论是六朝杂家论著宣言，明示其思想理论的取法，透露两书有不同凡响的建树之所以然；其秦汉学术史脉流表述中的重要节点正是道、儒互动的引领和"玄化为本"：汉初的政绩仰仗黄老治国理念，西汉末出现补正经学倾向的尚"玄"之风，东汉渐炽，其后才有魏晋南北朝玄学昌盛。"道者玄化为本，儒者德教为宗，九流之中，二化为最"等表述能弥补汉魏学术史研讨的不足，如今学界某些尚嫌朦胧的问题或可从中找到明晰的答案，非常难得。

《九流》承袭《庄子·天下》、司马谈《论六家要旨》、刘歆《七略》中的子学传统，列论九个流派的学术主张（对各家中的"薄者"有所贬斥），然后概言秦汉以降学术发展态势，肯定其中互补互促的道、儒两家学说的主流地位：

> 观此九家之学，虽理有深浅，辞有详略，偕傿形反，流分乖隔；然皆同其妙理，俱会治道，迹虽有殊，归趣无异……道者玄化为本，儒者德教为宗，九流之中，二化为最。夫道以无为化世，儒以六艺济俗；无为以清虚为心，六艺以礼教为训。

称道、儒"二化为最"，暗示了从两汉之交玄风渐起到魏晋玄学昌盛的学术发展脉络。"玄化为本"推动了六朝的理论思考："玄"

有深入事物内在本质运化机制规律的指向，玄学思辨无固定模式，尤其长于范畴组合创用。非齐梁时代的学术史大家不能作此言。

《九流》的学术史论可补以往古代学术史论（尤其两汉学术史论）之不足，是《刘子》的重要闪光点，也为两书比较研究提供了一条思路：先从学术史的角度考究齐梁问世的文论和政论思想宗尚与理论模式异中有同之所由，然后分论玄学思辨推动下两书范畴概念组合的创用在各自领域的一系列非凡理论建树。

第一章　刘勰学术思想宗尚与理论依据研考

　　思想宗尚讨论曾是"龙学"的热点，意见不尽一致。学界在成就此体大思精经典论著的所以然，包括思想方法和理论依据，以及诞育思想理论大家的土壤、时代条件方面虽有基本共识，仍存在某些须厘清之处。汇总近现代"龙学"道、儒、佛思想影响的研讨，述评论争焦点，展示其学术的时代特征；以"玄"说史，勾勒汉魏六朝学术中道、儒互动脉络，凸显玄学思辨对《文心》和《刘子》理论建构的重要贡献，一窥玄学助推儒道佛融通，促进"三教合一"传统形成之功用，以及思想理论大家现身齐梁之原因……作刘勰著述思想理论研究汇评很有必要。

一、《文心雕龙》思想宗尚和理论依据考评

（一）从《原道》的讨论说起

　　古代文论经典《文心雕龙》研究是现代显学。上世纪六十年代刘勰思想宗尚是儒道还是"自然之道"的讨论曾是"龙学"热点。因《梁书》本传可见终其一生与佛教的密切关联，且由存世相关文献印证，所以佛学的影响也受到关注。

　　近代"龙学"先行者黄侃先生《文心雕龙札记·原道第一》中曾经指出：

　　　　《序志》篇云：《文心》之作也，本乎道。案彦和之意，以为文章本由自然生，故篇中数言自然，一则曰：心生而言立，言立而文明，自然之道也。再则曰：夫岂外饰，盖自然耳。三则曰：

谁其尸之，亦神理而已。寻绎其旨，甚为平易。盖人有思心，即
有言语，既有言语，即有文章。言语以表思心，文章以代言语，
惟圣人为能尽文之妙，所谓道者，如此而已。此与后世言文以载
道者截然不同。详淮南王有《原道》篇，高诱注曰：原，本也。
本道根真，包裹天地，以历万物，故曰原道，用以题篇。此则道者，
犹佛说之如，其运无乎不在，万物之情，人伦之传，孰非道之所
寄乎？《韩非子·解老》篇曰：道者，万物之所然也，万理之所
稽也。理者，成物之文也；道者，万物之所以成也（道，公相。理，
私相）。故曰：道，理之者也。物有理，不可以相薄。物有理不
可以相薄，故理之为物之制。万物各异理，而道尽稽万物之理，
故不得不化。不得不化，故无常操。无常操，是以死生气禀焉，
万智斟酌焉，万物废兴焉。《庄子·天下》篇曰：古之所谓道术
者果恶乎在？曰：无乎不在。案庄、韩之言道，犹言万物之所由然。
文章之成，亦由自然，故韩子又言圣人得之以成文章。韩子之言，
正彦和所祖也。道者，玄名也，非著名也，玄名故通于万理。而
庄子且言道在矢溺。今曰文以载道，则未知所载者即此万物之所
由然乎？抑别有一家之道乎？如前之说，本文章之公理，无庸标
榻以自殊于人；如后之说，则亦道其所道而已，文章之事，不如
此狭隘也……①

季刚先生释"自然之道""理"以及"玄"颇为中肯，指出《文心》
所原并非后来唐宋文家说的"文以载道"之"道"。虽未明示源出
老子的"道法自然"，但言及"淮南王有《原道》篇""庄、韩之
言道"亦可知其所宗。《淮南子》是首以"原道"名篇的子书，申
述道家思想理念；《韩非子·解老》则从法家角度阐发《老子》的

---

① 黄侃：《文心雕龙札记》，北京：商务印书馆，2014 年，第 3–4 页。

"自然之道"（该书除《解老》外还有《喻老》。如此亦可知《史记》将老、庄、申、韩归入同一列传之所由）。黄先生随后释"道沿圣以垂文，圣因文而明道"说："物理无穷，非言不显，非文不传，故所传之道，即万物之情，人伦之传，无小无大，靡不并包。纪氏又傅会载道之言，殊为未谛。"[①] 其"万物之情，人伦之传，无小无大，靡不并包"的众道，是天地万物生成演化之所由，非只就文章写作宗尚而言。

杨明照先生《从〈文心雕龙·原道·序志〉两篇看刘勰的思想》中说："刘勰所原之道，则为自然之'道'。关于这点，黄侃先生的《文心雕龙札记》曾有简要的诠释……这个说法，基本上我是同意的。"又说："文原于'道'，是刘勰对文学的根本看法……篇中的论点既然出自《周易》，而《周易》又是儒家学派的著作，从总的倾向看来，刘勰写作《文心雕龙》时的主导思想应该是儒家思想。"（见《文学遗产》增刊第 11 期）

周振甫《文心雕龙的原道》说："刘勰所说的'道'，是指自然界和社会自然构成的道。"（见 1962 年 12 月 30 日《光明日报》）黄海章《释原道》亦云："《原道》篇既阐述'自然之道'，也阐述'圣人之道'（即儒家之道）……'自然之道'和'圣人之道'并不矛盾，而是相互联系，惟其重点摆在'圣人之道'一边。于是上继荀卿……下启韩愈一派。"（见《中山大学学报》1963 年第 4 期）以上数家均认同黄侃的诠释，却未直言"自然之道"源于老庄，尽管黄先生引《淮南子·原道训》和《韩非子·解老》的阐发已对其家数有明确交代。

牟世金在《雕龙集》中指出：

---

① 黄侃：《文心雕龙札记》，第 9 页。

刘勰重文，不完全是从儒家经典中孕育出来的。儒家虽也有"言之不文，行而不远"之类说法，但更主要的是强调德行教化；否则就不会有长期存在的文与道的矛盾了。

刘勰处理文与道的矛盾，《原道》是从理论上解决，《通变》是从方法上解决。

《原道》中的"道"，是"形立则章成，声发则文生"的"自然之道"。所谓"自然之道"，是指有其物就必有其形（文）的自然规律。刘勰认为，无论是天、地与人，"傍及万品，动植皆文。……夫岂外饰，盖自然耳"。因此，这个"自然之道"并不是儒家之道。这个"道"和古代思想家作为"理"的概念相通，但却是刘勰自己创造的文的道。刘勰就是建立这样一个"道"解决了种种矛盾的。因为这个"道"本身就是有其物必有其文的意思，而最能体现这种道的，他认为就是儒家经典。照这种逻辑，儒家思想和文就不矛盾了。"道沿圣以垂文，圣因文而明道"，文与道的关系沟通了；则"征圣""宗经"之必要，不仅是为了道，也是为了文。"道之文"既然是不假外饰的自然之文，就可以根据这个"自然之道"来强调文采，上面所举刘勰对情采、骈俪、夸饰的论述，都以此为其理论根据。既是文出自然，也就据此反对魏晋以来的形式主义，因形式主义雕琢过甚，不合于"自然之道"的原则。因此，主文和反对形式主义的矛盾可以统一起来。

《通变》也主要是针对当时形式主义的文风提出的。刘勰认为历代文学发展的总趋势是"从质及讹，弥近弥淡"，而造成这种趋势的原因是"竞今疏古"。因此，他提出解救时弊的办法是："矫讹翻浅，还宗经诰"。因为是对时风而言，所以本篇主旨是复古宗经。但也注意到"文律运周，日新其业"的一面，文学是在发展变化中不断前进的，因此，他鼓励作家"趋时必果，乘机无怯"。但为了不致讹滥,就必须"望今制奇,参古定法"。"通变"的观点既否定了形式主义的倾向,又肯定了文学必须向前发展,强调复古宗经而不回到汉人的老路。所以,刘勰以儒家思想为支柱建立的文道统一论,对打击形式主义,推动文学向前发展,是有其进步意义的。①

牟先生的解读合乎刘勰的本意。但理论建构的"自然之道"还可进行溯源。

自然的本义是本然和自然而然。本然即本真,原本如此;自然而然指衍化合乎客观规律。

"原"即本原(本根、依据),"道"指事物现象中包蕴的至理——以道路比喻的事物生成演化的通途。《老子》一章"道可道,非常道。名可名,非常名。无名天地之始,有名万物之母……玄之又玄,众妙之门",二十五章"人法地,地法天,天法道,道法自然",十六章"致虚极,守静笃,万物并作,吾以观复",则是"法自然",体认万物运作规律的表述;营造并守持达于极致的虚静心境,观察验证万物运作的规律;"复"指合规律的周而复始。

首先以"原道"名篇的著述正是凸显道家治国理念的《淮南子》。

学界常有认定某人某书唯宗尚一家思想的偏颇,不仅与《文心》《刘子》两书不符,也往往不符学术史之实际。可知多数情况下道、儒思想并不互相排斥,甚至有互补互促的一面,魏晋南北朝时代更是如此。

须指出的是,老庄有别于道教,所谓"儒道"也不与儒学等同。儒道可谓基于孔子言行和五经解读的儒家思想理念,儒学则大抵是经学研讨者之所得及其相应的阐发,不同时代不同学派的拓展、侧

---

① 牟世金:《雕龙集》,北京:中国社会科学出版社,1983年,第29-32页。

重不尽一致。

儒者思想精神品位不一。《论语·雍也》就有"子谓子夏曰：女为君子儒，无为小人儒"的告诫；《荀子·儒效》中作了"俗儒""雅儒""大儒"的区分；汉儒也曾出现过鼓吹和迷信谶纬的偏谬。

儒学发展衍化过程中对其他各家的思想理论也不无借鉴吸收，战国晚期到西汉前期问世的《易传》就明显吸纳了道家、阴阳家学说的思想元素。《易·系辞上》的"动静有常，刚柔断矣。方以类聚，物以群分""一阴一阳之谓道""易无思也，无为也，寂然不动，感而遂通""夫易，圣人之所以极深而研几也。唯深也，故能通天下之志；唯几也，故能成天下之务""子曰：圣人立象以尽意，设卦以尽情伪，系辞焉以尽其言，变而通之以尽利""形而上者谓之道，形而下者谓之器。化而裁之谓之变，推而行之谓之通"，以及《易·系辞下》的"几者动之微，吉之先见者也""古者包牺氏之王天下也，仰则观象于天，俯则观法于地，观鸟兽之文与地之宜。近取诸身，远取诸物，于是始作八卦，以通神明之德，以类万物之情……通其变，使民不倦，神而化之，使民宜之。易：穷则变，变则通，通则久"，其中阴阳、动静、无为、几、言意、通变等范畴和概念组合均未必是儒学首创。

《文心·序志》篇对孔子推崇备至："敷赞圣旨，莫若注经；而马、郑诸儒，弘之已精"的"圣旨"可谓儒道；然而，"弘"经者中唯标举"马、郑诸儒"——东汉后期古文经学代表人物，实有矫汉武"独尊儒术"后垄断学术的今文经学之偏谬的用意。"文之枢纽"前五篇的《正纬》《辨骚》也涉及道与文的关系：

《正纬》矫正汉儒的谶纬之术，痛斥"经正纬奇，倍擿千里"与"有命自天，乃称符谶，而八十一篇，皆托于孔子，则是尧造绿图，昌制丹书"等方面的伪诞后强调："经足训矣，纬何豫焉！"特别指出"光武之世，笃信斯术，风化所靡，学者比肩，沛献集纬以通经，曹褒撰谶以定礼，乖道谬典，亦已甚矣"。其后说谶纬"事丰奇伟，辞富膏腴，无益经典，而有助文章"，不过要求"芟夷谲诡，糅其雕蔚"，也透露道与文关系的另一方面：文不限于"道之文"，文章不只用于阐发经典，文采还能表现其他方面的美。

《辨骚》中说："固知楚辞者，体宪于三代，而风杂于战国，乃《雅》《颂》之博徒，而词赋之英杰也。观其骨鲠所树，肌肤所附，虽取镕经意，亦自铸伟辞……故能气往轹古，辞来切今，惊采绝艳，难与并能矣。"要求后继者"酌奇而不失其真，玩华而不坠其实"。末了极赞屈平："惊才风逸，壮采烟高""金相玉式，艳溢锱毫"。标树屈《骚》为变革之表率。其中亦可一窥文学发展中"辞"与"经"（文与道）的一种辩证关系。

《原道》称"辞之所以能鼓天下者，乃道之文也"，表明刘勰重文学的社会功用，尊奉儒道；申言"自然之道"透露论艺术规律倚重老庄，其后《神思》《体性》等篇可予证明。不过，学界少有明言"自然之道"源出道家者，也不甚强调其建构理论上的指导意义。

"道""德"之论本于老子。《老子》又称《道德经》，分《道经》《德经》两部分。《韩非子·解老》篇说："道者，万物之所然也，万理之所稽也。"贾谊《新书·道德说》云："物所道始谓之道，所得以生谓之德。德之有也，以道为本。故曰：道者，德之本也。""道"是本体，"德"是"道"的具体体现和功用。

《原道》为《文心》首篇，列"文之枢纽"最前，其"道德"说鉴证的不止是思想宗尚：起始感慨"文之为德也大矣"，申说天地万物之"文"的生成合乎"自然之道"；随后标举"道沿圣以垂文，圣因文而明道"为著述楷范，末尾以"鼓天下之动者，乃道之文"相呼应。可知"道"的义涵以及"道"与"德"的关联，以及道、儒两家论"道"的不同取向。不仅论文思想宗尚上儒家色彩鲜明，也表明"文"生成本于道家的"自然之道"。先说"自然之道"继而标举"圣因文明道""鼓天下之动者乃道之文"，显示文学理论中道、儒互补互促的态势。

开篇指出"为德也大"的人文"与天地并生"；"日月迭璧"的天象，"山川焕绮"的地理，"盖道之文"。人是与天地并生的"三才"之一，天地均有美"文"，人既为灵秀所钟，是"天地之心"，故人有美文也是自然的！高度评价人类在宇宙万物中的特殊地位：人能与至高无上的昊天、广漠无垠的大地鼎立并峙而为"三才"之一，且居于中心位置，可谓伟大之至。先言"动植皆文"，再说"无识之物，郁然有彩；有心之器，其无文欤"，极赞人类精神活动和智慧创造的意义。

称天、地、人文的生成合乎"自然之道"，难道不是《老子》"人法地，地法天，天法道，道法自然"的演绎吗？"心生而言立，言立而文明"表明，对人来说，"心"美是内质之美，"言""文"（语言文辞）之美则是"心"美的外现。于此，人"文"已趋向专指文字辞章了。

《原道》其后追述"人文"的源起，从太极易象、文字的发明、"六经"面世，说到"夫子继圣……写天地之辉光，晓生民之耳目"，称"玄圣创典，素王述训：莫不原道心以敷章，研神理而设教"，标树"道沿圣以垂文，圣因文而明道"为著述的楷范，末了说："《易》曰：'鼓天下之动者存乎辞。'辞之所以能鼓天下者，乃道之文也。"宣示著述（文章）"写天地辉光，晓生民耳目""鼓天下之动"的功用意义，儒家色彩鲜明。

《原道》中"道"思想理念的阐发由道向儒位移，合乎刘勰论文的宗旨。《序志》篇明示"树德建言"的人生理想；记叙得孔子

"垂梦"的惊喜，"自生人以来，未有如夫子者也"表达对儒家宗师的无比尊崇。不过这种"位移"绝非对老庄"自然之道"的轻忽和舍弃。"人文"的生成出于人卓拔于万物之自然，何况诸篇的理论探讨又依仗老庄的"自然之道"。

（二）《诸子》等篇"道"论的启示

"道"范畴为诸子所用。"道"原有家数以及大小的不同，《文心雕龙》中的"道"亦然，《诸子》开篇即言：

> 诸子者，入道见志之书。太上立德，其次立言……至鬻熊知道，而文王谘询……及伯阳识礼，而仲尼访问，爰序《道德》，以冠百氏。然则鬻惟文友，李实孔师，圣贤并世，而经、子异流矣。
>
> ……庄周述道以翱翔……

称"诸子者，入道见志之书"，宣示诸子之学皆有其"道"，亦各见其"志"。"至鬻熊知道，而文王谘询……及伯阳识礼，而仲尼访问，爰序《道德》，以冠百氏"追溯"道"的范畴和"道德"论的创生过程及其在子学中莫可企及的地位，显示了"道"的范畴广为各家采用，鬻、老得称道家，乃至《老子》称《道德经》之所由。"李实孔师，圣贤并世，而经子异流矣"，尽管孔、老分别被称为圣、贤，儒典以经称，《老子》归于子学，但只是学术流派不同而已，并不影响孔、老论道在古代学术中的基础性地位。故说到战国诸子，唯言"庄周述道以翱翔"而已。

篇末"赞"中的"立德何隐，含道必授。条流殊述，若有区囿"则再次强调"道""德"的学说所属学派不同、指域有别。

思想理论大家必有开放包容的学术胸怀，兼综各家之长，不偏执于一隅，会依论证对象和议题的不同进行相应的取舍、调整。刘勰重视文学的社会功用，尊孔宗经，标举"鼓天下之动"的"道"理所当然；揭示文学艺术表现的机制和客观规律，又不能不倚重老庄学说尤其是"自然之道"，《文心》"下篇"理论专题论据和思想材料征引即是如此：《神思》论有神奇创造力的文学艺术思维，开篇即云："形在江海之上，心存魏阙之下。神思之谓也……寂然凝虑，思接千载；悄焉动容，视通万里。……思理为妙，神与物游。"随后有"虚静""玄解"之说与言意之辨；《体性》的"各师成心"，《定势》"邯郸学步"的寓言，《物色》"山林皋壤，实文思之奥府"的表述，等等，无不出自老庄；更毋须说与《原道》"自然之道"通同的"自然之势"（《定势》）、"感物吟志，莫非自然"（《明诗》）、"自然成对"（《丽辞》）、"自然会妙"（《隐秀》）的渊源和理论依据所在——《老子》"道法自然"指对万事万物运化的客观规律的遵循倚重。"自然"初始义是本然和自然而然：本然指事物现象之本真；自然而然的核心意蕴指向事物的合规律的运作演化。

儒学发展演化过程中对其他各家的思想理论也不无借鉴吸收，战国晚期到西汉前期问世的《易传》就明显吸纳了道家、阴阳家学说的思想元素，说已前见。

（三）从《序志》看刘勰对文论成果的取用与补正

1. 释书名，膜拜孔子，申述投身论文的所以然

《序志》是《文心雕龙》的序，有书名立意、思想方法和理论原则的介绍。先说以"文心"名书之所由：

> 夫文心者，言为文之用心也。昔涓子琴心，王孙巧心，心哉美矣，故用之焉。古来文章，雕缛成体，以岂取驺奭之群言雕龙也。

"为文之用心"谓书名取用陆机《文赋》的"余每观才士之所作，

窃有以得其用心"。"心"是主思维的器官，情性所本，智慧创造之渊薮。以"文心"名书，盛赞"心哉美矣"，指出人类有"超出万物"的灵慧和美的创造力。"岂取驺奭之群言雕龙也"的反诘表明，文章之美何止言辞雕饰，其核心乃人生命灵慧之美。

刘勰是思想理论大家，身处文学观念成熟的齐梁时代，他的著述用"文心雕龙"题名凸显的正是这样一种理念：美文是人慧美心灵的艺术创造，"文心"之美是文章之美的核心和内在依据。

在文论中对人类（而非上帝、神明）心灵智慧如此极尽赞美，不同凡响，给人巨大启迪。清代章学诚在《文史通义·文德》中就曾指出其非凡的历史意义："古人论文，惟论文辞而已。刘勰氏出，本陆机氏说而昌论'文心'。"①

接下来，刘勰倾吐了包括自己在内的士人投身著述的缘由：

> 夫宇宙绵邈，黎献纷杂，拔萃出类，智术而已。岁月飘忽，性灵不居，腾声飞实，制作而已。夫人肖貌天地，禀性五才，拟耳目于日月，方声气乎风雷，其超出万物，亦已灵矣。形同草木之脆，名逾金石之坚，是以君子处世，树德建言，岂好辩哉？不得已也！

指出人有出类拔萃的灵慧，能够摹写天地万物，然而生命短暂，时光从不停步，唯"树德建言"，拥有能"腾声飞实"的著作才能突破时空的局限，实现永恒的生命价值。先秦贤哲早有立德、立功、立言"三不朽"的名言；孟子的"岂好辩哉？不得已也"是不得不以雄辩的言论去弘扬王道理想、驳斥异端邪说的自白。在汉魏，司

---

① 〔清〕章学诚著，叶瑛校注：《文史通义校注》，北京：中华书局，1985年，第278页。

马迁和曹丕直接把著述与生命的永恒价值联系起来。司马迁在《太史公自序》中申述自己身受残害却以古代圣贤为榜样发愤为作，目的在于"成一家言"，"藏诸名山，传之其人"。曹丕《典论·论文》说："盖文章经国之大业，不朽之盛事。年寿有时而尽，荣乐止乎其身，二者必至之常期，未若文章之无穷。"他的《与吴质书》称赞写出《中论》的徐幹"成一家言，可以不朽"[①]。刘勰承袭了这种意识和价值观念，暗示自己如同当年的孟子一样"不得已"，不能不以《文心雕龙》的撰著展示一己的才智和思想抱负，创造不朽的生命价值。

《程器》篇的"穷则独善以垂文"发展了孟子"穷则独善其身"之说：如果你身世困厄、道路坎坷，没有机会在政治上施展才智抱负，就应该凭借美好心灵从事写作。《杂文》篇说到"对问"的文体时说："原夫兹文之设，乃发愤以表志。身挫凭乎道胜，时屯寄于情泰，莫不渊岳其心，麟凤其采……"《诸子》也有如此感慨："嗟夫！身与时舛，志共道申，标心于万古之上，而送怀于千载之下。金石靡矣，声其销乎！"贤能之士志趣高尚，在逆境中发愤著述，会酝酿和催生出高品位的精神产品。

《序志》继续说：

> 予生七龄，乃梦彩云若锦，则攀而采之。齿在逾立，则尝夜梦执丹漆之礼器，随仲尼而南行；旦而寤，乃怡然而喜，大哉圣人之难见哉！乃小子之垂梦欤！自生人以来，未有如夫子者也。

刘勰追述自己两次做梦，在梦中得见圣人孔子，赞颂孔子的伟大，

---

① 原文为："著《中论》二十余篇，成一家之言，辞义典雅，足传于后，此子为不朽矣。"参见〔梁〕萧统编，〔唐〕李善注：《文选》，第 1929 页。

"自生人以来，未有如夫子者也"的膜拜达于极至，于是产生了一种弘扬儒家思想学说的使命感和写作冲动。联系到《原道》《征圣》《宗经》列前，有"道沿圣以垂文，圣因文而明道""征圣立言""经也者，恒久之至道，不刊之鸿教也"与"迈德树声，莫不师圣"等论，对儒家思想的推崇，强调其在写作中导向意义无庸置疑。

学术与艺术一样，其价值存在于独到独创之中。新的建树多，对前人有大的突破，著述的价值才高。因此尽管他膜拜孔子，推崇儒经，在谈到为何选择讨论文章时却说：

> 敷赞圣旨，莫若注经；而马郑诸儒，弘之已精，就有深解，未足立家。唯文章之用，实经典枝条，五礼资之以成，六典因之致用，君臣所以炳焕，军国所以昭明，详其本源，莫非经典。而去圣久远，文体解散，辞人爱奇，言贵浮诡，饰羽尚画，文绣鞶帨，离本弥甚，将遂讹滥。盖周书论辞，贵乎体要；尼父陈训，恶乎异端；辞训之异，宜体于要。于是搦笔和墨，乃始论文。

之所以选择论文学，除"文章"本身的价值（即能羽翼经典，有不可或缺的社会功能）外，还基于是否合乎时代要求，在这一领域做出他人所未及的重大贡献——也即能否"立家"的考虑。足见刘勰对在论"文"上能取得卓越成就有充分自信。

2. 概述文学"自觉时代"以来批评理论的收获

《序志》篇中概略述评文学"自觉时代"以来的批评理论：

> 详观近代之论文者多矣：至于魏文述《典》，陈思序《书》，应玚《文论》，陆机《文赋》，仲洽《流别》，弘范《翰林》，各照隅隙，鲜观衢路；或臧否当时之才，或诠品前修之文，或泛

举雅俗之旨，或撮题篇章之意。魏《典》密而不周，陈《书》辩而无当，应《论》华而疏略，陆《赋》巧而碎乱，《流别》精而少功，《翰林》浅而寡要。又君山、公幹之徒，吉甫、士龙之辈，泛议文意，往往间出，并未能振叶以寻根，观澜而索源。不述先哲之诰，无益后生之虑。

概述了"近代"——文学"进入自觉时代"以来理论批评著作的得失所在：曹丕《典论·论文》、曹植《与杨德祖书》、应玚《文质论》、陆机的《文赋》、挚虞《文章流别论》、李充《翰林论》，在不同方面各有见地，却很少关注全局和基本问题；桓谭、刘桢、应贞、陆云等的表述论证也存在缺陷。皆未能探寻根本，上溯源头，没能充分地以前贤的训诲启迪后人。这段文字表明，进入自觉时代的理论批评实践可谓《文心》之先导，建构文学经典论著的重要基石。这些言说（包括刘勰的述评）虽未脱离儒家的思想影响，但已有某些"为艺术而艺术"的倾向，亦透露出折衷众论、建构经典的自信。

以下以魏晋时期创意最多的陆机《文赋》为例，一窥其写作中的身心体验、艺术追求和理论思考，以及刘勰对它的取弃以及拓展。

《文赋》序云："余每观才士之所作，窃有以得其用心……恒患意不称物，文不逮意……故作《文赋》，以述先士之盛藻，因论作文之利害所由。"赋中有"精骛八极，心游万仞""笼天地于形内，挫万物于笔端""辞程才以效伎，意司契而为匠。在有无而黾俛，当浅深而不让。虽离方而遁员，期穷形而尽相"和"诗缘情而绮靡，赋体物而浏亮"等名句，分述"澡涩而不鲜""应绳其必当""取足而不易""虽爱而必捐""彼榛楉之勿翦，亦蒙荣于集翠"的创作体会，列论"唱而靡应""应而不和""和而不悲""悲而不雅""雅而不艳"……其后有段对灵感现象的生动描述：

若夫感应之会，通塞之纪，来不可遏，去不可止。藏若景灭，行犹响起。方天机之骏利，夫何纷而不理。思风发于胸臆，言泉流于唇齿。纷葳蕤以馺遝，唯毫素之所拟。文徽徽以溢目，音泠泠而盈耳。及其六情底滞，志往神留，兀若枯木，豁若涸流……吾未识夫开塞之所由。

如前所说，以"文心"名书是取用《文赋》的"余每观才士之所作，窃有以得其用心"，刘勰评价陆机的创作和理论思考多赞其"巧"而斥其"繁"，如《哀吊》说："陆机之吊魏武，序巧而文繁。"《体性》称"士衡矜重，故情繁而辞隐"；《才略》云："陆机才欲窥深，辞务索广，故思能入巧，而不制繁。"《镕裁》谓："至如士衡才优，而缀辞尤繁。"作为此前最重要、贡献最多的文论著述，《文赋》三次被点名批评，《序志》称："陆《赋》巧而碎乱。"《总术》云："昔陆氏《文赋》，号为曲尽，然泛论纤悉，而实体未该。"《镕裁》亦曰："《文赋》以为'榛楛勿剪，庸音足曲'，其识非不鉴，乃情苦芟繁也。"

"巧"指思考的机灵巧妙，"繁"则指文辞的繁冗。说《文赋》"巧而碎乱""泛论纤悉，而体实未该"直指其理论的零乱和无统序。刘勰对陆机创作体验和理论思考的表述既有所贬斥，也有所肯定和承袭：以"文心"名书，显然受陆机探究"为文之用心"（文学思维创造）奥妙的启迪；而建构体大思精（经纬分明、"论文叙笔"并作"剖情析采，笼圈条贯"的论证）的经典，也不无克服和规避陆论之欠缺，尤其是陆机《文赋》"巧而碎乱""泛论纤悉，体实未该"之弊的用意。

陆机一些有价值的思考刘勰则予以肯定，但承袭中不乏补正或提升：如《文赋》描述灵感来去无定："感应之会，通塞之纪，来不可遏，去不可止。藏若景灭，行犹响起……"《文心》的《神思》篇认为"寂然凝虑，思接千载；悄焉动容，视通万里""枢机方通，物无隐貌；关键将塞，神有遁心"和"神用象通"，《养气》说到"且夫思有利钝，时有通塞"，都与此相关；《总术》所谓"善弈之文，则术有恒数，按部整伍，以待情会，因时顺机，动不失正。数逢其极，机入其巧，则义味腾跃而生，辞气丛杂而至。视之则锦绘，听之则丝簧，味之则甘腴，佩之则芬芳，断章之功，于斯盛矣"则进一步要求能动地把握灵感规律——"机""数"，充分发挥思维创造功能。

3．"论文叙笔""阅声字"中文化特征与理论意义的辨识

"论文叙笔"和《声律》《章句》《练字》等民族特色鲜明的论题中，展示了在自觉时代对汉字记录的文学语言审美创造功能认识的进步与理论境界的跃升。

《序志》篇对全书的理论体系曾作过统序分明的介绍：

> 盖《文心》之作也，本乎道，师乎圣，体乎经，酌乎纬，变乎骚，文之枢纽，亦云极矣。若乃论文叙笔，则囿别区分，原始以表末，释名以章义，选文以定篇，敷理以举统：上篇以上，纲领明矣。至于剖情析采，笼圈条贯，摛神性，图风势，苞会通，阅声字，崇替于时序，褒贬于才略，怊怅于知音，耿介于程器，长怀序志，以驭群篇，下篇以下，毛目显矣。位理定名，彰乎大《易》之数，其为文用，四十九篇而已。

《序志》的"论文叙笔"讨论当时所有三十多种文体的写作，其思路是："原始以表末，释名以章义，选文以定篇，敷理以举统。""原始表末"：述评每一文体从产生到当下流变的全过程；"释名章义"：

诠释其命名为一体的理由，彰显其特质和相应规范；"选文定篇"：选择该体各时期有代表性的作品，评定其建树与价值所在；"敷理举统"：把握该体发展演化的统序和得失成败之所然，从中提炼出指导该文体（某些方面甚至可以指导所有文体）写作的原则和规范。

各种文体生成演进的历程以及"释名章义""选文定篇""敷理举统"的总结之所以成为"纲领"的组成部分，首先因为它是"毛目"诸篇立论的实践基础。其次，"剖情析采"所得的认识、原则、方法和手段仍然以实践为指归，服务于"上篇"所示的各类"文""笔"的写作。也许基于如此构想，刘勰才将"论文叙笔"纳入全书"纲领"之中。

然而《序志》序书，无暇对颇有时代特征、又存在某种不同看法的"文""笔"分类作明确定义，如今只能从两者所属文体的比较中去认知。《总术》篇前半部分有"文""笔"之辨，可谓对《序志》这方面欠缺的必要补充：

> 今之常言，有文有笔，以为无韵者笔也，有韵者文也。夫文以足言，理兼《诗》《书》；别目两名，自近代耳。颜延年以为笔之为体，言之文也；经典则言而非笔，传记则笔而非言。请夺彼矛，还攻其盾矣。何者？《易》之《文言》，岂非言文？若笔不言文，不得云经典非笔矣。将以立论，未见其论立也。予以为发口为言，属笔曰翰，常道曰经，述经曰传。经传之体，出言入笔，笔为言使，可强可弱。分经以典奥为不刊，非以言笔为优劣也。昔陆氏《文赋》，号为曲尽，然泛论纤悉，而体实未该。故知九变之贯匪穷，知言之选难备矣。

《总术》说"今之常言，有文有笔；以为无韵者笔也，有韵者文也。

夫文以足言，理兼《诗》《书》；别目两名，自近代耳"，谓南朝
时将包括《诗》《书》在内文章分为"文""笔"两类。黄侃先生《文
心雕龙札记·总术第四十四》说："'今之常言'八句，此一节为
一意，论文笔之分。案彦和云：文笔别目两名自近代；而其区叙众体，
亦从俗而分文笔，故自《明诗》以至《谐隐》，皆文之属；自《史传》
以至《书记》，皆笔之属。……是其论文叙笔，囿别区分，疆畛昭然，
非率为判析也。"①

刘宋时范晔《狱中与诸甥侄书》云：

> 性别宫商，识清浊，斯自然也。观古今文人，多不全了此处，
> 纵有会此者，不必从根本中来。言之皆有实证，非为空谈。年少中，
> 谢庄最有其分，手笔差易，文不拘韵故也。②

称"文不拘韵"，则知与"文"相对的"笔"是"拘韵"的。

黄先生《札记》复云："笔札之语，始见《汉书·楼护传》：
长安号曰谷子云笔札。或曰笔牍（《论衡·超奇》）。或曰笔疏（同上）。
皆指上书奏记施于世事者而言。然《论衡》谓采掇传书以上书奏记
者为文人，是固以笔为文；文笔之分，尔时所未有也……《南史·颜
延之传》（宋文帝问延之诸子才能，延之曰：竣得臣笔，测得臣文），
《沈庆之传》（庆之谓颜竣曰：君但知笔札之事），《任昉传》（时
人云：任笔沈诗），《刘孝绰传》（三笔六诗，三孝仪，六孝威也），
诸笔字皆指公家之文，殊不见有韵无韵之别。今案：文笔以有韵无
韵为分，盖始于声律论既兴之后，滥觞于范晔、谢庄（《诗品》引
王元长之言云：惟见范晔、谢庄颇识之耳），而王融、谢朓、沈约

---

① 黄侃：《文心雕龙札记》，第 198 页。
② 〔梁〕沈约：《宋书》卷六十九《范晔传》，北京：中华书局，1974 年，第 1830 页。

扬其波，以公家之言，不须安排声韵，而当时又通谓公家之言为笔，因立无韵为笔之说……故梁元帝谓古之文笔，今之文笔，其源又异也。"①

《序志》以"论文叙笔"分论文体，《总术》又作"无韵者笔也，有韵者文也"的补充，透露出时人对文学语言声韵审美效果及其规律探求的重视。

晋人所谓"文"是有韵的讲究文采的诗文，"笔"则大抵指无韵的著述。宋颜延之说传记也是"笔"，扩大了"笔"的范围。《文心》把史传、诸子都列于"笔"，也属这种分类法。不过颜延之还说："笔之为体，言之文也；经典则言而非笔，传记则笔而非言。"将"笔"分为"言""笔"两种，反映一种各类散体文章（包括诗歌）都讲究文采的意识。颜氏将经、传分别归于"言"和"笔"欠妥，因为经中也有富于文采者，诗经就是有韵的，故刘勰予以批驳。是知"有韵为文""无韵为笔"是从文学性强弱上所作的简明区分，虽难免有某些交错。

清阮元《文韵说》释"今之常言，有文有笔；以为无韵者笔也，有韵者文也"云："梁时恒言所谓章韵者，固指押脚韵，亦兼谓章句中之音韵，即古人所言之宫羽，今人所言之平仄也。""然则今人所便单行之文，极其奥折奔放者，乃古之笔，非古之文也。"②

可见《文心》上篇"论文叙笔"，从《明诗》到《谐隐》前十种文体为有韵之文；而从《史传》到《书记》的后十篇所论为无韵之笔，是从音韵上对文体作简明的分类，当然，绝不是说各种文体在文学语言审美功用方面无所交集。发现和能够利用汉字语言形式美

---

① 黄侃：《文心雕龙札记》，第199–200页。
② 〔清〕阮元撰，邓经元点校：《揅经室集》，北京：中华书局，1993年，第1064页，第1066页。

特有的规律造艺，是六朝文士的骄傲。六朝文人对音韵的讲究更充分地体现在声韵格律的探求上。

陆机《文赋》的"暨音声之迭代，若五色之相宣。虽逝止之无常，固崎锜而难便。苟达变而识次，犹开流以纳泉。如失机而后会，恒操末以续颠。谬玄黄之秩叙，故淟涊而不鲜"，已经言及文学语言音响的审美效果及其规律的把握。

《南史·陆厥传》曰："（永明末）时盛为文章，吴兴沈约、陈郡谢朓、琅玡王融以气类相推毂，汝南周颙善识声韵……平上去入四声，以此制韵，有平头、上尾、蜂腰、鹤膝。五字之中，音韵悉异，两句之内，角徵不同，不可增减。世呼为'永明体'。"

齐梁时沈约在《宋书·谢灵运传论》中云："欲使宫羽相变，低昂互节，若前有浮声，则后须切响。一简之内，音韵尽殊；两句之中，轻重悉异。妙达此旨，始可言文……自骚人以来……此秘未睹。"他提出"四声八病"说，其中的"八病"为"平头""上尾""蜂腰""鹤膝""大韵""小韵""旁纽""正纽"。

与刘勰同时代的锺嵘在《诗品序》批评永明声律派说："襞积细微，专相陵架。故使文多拘忌，伤其真美。余谓文制，本须讽读，不可蹇碍。但令清浊通流，口吻调利，斯为足矣。至如平上去入，则余病未能；蜂腰、鹤膝，闾里已甚。"[①] 批评有违自然的声病说一针见血，但无视四声（平上去入）等声韵音律运用对文学表达的积极意义则有偏颇和保守之嫌。

"永明体"所拟之格律欠完备，"四声八病"之说存在过犹不及的缺憾，但仍可视为首次准律诗的尝试，其经验教训为五、七言诗格律（甚至各种词牌、曲牌）的厘定提供了升堂入室的阶石，也

---

① 〔梁〕锺嵘著，曹旭集注：《诗品集注》，上海：上海古籍出版社，2011年，第452页。

应予适当的肯定。

"平上去入"四声的发现从根本上说是由汉语固有特点被认识的必然性决定的，虽是在汉魏佛经翻译中受梵文声调的启发。文化特征鲜明的音律说的出现，表明六朝时的文人已经将汉字的声韵作为造艺的重要手段。

刘勰在《声律》开篇即称："音律所始，本于人声者也。""言语者，文章神明枢机，吐纳律吕，唇吻而已。"其后有云：

> 凡声有飞沉，响有双叠；双声隔字而每舛，迭韵杂句而必睽；沉则响发而断，飞则声扬不还：并辘轳交往，逆鳞相比；迕其际会，则往蹇来连，其为疾病，亦文家之吃也。夫吃文为患，生于好诡，逐新趣异，故喉唇纠纷，将欲解结，务在刚断……是以声画妍蚩，寄在吟咏，吟咏滋味，流于字句。字句气力，穷于和韵。异音相从谓之和，同声相应谓之韵。韵气一定，故余声易遣；和体抑扬，故遗响难契。

希望如"辘轳交往，逆鳞相比；迕其际会，则往蹇来连"，仍是自然音律的追求。强调"本于人声""吐纳律吕，唇吻而已"，皆暗含声律出之自然的义涵。在"凡切韵之动，势若转圜，讹音之作，甚于枘方：免乎枘方，则无大过矣"句下纪昀批云："言自然也。"[1]而"其为疾病，亦文家之吃也"则无疑是对有违自然的批评，在刘勰看来，"吃"的毛病生于不循自然的"好诡"和"逐新趣异"。"声画妍蚩，寄在吟咏，吟咏滋味，流于字句。字句气力，穷于和韵。异音相从谓之和，同声相应谓之韵。韵气一定，故余声易遣；和体

---

① 〔梁〕刘勰著，戚良德辑校：《文心雕龙》，上海：上海古籍出版社，2015年，第203页。

抑扬，故遗响难契。属笔易巧，选和至难；缀文难精，而作韵甚易。"肯定合规律的"和""韵"在文学审美创造中的价值。

可一语定优劣的文坛巨擘沈约倡导的"八病"说风靡一时，而全篇只字未提，显然刘勰持慎重或者有所保留的态度。可谓其对声律论争的折中。

黄侃《文心雕龙札记·声律第三十三》有云：

> 彦和生于齐世，适当王、沈之时，又《文心》初成，将欲取定沈约，不得不枉道从人，以期见誉。观《南史》舍人传，言约既取读，大重之，谓深得文理，知隐侯所赏，独在此一篇矣。当其时，独持已说，不随波而靡者，惟有锺记室一人，其《诗品》下篇诋诃王、谢、沈三子，皆平心之论，非由于报宿憾而为之。（《南史·嵘传》：嵘尝求誉于约，约拒之，及约卒，嵘品古今诗为评，言其优劣云云，盖追宿憾，以此报之也。今案：记室之言，无伤直道，《南史》所言，非笃论也。）[1]

其后又评释"宫商大和"至"可以类见"云：

> 案此谓能自然合节与不能自然合节者之分。曹、潘，能自然合节者也，陆、左，不能自然合节者也。[2]

罗根泽《中国文学批评史》言及刘勰在沈约声律论问题上的立场时说："后人之研究《文心雕龙》者好以此与'四声''八病'之说相缘附。其实刘勰所谓'韵'就是韵脚，所谓'和'就是文章

---

① 黄侃：《文心雕龙札记》，第 111 页。
② 黄侃：《文心雕龙札记》，第 113 页。

的声调。'韵'有规律，譬如用东韵，则任意选择东韵之字，所以说'韵气一定，故余声易遣'。'和'是自然的，并没有一定的规律，所以说'和体抑扬，故遗响难契'。这也足以证明刘勰的音律说，是一种自然的音律说，和沈约等人的人为的音律说，并不全同（自然也有相同的地方）。"①

4. "擘肌分理，唯务折衷"

东汉张衡是文学家也是科学家，著有《思玄赋》；其《西京赋》中说："若其五县游丽，辩论之士，街谈巷议……弹射臧否，剖析毫厘，擘肌分理。"透露出其思考中对解剖分析的重视。

冯友兰《中国哲学史新编》第三十七章《通论玄学》第二节指出玄学的方法是"辨名析理"，引郭象《庄子·天下》篇注云："膏粱之子，均之戏豫，或倦于典言，而能辨名析理，以宣其气，以系其思。"②又说：

> 名士们一见面就谈，就辩论。他们所谈的内容就是"理"……《世说新语》说，乐广给卫玠"剖析"关于梦的理。这就是析理。《世说新语》又说，王导有一天召集一些"名士"聚会，他同殷浩说："今日当与君共谈析理。"③

《序志》中刘勰昭示论文的原则方法是"剖情析采"和"擘肌分理，唯务折衷"，显然对张衡有所取法，也与玄辩类同。解析事物现象，有助于深入揭示其运作演化的机制和内在规律。"折衷"同"折中"。《楚辞·惜诵》有"令五帝以折中"句，林云铭释云：

---

① 罗根泽：《中国文学批评史》，北京：商务印书馆，2015年，第289–290页。
② 冯友兰：《中国哲学史新编》，北京：人民出版社，1964年，第404页。
③ 冯友兰：《中国哲学史新编》，北京：人民出版社，1964年，第408页。

"折中，乃持平之意。"①《集解》引《史记·孔子世家赞》曰："自天子王侯，中国言六艺者，折中于夫子。"王叔师曰："折中，正也。"刘勰之后，颜之推《颜氏家训·文辞》亦曰："考核古今，为之折中。"②

《文心》下篇的"剖情析采，笼圈条贯"从不同层面对文学现象进行了理论剖析、经验总结以及方法、范式的归纳、厘定。"笼圈条贯"是打破文体的限制，按专题作系统的重组和理论探讨。论题大致分两种类型："摛神性，图风势，苞会通，阅声字"概括的一类以探讨创作活动规律和艺术表现原则为主；"崇替于时序，褒贬于才略，怊怅于知音，耿介于程器"一类则侧重论影响一般原则、规律和鉴赏批评的诸种因素。除《通变》《知音》两篇因其内容有不同需要以外，前一类对文学现象多作横向的剖析，后一类则多征引历代例证作纵向的讨论，对各相应层面的原则规律进行印证、补充。

刘勰申明自己所持的论文原则说：

> 有同乎旧谈者，非雷同也，势自不可异也。有异乎前论者，非苟异也，理自不可同也。同之与异，不屑古今，擘肌分理，唯务折衷。

所谓"势"是理路延伸的自然之势，"理"是本然之理，皆顺理成章地合乎其生成展示的逻辑；"自不可异"与"自不可同"以及"同之与异，不屑古今"的态度表明，无论因袭前人还是一己创见，无论古今，也无论源出何家，取舍只凭求真求是的准绳，强调立论的

---

① 〔清〕林云铭：《楚辞灯》卷之一，上海：华东师范大学出版社，2012年，第8页。
② 〔北齐〕颜之推撰，王利器集解：《颜氏家训集解》，北京：中华书局，1993年，第529页。

严肃性和客观性。"擘肌分理"申明剖析是论证的基本方法，"唯务折衷"则谓不偏不倚唯求中正惬当，显现出对众说兼容并包、唯真是从的胸怀。

从此前刘勰对魏晋文论的述评"至于魏文述《典》……无益后生之虑"也可窥其"折衷"之一斑，他概述文学"进入自觉时代"以来理论批评上的收获，评骘各家得失，既指出建树所在，更不宽贷其欠缺与偏颇。联系到他明言自己因"未足立家"而放弃注经，此段综述流露出在论文学上要弥补前人未能振叶寻根、观澜索源的不足，刘勰显然有一种在文学理论探究根源和本质规律方面超越前人的自信和自得。

在论证中，刘勰能兼容不同乃至矛盾对立的因素，各取其正确合理的一面；克服偏颇，避免绝对化。《正纬》篇说纬书"无益经典，而有助文章"；《辨骚》篇中列论屈赋与儒经的同异，以为"取镕经旨，亦自铸伟辞"是其成功之道，后人应"酌奇而不失其贞，玩华而不坠其实"。《情采》篇引诸子语，仅取其合理或实指的一面以为用："老子疾伪，故称'美言不信'；而五千精妙，则非弃美矣。庄周云'辩雕万物'，谓藻饰也。韩非云'艳采辩说'，谓绮丽也。绮丽以艳说，藻饰以辩雕，文辞之变，于斯极矣。研味孝、老，则知文质附乎性情；详览庄、韩，则见华实过乎淫侈。"即如《神思》篇的"形在江海之上，心存魏阙之下"，《体性》篇的"各师成心，其异如面"以及《程器》篇的"穷则独善以垂文，达则奉时以骋绩"等出之《庄》《孟》者，也因讨论文章的需要而有所改动，是典型的"六经注我"式的征引。

明谓"不屑古今"，对倡言原道、征圣、宗经的刘勰来说诚属不易，是肯定和接受学术新成果、与时俱进的表现。"折衷"众论的他有时也与"雷同一响"的评议唱反调，《才略》篇说："魏文之才，洋洋清绮，旧谈抑之，谓去植千里。然子建思捷而才俊，诗丽而表逸；子桓虑详而力缓，故不竞于先鸣；而乐府清越，《典论》辩要，迭用短长，亦无懵焉。但俗情抑扬，雷同一响，遂令文帝以位尊减才，思王以势窘益价，未为笃论也。"一反"旧谈"与"俗情"，为曹丕鸣不平，正因为敢于"异于前论"，作出客观、允当的评价。《知音》篇指出，人们常有"贵古贱今""崇己抑人""信伪迷真"的心理偏向，难免有"知多偏好"的局限。要求鉴赏者由博而约，能"阅乔岳以形培塿，酌沧波以喻畎浍"，以"无私于轻重，不偏于憎爱"的公允保证鉴赏的客观、准确。

前文已经论及的《原道》中"自然之道"和"圣因文而明"之道，《声律》"切韵之动，势若转圜，讹音之作，甚于枘方"对自然法则的表述，与"异音相从谓之和，同声相应谓之韵"阐明的"和"与"韵"审美功效的辩证关系……皆可谓不同层面的折衷之论。

刘勰还善于另一种"折衷"——从不同乃至相反的角度考察文学现象，揭示各种因素的辩证关系。如《神思》篇说："人之禀才，迟速异分；文之制体，大小殊功；相如含笔而腐毫，扬雄辍翰而惊梦……虽有巨文，亦思之缓也。淮南崇朝而赋骚，枚皋应诏而成赋……虽有短篇，亦思之速也。若夫骏发之士，心总要术，敏在虑前，应机立断；覃思之人，情饶歧路，鉴在疑后，研虑方定。机敏故造次而成功，虑疑故愈久而致绩……是以临篇缀虑，必有二患：理郁者苦贫，辞溺者伤乱。然则博见为馈贫之粮，贯一为拯乱之药，博而能一，亦有助乎心力矣。"写作速度除受作品体制大小的影响外，也受作家思维方式、习惯的制约。创作主体的思维有不同个性，无论"情饶歧路"的"覃思之人"还是"敏在虑前"的"骏发之士"，往往各有优势、各有用场、各有胜境。要求以"博见"加"贯一"（即"博而能一"）来克服才疏学浅者无意义的"空迟"或"徒速"。他认识到作家运思快慢有差，却没有简单地以快为上，在追述和归纳文学史中有关事例的基础上作出切实的分析、论断。这种思维创造的迟速之论，对进一步探究灵感现象是颇具启示性的。《体性》篇从四个方面概括风格形成的因素，既有与先天素质密切关联的"才""气"，也有纯属后天的"学""习"；典雅、远奥、精约、显附、繁缛、壮丽、新奇、轻靡"八体"中，"雅与奇反，奥与显殊，繁与约舛，壮与轻乖"表述了风格的对应性（值得注意的是它们未必全是优与劣的对应）；"习亦凝真，功沿渐靡"既肯定了后天改造主体素质的可能性，也强调了它的难度和渐进性。《风骨》篇标举文章风骨"翰飞戾天"清朗峻健的感动力，摈斥"瘠义肥辞""索莫乏气"的"繁采"，但并未走向一概否定"采"美的极端，仍然以"藻耀而高翔"（兼有风骨、藻采）作为"文笔之鸣凤"——美文的最高境界。《通变》论证文学"参伍因革"的求变之道，指出"有常"的经验、规范的因袭与"无方"的创新变革两者的不可偏废与相辅相成："参古定法，望今制奇。"

　　"折衷"既是一种思想方法又是一种哲学态度，体现出求真求是和宽容兼取、客观公允的学术精神；能够自言"唯务折衷"，则显示出刘勰在方法论上的自觉，其颇有辩证意味的思维方式在古代文论家中确实具有无人能及的先进性。

二、刘勰生平思想与佛教的密切关联

（一）从传记和史料来看

　　梁启超先生1922年在东南大学讲学，又将此前后所著佛学论文编成《佛学研究十八篇》，其首篇《中国佛法兴衰说略》中有云：

　　　　东晋后佛法大昌，其受帝王及士大夫弘法之赐者不少……

　　　　其在南朝，东晋诸帝，虽未闻有特别信仰，而前后执政及诸名士，若王导、周颛、桓玄、王濛、谢尚、郄超、王坦、王恭、王谧、谢敷、戴逵、孙绰辈咸相尊奉（见《弘明集》卷五引何尚之《答宋文帝问》）。及宋，则文帝虚心延访，下诏奖励。谯王义宣所至提倡，而何尚之、谢灵运等阐扬尤力。及齐，则竟陵王子良最嗜佛理。梁武帝、沈约辈皆尝在其幕府，相与鼓吹。及梁，武帝在位四十年中，江左称为全盛。帝嗜奉至笃，常集群臣讲论，至自舍身于同泰寺。昭明太子及元帝皆承其绪，迭相宏奖。佛教于是极盛……

……两晋南北朝之儒者，对于佛教，或兼采其名理以自怡说，或漠然置之，若不知世间有此种学说者然。其在当时，深妒佛教而专与之为难者，则道士也。梁僧祐《弘明集》、唐道宣《广弘明集》中所载诸文，其与道家抗辩者殆居三之一。其中如刘宋时道士顾欢著《夷夏论》，谢镇之、朱昭之、慧通、僧愍等驳之；南萧齐时张融著《门论》，周颛驳之；道士复假融名著《三破论》，刘勰著《辩（灭）惑论》驳之。其最著者也。

所谓道教者，并非老、庄之"道家言"，乃张道陵余孽之邪说，其于教义本一无所有，及睹佛经，乃剽窃其一二，而肤浅矛盾，无一是处。乃反伪造《老子化胡经》等，谓佛道实出于彼。可谓诞妄已极……我国有史以来，皆主信仰自由……

佛教发达，南北骈进。而其性质有大不同者：南方尚理解，北方重迷信；南方为社会思潮，北方为帝王势力。故其结果也，南方自由研究，北方专制盲从；南方深造，北方普及（此论不过比较的，并非谓绝对如此，勿误会）。此不徒在佛教然也，即在道教已然。南朝所流行者为道家言，质言之，即老庄哲学也。其张道陵、寇谦之之妖诬邪教，南方并不盛行。其与释道异同之争，亦多以名理相角，若崔浩焚坑之举，南人所必不肯出也。南方帝王，

倾心信奉者固多，实则因并时聪俊，咸趋此途，乃风气包围帝王，
并非帝王主持风气，不似北方之以帝者之好恶为兴替也。尝观当
时自由研究之风，有与他时代极差别者。宋文帝时僧慧琳著《白
黑论》、何承天著《达性论》，皆多曲解佛法之处，宗炳与颜延
之驳之。四人彼此往复各四五书，而文帝亦乐观之。每得一札，
辄与何尚之评骘之。梁武帝时范缜著《神灭论》，帝不谓然也，
自为短简难之，亦使臣下普答。答者六十二人，赞成缜说者亦四焉。
在东晋时，"沙门应否敬礼王者"成一大问题。庾冰、桓玄先后
以执政之威，持之甚力。慧远不为之屈，著论抗争，举朝和之。冰、
玄卒从众议（以上皆杂采正史各本传，《高僧传》及两《弘明集》，
原文不具引）。诸类此者，不可枚举。学术上一问题出，而朝野
上下，相率为充分公开讨论，兴会淋漓以赴之。似此者，求诸史乘，
殆不多觏也。①

"及梁，武帝……嗜奉至笃，常集群臣讲论，至自舍身于同泰寺。
昭明太子及元帝皆承其绪，迭相宏奖。佛教于是极盛""梁武帝时范
缜著《神灭论》，帝不谓然也，自为短简难之，亦使臣下普答"，
可见解刘勰所处时代佛教和佛学的兴盛，以及南朝君臣在儒佛道论
争议问题中相对自由的学术论辩。而称"道士复假融名著《三破论》，
刘勰著《灭惑论》驳之。其最著者也"，可知刘勰此篇驳论的价值
及其能存世之所以然。"我国有史以来，皆主信仰自由"，则显露
出三教合一传统形成的土壤与文化基因。

刘勰本传和一些存世佛学文献中可见其生平、思想与佛学的密
切关联。在捍卫佛学宗旨的《灭惑论》中他还宣示了其对道、儒两
家思想的理性态度。

《梁书·刘勰传》记曰：

---

① 梁启超：《佛学研究十八篇》，天津：天津古籍出版社，2005 年，第 5-8 页。

刘勰字彦和，东莞莒人。祖灵真，宋司空秀之弟也。父尚，越骑校尉。勰早孤，笃志好学，家贫，不婚娶，依沙门僧祐，与之居处，积十余年，遂博通经论，因区别部类，录而序之。今定林寺经藏，勰所定也。

天监初，起家奉朝请，中军临川王宏引兼记室，迁车骑仓曹参军。出为太末令，政有清绩。除仁威南康王记室，兼东宫通事舍人。时七庙飨荐已用蔬果，而二郊农社犹有牺牲，勰乃表言二郊宜与七庙同改，诏付尚书议，依勰所陈。迁步兵校尉，兼舍人如故。昭明太子好文学，深爱接之。

初，勰撰《文心雕龙》五十篇，论古今文体，引而次之。其序曰……

既成，未为时流所称。勰自重其文，欲取定于沈约。约时贵盛，无由自达，乃负其书，候约出，干之于车前，状若货鬻者。约便命取读，大重之，谓为深得文理，常陈诸几案。

然勰为文，长于佛理，京师寺塔及名僧碑志，必请勰制文。有敕与慧震沙门于定林寺撰经证，功毕，遂启求出家，先燔鬓发以自誓，敕许之。乃于寺变服，改名慧地，未期而卒。文集行于世。

本传肯定勰早年依僧祐有深厚的佛、儒学识（"博通经论"助僧祐"定经"，其后制"寺塔及名僧碑志"，并著《文心》），且有出仕从政志向，但长期居侍从、处下僚，不能施展政治抱负，仅任太末令而已。晚年奉旨撰经证、燔发自誓出家。

杨明照《校注拾遗》"今定林寺经藏，勰所定也"句下注云："按《高僧传》释僧祐传：'初，祐集经藏既成，使人抄撰要事，为《三藏记》《法苑记》《世界记》《释迦谱》及《弘明集》等，皆行于世。'

据此，舍人依居僧祐，博通经论，别序部类，疑在齐永明中僧祐入吴，试简五众，宣讲十诵，造立经藏，抽校卷轴之时。僧祐使人抄撰诸书，由今存者文笔验之，恐多为舍人捉刀。明曹学佺《文心雕龙序》：'窃恐祐《高僧传》(按《高僧传》乃慧皎撰，非僧祐也。曹氏盖误信《隋志》耳……清姚振宗《隋志考证》卷二十史部十已辨其非)，祐乃勰手笔耳。'徐𤋮《文心雕龙跋》：'曹能始（学佺字）云：沙门僧祐作《高僧传》，乃勰手笔。今观其《法集总目录序》及《释迦谱序》《世界序》等篇，全类勰作，则能始之论，不诬矣。'清严可均《全梁文》卷七一释僧祐小传自注：'按《梁书·刘勰传》，今定林寺经藏，勰所定也。如传此言，僧祐诸记序，或杂有勰作，无从分别。'皆持之有故，言之成理，可谓先得我心。"并录"纵意渔猎"（《文心·事类》篇语）、"弥纶群言（《文心·序志》篇语）、"积学储宝"（《文心·神思》篇语）为例。①

1960年前后学人对《文心》中儒佛关系多有评述：

郭绍虞《试论〈文心雕龙〉》说："刘勰为文长于佛理，但论文并不拘于佛理。"②曹道衡的评述较为充分，1961年4月16日《光明日报》刊发其《刘勰的世界观和文学观初探》一文说："从东汉到六朝，兼崇儒佛的不少，尤其六朝更普遍。如：东汉牟融的《理惑论》，晋代孙绰的《喻道论》。""梁武帝萧衍为了巩固自己的统治，就兼用儒佛两种工具。""僧祐在他的《弘明集后序》也大量引用儒家的经典，论证儒佛两家在许多论点上相一致。""当时，调和儒佛的论调很普遍，所以笃信佛教的刘勰，同时兼受佛家影响和崇拜孔子，原不足奇。""刘勰本人的思想是否有儒佛融和论的倾向呢？我们认为回答应该是肯定的。《灭惑论》：'至道宗

---

① 杨明照：《文心雕龙校注拾遗》，上海：上海古籍出版社，1982年，第392–393页。
② 郭绍虞：《试论〈文心雕龙〉》，《语文学习》1957年第9期。

极……陶然群生无异也。'这段话的基本论点是：'道'本身只有一个，它是天地万物之本源，只是当它化生万物之后，有了人类，才各以自己的语言去称呼它。孔子和佛，一个是中国人，一个是印度人，说的语言不同，他们各自会对具体问题施教，表现也不同。然而他们所阐述的却就是这个'道'的本身，在本质上两者是完全一致的。……在刘勰的心目中，孔子和佛都是'明道'的圣人，他们的说教，都是'原道心以敷章，研神理而设教'。亦即发现了那个绝对真理而把它用'文'的形式表达出来。因此从根本上说，不可能有什么差别。刘勰这种强调儒佛相同的论点和孙绰、僧祐完全一致。""刘勰虽然笃信佛教，却又博览群书，推崇儒家……他所批评论述的作品，又完全是中国作品……因此在《文心雕龙》中佛教思想的影响相对地减弱。"①

曹道衡又在《文学遗产》11 期《对刘勰世界观问题的商榷》一文中如是说："在我看来，刘勰所谓'至道宗极，理归乎一'的'道'，正是与朱熹所谓'理'，黑格尔所谓'绝对精神'相似的东西……所谓'梵言菩提，汉语曰道'的分别，在刘勰看来是因为'万象既生，假名遂立'的情况。这句话和'理归乎一''本固无二'是互相对应的……'万象未生'之初就没有什么'菩提'或'道'的假名，那个最高原则或自然之道，都是万象未生之前就已存在着。'经'就是'道'的文字表现……儒佛都是'道'的阐明者，圣帝、菩萨所起的作用都是'道沿圣以垂文'的作用。'道'是一个，所以'殊教合契，未始非佛'。"②

人民出版社 1962 年出版的由余冠英、胡念贻、曹道衡、刘建

---

① 曹道衡：《刘勰的世界观和文学观初探》，《光明日报》1961 年 4 月 16 日。

② 曹道衡：《对刘勰世界观问题的商榷》，《文学遗产》增刊第 11 辑，北京：中华书局，1962 年，第 54–56 页。

初等中国科学院文学研究所中国文学编写组成员编著的《中国文学史》中亦称："刘勰的思想受儒家和佛家的影响都很深……刘勰从小同和尚生活在一起，他颇受佛教熏染。现在刘勰的遗文……还有《灭惑论》《梁建安王造剡山石城寺石像碑》……前一篇是从哲学上阐述儒、佛两家'殊教合契''异经同归'的主张，后一篇则是宣扬佛教威灵的……但在《文心雕龙》中所表现的则主要是儒家思想。"①

陆侃如《〈文心雕龙〉论"道"》指出："佛教之道在《文心雕龙》中占什么位置呢？……在刘勰心目中，自然之道、儒家之道和佛教之道是三位一体的。自然之道是最高的原则和规律。他认为儒家和佛教的区别，仅仅在于前者来自中国，而后者产生于外国，用外国语来说教。他在《文心雕龙》中不用佛教词汇，理由也在于此。""刘勰认为儒家之道和佛教之道都符合自然之道，但《文心雕龙》是讨论中国文学的，所以不用佛教的语汇。"②

祖保泉先生《刘勰仕梁前的思想倾向问题》说："刘勰在依沙门的十余年中，既业于儒，又染于佛。"并指出"刘勰的'笃志好学'，这'志'不仅在于'学'，而且在于'仕'。"③

按，"笃志好学，这'志'不仅在于'学'，而且在于'仕'"，极富启示性。知其"学"不限于佛，志"在于仕"则可以随后的从政生涯证之，确乎是其抱负所在。《文心·程器》篇所言"君子藏器，待时而动，发挥事业……摛文必在纬军国，负重必在任栋梁，穷则独善以垂文，达则奉时以骋绩，若此文人，应梓材之士矣"对此已

---

① 中国科学院文学研究所中国文学编写组：《中国文学史》，北京：人民文学出版社，1962年，第305–306页。

② 陆侃如：《〈文心雕龙〉论"道"》，《文史哲》1961年第3期。

③ 祖保泉：《刘勰仕梁前的思想倾向问题》，《合肥师范学院学报》1962年第4期。

有所流露。

"勰早孤，笃志好学""依沙门僧祐，与之居处，积十余年，遂博通经论，因区别部类，录而存之。今定林寺经藏，勰所定也。"早年即有深厚学养，颇受僧祐器重，助其整理经藏而未入佛门，却在入仕之前撰就《文心雕龙》，拦车鬻书获沈约奖掖，步入仕途。此后虽一度得好文学的昭明太子"爱接"，得为东宫通事舍人，但总的说来始终沉于下僚。传记仅称其在太末令任上"政有清绩"，可知他"纬军国，任栋梁""奉时骋绩"的抱负难以实现。志"在于仕"必有对现实政治深切的关注，难以实现宏图的思想理论大家，晚岁写出有若干针砭时弊（如根治贪腐）和军国大计（如"以文止戈"和重申"好战必亡，忘战必危"之古训）方面有卓越政见的《刘子》不足奇。相反，那个时代如此不同凡响的子学著述《刘子》出自他人之手的说法，倘无确凿证据，如何能够成立！

（二）《出三藏记集》和《灭惑论》中提供的信息

日本学者兴膳宏对刘勰与《出三藏记集》的关系作过研究：

　　　　刘勰在《出三藏记集》的编纂中作过贡献，而且这种贡献发挥了重要的作用……

　　　　具有讽刺意味的是，僧祐自己在此书中暗示了这样一种可能性，即他用自己的名字发表的著作不一定由他本人执笔。例如卷十二《经序》末尾有"僧祐编"《法集杂记铭》七卷，列记了序和篇目，其中除僧祐自己的著作外，还有刘勰撰《钟山定林上寺碑铭》一卷、《建初寺初创碑铭》一卷、《僧柔法师碑铭》一卷及沈约撰《献统上碑铭》一卷。僧祐在序中说："其山寺碑铭、僧众行记，文自彼制，造自鄙衷。"也就是说：以上所举四篇文章虽然出自刘勰、沈约之笔，而内容却是僧祐自己的；可以理解为僧祐向刘、沈叙述了自己的旨趣，而委托他们走笔成文。僧祐与沈约的关系如何目前还不太清楚，但对于弟子刘勰，经常嘱他撰写此类文字恐怕是毫不足怪的。按照三段论法，可以说《出三藏记集》内的文章出于刘勰之手的假定具备了确凿的条件。

其次，从散见于本书中的著者的文章中，往往使人感到它们并非出于僧祐之手。如上文所举（卷五《名录》部《新集安公注经》及《杂经志录》第四），由于僧妙光所作疑经引起物议，僧祐及其他高僧遂奉武帝敕命会集建康进行审理。文云："即以其年四月二十一日，敕僧正慧超，唤京师能讲大法师宿德僧祐、昙准等二十人，共至建康，前辩妙光事。"

在中国人与人之间关系中，序列是十分重要的。因此，僧祐作为二十名高僧的代表，却把自己的名字列在最前的这一种情况按照常识说来是不自然的；而且在自己的名字前边冠上庄严的"宿德"字样简直令人感到滑稽。如果"宿德"僧祐真的是这篇文章的作者，他一定不会这样写。可以说代笔者在这些例子中露了马脚。那么，范文澜氏认为僧祐因宣扬佛法多忙，无暇潜心著述，故以其名发表的作品，皆出于刘勰之手这一看法又如何呢？[①]

学界皆认为，"今定林寺经藏，勰所定也"透露出，僧祐整理的佛学典藏文字多为刘勰手笔。署僧祐作《出三藏记集序》中确有不少玄学和《文心》惯用词语：

> 夫真谛玄凝，法性虚寂，而开物导俗，非言莫津……
> 原夫经出西域，运流东方，提挈万理，翻转胡汉。国音各殊，

---

① 彭恩华编译：《兴膳宏〈文心雕龙〉论文集》，济南：齐鲁书社，1984年，第20-21页。

故文有同异；前后重来，故题有新旧。而后之学者，鲜克研核；遂乃书写继踵，而不知经出之岁，诵说比肩，而莫测传法之人。授受之道，亦已阙矣。夫一时圣集，犹五事证经，况千载交译，宁可昧其人世哉！

　　昔安法师以鸿才渊鉴，爰撰经录，订正闻见，炳然区分。自兹以来，妙典间出，皆是大乘宝海，时竞讲习。而年代人名，莫有铨贯，岁月逾迈，本源将没，后生疑惑，奚所取明？祐以庸浅，豫凭法门，翘仰玄风，誓弘大化。每至昏晓讽持，秋夏讲说，未尝不心驰庵园，影跃灵鹫。于是牵课羸恙，沿波讨源，缀其所闻，名曰《出三藏记集》……若人代有据，则表为司南……庶行潦无杂于醇乳，燕石不乱于荆玉。但井识管窥，多惭博练，如有未备，请寄明哲。①

与《文心》共用者如上文中的"玄风"（《明诗》有"溺乎玄风"）、"牵课"（《养气》有"牵课才外"）、"司南"（《体性》有"文之司南"）、"博练"（《正纬》《史传》《神思》各一）、"燕石不乱于荆玉"（《知音》有"宋客以燕砾为宝珠"），以及"沿波讨源"（与《知音》同）、"请寄明哲"（与《时序》同）……

《出三藏记集》卷第二起始云："神理本寂，感而后通。"《胡汉译经文字音义同异记》第四开篇称"神理无声，因言辞以写意；言辞无迹，缘文字以图音"（《文心》中"神理"《原道》三见，《正纬》《明诗》《情采》《丽辞》各一），结句是"始缘兴于西方，末译行于东国，故原始要终，寓之纪末云尔"（《文心》中"原始要终"《史传》《章句》《附会》《时序》各一）。

---

　　① 〔梁〕释僧祐撰，苏晋仁等点校：《出三藏记集》，北京：中华书局，1995 年，第 1-2 页。

　　杨明所著《刘勰评传》第二章《捍卫佛法的〈灭惑论〉》中说：
"刘勰的《灭惑论》作于齐代。僧祐于齐末为自己所编的八种佛教
著作作一总序，有云'护持正化，故集弘明之论'，系指《弘明集》
而言。《灭惑论》收在第五卷之末。所谓'灭惑'，即灭除、批判
攻讦佛教的诳惑之说。"[①]随即介绍了佛、道二教关系和刘勰写作《灭
惑论》的历史背景：

　　　　佛教传入中国，一般认为是在东汉初年。而在秦汉方士神仙
之说的基础上，依托附会《老子》之言而形成的道教，它的萌芽、
生长，也正是佛法初来之时（道教的产生在东汉末年）。以后很
长的历史时期之中，二教并存，都获得了很大发展，而有时也有
矛盾斗争。

　　　　佛教初入中华，是被当作一种道术看待的。比如汉光武帝之
子楚王刘英（明帝之弟），既"喜黄老学"，又"为浮屠斋戒祭祀"，
"洁斋三月，与神为誓"（《后汉书·楚王英传》）。所谓"黄
老学"，即黄老道术，亦即神仙家之流。……

　　　　汉魏之际，佛经译出稍多，佛教才渐渐脱离了方士神仙之术。
佛学哲理内容新鲜，形式精致，富于思辨性，颇为士大夫所喜好。
但魏晋人士是把佛理看作与老庄玄学差不多的东西的。他们用玄
学的眼光去解释、发挥佛家哲理，形成了一种佛教玄学。谈论佛理，
则成为清谈风气中的一部分。至于佛教信仰，也被统治者所接受，
并且与道教并行发展。……梁武帝萧衍，初时信奉道教，后来宣
言放弃道教信仰而一心皈依佛教，成为历史上有名的崇佛的皇帝。
但他仍说释、儒、道三教同源，老子、周公、孔子是如来弟子。
对著名道士、茅山教派的著名人物陶弘景，他也还是很尊重的……

———————
　　① 杨明：《刘勰评传》，南京，南京大学出版社，2001年，第31页。

当然，佛教毕竟是外来文化，与中国西域的文化、观念，不可能没有矛盾。比如沙门出家不娶妻，在中国人看来，便是弃亲不孝、断绝后嗣的恶行。道教则是本土的宗教，故二教也有互相排斥的一面……

在南朝的释、道争辩中，道士顾欢作《夷夏论》引起论争，便是一个著名的事件。《夷夏论》作于刘宋时，该论认为"道则佛也，佛则道也"，二教本源相同，老子、释迦均为圣人，而其教化形迹，则有所不同；道教宜于中国，佛教宜于西戎，不可互换。其说虽会同二教，其实扬道抑佛。其立论根据，在于所谓夷夏之辨。认为西戎无礼教，风俗丑恶，佛教乃"绝恶之学""破恶之方"；而"华风本善"，故佛教不宜于中国。道教则是"兴善之术"。[①]

在简介刘勰写作《灭惑论》的历史背景后说："刘勰所驳斥的《三破论》，全文已佚，只能从刘勰、僧顺的《三破论》中知其大略。所谓'三破'，即攻击佛教破国、破家、破身。刘勰一一加以驳斥。"[②]指出将道家分为"三品"虽非刘勰首创，但他的辨析准确到位，合乎汉魏六朝"道家"的历史发展脉流与时代特征。杨明联系佛教在中土流播的过程，简明切实地评介了《灭惑论》问世的时代背景及其理论价值和意义。[③]

刘勰的《灭惑论》批驳崇道毁佛的《三破论》，既捍卫了佛学宗旨，又显示出辨析道、儒思想宗尚的理性态度：

至道宗极，理归乎一；妙法真境，本固无二。佛之至也，则

---

① 杨明：《刘勰评传》，第32–35页。
② 杨明：《刘勰评传》，第36页。
③ 参见杨明：《刘勰评传》，第43–51页。

空玄无形而万象并应，寂灭无心而玄智弥照。幽数潜会，莫见其极；冥功日用，靡识其然。但言万象既生，假名遂立。梵言菩提，汉语曰道。其显迹也，则金容以表圣；应俗也，则王宫以现生……权教无方，不以道俗乖应；妙化无外，岂以华戎阻情？是以一音演法，殊译共解；一乘敷教，异经同归。经典由权，故孔、释教殊而道契；解同由妙，故梵、汉语隔而化通。但感有精粗，故教分道俗；地有东西，故国限内外。其弥纶神化，陶铸群生，无异也。固能拯拔六趣，总摄大千，道惟至极，法惟最尊。[①]

"梵言菩提，汉语曰道"让人眼睛一亮！古代论著中涉及与异域关键性范畴概念的转换时直言"汉语"实为少见，透露出论者不凡的学养和清醒的认识。"梵汉语隔而化通"表明实现中外理论著述融通的必由之径是两种语言概念意涵障碍的化解。找到相互融通的关键词，有助于克服"夷夏之大防"。受时代影响，刘勰此处尚以"道"释"菩提"，还未将其"觉"（悟）的意涵表达出来。佛学中高度赞许"觉"——信仰和思维、精神境界由迷惑到醒悟的跃升。一些佛学高层次语汇（包括"菩萨""罗汉"等称呼）都多少带有觉悟或觉悟者的意蕴。庄学中有"体道"一词，其"体"就有从切身的生命体验中感悟真髓的意涵。这或许是以后庄禅融通的途径之一。

可从语汇融通方面略作补充的是，"空玄无形而万象并应，寂灭无心而玄智弥照"，可见"玄"是道、佛趋同的思维特征。"涅盘大品，宁比玄妙上清"即以"玄妙"称道（"上清"），颇与《文心·论说》篇先称许一系列玄学名家论著"并师心独见，锋颖精密""并独步当时，流声后代"，随后极赞"动极神源，其般若之绝境乎"相似。

---

① 〔梁〕释僧祐撰，李小荣校笺：《弘明集校笺》，第 427-429 页。

《灭惑论》将道家分为三个品级，赞老子"实为大贤"，肯定其学说的政治功用；等而下之的是信奉神仙的道教，以及用方术愚民作乱的五斗米道；痛斥"神仙小道""张陵米贼""教失""体劣"。攻击佛学的"三破论"正是属于次品的"神仙小道"的道士所为。将道家分品评说展现了论者卓越的见识。

从东汉起就有神仙方术之士打着"道家"旗号以宗教活动的方式蛊惑世人，乃至"愚民作乱"。老庄学说基本没有宗教色彩（《庄子》明谓多以荒诞无稽的寓言说事，所谓"造物者"指自然本体，"神人""至人"指精神境界的超人而非仙家），此所谓"贵在无为，理归静一，化本虚柔"，全在哲理方面。东晋葛洪所著《抱朴子》有内、外篇，外篇《自叙》说："其《内篇》言神仙、方药、鬼怪、变化、养生、延年、禳邪、却祸之事，属道家；其《外篇》言人间得失，世事臧否，属儒家。"①其所谓"道家"只能是"神仙小道"一类。然而，宋尤袤《遂初堂书目》和清《四库全书提要》皆将《抱朴子》归入子部道家。

古代论著中"道家""道教"常不甚区别，在当今研讨中却不宜混同。刘勰能区别对待十分难得。说老子"著书论道，贵在无为""乃导俗之良书，非出世之妙经"，透露他确有积极入世、以黄老理念从政的意向。

王元化先生《文心雕龙创作论·〈灭惑论〉与刘勰的前后期思想变化》一文指出：

> 从《灭惑论》的内容来看，亦多与梁时奉佛事有关。《灭惑论》是一篇站在佛教立场从事佛道之争、华夷之辨的论战文字……在

---

① 〔晋〕葛洪著，杨明照校笺：《抱朴子外篇校笺》，北京：中华书局，1991年，第698页。

梁武帝时反佛派曾利用《三破论》作为打击奉佛派的有力武器……梁武帝本来世代信奉道教，可是登位后于天监三年四月八日，即集道俗二万人，于重云殿重阁手书《舍事道法诏》，声明改信佛教……

我认为《灭惑论》为迎合上意而作的可能性很大……总括说来，《灭惑论》在佛学思想方面比较突出地表现在三个特点：一、文中多称涅槃、般若，似于佛典中特别重视涅槃、般若之学，而同时又不废禅法。二、文中处处流露了玄言之风，带有玄佛并用的浓厚色彩。三、文中凡论儒释道三家关系时，悉本三教同源之说。这三个特点正与梁武帝的佛学思想宗旨同符，理趣合轨。

般若之学，本附玄学以光大。梁时般若复昌，亦不离玄风。《颜氏家训·勉学篇》论梁朝玄风云："洎乎梁代，兹风复阐，《庄》《老》《周易》，谓之三玄。武皇简文，躬自讲论。"《续僧传》记道宣论梁代佛法亦称："每日敷化，但竖玄章。"以上都是梁代重新恢复了正始玄风的明证。从这方面来看《灭惑论》也留下了写于梁时的烙印。《灭惑论》带有玄佛并用的浓厚色彩，这是一览可知的。文中称佛教为"玄宗"，佛教之化则为"玄化"。余如"空玄""玄智""宗极"之类，莫不属玄佛并用的特殊用语。玄学贵虚无，在本体论上有本末（或言体用）之辨。本体虚无，超乎象外，在于有表，不可以形名得，引申在方法上则有言意之别。般若性空之谈由玄入佛，亦并取二说，因而"得意忘言"之义每每见于佛家谈空的著作之中……不过，如果我们比较一下《文心雕龙》和《灭惑论》对同一个言意问题的看法，就会发现其间存在着原则的分歧。《文心雕龙》曾在三处地方涉及言意问题。一、《神思篇》："物沿耳目，而辞令管其枢机；枢机方通，则物无隐貌。"二、《神思篇》："意授于思，言授于意；密则无际，疏则千里。"

三、《物色篇》："皎日彗星，一言穷理，参差沃若，两字穷形；并以少总多，情貌无遗矣。""物无隐貌"说明辞令可以穷尽物象，"密则无际"说明思言意三者可以相通，"穷理穷形"说明《诗经》就是言尽意的标本。显然，这与《灭惑论》"弃迹求心"的说法完全背道而驰。倘使我们再比较一下《文心雕龙》和《灭惑论》对同一玄风的态度，就更可以发现它们之间的矛盾。《灭惑论》俨然以玄谈的姿态出现，《文心雕龙》却对玄风力加抨击。《明诗篇》："正始明道，诗杂仙心，何晏之徒，率多浮浅。""江左篇制，溺乎玄风；嗤笑徇务之志，崇盛亡机之谈。"《时序篇》："自中朝贵玄，江左弥盛，因谈余气，流成文体。是以世极迍邅，而辞意夷泰；诗必柱下之旨归，赋乃漆园之义疏。"这两段话都露骨地呵责玄风是一种脱离现实、粉饰现实的不良倾向……①

按，《文心·论说》篇有鲜明的佛、玄印记，可知刘勰对两者思想理论的评价。联系其他篇相关述评，能了解他对"玄风"正面和负面影响的不同认识。

《文心》中有《论说》篇，属"论文叙笔"的文体论，其首段释"论说"云：

> 圣哲彝训曰经，述经叙理曰论。论者，伦也；伦理无爽，则圣意不坠。昔仲尼微言，门人追记，故仰其经目，称为《论语》……论也者，弥纶群言，而研精一理者也。

周振甫《文心雕龙注释》中说："《释名·释典艺》：'论，伦也，有伦理也。'伦是有条理。"又释《论语》云："《汉书·艺文志》：

---

① 王元化：《文心雕龙讲疏》，上海：华东师范大学出版社，2016 年，第 21–25 页。

'《论语》者，孔子应答弟子时人，及弟子相与言，而接闻夫子之语也。当时弟子各有所记，夫子既卒，门人相与辑而论纂（撰），故谓之论语。'"①

蒋祖怡的《论〈文心雕龙〉中的"神""理""术"》指出："彦和精通佛典，博览群书……在某些具体问题上，在一定程度上，也受佛家之说好的一面影响，比如在《论说篇》里，他用佛典中的'论'来解释我国古代'论说'之'论'，因此对《论语》的'论'作了错误的解释。"②刘勰释"论"用了佛学语，或因儒学要典中以"论"称名者唯有《论语》。然而，《论语》并非条分理析的论著，而是如《汉书·艺文志》所说主要是孔子门人追记的其与弟子、时人相关道德伦常的语录。

《论说》中如此述评魏晋学术：

魏之初霸，术兼名法；傅嘏、王粲，校练名理。迄自正始，务欲守文；何晏之徒，始盛玄论。于是聃周当路，与尼父争途矣。详观兰石之《才性》，仲宣之《去伐》，叔夜之《辨声》，太初之《本玄》，辅嗣之《两例》，平叔之《二论》，并师心独见，锋颖精密，盖人伦之英也。至如李康《运命》，同《论衡》而过之；陆机《辨亡》，效《过秦》而不及；然亦其美矣。次及宋岱、郭象，锐思于几神之区；夷甫、裴頠，交辨于有无之域：并独步当时，流声后代。然滞有者，全系于形用；贵无者，专守于寂寞。徒锐偏解，莫诣正理；动极神源，其般若之绝境乎！逮江左群谈，惟玄是务；

① 周振甫：《文心雕龙注释》，北京：人民文学出版社，1981年，第203页。
② 蒋祖怡：《论〈文心雕龙〉中的"神""理""术"》，《杭州大学学报（人文科学版）》1962年第1期。

虽有日新，而多抽前绪矣。

……若毛公之训《诗》，安国之传《书》，郑君之释《礼》，王弼之解《易》，要约明畅，可为式矣。

对诸多玄学名家理论上的独创性、辩证"锋颖精密"予以相当高的评价。"然滞有者，全系于形用；贵无者，专守于寂寥：徒锐偏解，莫诣正理"，对玄辨中"贵无""崇有"论争双方存在偏颇的指斥也很到位。随即的"动极神源，其般若之绝境乎"表明，佛学的"般若"说揭示本体论真谛，达于理论之至境（刘勰思想理论无疑深受其浸润），为玄学各家论说难以企及。既是对玄学思辨成就及其在魏晋南北朝学术中引领地位的确认，也表明庄玄与佛学思维方式的切近，否则岂能作如此比较？

刘勰立论在儒典中尤为倚重《易传》，最推重的玄学家则是王弼，称王弼的《周易略例》与汉代经学大师的经典训释皆"要约明畅，可以为式"，说明玄学中已有道儒互促与融通。

儒学短板正在事物运作机制和内在规律揭示方面，道家"自然之道"与"玄化"的理论导向可弥补其缺失。

《文心》中所谓"玄风"涉及受玄学影响的三个方面是，以著述阐发玄学主张的论辩、清谈，以及玄言诗赋的创作。受抨击的是后二者，相关的评价很有分寸。《明诗》云："江左篇制，溺乎玄风，嗤笑徇务之志，崇盛亡机之谈；袁孙以下，虽各有雕采，而辞趣一揆，莫与争雄。"是谓玄谈嘲笑官员勤于世俗政务的志趣，推崇淡忘功利机巧的情态。步入仕途本当尽其心智履责于民众生计、军国事务，却受讥讽嘲笑，显然脱离现实，有违从政为民的理念。"辞趣一揆"更不符文学审美创造宗旨。《时序》篇说："自中朝贵玄，江左称盛，因谈余气,流成文体。是以世极迍邅,而辞必夷泰。诗必柱下之旨归,赋乃漆园之义疏。""诗必柱下之旨归,赋乃漆园之义疏"略带揶揄,诠解老庄并非文学艺术的任务,脱离实际叙写虚无缥缈的玄言诗赋无疑应受贬斥。

冯友兰《中国哲学史新编》四十三章《玄学的尾声及其历史功过》末尾说:

> 当时及后世的人都说"清谈"误国。晋朝政治上社会上的混乱,其原因是多方面的,不能完全都归咎于清谈,然而清谈是其原因之一,至少也是其现象之一。
>
> 玄学"辩名析理"的方法提高了中国哲学的理论思维能力,它所讲的"后得的浑沌"提高了人的精神境界,它所阐发的超越感、解放感,构成了一代人的精神面貌,所谓晋人风流。但脱离实际是它最大的缺点。[1]

《论说》开篇用佛学的"圣哲彝训曰经,述经叙理曰论"诠释"论"体,尽管与《论语》之"论"的涵义不符,却道明了"论"这种说理文体的特点。《论说》本属"论文叙笔"文体论,"述经叙理曰论"的解释更加合乎规范。既用佛学语释"论"体,又在与玄学理论比较中标举"般若"思想精神之至境,不仅刘勰推崇佛学无可置疑,还透露出梵语佛学概念的汉译在克服"夷夏之大防"上的重要性,可谓在以另一种方式鼓吹《灭惑论》中所谓"梵汉语隔而化通"。

---

[1] 冯友兰:《中国哲学史新编》,第 597 页。

从现存相关佛学史料尤其是《灭惑论》可见刘勰思想理念中儒、佛之融通，及其对道家"三品"的不同评价，与《文心·论说》及"下篇"文学规律论联系，则知其论证依据多来自老庄学说。从而可以了解刘勰思想理论取得伟大成就，以及那个时代（战国百家争鸣之后又一次思想繁荣时期）学术水平跃升、三教合一的学术传统形成之所然。

第二章　佛教"中土"化及三教合一的态势

一、思想史论的共识

在玄学助推佛教的"中土"化，以及汉魏六朝三教合一的态势和时代特征上，哲学史研究者有基本的共识，也认识到佛学对《文心》的一些影响。

陆侃如在《〈文心雕龙〉论"道"》一文指出："佛教之道在《文心雕龙》中占什么位置呢……在刘勰心目中，自然之道、儒家之道和佛教之道是三位一体的。自然之道是最高的原则和规律的。他认为儒家和佛教的区别，仅仅在于前者来自中国，而后者产生于外国，用外国语来说教。他在《文心雕龙》中不用佛教词汇，理由也在于此。"①

张文勋《漫谈刘勰文学观的思想基础》说：

> 刘勰的宇宙本体论主要表现在他对"道"的看法上……而刘勰则企图把儒、释、道三家的"道"沟通，所以他说："至道宗极……故梵汉语隔而化通。"（《灭惑论》）在刘勰看来，"道"是宇宙万物的本源，无论儒家也好，释家也好，都是通过不同的途径和方法来探索这个"道"，因此，归根到底，其揆则一。那么"道"是什么呢？刘勰认为是一个法则，一种抽象的概念，物质世界就是这个"道"的表现，他说："夫玄黄色杂，方圆体分……此盖道之文也。"（《原道》）

---

① 陆侃如：《〈文心雕龙〉论"道"》，《文史哲》1961年第3期。

他所谓"道之文"就是外在的表现形式。"道"是一种抽象的东西，世界万物皆生于道，所谓："幽教潜会……汉语曰道。"（《灭惑论》）这里刘勰谈的是佛家的"道"，但他的解释却与老子的哲学相近，即"道"是永恒不变的客观存在的自然法则，是"空玄无形""寂寞无心"的东西，但它能够使"万象并应""玄智弥照"。（《灭惑论》）

刘勰所说的"道"主要是儒家的"道"，但他力图使儒、佛、道三家对道的解释统一起来。当刘勰在解释客观世界与"道"的关系时，认为客观世界是"道"的外化，在他看来，这一条原理，无论在儒、佛、道各家都是一致的……所不同者，只不过儒、佛、道诸家是通过不同的途径去认识"道"，儒家是通过社会现象去认识"道"，而佛家是"空玄无形""即心即佛"的办法去领悟"道"。[①]

文勋先生《"兼解以俱通，随时而适用"——〈文心雕龙·原道〉再议》指出：

《文心雕龙》固然是六朝文学发展的产物，但它又是我国从先秦至六朝文化熏陶的结晶。它总结了历代文学创作实践的经验，又从多种文化思想中汲取了营养，特别是从儒道佛三家为主的各家学说中，获得理论武器，形成了自己独有的文学理论系统结构形态。《文心雕龙》之所以能有如此高的成就，就在于它不囿于一家之见，而能博取各家之长，"兼解以俱通，随时而适用"，这是刘勰谈到奇正、刚柔的关系时说的，但也正是他的治学态度，也是《文心雕龙》的最大特色。因此，我不同意把刘勰的文学思想简单地划为儒家思想或佛家思想，应该说是兼收并蓄而又有自

[①] 张文勋：《漫谈刘勰文学观的思想基础》，《光明日报》1961年4月9日。

己的创造，我所持的是融合论。

　　……我认为刘勰文艺思想及其理论形态的形成，与儒、道、佛各家学说都有密切关系，如果我们不是从刘勰某些装点门面的宣言去看，而是从他的理论实质去分析，那我们就不能说"在《文心雕龙》里严格保持儒学的立场，拒绝佛教思想混进来"（范文澜语），也不能说"《文心雕龙》所原所明的道是佛道"（石垒语），或者说是"以佛统儒，佛儒合一"（马宏山语）。我也不同意简单地认为"道乃原则规律"……"自然之道乃客观事物之规律"（沈谦语）。①

　　玄学助推佛教"中土"化典型的一例是北朝后秦僧肇《肇论》的问世。汤用彤《汉魏两晋南北朝佛教史》"僧肇传略"中说他："家贫，以佣书为业……志好玄微，每以《庄》《老》为心要。乃读老子《道德》章，乃叹曰：'美则美矣，然栖神冥累之方，犹未尽善。'后见旧《维摩经》，欢喜顶受，披寻玩味，乃言：'始知所归矣。'因此出家，学善《方等》，兼通三藏。及在冠年，而名振关辅……后（鸠摩）罗什至姑臧，肇自远从之。什嗟赏无极……肇便著《般若无知论》，凡二千余言，竟以呈什。什读之称善。"汤先生称"僧肇为中华玄宗大师"，其"《物不迁》《不真空》及《般若无知》三论，实无上精品"。②

　　随后的"僧肇之学"一节说："魏晋以讫南北朝，中华学术界异说繁兴，争论杂出，其表现上虽非常复杂，但其所争论实不离体用观念。而玄学、佛学同主贵无贱有。以无为本，以有为末。本末

---

　　① 饶芃子主编：《文心雕龙研究荟萃》，上海：上海书店出版社，1988年，第238–250页。

　　② 汤用彤：《汉魏两晋南北朝佛教史》，北京：中华书局，2016年，第233、236页。

即谓体用，《般若》之七宗十二家，咸研求此一问题，而所说各异。僧肇悟发天真，早玩《庄》《老》，晚从罗什。所作《物不迁》《不真空》及《般若无知》三论，融会中印之义理，于体用问题有深切之证知，而以极优美极有力之文字表达其义，故为中华哲学文字最有价值之著作也。"①

第九章《释道安时代之般若学》"本末真俗与有无"一节云：

> 魏晋玄学者，乃本体之学也。周秦诸子之谈本体者，要以儒道二家为大宗。《老子》以道为万物之母，无为天地之根（根本也）。天地万物与道之关系，盖以"有""无"诠释。"无"为母，而"有"为子。"无"为本而"有"为末（参看《老子》五十二章王注）。本末之别，即后世所谓体用之辨（体用二字对用见于《老子》三十八章王注）。魏正始中，何晏、王弼祖述《老》《庄》，其立论以为天地万物皆以"无"为本（《晋书·王衍传》）。及至晋世，兹风尤甚。士大夫竞尚空无，凡立言借于虚无，则谓之玄妙（裴𫖯《崇有论》语），遂大唱贵无之议，而建贱有之论。"本无""末有"，实为所谓玄学之中心问题。学者既群驱有无之论，而中国思想遂显然以本体论为骨干。至若佛教义学则自汉末以来，已渐与道家（此指老庄玄理，而非谓道教方术）合流。《般若》诸经，盛言"本无"，乃"真如"之古译（支谶已用此语。谶虽在何、王之前，然般若是否对于正始玄谈有影响，则无事实证明）；而本末者，实即"真""俗"二谛之异辞。真如为真，为本。万物为俗，为末。则根本理想上，佛家哲学已被引而与中国玄学相关合。
>
> 贵无贱有，反本归真，则晋代佛学与玄学之根本义，殊无区别。

---

① 汤用彤：《汉魏两晋南北朝佛教史》，第236页。

> 由是而僧人之行事风格，研读之书卷，所用之名辞，所采之理论，
> 无往而不可与清谈家一致。①

以无有、本末、体用等范畴组合入论正是玄学专擅，也可谓推动魏晋南北朝学术水准跃升的关键性手段。

玄学思辨之优长正在深入事物现象运化机制，故有"玄鉴""玄德""玄妙""玄机""玄智""神通""神理"等概念；且擅长以对应的范畴组合入论，如"有无""动静""本末""体用""神形""心物""才性"……《文心·论说》兼综各家哲学思考，故论及玄学名家之时特别推举佛学"般若"境界。

隋代王通《文中子·问易》中则已能明确见到"三教合一"的主张：

> 程元曰："三教何如？"子曰："政恶多门久矣。"曰："废之何如？"子曰："非尔所及也。真君、建德（分别为后魏太武帝和周武帝年号）之事，适足推波助澜，纵风止燎尔……三教于是乎可一矣。"②

指出儒、道、释鼎立，是南北朝以来的既成事实，能适应统一王朝政治需要。

二、儒佛道之融通以及佛理在两书中未被征引之所由

儒、佛、道说到底都是不分地域、国别、族群限制的普世哲学。不过佛教毕竟是宗教，而孔孟和老庄学说的宗教色彩淡薄。

---

① 汤用彤：《汉魏两晋南北朝佛教史》，第 191–193 页。
② 〔隋〕王通著，〔宋〕阮逸注，秦跃宇点校：《文中子中说》，南京：凤凰出版社，2017 年，第 46–47 页。

佛教倡导自我修行、弃恶从善，有济世、普渡众生的理念；孔子标举仁学，倡导为仁由己、推己及人的修、齐、治、平，仁学体现了博大精深而又平易可行的人本思想。《论语·学而》篇说："泛爱众，而亲仁。"《颜渊》篇有："樊迟问仁，子曰：'爱人。'"。《述而》篇亦云："我欲仁，斯仁至矣。"是从我做起，由近及远，范围由小及大，以仁爱为核心和动力，由自我修持始，达成完善社会的理想。《老子》八章云："上善如水。"四十九章曰："圣人无常心，以百姓心为心。"五十九章则以积德为"长生久视之道"。

儒、道、佛皆有对生命的尊重。

儒家热衷政治教化，身体力行，造就仁爱和谐的社会关系，为学则绝少作抽象的分析论证。佛学本与政治疏离，但有去恶行善、普渡众生的信仰，为与仁爱为本的儒家融通创造了条件。《老子》十九章倡导"见素抱朴，少私寡欲"，标举"道法自然"（二十五章），探究和依循事物现象生成演化的机制和内在规律。《庄子·渔父》所谓"法天贵真"，鼓吹人天性的回归。亦无碍与佛学交互并流。

道与佛均好作深邃玄妙精神境界的探求。

《老子》的"玄之又玄，众妙之门"，指向奥妙的事物现象运化机制，故佛经翻译中屡用"玄"字，《文心·论说》中将玄名家学说与佛学"般若之绝境"比较不足奇；"因""缘"指向原由和相互关系，"空"与"色空""虚无""形用"也不无契合。以老庄释儒典起步的玄学与佛学在思想理念和方法上有切近处，以本根性的抽象概念组合"有无""神形""体用""一多""言意"的对应和辩证，探究"虚静""自然""玄赜""几微""本真"的思维特征。

佛学也重内向的生命意义探求和精神境界升华，有开启智慧、尚觉悟、求神通、向精神思维之至境跃升的理念。与其思维方式关联，带有"玄"和"觉""悟""智""慧""通"的概念语汇相当多。

《佛学大辞典》释"觉"云:"梵语菩提,旧译曰道,新译曰觉。觉有觉察、觉悟之两义。觉察者察之恶事也,觉悟者开悟真理也。""悟:觉之义,对于迷而言,即自迷梦醒觉也。""悟入:悟实相之理,入于实相之理也。""悟道,开真实之知见,证悟菩提之道也。""智慧"则与"般若"通,有云:"《大乘义》章九曰:'照见曰智,解了称慧。'"释"圆通"曰:"妙智所证之理曰圆通。性体周遍曰圆,妙用无碍曰通。"释"圆照"引云:"《圆觉经》曰:'一切如来本起因地,皆依圆照清净觉相。永断无明,方成佛道。'"①

道家也重体认和感悟。《老子》声称"道可道,非常道"。《庄子·寓言》明言全书"寓言十九"多为荒诞无可稽考的故事,《天下》说"以寓言为广""其辞虽参差而諔诡可观。彼其充实,不可以已";《外物》又有"得意忘言"的主张,渴求与"忘言之人"交流玩味有深奥内涵寓言的心得;《秋水》说:"井蛙不可以语于海者,拘于虚也;夏虫不可以语于冰者,笃于时也;曲士不可以语于道者,束于教也。"强调须卸除说教枷锁,突破时空局限,个体智慧生命才能体察事物万象中含蕴的大道。《庄子》中"体"也常指一种非逻辑推导得出的、从遭际中的切身体验中感悟(认知升华)的思维模式。以下摘录拙著中"'体'也是一种思维方式"中的一段文字说明之:

> 约定俗成的"体"有古人用身体况味的多种意义,不难领略其中生命性的内涵……"体"也可作"近取诸身"的比况,将对人体构成功用的理解推衍到其它事物。
>
> ……

---

① 丁福保编:《佛学大辞典》,台北:华藏净宗学会,2012年,第2900、1803-1804、2203、2333、2336页。

　　庄子所谓"体道""体性"和"体纯素"之"体"不是用于分类之体，也非具体和势态之体，是一种不借助媒介、非逻辑，依靠直觉和悟性的特殊思维方式。之所以用"体"指代，大抵与这种彻悟和洞悉方式的浑全性（由不割裂、不解析，完整的模糊把握所体现）和生命体验的直接性有关。从现有材料上看，首先把"体"用作一种思维方式的是庄子。这首先是对思维类型认识的深化和精致化，是对一种思维方式的发现。推崇"体"的意义还在于，庄子以为对于"道"本体和事物之精髓的认知，不能用逻辑的完全抽象的方式。

　　庄子论"心斋"时说，"无听之以耳而听之以心，无听之心而听之以气"，以为对"道"的接纳和把握是由"心斋"中"虚静"的"气"（生命之基始）去完成的。推崇一种特殊的把握方式：无须媒介，非逻辑，甚至无须耳目的感觉，对体现"道"的认知对象从心灵的感受体认直接跃升到全面洞悉和完整把握。这种体认彻悟有时在《庄子》对"体"的创造性使用中表现出来。

　　《易·系辞下》言及思想方法时曾说："近取诸身，远取诸物。"古人确乎善于以切"身"体验为起点进行推演和比况，"体"成为一种思维方式就是很好的例子：从头脑、躯干、四肢的主次、上下、左右，到男女阴阳刚柔的对立，以及"体国经野"的区划；也常从精神形质的内外主从、气息血脉流转的生命运作机制等切身的感受体验出发……由近及远地推而广之，去理解、意会事物现象及至宇宙万物的本源、构成关系、特点属性及其生成演化。[①]

必须说明的是：《文心》《刘子》中虽用了一些佛学概念，偶

---

　　① 涂光社：《中国古代文论范畴生成史》，沈阳：辽海出版社，2017年，第157–161页。

见以佛学话语慰藉失志士人，甚至在与玄学的比较中赞许"般若"达于极致思想境界，毕竟未直接引用佛理作为论证依据。这究竟是何缘故呢？

在文论领域，从说《诗》三百起步的文学理论批评，在佛教传入前已有上千年的历史。进入自觉时代以来又在多方面均有建树：有曹丕《典论·论文》、陆机《文赋》、挚虞《文章流别论》、李充《翰林论》等论著问世，以及文字音韵格律美的规律的发现等重大收获，而《文心》讨论的文学现象、问题、对前论所作的汇总以及经典性总结，均与佛学无直接关联。

政论也源远流长，积淀丰厚。先秦百家争鸣重在社会政治方面，诸子之学在汉代已有以"九流"称之的汇总。面对南北朝时代国家分裂、篡代频仍、豪门腐败垄断仕进等种种积弊，《刘子》必须兼综诸子之学，撷取其合乎时用者并作出变通，对从政者建言献策。

佛教虽克服了"夷夏大防"，当时甚至得到三次"舍身同泰寺"的梁武帝崇信，但仍处于信仰以及对道、儒两家为主轴的传统哲学思考的渗透和交融互通阶段，很少涉及文学和具体政治问题。刘勰这样有深厚学养的理论大家论文学和政治的专著中仅见某些佛学浸润痕迹，不作理论的直接征引正常不过。因此，两书所用一些概念和话语中可见佛学迹印，儒、佛以及玄、佛（或庄、禅）理念的融通多在生命精神理念和思维方式的近似上体现。

佛学对文学的影响到唐宋才得以彰显：唐王昌龄《诗格》、皎然《诗式》、齐己《风骚旨格》和宋代惠洪《天厨禁脔》皆有多样的诗"势"论，张伯伟先生《唐五代诗格丛考》举《苕溪渔隐丛话》前集卷五十五所引："《蔡宽夫诗话》云：'唐末五代，僧流以诗自名者，多好妄立格法，取前人诗句为例，议论锋出，甚有"狮子跳掷"、"毒龙顾尾"等势，览之使人拊掌不已。'……齐己'势'

论的来源，与禅宗影响直接有关。"①南宋严羽《沧浪诗话》更径直以禅喻诗："大抵禅道唯在妙悟，诗道亦在妙悟。"标榜"盛唐诸人，惟在兴趣；羚羊挂角，无迹可寻"。②

古代中国不存在尊奉一种宗教的传统，六朝以来又有三教合一的大势，佛教与社会政治的关系始终保持在信仰和思想精神的浸润方面，很少纠结于具体的施政方略举措，因此古代政论中难寻佛教的迹印。

数十年来在刘勰思想理论研究上林其锬先生可谓竭尽心力，除编著《文心雕龙集校合编》《刘子集校合编》等专书外，还广泛罗集研讨方面的资料。一封来信中其锬师说到汉魏六朝玄学思潮与三教合一的时代特征：

> 玄学思潮与道、儒、释合流问题。玄学作为时代思潮，不单是道、儒会通，还应包含佛学玄化，也就是说，不仅整合中国内部的道、儒两大学派思想，还应包括对外来文化佛学的吸收和会通。……
>
> 上世纪 60 年代（1960—1964）以《光明日报》"文学遗产"专版为核心，包括全国各地方报纸、大学学报、文艺理论刊物在内的关于刘勰和《文心雕龙》思想的争鸣都已提出，可惜未深入展开。我当时花了很大的精力，到上海图书馆寻找全国报刊有关文章进行阅读，并作了摘录，留下四册 768 页笔记，一共摘录了 156 篇争鸣文章，十五本专书和《文学史》有关论述，涉及 13 家报纸、17 家刊物、9 家大学学报，总字数约有 49 万 9 千余字。比如：关于刘勰《文心雕龙》主导思想"道"属谁家的争鸣，就

---

① 张伯伟：《唐五代诗格丛考》，《文献》1994 年第 3 期。
② 〔清〕何文焕：《历代诗话》，北京：中华书局，1981 年，第 686、688 页。

涉及儒、道、释、玄诸家，像陆侃如、曹道衡、余冠英、胡念贻、张启成、炳章（张文勋笔名）、石家宜等等，都是主张儒佛统一或儒道佛三位一体的，他们都认为刘勰思想与当时的社会风气、玄学思潮有关。玄学不仅融通了儒道，而且使佛教教义玄化。

任继愈说：佛教在东晋发生影响的是大乘空宗的般若学……如当时的佛教重要领袖道安、慧远等人，就是用王弼、何晏等人"贵无"学派的思想体系去解释"般若"的，把它理解为"以无为本"，因此道安一派的般若学被认为是"本无宗"。其理解的佛学只能是玄学化的佛教哲学。（见《汉唐佛教思想论集》12、13 页）

逯钦立在 1962 年 4 期《学术月刊》的《文心雕龙三解》一文中说："可以说，刘勰本身就是一个玄学论者。玄学论者所根据的不外'三玄'（《周易》《老子》《庄子》）。刘勰的文学理论恰恰是运用了这种'三玄'。他通过'道''自然'或'自然之道'等论点利用了道家的'自然观'，他直接袭取了《周易》的'形而上者谓之道，形而下者谓之器'的形式，认定'道'体现为'文'，'文'是一切文学的'模子'。总之，玄学成为阐述文学本质与源泉的主要理论根据。"甚至有人直说：刘勰就是玄学派。汤用彤在《理学、玄学、佛学》一文中断言："刘勰《文心雕龙》之作乃拜玄学所赐！"冯友兰也说：南北朝时期佛教实为玄学的支流等等。

这几年我读一些佛教和佛教史中确有现佛学玄学化的资料。齐梁的时期僧肇的著作就很典型，还有谢灵运、慧远、道生。另一方面，儒家玄化问题最典型的就是《易经》《易传》经玄学家注释，实际正如冯友兰所说，已不是原来的《易》了，它已经被玄学所改造。而刘勰所接受的《易》，按王元化先生的说法，乃是王弼玄化之《易》，而不是郑康成经学家之《易》。

汉魏六朝学术从尚玄到三教合一，显现出开放包容传统形成的态势，以及玄学思辨引领实现的理论境界的升华。

三、《刘子·九流》与魏晋南北朝学术的时代特征

《九流》是《刘子》的序，是魏晋南北朝的一篇学术史论。其中对先秦汉魏子学脉流的勾勒和发展态势的描述极富启示性。

《刘子》所谓"九流"取法班固《汉书·艺文志·诸子略》对诸子之学的分类，用以梳理汉魏六朝学术发展的脉流——"道者玄化为本，儒者德教为宗，九流之中，二化为最"，道出其中儒道互动之要义，"玄化"点明了魏晋南北朝学术进步驱动力之所在——玄学思辨，昭示境界跃升的一代学术精神。

《九流》大篇幅罗列道、儒、阴阳、名、法、墨、纵横、杂、农九家子学，述评各流派的代表人物及其学术建树和思想主张。既指明成就所在，也批驳各家"薄者"之悖谬。列前的道、儒两家也不例外。

《九流》中如此述评杂家："明阴阳、本道德、兼儒墨、合名法、苞纵横、纳农植，触类取与，不拘一绪。"称其"本道德"，更能因论时政的需要"触类取与，不拘一绪"。加上后文兼综"九流""俱会治道"的表述，确乎称得上是六朝时期的一篇杂家著述思想宗尚宣言。

末段宣示兼综子学的思想宗尚和发展势态说：

> 观此九家之学，虽旨有深浅，辞有详略，俏傫形反，流分乖隔；然皆同其妙理，俱会治道，迹虽有殊，归趣无异……
> 道者玄化为本，儒者德教为宗，九流之中，二化为最。夫道以无为化世，儒以六艺济俗；无为以清虚为心，六艺以礼教为训。

若以教行于大同，则邪伪萌生；使无为化于成康，则氛乱竞起。
何者？浇淳时异，则风化应殊；古今乖舛，则政教宜隔。以此观之，
儒教虽非得真之说，然兹教可以导物；道家虽为达情之论，而违
礼复不可以救弊。今治世之贤，宜以礼教为先，嘉遁之士，应以
无为是务，则操业俱遂，而身名两全也。

提纲絜领地表述学术潮流有特殊的理论价值：强调"九家之学……
然皆同其妙理，俱会治道，迹虽有殊，归趣无异"，坦露兼综众论
的学术襟怀。"玄化"和"德教"则分别点明道家和儒家思想学说
之要义和社会功用；"二化为最"且置道于儒前，凸显秦汉魏六朝
学术发展演化脉流——尤其是从两汉的玄风渐炽，到六朝的玄学昌
盛——包容开放（乃至三教合一）学术传统形成的动向。以道儒互
动引领，兼综九家"治道"，可谓一篇杂家子学的宣言。

"玄化"和"得真"意指事物内在的运作演化的微妙机制和本
质规律，说明道家学说的影响主要在深入事物现象的哲学思考之上，
因此在与一些外来文化因素（比如佛学、西方哲学和美学）的接受
和融通上往往走在儒学前面，诚然其影响主要在思维方式和精神现
象的探究上。

"德教"的显性特征是其功用在社会道德教化方面。在华夏民
族文化（特别是社会道德理念、风俗习尚）的承传上，儒家思想所
据地位强势，不容变更。因重视文学的"德教"功用，《文心·原道》
称"道沿圣以垂文，圣因文而明道"；"《易》曰：'鼓天下之动
者存乎辞。'辞之所以鼓天下之动者，乃道之文也。"

《九流》明谓诸子之学"俱会治道"，说"夫道以无为化世，
儒以六艺济俗；无为以清虚为心，六艺以礼教为训"，指出道、儒
对施政来说各有所长，应在互补互促中"化世""济俗"。其"玄化"

点明了学术境界升华的时代特征。

"玄"凸显道家学说指向事物内部运化的微妙机制。刘勰以"玄"说史勾勒出汉魏六朝学术道、儒互动的主脉——从汉初以黄老理念治国、西汉末尚玄之风起,到魏晋南北朝玄学的昌盛。标举学术"玄化"有重要意义——玄学思辨长于范畴创用,对理论建构有重要贡献,《文心》《刘子》的卓越建树正是范畴创用成就;玄学还推进了儒道佛的融通,以及"三教合一"学术传统形成的态势;可一窥齐梁时代出现刘勰这样具有包容开放学术怀抱的思想理论大家之原委。

冯友兰《中国哲学史新编》(中卷)第三十七章《通论玄学》第二节"玄学的方法"中说:

> 玄学的方法是"辨名析理",简称"名理"。……
>
> "辨言析理"这四字是郭象提出来的。郭象《庄子注》说:"……然膏粱之子,均之戏豫,或倦于典言,而能辨言析理,以宣其气,以系其思……"(《庄子·天下篇》注)
>
> 先秦名家就是用"辨名析理"的方法进行辩论。他们以辩论见长,所以当时称为辩者。玄学家喜欢辩论,所以也喜欢名家。
>
> 名士们一见面就谈,就辩论。他们所谈的内容就是"理"。《世说新语》说,王导南渡后,只讲"声无哀乐、养生、言尽意三理"(《文学》)。《世说新语》说:乐广给卫玠"剖析"关于梦的理。这就是析理。《世说新语》又说,王导有一天召集一些"名士"聚会,他同殷浩说:"今日当与君共谈析理。"[1]

按《世说新语·文学》有云:"卫玠总角时问乐令'梦'。乐

---

[1] 冯友兰:《中国哲学史新编》,第404–408页。

云'是想'。卫曰：'形神所不接而梦，岂是想邪？'乐云：'因也，未尝梦乘车入鼠穴，捣齑啖铁杵，皆无想无因故也。'卫思'因'经日不得，遂成病。乐闻，故命驾为剖析之。卫即小差。乐叹曰：'此儿胸中当必无膏肓之疾。'"又："客问乐令'旨不至'者，乐亦不复剖析文句，直以麈尾柄确几曰：'至不？'客曰：'至！'乐因又举麈尾曰：'若至者，那得去？'于是客乃悟服。乐辞约而旨达，皆此类。"①

"龙学"中的刘勰研究虽硕果累累，然仍不无补正和拓展余地：如曾就《原道》篇评议其思想宗尚，意见却不尽一致；剖析文学现象，理论依据的探讨也欠充分；成就这位思想理论大家的时代因素更须进一步考究和揭示。

两汉是中央集权大帝国，魏晋南北朝有战乱、国家分裂、北方少数族的内迁，与南方的经济开发，社会政治经济发展态势与先秦迥别。学术上有汉初以黄老理念治国、武帝时的"独尊儒术"和自西汉末起势、老庄儒典互动的尚"玄"思潮，以及佛教的传入和流播；文学艺术则有进入自觉时代实践探求和理论的升华……进一步廓定了传统文化的发展模式。梳理汉魏六朝思想史的脉络有特殊的价值意义。

汉武帝倡导"独尊儒术"，确立了经学的垄断地位，然而，不仅经学内部有"古文"对"今文"的纠偏，一些学者以儒家以外的诸子尤其是道家思想学说（或直言黄老，或以尚"玄"的方式）予以补正；与域外，特别是中亚、西亚以及稍后南亚经济文化交流（特别是佛教传入流播）的开通，均为造就传统文化开放包容特征（如

---

① 〔南朝宋〕刘义庆著，〔梁〕刘孝标注，余嘉锡笺疏：《世说新语笺疏》，北京：中华书局，2007年，第240、242页。

三教合一）的重要节点。

拙著《文心十论》"学术争鸣与哲学思辨精神的归复"一节中说：

整个魏晋南北朝哲学思想的发展，是在玄学论辩和后来儒、道、释鼎立争鸣的推动下实现的……数百年间，出现了我国古代历史上继先秦之后又一次（也是最后一次）学术争鸣的局面，对我国美学思想形成和文学艺术理论的进步产生了广泛深刻的影响。

……玄学回避他们无法正视的社会现实，撇开已经不能自圆其说的名教，将讨论的中心转移到宇宙万物的存在根据即本体上的"有无（动静）"之辨的问题上去。论辩所讨论的的"有无""体用""本末""形神""一多""名实""才性"以及"自然"与"名教"等一系列问题，丰富和扩大了传统哲学的概念和范畴……

魏晋玄学具有杂糅道、儒、名等家，兼取所长的开放性，又有高度理性思辨，它的兴起是在更高层次对先秦哲学思辨精神的复归。理性的解放导致对感情和人的价值的肯定，以及个性的发现与追求。思辨精神的发扬表明思维能力的飞跃，有了这样的基础，各个意识形态领域才有可能产生重大的突破和全面的跃进……

在魏晋玄学思辨精神的推动下，东晋南北朝时期又形成了儒、道、佛三教鼎立的局面……它的两个特点：一是玄学和儒、佛、道各家大抵都在比较自由的论争中相互吸收，相互促进，表现出明显的开放性，这是理论进步的基本特征之一。二是从哲学发展史的角度看，魏晋南北朝是属于玄学的世纪，考察这个时期的哲学思想和与哲学领域有密切联系的一切意识形态，都不能忽略玄学思辨精神的影响。①

先秦诸子百家争鸣之后，魏晋南北朝学术在玄学思辨推动下再攀高峰。诞育出刘勰这样的思想理论大家及其经典著述。

著名学者胡道静1986年就提出"文刘"和"哲刘"的问题，曾指出："人知'文刘'而不知'哲刘'久矣。虽有辨者，用力不足，难排众口。"② 以为唯有从哲学的高度才能中肯回答刘勰思想理论研讨中一些尚存异议的问题。

近现代刘勰学术思想考论，多从《梁书》本传起步，将其生平以及《文心雕龙》与现存相关佛学史料联系起来进行研讨，就有逾越"文刘"界限跨入"哲刘"的态势；更毋须说兼综诸子之学、针砭时政弊端的《刘子》，有更明显的哲学属性。

自《诗》学始的古代文论从来与政治密切联系，经典理论更不会是例外。《文心·原道》称"圣因文而明道""辞之所以鼓天下者，道之文也"，《宗经》曰："经也者，恒久之至道，不刊之鸿教也。故象天地，效鬼神，参物序，制人纪，洞性灵之区奥，极文章之骨髓者也。"《程器》说："君子藏器，待时而动……穷则独善以垂文，达则奉时以骋绩。"《序志》亦云："君子处世，树德建言。"

本传中可见刘勰早年就矢志从政，故有拦车鬻书之举；仕途虽有波折，难充分施展抱负，依然力求有所作为。佛学遗存中，尤其是《灭惑论》对《三破论》的批驳可见明确的政治目的，强调儒佛

---

① 涂光社：《文心十论》，沈阳：春风文艺出版社，1986年，第6-10页。
② 此语出自胡道静1986年3月23日致林其锬信，林其锬先生在为朱伟民先生的著作《刘勰传》做序中谈到。参见朱文民：《刘勰传》，西安：三秦出版社，2006年，第3页。

思想理念的融通；将道家分为三品，有褒举更有贬斥；《刘子》兼综诸子之学建言时政，论及与时势相关的从政主体思想修为，以及军国大计、经济民生、人才的选拔任用等等。

全面厘清魏晋南北朝（特别是齐梁）学术精神的时代特征，才能道出一代思想理论大家刘勰及其经典著述问世的所以然。

第三章　文学自觉时代的范畴创设

一、魏晋文论范畴概念的运用

（一）"文气"说在范畴创设上的历史贡献

1. 曹丕《典论·论文》以及同时代文论的"重气之旨"

中国古代文学自建安时期进入"自觉时代"，魏文帝曹丕《典论·论文》的问世可谓一个重要标志。其文曰：

> 文人相轻，自古而然。傅毅之于班固，伯仲之间耳。而固小之，与弟超书曰："武仲以能属文，为兰台令史，下笔不能自休。"夫人善于自见，而文非一体，鲜能备善。是以各以所长，相轻所短。里语曰："家有弊帚，享之千金。"斯不自见之患也。
>
> 今之文人，鲁国孔融文举，广陵陈琳孔璋，山阳王粲仲宣，北海徐幹伟长，陈留阮瑀元瑜，汝南应玚德琏，东平刘桢公幹：斯七子者，于学无所遗，于辞无所假，咸以自骋骥騄于千里，仰齐足而并驰。以此相服，亦良难矣。盖君子审己以度人，故能免于斯累，而作《论文》。
>
> 王粲长于辞赋；徐幹时有齐气，然非粲之匹也。如粲之《初征》《登楼》《槐赋》《征思》，幹之《玄猿》《漏卮》《圆扇》《橘赋》，虽张蔡不过也，然于他文未能称是。琳瑀之章表书记，今之隽也。应玚和而不壮。刘桢壮而不密。孔融体气高妙，有过人者，然不能持论，理不胜词，以至乎杂以嘲戏，及其所善，扬、班俦也。
>
> 常人贵远贱近，向声背实，又患暗于自见，谓己为贤。夫文，

本同而末异。盖奏议宜雅，书论宜理，铭诔尚实，诗赋欲丽。此四科不同，故能之者偏也；唯通才能备其体。

文以气为主；气之清浊有体，不可力强而致。譬诸音乐，曲度虽均，节奏同检；至于引气不齐，巧拙有素，虽在父兄，不能以移子弟。

盖文章经国之大业，不朽之盛事。年寿有时而尽，荣乐止乎其身。二者必至之常期，未若文章之无穷。是以古之作者，寄身于翰墨，见意于篇籍，不假良史之辞，不托飞驰之势，而声名自传于后。故西伯幽而演《易》，周旦显而制《礼》，不以隐约而弗务，不以康乐而加思。夫然，则古人贱尺璧而重寸阴，惧乎时之过已。而人多不强力，贫贱则慑于饥寒，富贵则流于逸乐，遂营目前之务，而遗千载之功。日月逝于上，体貌衰于下，忽然与万物迁化，斯志士之大痛也！融等已逝，唯幹著论，成一家言。[1]

唐代六臣注《文选》中吕向说："文帝《典论》二十篇，兼论古者经典文事。有此篇，论文章之体也。"[2]清严可均在所辑《全上古三代秦汉三国六朝文》中有云："谨案：《隋志》儒家，《典论》五卷，魏文帝撰。旧新《唐志》同……《齐王芳纪》注：臣松之昔从征，西至洛阳，见《典论》石在太学者尚存……唐时石本亡，至宋而写本亦亡。世所习见，仅裴注之帝《自叙》，及《文选》之《论文》而已。"[3]

名之"典论"，知作意在垂典示范，是作总结性的经典论述；

---

① 〔梁〕萧统编，〔唐〕李善注：《文选》，第 2314–2316 页。

② 〔梁〕萧统编，〔唐〕李善等注：《六臣注文选》，北京：中华书局，1987 年，第 966 页。

③ 〔清〕严可均编：《全上古三代秦汉三国六朝文》，北京：中华书局，1958 年，第 2185 页。

《论文》这一部分得以存世，应该说是古代文论史之大幸！文中一再强调要克服"文人相轻"、妄自尊大的偏颇，对创作进行公允客观的评论；并逐一评价了建安七子的文学风格和成就所在。然后对"四科"八体的主要特征作了简要的概括，"诗赋欲丽"一语以文学性最强的两种文体为代表，道出文章写作对美的追求。曹丕强调文章写作使作家的生命能够突破时空的局限，实现不朽的创造价值。就概念和范畴的创用而言，最具理论意义的则是提出"文气"说，以"气"论文。

"文气"说是进入"自觉时代"的建安文学标志性的理论建树。首先其所谓"文"和"文章"无疑都专指文辞著述而言，不再有"文化""典章制度"等歧义存在的可能。"文以气为主"凸显了文章写作是人的一种生命精神的运作与创造；连同"气之清浊有体，不可力强而致"等论可知，曹丕对主体个性在文学创作中的价值和意义给予了充分的肯定。

建安文学是文学观念升华的时期，重"气"集中体现了一代文学的精神风貌。东汉末年，镇压黄巾起义之后军阀又长期混战，人民灾难深重。建安时代的作家卷入动乱漩涡，亲历"白骨蔽平原""千里无鸡鸣"这样怵目惊心的社会现实。他们的一些作品反映了社会动乱和民生疾苦，抒发了建功立业、拯民于水火的壮志，也常作嗟生的慨叹；苍凉激越、慷慨悲壮，形成后世称美的"建安风骨"。《文心雕龙·时序》篇评曰："观其时文，雅好慷慨，良由世积乱离，风衰俗怨，并志深而笔长，故梗概而多气也。"当时作家们写作时也多用到"气"的概念，如曹操《气出唱》有"但当爱气寿万年"，曹丕有《大墙上蒿行》"感心动耳，荡气回肠"，《至广陵于马上作》"胆气正纵横"，曹植《鰕䱇篇》有"猛气纵横浮"，刘桢《射鸢》有"意气凌神仙"，阮瑀《咏荆轲》有"叹气若青云"，吴质《思慕诗》

有"志气甫当舒"……曹操所谓"气"或指生命活力，其余"荡气""胆气""猛气""意气""志气"皆显现出劲健昂扬的主观精神意志。

《文心雕龙·风骨》篇曾列举建安时代的"气"论，所引以《典论·论文》为主，也有其他篇（曹丕《与吴质书》）、其他人（刘桢所言）的材料：

> 故魏文称文以气为主，气之清浊有体，不可力强而致。故其论孔融，则云体气高妙；论徐幹，则云时有齐气；论刘桢，则云有逸气。公幹亦云孔氏卓卓，信含异气，笔墨之性，殆不可胜。并重气之旨也。

强调"气"不仅"清""浊"不同，难以变改，"体气高妙""时有齐气"和"有逸气"也分别为建安七子中孔融、徐幹和刘桢的个性，以为这些言说都有"重气之旨"。说文学上这是个重"气"的时代，以及相关论说中曹丕的"文气"说居核心和统领的地位都有充分理由。可知"文气"说有鲜明的时代特征，是《典论·论文》中最重要的理论建树。

在中国古代文学理论批评中，由"气"参与组合的范畴、概念构成最大的系列和"族群"。有的范畴概念即使不见"气"于字面，也与"气"关系密切，如刘勰在《风骨》篇介绍建安时代"重气之旨"的时候均不忘将"气"与"风骨"（尤其是"风"）联系起来。其前称"《诗》总六义，风冠其首，斯乃化感之本源，志气之符契也"，"情之含风，犹形之包气"，"意气骏爽，则文风清焉"，"缀虑裁篇，务盈守气，刚健既实，辉光乃新"，"思不环周，索莫乏气，则无风之验也"，"相如赋仙，气号凌云，蔚为辞宗，乃其风力遒也"；其后亦有"鹰隼乏采，而翰飞戾天，骨劲而气猛也"，"赞"亦曰：

"情与气偕，辞共体并。"

"气"论中既有对主体精神、个性和艺术风格的肯定，在一些语境中又有对于语言组合和作品展开方式的特殊要求。以"气"论文首先重视的是作家的精神品位和气质个性，所以文学创作的主体论是"文气"说的核心及其派生概念的内在依据；文学是语言的艺术，作为语义外壳的语音由"气激而成"，在传达语言符号明确规定之义蕴的同时，还有一种以听觉传感的效果。古人以"气"贯注于文，谋求以精神力量和语言组合构成的气势形成或者强化对读者心灵的感染和冲击，所以"气"又延伸到作品展开势态和语言组合方面，如韩愈的"气盛言宜"说即然，尽管其"言"之所以"宜"仍是以"气"（精神意志）的强势呈显为基础、为目的的。中国是诗的国度，古代诗歌以抒情言志为主要目的，且重"意象"，于是"气象"的概念应时而生，在诗歌理论中占有较特殊的位置。

文学进入自觉时代以后，实践和理论批评常常是围绕各时期的中心范畴（审美追求和理论建构的核心环节）进行的，如风骨、气象、滋味、兴趣、性灵、神韵、境界等等。"文气"说可谓是最早的中心范畴论。

2. "气"的范畴属性、特征及其对文论的影响

哲学中的"气"有基始性和原创性，故《老子》四十二章说"道生一，一生二，二生三，三生万物。万物负阴而抱阳，冲气以为和"，先秦两汉有"精气"说和"元气"说。文论中的"气"仍葆有这种基始性、原创性，不仅运用中本身意涵会有所延伸，指域会有所拓展，也常作为重要的构成因素参与新的组合，创设新的范畴、概念，衍生出新的系列。

自曹丕《典论·论文》提出"文以气为主，气之清浊有体，不可力强而致"以后，"气"这个范畴广泛地运用于文学理论和批评中。

一般说，"气"指流转的精神活力以及与其相关的气质、个性、习染、志趣、情操等创作主体方面的因素，是"蕴于内，著乎外"[①]的。"蕴乎内"是充盈流转的有个性的主观精神；"著乎外"是这种主观精神以运动的形式在作品中的表现。因为有鲜明的个性，"气"的不同往往也是风格的不同。

"气"论在先秦两汉哲学领域已有雄厚的基础，汉魏六朝时期，中国古代的美学思想和艺术理论发生了飞跃，以建安时代曹丕提出"文气"说为标志，"气"开始成为文学、绘画、书法理论以及人物品评中的重要概念。古代美学思想和艺术理论突破了言志和政治教化的束缚，发展到以"气"范畴为中心的新阶段。因为"文以气为主"不仅是对文学鉴赏和批评出发点的规定，也是对文学创作的明确要求：写作必须以表现作家之"气"为主要目的！这是对文学主体性特征（包括对人个性价值和自然情感）的充分肯定，也可以视为文学应该对政教有所超越的理论主张，表明了文学一种独特价值的发现。

曹丕文论中，"气"既指作家的主观精神和个性，又指这种精神、个性在作品中的表现，二者虽有同一性，侧重点显然在作家主观方面。其后重"气"的论家，却大致分为两种倾向：一种仍以作家论为中心，"气"依然指作家的主观精神及其正大秀杰的力量和气势。沈约《宋书·谢灵运传论》的"禀气怀灵""以气质为体"，陈子昂《修竹篇序》的"骨气端翔"，殷璠《河岳英灵集序》的"文有神来、气来、情来"，以及柳宗元不以"昏气""矜气"[②]出之

---

① 〔明〕谢榛著、宛平校点：《四溟诗话·姜斋诗话》，北京：人民文学出版社，1998年，第69页。

② 〔唐〕柳宗元撰，尹占华等校注：《柳宗元集校注》，北京：中华书局，2013年，第2178页。

都属此类。这一派还包括注重思想精神修养和营卫的养气论者在内，是"文气"说的主流。在他们的论中，"气"常与神、志、意、情并举或连用，则意味着对创作主体的剖析进一步细致深入。曹丕将"气"分为清、浊二"体"，清是俊爽超迈的阳刚之气，浊是凝重沉郁的阴柔之气。可是历来的鉴赏批评所及，大多是指"俊爽超迈"之气，似乎精神耿介、风格豪放劲健者方可言"气"。如锺嵘《诗品》说刘桢"仗气爱奇"，陆机"气少于公幹，文劣于仲宣"；"刘越石仗清刚之气"，"善为凄戾之词，自有清拔之气"；郭泰机等"气调警拔"。①皎然《诗式》云："风情耿介曰气。"②《二十四诗品》论"劲健"曰"行神如空，行气如虹"；论"精神"曰"生气远出，不著死灰"。③

气息、语言与生俱来，密不可分。《论语·泰伯》中记曾子说："君子所贵乎道者三：动容貌，斯远暴慢矣；正颜色，斯近信矣；出辞气，斯远鄙倍矣。"已经把辞和气连在一起。《荀子·大略》仿此，也强调君子在"置颜色，出辞气"上对圣贤的仿效学习。《战国策》《史记》记鲁仲连《与燕将书》都言及曹沫劫齐桓公时"颜色不变，辞气不悖"。辞气与容颜态度一起固然能够表现人的精神意志和品格，但终究是诉诸视听的外在表现。

古人很早就发现声响由"气激而成"，语言音响也不例外。因此，另一种论"气"的着眼点偏于文学语言的构结和作品展开的方式方面，其中的"气"尽管或多或少与主体因素有所联系，而重点显然已经转移到艺术形式上，譬如韩愈的"气盛言宜"，李德裕的"以气贯文"，以及刘大櫆的"以字句、音节求神气"之类即是。欣赏

---

① 〔梁〕锺嵘著，曹旭集注：《诗品集注》，第 133、162、34、310、330 页。

② 〔清〕何文焕辑：《历代诗话》，第 36 页。

③ 〔清〕何文焕辑：《历代诗话》，第 40、41 页。

上也有人提出过"因声求气"的主张。古代散文家特别讲求字句的精警挺拔、行文气势的畅达阔通、声调音节的抑扬铿锵，将气的贯注和行止敛蓄、起伏跌宕的安排作为一种艺术手段用以谋求理想的传达效果。韩愈和刘大櫆都是有影响的散文作家，他们在自己的创作实践中也贯彻了这样的理论主张。

古代文论中从"气"派生和与之密切联系的概念、术语很多，像风骨、神气、气韵、气象、气味、气调、气格、体气……是个无与伦比的庞大家族。近年出版的一个古代文论辞典中"以气论文"的条目有一百零四个之多，其中带气字的概念术语竟有八十三个，它们广泛地运用于古代文学的批评和理论之中。"气"范畴所属的概念系列大多首见于文学理论，然后才被移用于其他艺术。文学中的气论在艺术论领域往往具有先导作用，从总体上说其开创性和理论探讨的广泛、深入、细致远远超过其他艺术门类。充分说明文学领域的"气"论对于古代文艺理论发展和深化的巨大推动作用。于此，也显示出曹丕"文以气为主"的首倡之功。

"文气"还有下列一些特点：

其一，创作主体的"气"须经长期陶冶，一旦定型便有相当的稳定性，不会贸然转变为性质相对立的另一种气。作家之"气"的形成，主要原因也不是父传师授。曹丕说："气之清浊有体，不可力强而致。……虽在父兄，不能以移子弟。"虽失之绝对，却大致合乎客观实际。

其二，"气"的稳定性毕竟是相对的，不仅在其形成和发展过程（如养气）中可以在一定范围内发生变化，还会因主观（如生理、心理）、客观（如时间、空间和环境、对象）因素的变化而受到影响，特别因为艺术创造的思维活动有特殊的规律，主体的特点并非在一切场合都能充分地表现于作品中，楼钥《答綦君更生论文书》有"朝锐昼堕暮归"①之说；柳宗元自谓"未尝敢以昏气出之，惧其昧没而杂也；未尝敢以矜气作之，惧其偃蹇而骄也"②。

其三，作家的"气"与作品的"气"有一致性。作品的风格本来就是造艺者创作个性的表现，造艺者的主观精神是个性的核心。欣赏者与批评家一般是从作品去体察造艺者的"气"的，章学诚评皇甫湜的文章说："第细按之，真气不足。"③王国维《元剧之文章》说："而真挚之理，秀杰之气，时流露其间。"④

其四，哲学中有"气乃力"的提法。文章中的"气"和"气力"是与松散零乱、柔靡冗滞现象对立的。韩愈《答李翊书》中的著名论断阐述了这方面的特点："气，水也；言，浮物也。水大而物之浮者大小毕浮，气之与言犹是也，气盛，则言之短长与声之高下者皆宜。"⑤

其五，"气"具有生命运动的属性。艺术家追求生动的气韵，以为"气"动成势、浑然一体、生机勃勃有生命意味的艺术创造才是上乘之作。顾恺之贬斥"刻削为容仪，不画生气"的绘画，郑板桥认为"吾之所画，总需一块元气团结而成"，"气"的生机与活性体现于艺术形象各部分的有机联系之上。李德裕的《文章论》云："魏文《典论》称'文以气为主，气之清浊有体'，斯言尽之矣。然气不可以不贯，不贯则虽有英词丽藻，如编珠缀玉，不得为全璞

① 原文为"人之少而壮，壮而老，如朝气之锐，画堕而暮则归"。参见曾枣庄等主编：《全宋文》第二百六十三册，上海：上海书店出版社，第 342 页。

② 〔唐〕柳宗元撰，尹占华等校注：《柳宗元集校注》，北京：中华书局，2013 年，第 2178 页。

③ 〔清〕章学诚：《章学诚遗书》，北京：文物出版社，1985 年，第 69 页。

④ 周谷城主编：《民国丛书第一编：宋元戏曲史》，上海：上海书店出版社，1989 年，第 124 页。

⑤ 〔唐〕韩愈著，阎琦校注：《韩昌黎文集注释》，北京：中华书局，2004 年，第 256 页。

之宝矣。鼓气以势壮为美……"①文章须以"气"贯之,"英词丽藻"才能团练成一个有艺术生命力的统一体;以"气"贯文则势生,"气"盛则势壮。刘大櫆《论文偶记》也有"论气不论势,文法总不备"②的话,把文章的语势、音节、字句与"气"的贯注和表现联系起来。

其六,"气"毕竟是无形的,至多说它可感、有"象"。"气"虚柔而灵动,尚"气"常常就是尚虚、尚空灵和自由超越,与高层次的审美境界相联系。

总的说来,中国古代美学和文学艺术理论是重"气"的,重"气"就是重生命运动,重人的主观意志和积极奋发精神,重道德修养和心灵陶冶,重生动遒劲之力,重超拔于形质之上的精神追求,重艺术个性,甚至可以引申到重气节、重情操。古代"气"论的充分发育和广泛影响,突出表现出华夏民族审美理想尚生命运动、尚精神境界、尚空灵的鲜明特征。

"文气"说的提出是文学进入文学自觉时代的标志。

(二)《文赋》在范畴概念运用上的贡献

从司马氏篡代曹魏到西晋的八王之乱,除短暂的太康十来年外,权势集团间争斗杀伐不断。不过文学也有一时之盛,有张华、傅玄和"三张(张载、张协、张亢)""二陆(陆机、陆云)""两潘(潘岳、潘尼)""一左(左思)"等驰骋文苑。其中陆机是当时享誉最高者。稍早的文坛领袖人物张华对他就极为赏识,曾云:"伐吴之役,利获二俊(指陆机、陆云兄弟)。"③

被称为"太康之英"的陆机才华过人,为文辞藻繁富,时人及

---

① 郭绍虞主编:《中国历代文论选》第二册,上海:上海古籍出版社,1979年,第162页。

② 贾文昭编著:《桐城派文论选》,北京:中华书局,2008年,第43页。

③ 〔唐〕房玄龄等撰:《晋书》,北京:中华书局,1974年,第1472页。

后世对此褒贬有差。陆云《与兄平原书》称："兄文章之高远绝异，不可复称言，然犹皆欲微多，但清新相接，不以此为病耳。若复令小省，恐其妙处不见，可复称极，不审兄以为尔不？"① 张华讥曰："人之作文，患于不才；至子为文，乃患太多也。"孙绰云："陆文若排沙简金，往往见宝。"② 锺嵘《诗品》称其"才高词赡，举体华美"③。《文心雕龙》更多次批评其繁："至如士衡才优，而缀辞尤繁；士龙思劣，而雅好清省。及云之论机，亟恨其多，而称'清新相接'，不以为病，盖崇友于耳。"（《镕裁》）"士衡矜重，故情繁而词隐。"（《体性》）"陆机才欲窥深，辞务索广，故思能入巧，而不制繁。"（《才略》）

陆机《文赋》拓展了文学理论的视野，开篇以"余每观才士之所作，窃有得其用心"表明探求运思为文的宗旨，随后结合切身体验深入思考，描述与作家"用心"（文学思维创造）相联系的方方面面。可谓中国文论史上继曹丕"文气"说之后又一个里程碑式的重要著述。

创作是情感与思维的创造活动，以了解"用心"为指归，对美的规律和写作要义的了解而言，是为得之。陆机叙述了从"瞻万物而思纷"创作冲动的产生到文章构思、形象的表现、文学语言运用的过程以及种种心理体验，包括对灵感现象恰切生动的描绘。其人毕竟文章大家，深知其中甘苦，故叙写创作的心理、情感以及构思命笔的种种，往往曲尽其妙。

后来刘勰《文心雕龙》就以"文心"名其书，在《序志》篇申

---

① 〔晋〕陆云著，刘运好校注：《陆士龙文集校注》，南京：凤凰出版社，2010 年，第 1056 页。

② 〔南朝宋〕刘义庆著，〔梁〕刘孝标注，余嘉锡笺疏：《世说新语笺疏》，第 309 页。

③ 〔梁〕锺嵘著，曹旭集注：《诗品集注》，第 162 页。

明全书作意在探讨"为文之用心"。可知陆氏立论以得"用心"为目的切中肯綮，影响深远。

1. 早期文论范畴概念的集成性运用

《文赋》对文学现象的细致描述中沿用了以往几乎所有的范畴概念，如"伫中区以玄览""游文章之林府""精骛八极，心游万仞。其致也，情曈昽而弥鲜，物昭晰而互进""笼天地于形内，挫万物于笔端""要辞达而理举""其为物也多姿，其为体也屡迁。其会意也尚巧，其遣言也贵妍""因宜适变"……就有"精"（精神）、"游"（"心游"）、"物"（"万物"）以及"情""形""辞""理""体""意""言""变"……等等。以较多笔墨逐次介绍的"唱""应""和""悲""雅""艳"，大抵指向文辞展示中不同层次的美感和艺术效果。

陆机也常赋新义于所沿用的概念之中，拓展了其应用前景。比如"味"即然。

此前王充《论衡·自纪》篇曾云："夫养实者不育华，调行者不饰辞。丰草多华英，茂林多枯枝。为文欲显白其为，安能令文而无谴毁？救火拯溺，义不得好；辩论是非，言不得巧……大羹必有澹味，至宝必有瑕秽，大简必有大好，良工必有不巧。然则辩言必有所屈，通文犹有所黜。"[1] 指出一些对应因素的辩证关系：有所重必有所轻，有得必有所失。与"大羹必有澹味"的上下文联系，可知其"淡"是一种缺憾。然而嵇康《声无哀乐论》曰："捐窈窕之声，使乐而不淫。犹大羹不和，不极苟药之味也。"（"和"动用，调味使和。苟药，五味之主。《子虚赋》："苟药之和具而后御之。"）[2]

---

[1] 〔汉〕王充著，黄晖校释：《论衡校释》，北京：中华书局，1990 年，第1199–1200 页。

[2] 吴钊等编：《中国古代乐论选辑》，北京：人民音乐出版社，2011 年，第 125 页。

是谓过犹不及，物极必反，"大羹"的本味有毋须人为调和的中和之美。

陆机以为，弃去五味不用的"大羹"与"朱弦之清泛"类同，足见大羹本有的不是"淡乎寡味""淡薄"之味，亦非浓烈、刺激有失自然之味，而是淳朴天成的平和、清淡之味。陆机"阙大羹之遗味，同朱弦之清泛"之说对于唐宋"味外之旨""味在咸酸之外""唯造平淡""外枯中膏"等论的影响是明显不过的。

陆机多用两两对应的概念组合表述文学现象和美的规律，比如："或辞害而理比，或言顺而义妨。离之则双美，合之则两伤"中离与合；"虽浚发于巧心，或受蚩于拙目"中的巧与拙；"碑披文以相质"与"理扶质以立干，文垂条而结繁"中的文与质；"或本隐以之显，或求易而得难"中的隐与显；"课虚无以责有，叩寂寞而求音"中的有与无（"虚无"）；"或言拙而喻巧，或理朴而辞轻。或袭故而弥新，或沿浊而更清"则有巧与拙、故与新、浊与清的对立统一，两两对应中有相互补充、转换的意蕴。

《文赋》中有的论说并未用到两相对应的概念组合，却不难发现其组合的要义包蕴于文句之内，比如"立片言以据要，乃一篇之警策。虽众辞之有条，必待兹而效绩"和"块孤立而特峙，非常音之所纬。……彼榛楛之勿翦，亦蒙荣于集翠。缀下里于白雪，吾亦以济夫所伟"，当中就有"一"与"多"，"主"与"从"以及"雅"与"俗"的对应。而"谢朝华于已披，启夕秀于未振。观古今于须臾，抚四海于一瞬"两句，前者强调须有推陈出新的创意，后者则指时间与空间身观局限上的突破。《文赋》对灵感现象的表述更是切实、精彩：

> 若夫感应之会，通塞之纪，来不可遏，去不可止。藏若景灭，

行犹响起。方天机之骏利，夫何纷而不理。思风发于胸臆，言泉流于唇齿。纷葳蕤以馺遝，唯毫素之所拟。文徽徽以溢目，音泠泠而盈耳。及其六情底滞，志往神留。兀若枯木，豁若涸流。揽营魂以探赜，顿精爽以自求。理翳翳而愈伏，思乙乙其若抽。是以或竭情而多悔，或率意而寡尤。虽兹物之在我，非余力之所戮。故时抚空怀而自惋，吾未识夫开塞之所由。

"感""应""会"皆隐含主客体、内部外部因素的相互触动感发、呼应、会聚之义；文思"通塞"（"开塞"）变化不由自主指灵感来去无常；"天机"则表明这种灵慧出于天成之机微……然而，陆机毕竟未用一个范畴去指代灵感现象，其后人们言及灵感现象相关的机制时，确也常以"感""应""会""通塞""机"（如《文心雕龙》的"应物斯感""才情之嘉会""思有利钝，时有通塞"和"数逢其极，机入其巧"以及后人的"兴会"之类）等词语或概念去论说和形容。就灵感现象而言，尽管古代文论中未见到比陆机《文赋》更加详切的表述，然而也没有一个众所认同、广为通用，与现代理论中的"灵感"完全吻合的概念出现。

总的说来，陆机辞藻富赡的特点也充分表现在《文赋》相当集中地运用了以往的文论范畴概念之上。不过，即使他在一些层面有深邃入微的见地，在赋文中有细致精切的描述，却往往因缺乏进一步提炼和系统的归纳、整合，未能根据理论完备性的需要在某些层面创设新的范畴，也谈不上进行体系缜密的理论建构。

2."恒患意不称物，文不逮意"：范畴三维组合出现的理论意义

陆机在范畴概念的创设上有所欠缺，但在"用"的方面还是很有建树的。除范畴概念罗集广泛、应用于不同理论层面而外，还表现在范畴新的运用方式上：一种颇有创意的三维组合出现，昭示出

其理论思考的进步。

《文赋》开篇申明欲得"才士"为文之"用心"后，随即说："每自属文，尤见其情。恒患意不称物，文不逮意。"其中"意""物""文"分别指代了文学活动必须具备的"三要素"：主体因素、客体因素、媒介和作品的存在形式。

陆机以前以及在《文赋》中，与文学关联的理论中成组的范畴多为颇有辩证意味的两两对应关系，如"文"与"质"，"本"与"末"，"一"与"多"，"心"与"形"，"我"与"物"，"言"（"辞"）与"意"（"情""志"），"华"与"实"，"繁"与"简"（"约"），"清"与"浊"，"奇"与"正"，"阴柔"与"阳刚"……唯独"恒患意不称物，文不逮意"中的"意""物""文"是一种三维的对应。

陆机所"恒患"（常常为之忧虑、担心）的是写作上的缺憾："意"（作家的立意、运思）不与"物"（所描述对象）的基本特征相符称；"文"（文辞）跟不上作家的运思，不能满足表达"意"的需要。

"意"作为中心环节，凸显了作家的立意运思在创作活动中的核心和枢纽作用。这种三分是文艺理论的一大进步，有利于探究创作主体情感思维活动的规律。

"意"范畴古已有之。《庄子》在《外物》《天道》《知北游》等篇多次作过包括"筌蹄"之喻在内的"言意"之辨，《孟子》有"以意逆志"说，《易·系辞》中也有"言不尽意"的话。为有助于了解"意"的主体性特征，似有必要略作一点"意""义"两字的辨析："意"与"义"在指意涵的时候多可通同，如"词义"与"词意"即然。然而细较起来，两者其实各有侧重：《说文》云："意，志也；从心音。察言而知意也。"[1] 显然重在人主观的心志、意念方面；《释

---

① 〔汉〕许慎撰，〔清〕段玉裁注：《说文解字注》，上海：上海古籍出版社，1988年，第502页。

名·释言语》中说："义，宜也；裁制事物，使合宜也。"① 侧重于事物客观的义理、规范。因此，在"意向""意念""意图""意境"和"道义""礼义""信义""义法"之类组合中"意""义"是不能相互代换的。不过，现代常用"意义"这个组合词中，"意""义"两者在内涵上其实是有互补性的。孟子的"以意逆志"则谓"说《诗》者"当以《诗经》作品的意涵推想作者心志。

除此而外，《文赋》还有一些颇有创意的言说，即使对应的范畴概念未完全显现于文句，也包含三要素于其中，比如"诗缘情而绮靡，赋体物而浏亮"的"绮靡"与"浏亮"都有美的意蕴，凸出了诗"情"之美多偏柔性的特点以及"物"特征表现上鲜明性的要求，分别为"缘情"和"体物"所达至，尤见论者描述之细腻惬当；"缘"与"体"遣用恰切，无疑都属主体的作为。

更有代表性的是以下一段论述：

> 体有万殊，物无一量。纷纭挥霍，形难为状。辞程才以效伎，意司契而为匠。在有无而僶俛，当浅深而不让。虽离方而遁圆，期穷形而尽相。

文章之"体"是人所创设的，其所以"万殊"为的是适应"物无一量"表现上的需要；"意"出于作家的艺术匠心，引领和规范着对"辞"（富有表现力的文学语言）的"匠"作（加工提炼）。随后肯定了主体创意超越"方圆（规矩）"的可能性：现成的写作法则、规范是前人经验的总结，并非不能越雷池一步，实践中还会不断对艺术规律有新的发现，只要"意匠"之"辞"能达成 "形相"的充分表

---

① 〔汉〕刘熙撰，〔清〕毕沅疏证，王先谦补：《释名疏证补》，北京：中华书局，2008 年，第 110 页。

现，即使"离方遁圆"也是可行的！后世有造艺应在"有法无法之间"的名论，此即为其先声。又，"期穷形而尽相"中的"形""相"义蕴无甚差别，且"相"在古代常为"像"（包括"象"）之通假，亦可谓后来"形象"合成一词的先导。

另一段文字中主体、客体和媒介三者的关系也显而易见："其为物也多姿，其为体也屡迁。其会意也尚巧，其遣言也贵妍……"明谓"体"随"物"迁，以及"意"与"言"的运作、使用。"为物""为体"之"为"，"会意""遣言"的"会"与"遣"显然都指作家（主体）的创作实践活动而言！

《文赋》中这种三要素不全显于字面或者间杂于其它范畴概念的现象，或许有受古文（尤其赋体）句式制约的因素，也与古人喜省字、多以近义词代换的表述习惯相关。

3. "三分"探源

庞朴先生曾指出："以三分的观点观察一切，处理一切，构成儒学的基本方法——三分法。"又说："据现有材料推断，我们的祖先商族，大概对'五'的兴趣大一些，而周族似较喜欢'三'。这或许就是五行和八卦（注，八卦是二的三次方）最早作为两种体系分立的缘由。后来周室代商并大力吸收殷人文化，'五'和'三'便结了缘，共同构成中国文化的数字骨架。"①

"三"在古代经典中经常是个与众不同的数，表明古人对它有特殊的理解。不仅八卦之"八"是二的三次方，神秘的八卦图象也基本是由或断或连的三根横线组成的。《易经》系统的典籍对此是这样阐释的：

> 《易》之为书也，广大悉备，有天道焉，有人道焉，有地道焉。

---

① 庞朴：《儒家辩证法研究》，北京：中华书局，2009 年，第 101-102 页。

兼三才而两之，故六。六者非它也，三才之道也。（《系辞下》）

　　昔者圣人之作《易》也，将以顺性命之理，是以立天之道曰阴与阳，立地之道曰柔与刚，立人之道曰仁与义。兼三才而两之，故《易》六画而成卦。分阴分阳，迭用柔刚，故《易》六位而成章。（《说卦》）

《易经》的卦象是对"广大悉备"的现象（包容天地万物）的三分图解，似乎可以看作"分而为三"的渊源。《易传》的解释就是刘勰《原道》篇"三才"和《宗经》篇"三极"的出处。《文心雕龙》"六义""六观"的提出大概也是效法"兼三才而两之"的结果吧。唐人孔颖达《周易正义》中解释"乾"卦时说：

　　……悬挂物象，以示于人，故谓之卦。但二画之体，虽象阴阳之气，未成万物之象，未得成卦，必三画以象三才，写天、地、雷、风、水、火、山、泽之象，乃谓卦也。故《系辞》云"八卦成列，象在其中矣"是也。但初有三画，虽有万物之象，于万物变通之理，犹有未尽，故更重之而有六画，备万物之形象，穷天下之能事，故六画成卦也。①

这段话有助于我们了解三画和六画的由来及其特殊意义：二画代表的阴阳二气未能构成事物现象，因此不能组成卦象；"三"与具体可感的事物现象有直接的对应关系，只有三画才能成象并以之象征"三才"和宇宙万物，称为卦。"六"不过是两个"三"的重合，它以更为细致的分类来穷尽"三"的变通之理。不过早于《易传》以文

---

① 〔魏〕王弼，〔晋〕韩康伯注，〔唐〕孔颖达疏，于天宝点校：《宋本周易注疏》，北京：中华书局，2018年，第1页。

字明确阐述"三"的特殊意义的也许是《老子》的四十二章：

> 道生一，一生二，二生三，三生万物。万物负阴而抱阳，冲
> 气以为和。

"道生一，一生二，二生三"表述的三次递进都是意义重大的飞跃，到了"三"这个层次继续演变便直接产生出万物。显然它们不是如同四、五、六、七……那样以一为级差的算术级数的一般累进。至上至大、不可名状又无所不在的"道"生出名之为"气"的浑融一体的原始存在；浑融一体的"气"又分出对立的阴、阳两极；"冲气"是兼有阴气阳气的第三极，这新的一极是原有两极冲荡、结合、繁衍出来的。"三"是一种"和"的境界，对于"二"虽然是一次飞跃却并不否定或者排斥"二"。原有的两极与新产生的第三极鼎立与往复联系，形成万物产生和演化的格局。《庄子·田子方》云："至阴肃肃，至阳赫赫；赫赫出乎天，肃肃发乎地；两者交通成和而万物生焉。"也是对老子这一认识的阐述。

"二"将"一"分化为两相对立的阴阳二气，然而"二"仍旧与"一"一样是"虚"的。因此，孔颖达说它们"未成万物之象"。唯有这"三"是阴阳冲荡融合的结晶，成为具体可感的存在。三方因素的种种变化又生出千差万别的有形事物来。《春秋》庄公三年《穀梁传》云："独阴不生，独阳不生，独天不生，三合然后生。"其下徐邈注曰："古人称'万物负阴而抱阳，冲气以为和'。然则《传》所谓'天'，盖名其冲和之功，而神理所由也。会二气之和，极发挥之美者，不可以刚柔滞其用，不得以阴阳分其名。故归于冥极而谓之'天'。凡生类禀灵知于天，资形于二气，故又曰'独天不生'，必三合而形神生理具矣。"徐氏以为所以把第三极称为"天"，是

因为它是阴阳"冲和"所成,而"冲和"则是"神理"使然。"神理"幽远难测却主宰宇宙万物的运作,"天"似乎有天成、天然的意蕴。也就是说,"天"不仅是阴阳"冲和"的产物,而且也代表着"神理"——导致阴阳"冲和"的规律和天赋条件。

古人对这种三分法驾轻就熟,如屈原《天问》有:"阴阳三合,何本何化?"《淮南子·泛论训》亦曰:"积阴则沉,积阳则飞,阴阳相接,乃能成和。"

《史记·律书》曾说过:"数始于一,终于十,成于三。"此处的"成于三"虽然难以确解却意味深长。一与十不过得力于占据着计数的"始"和"终"的位置,"三"则是由于本身具有特殊的结构和数量意义才脱颖而出的。

"三"是个妙不可言的数。西来的几何学告诉人们,三角形是刚形,是最基本的形。纵横交叉的坐标只能反映出点、线、面的平面位置及其变化,而有长、宽、高的三维坐标才真正地构建了立体空间的内涵。"三"的要义不在"分而为三",而在于它的三维结构。

"三分"移用于文学理论批评,大大提升了思维和理论建构的层次。尤其是齐梁的刘勰,在《文心雕龙》中广泛运用三维的思维模式,令一些层面的重要论说几乎臻于精深和完备。然而,《文赋》在这方面的先导作用是必须充分肯定的。

4. 达于精微的三维模式:以刘勰的理论思考为例

再说说范畴三维组合出现的理论意义。

西晋陆机在文论范畴概念的创设上虽有所欠缺,但在"用"的方面还是很有建树的。除范畴概念罗集广泛、应用于不同理论层面而外,还表现在范畴新的运用方式上:一种颇有创意的三维组合出现,昭示出其理论思考的进步。

古代的理论思维模式,以分而为二和分而为三的分解组合为主。

此处以《文心雕龙》为例谈谈分而为三理论组合的应用。了解刘勰这方面的收获，就能一窥陆机创用"意""物""文"三维组合的意义和影响。

《序志》篇宣示了"擘肌分理，唯务折衷"的理论原则，不仅表明刘勰确有以对立统一的辩证法克服偏颇的自觉意识，而且其本身就是典型的三分法。所谓"折衷"，就是兼容两端之所长，摒弃两的偏颇和不足，就是无过无不及。"折衷"的归宿是达于"中和""中正"。对于两端来说，"折衷"是不偏不倚、中正和谐的第三极。《儒家辩证法研究·三分》中指出："'参'（三）的状态，不简单是一个第三者，而是二者之'中'；也不简单是鼎立之三，而是最佳状态。"[1]我们可以在刘勰的文质论中找到"折衷"的例子。《论语·雍也》有云"质胜文则野，文胜质则史。文质彬彬，然后君子"，《文心雕龙·情采》篇总结道：

> 夫能设谟以位理，拟地以置心，心定而后结音，理正而后摛藻，使文不灭质，博不溺心，正采耀乎朱蓝，间色屏于红紫，乃可谓雕琢其章，彬彬君子矣。

"质"与"文"在刘勰论中虽分为经、纬，有主次先后之别，但仍以两者俱佳、相互协调者为上。此所谓"彬彬君子"，即是"折衷"文质的成功作品。又比如在《原道》篇和《宗经》篇出现的"三才""三极"是指天、地、人而言，人在其中是兼有天地之精华和灵性的第三极，故得称"为五行之秀气，实天地之心"，《序志》篇才有"其（人）超出万物，亦已灵矣"的赞叹。

刘勰的思辨经常借助"分而为三"达于精微，尤其得益于三维

---

① 庞朴：《儒家辩证法研究》，第 109 页。

模式的运用。三维不同于一般的三分，它不是无序状态下的分而为之，也不是在同一轴线运动过程三个阶段的划分，而是以三极鼎立的结构模式来理解事物现象的构成，并阐释左右事物运作变化的诸种因素之间的相互关系。

《文心雕龙》中有若干种类的三维理论组合，其中最重要的一种是创作的主体、客体、语言形式（文学艺术的媒介与作品的存在形式）三者的组合。譬如《原道》篇"道沿圣以垂文，圣因文而明道"中的"圣""道""文"以及《物色》篇"情以物迁，辞以情发"中的"情""物""辞"之类即属此。属于主体一方或者与主体联系密切的概念和术语有人（圣）、心、情、性、意、气、神、志以及风等；属于客体或者与客体密切联系的概念术语有道、理、物、事义（指事理内容而非用典的手段）以及骨等；属于语言形式一方的概念术语则有文（文章）、辞（辞令）、言、采、藻，以及体、势之类。三者之间互相交通、互相融汇、互相促进、互相制约的往复联系贯穿文学活动（尤其是创作活动）的全过程。

《镕裁》篇讨论作品基本框架的镕铸时说：

> 是以草创鸿笔，先标三准，履端于始，则设情以位体；举正于中，则酌事以取类；归余于终，则撮辞以举要。然后舒华布实，献替节文，绳墨以外，美材既斫，故能首尾圆合，条贯统序。

简言之，刘勰是把陆机《文赋》所谓创作过程中"选义按部，考辞就班"的工作分而为三了。其"三准"就是熔炼作品的立意，进行布局、修辞的要领和三个步骤，依其主次和先后由"情"而"事"而"辞"，是三个阶段之分而非三维之分。

刘勰在《宗经》篇曾提出著名的"宗经六义"：

一则情深而不诡，二则风清而不杂，三则事信而不诞，四则义直而不回，五则体约而不芜，六则文丽而不淫。

前四条是侧重于内容方面的要求，后两条则针对作品的艺术形式而言。其实把"六义"两两并而为三，也与主体、客体、语言形式的理论组合模式相吻合："情深""风清"的核心是"情"；"事信""义直"的核心是"理"；"体约""文丽"是就"辞"而言更显而易见。

"情""理""辞"三者的地位并非是对等的，也不存在先后次序和阶段之分。《情采》篇指出："情者，文之经；辞者，理之纬；经正而后纬成，理定而后辞畅，此立文之本源也。"这里明白无疑地告诉人们："情"和"理"两者都属于文学作品内容（也即该篇所谓"质"）的范畴，如同织物的"经"线那样在作品中居于主导地位；而"文辞"（也即在该篇与"质"对应的"文"）作为媒介及其构成的艺术形式则如同织物的"纬"线那样处于从属和辅助的地位。

三维模式改变了沿一根轴线单层面地考察文学现象的格局。鼎立的三极相互影响、相互制约。其中任何两极间都能自由地进行直接的往复联系，"情"与"物"，"情"与"辞"，"物"与"辞"皆然。与此形成对照，在字→句→章→篇或者"情"→"体"→"势"和"思"→"意"→"言"中则不容许跳跃和反向运动——一般字不能逾越句、章直接成篇，"情"也不能撇开"体"径直去造"势"，"思"也不可不经"意"的阶段直接跃入"言"的层次。反向运动则常与规律相违背，《定势》篇就曾批评过"近代辞人，率好诡巧，原其为体，讹势所变"的现象。

三维模式有比较自由的多层面的往复联系，就是其先进性的

关键所在。我们在附图中所表示的就是这种理论组合三极间的相互
关系：

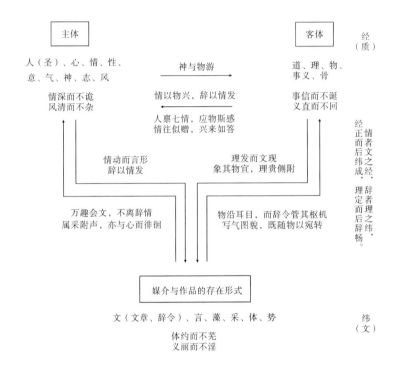

（《文心雕龙》中文学三要素相互关系的示意图）

　　《文心雕龙》中还有另几种三维理论组合：《原道》篇的天、地、
人"三才"，《宗经》篇直接之"三极"。古人心目中天与地是分
而为二的浩瀚宇宙，由阴气和阳气凝聚而成；人则是阴阳二气相冲
荡、结合生出的精灵，故称之"天地之心"。此处透露出这样的认识：
人是自然的一个重要组成部分，人与自然同构（人有心，天地亦有
心），人的智慧是宇宙智慧的集中显现。《情采》篇一段话也值得

玩味：

> 故立文之道，其理有三：一曰形文，五色是也；二曰声文，五音是也；三曰情文，五性是也。五色杂而成黼黻，五音比而成《韶》《夏》，五情发而成辞章，神理之数也。

刘勰把一切艺术活动塑造形象的材料和形式划分成三大类别：即"形文"——色彩造型、"声文"——音响造型和"情文"——感情和个性造型。显然，文学属于后者。刘勰清楚地认识到文学与视觉艺术和听觉艺术相同的本质属性。这种别开生面的分类是很有启发性的，遗憾的是此处未能展开讨论，在这段文字里也看不出三者相互间有何联系。不过，从刘勰的一些论述可知，文学虽然属于感情和个性造型一类，仍与色彩、音响的造型有密切关系。《情采》篇一开始便说："圣贤书辞，总称文章，非采而何？"刘勰不仅在《声律》等篇讨论过文学语言的音乐美，而且在《物色》篇还专门谈到文学描写中的色彩问题："至如雅咏棠华，或黄或白；骚述秋兰，绿叶紫茎；凡摛表五色，贵在时见，若青黄屡出，则繁而不珍。"看来他所推崇的是偶加点染的清丽色泽，要求给人以新鲜且受人珍视的美感印象。同篇还有"属采附声，亦与心而徘徊"的名论，足见色彩、音响之美也是文学语言美的重要组成部分。

《知音》篇提出："将阅文情，先标六观：一观位体，二观置辞，三观通变，四观奇正，五观事义，六观宫商，斯术既形，则优劣见矣。"所谓"六观"，是指"披文以入情"——文学鉴赏的六个着眼点，所以都是从接触和体察形式入手的。"位体"是体裁和结构布局的遴选和安排，"置辞"即陆机的"放言遣词"，两者是构建作品艺术形式——"文"的基础。"体"受人们积累的审美经验制约，"辞"

更有约定俗成的组合规范，均十分讲究传承。"三观通变，四观事义"尽管不脱离"通而后变"的原则，却侧重在考察艺术表现上以"奇"求变的成绩。此处的"事义"大抵指典故的运用技巧，"宫商"则是声调铿锵及其飞沉迭代之美，此为六朝文士颇为得意的两个方面；尤其是后者，是他们在文学形式美探索上的重要收获。

"六观"似乎也可以两两合并分为三组。《通变》篇曾说过："设文之体有常，变文之数无方"，如果用它所表述的对立统一关系来理解"六观"中的两极（即"位体""置辞"为一极，"通变""奇正"为另一极），那么第三极"事义""宫商"所反映的时代审美追求则是尊重规律、重视典范材料的运用和讲求"通变"相结合的产物。

讨论《文心雕龙》"思精"之所以然的时候，只肯定刘勰能以二元对立统一的辩证法克服偏颇是不够的，其"情""物""辞"三维关系的论证尤为精致。显然，他得力于承袭和推广使用了陆机"恒患意不称物，文不逮意"中采用的三维模式，使理论达于更高境界：在以往文论中常见的主体、客体的范畴之外又有了集中体现文学特点的第三极范畴——"辞"，指文学艺术传达媒介，以及由它构成、兼有主客体因素的作品存在形式。一切文学现象都不可能游离于"情""物""辞"三要素之外，三者之间都有极其微妙的往复联系，能决定创作和欣赏的生成和得失成败。三维模式的运用有利于简明地揭示和把握文学现象的本质和规律，可以说是文学理论思考成熟的一个标志。

入于精微，出之简明，是理论具先进性的表征。三维模式的广泛运用是文学理论划时代的进步。它对各个艺术门类和其他领域的理论发展也有积极的影响。

阴阳五行是古代的辩证思维学说。但其示意图显示的维度是平面的。不同向度多维模式的联想能提升思考的科学性。

《文心雕龙·原道》"天""地""人"之说取法《老子》的"人法地，地法天，天法道，道法自然"，虽然还不能说完全实现了三维思考的突破，但"人""地""天"分别有点、面、总体的指向，"道"是以路径况喻的模糊抽象的至理。"道沿圣以垂文，圣因文而明道"以及《物色》篇的"情以物迁，辞以情发""写气图貌，既随物以宛转；属采附声，亦与心而徘徊"则无疑是文学创作主体（圣、情、心）、客体（道、物）和传达媒介（文、物、辞）三维关系的表述。

《刘子》前三篇《清神》《防欲》《去情》是根治贪腐、确保廉明的施政主体论。其所谓"神"指思想品性、精神境界；"欲"指欲求嗜好；"情"指与人际关系相关的情感偏向。三者虽皆在主体论范畴，但与其关联的因素有不同的向度："清神"之"清"是净化心灵的自我修为；"防欲"是对物欲放纵的防范；"去情"则是对私情的摒弃。

两书中的"神"和"情"意蕴不同。《文心·神思》之"神"形容创作思维的神奇微妙，"思"指文学思维创造；《刘子·清神》之"神"则是思想精神境界。《文心》中的"情"基本上就是情感而言，而非《刘子·去情》所指的偏私之情。

举上面的例子，一是说明中国古代范畴概念的多义性（常有通同、借代者，如心灵、情性可指主体，文、辞、言可指传达媒介），其意涵须由出现的语境厘定；二是两书的经典性论述皆由有创意的范畴组合成就。

（三）《文章流别论》和《诗品》中的范畴运用

与陆机同时代挚虞的《文章流别论》考察文体源流，全书失传，从近现代所集佚文看，挚虞以综述古义（尤其是诗赋文章的政教功能）为主。虽未见多少新义，但对某些传统范畴概念的解释也体现出西晋时代人们认识上的某些进步：

文章者，所以宣上下之象，明人伦之叙，穷理尽性，以究万物之宜者也。王泽流而诗作，成功臻而颂兴，德勋立而铭著，嘉美终而诔集。祝史陈辞，官箴王阙。周礼，太师掌教六诗：曰风，曰赋，曰比，曰兴，曰雅，曰颂。言一国之事，系一人之本，谓之风；言天下之事，形四方之风，谓之雅；颂者，美盛德之形容；赋者，敷陈之称也；比者，喻类之言也；兴者，有感之辞也……①

其中"比者，喻类之言也；兴者，有感之辞也"是从表现方式的角度解释"比兴"的。"比"是类比，简明扼要；"兴"的文辞中有被感发的情致，也是"起情"说的先声。

赋者，敷陈之称，古诗之流也。古之作诗者，发乎情，止乎礼义。情之发，因辞以形之；礼义之旨，须事以明之，故有赋焉。所以假象尽辞，敷陈其志。前世为赋者，有孙卿、屈原，尚颇有古诗之义。至宋玉则多淫浮之病矣。楚辞之赋，赋之善者也。故扬子称赋莫深于《离骚》。贾谊之作，则屈原俦也。古诗之赋，以情义为主，以事类为佐；今之赋，以事形为本，以义正为助。情义为主，则言省而文有例矣；事形为本，则言当而辞无常矣。文之烦省，辞之险易，盖由于此。夫假象过大，则与类相远；逸辞过壮，则与事相违；辩言过理，则与义相失；丽靡过美，则与情相悖。此四过者，所以背大体而害政教。是以司马迁割相如之浮说，扬雄疾"辞人之赋丽以淫"。

挚虞以为，荀子、屈原的赋尚能遵循"发乎情，止乎礼义"的"古

---

① 〔清〕严可均编：《全上古三代秦汉三国六朝文》，第3809页。

诗之义"，自宋玉始，辞赋多失之"淫""浮"。指出汉赋在"假（借助）象（物象）"描绘、文辞纵逸驰骋以及言辩的偏胜和词藻的华丽四方面都因"过大""过壮""过理""过美"而违悖事理之所本和中正。对汉赋的铺陈排比、靡丽繁缛进行批评。直接在文论中用到"象"的概念。

锺嵘《诗品》较《文心》问世稍晚，是中国古代首部评论诗歌的专著，它仿稍早的谢赫的《古画品录》，以上、中、下三"品"分列历代诗家，综评汉魏以来（至南齐）的五言诗创作。在范畴概念的运用上很有创意。《诗品序》说：

> 故诗有三义焉，一曰兴，二曰比，三曰赋。文已尽而意有余，兴也；因物喻志，比也；直书其事，寓言写物，赋也；弘斯三义，酌而用之，干之以风力，润之以丹彩，使咏之者无极，闻之者动心，是诗之至也。若专用比兴，则患在意深，意深则词踬。若但用赋体，则患在意浮，意浮则文散。嬉成流移，文无止泊，有芜漫之累矣。①

变《诗经》学的"六义"而为"三义"。标举"诗有三义"而将序列颠倒："兴"列前、"比"居其次、"赋"列后。释"兴"变"起情"而为"文已尽而意有余"，重心已从调动吟诵和聆听诗歌者的情绪，向提高诗歌语言的表现力方面位移。赞赏"言不尽意"的审美效果，可以说是"兴味"说的开端。

《诗品序》云：

> 若乃春风春鸟，秋月秋蝉，夏云暑雨，冬月祁寒，斯四候之感诸诗者也。嘉会寄诗以亲，离群托诗以怨。至于楚臣去境，汉

---

① 本段及以下数段见〔梁〕锺嵘著，曹旭集注：《诗品集注》，第47–53页。

妾辞宫，或骨横朔野，或魂逐飞蓬，或负戈外戍，杀气雄边；塞客衣单，孀闺泪尽；又士有解佩出朝，一去忘返；女有扬娥入宠，再盼倾国：凡斯种种，感荡心灵，非陈诗何以展其义，非长歌何以释其情？故曰："《诗》可以群，可以怨。"使穷贱易安，幽居靡闷，莫尚于诗矣。

前面的种种叙写一言蔽之：诗作"缘情"而已，抒写范围远远超越"言志"："凡斯种种，感荡心灵，非陈诗何以展其义，非长歌何以释其情？"仅言"《诗》可以群，可以怨"，对儒家经典《诗》学的改动中透露的是不再持那种采诗、诵诗"可以兴，可以观，可以群，可以怨"的官方立场；而此处的"可以群，可以怨"只强调诗歌应当而且能够抒发一己情感（尤其是"怨"情），以获得更多人的理解与同情（"群"）。

它在相当程度上摆脱了经学的束缚，依艺术表现的需要重新诠释了"比""兴""赋"；对"可以群，可以怨"的"种种"阐发更是就广义（也即超越政治教化）的诗歌抒情功能而言的。

钟氏论诗重"情""灵"，讲究"滋味"。《诗品序》有云：

> 气之动物，物之感人，故摇荡性情，形诸舞咏……
> 永嘉时，贵黄老，尚虚谈。于时篇什，理过其辞，淡乎寡味……五言居文词之要，是众作之有滋味者也，故云会于流俗。岂不以指事造形，穷情写物，最为详切者邪！

说"五言居文词之要，是众作之有滋味者也"肯定了古代诗歌形式的一次重要变革——汉魏以来五言取代四言主盟诗坛的艺术成就。

相比之下《文心·明诗》的"四言正体，雅润为本；五言流调，清丽居宗"略嫌保守，当然锺嵘也有嫌偏执。

《诗品上》中评"晋步兵阮籍诗"曰：

> 其源出于《小雅》。无雕虫之巧，而《咏怀》之作，可以陶性灵，发幽思。言在耳目之内，情寄八荒之表。

此为诗论中首见"性灵"处，为后世"性灵"派诗论所祖。阮籍《咏怀诗》八十余篇为世所推重，其中抒发幽深遥远的忧世情怀，故云"言在耳目之内，情寄八荒之表"，得列为上品。刘勰《明诗》亦称"阮旨遥深"。

《诗品中·序》论到典故运用："若乃经国文符，应资博古；撰德驳奏，宜穷往烈。至乎吟咏情性，亦何贵于用事？"明言诗歌旨在"吟咏情性"，不贵"用事"，即不以堆砌典故为上；更可贵的是对直抒胸臆和"自然英旨"的标举：

> ……故大明、泰始中，文章殆同书抄……拘挛补纳，蠹文已甚。但自然英旨，罕值其人。
>
> "思君如流水"，既是即目；"高台多悲风"，亦唯所见；"清晨登陇首"，羌无故实；"明月照积雪"，讵出经史？观古今胜语，多非补假，皆由直寻。

《诗品下·序》评宋齐时代的"声病"说时亦称：

> ……王元长创其首，谢朓、沈约扬其波。三贤咸贵公子孙，幼有文辨。于是士流景慕，务为精密。襞绩细微，专相凌架。故

使文多拘忌，伤其真美。余谓文制，本须讽读，不可蹇碍。但令清浊通流，口吻调利，斯为足矣。至如平上去入，则余病未能；蜂腰、鹤膝，闾里已甚。

张伯伟先生《锺嵘〈诗品〉研究》指出："锺嵘也受到玄学思想的影响，作为一个文学理论家，他对玄学思想也同样是既吸收又修正的。"① 对《诗品》上面两段的评说很是中肯：

> 在这里，"即目""直寻"就是按照其本来面目、自己如此的样子，也就是"自然"。但既然是诗，必定要通过主观的情思、意象的安排和文字的构造，所以就诗而言，又不可能是纯粹"自己如此"的。所以这个"自然"必定是玄学的"自然"，是创造，而又不觉其为创造，似乎只是"即目""直寻"而已，没有雕琢斧凿，人为构造的痕迹。陆游说："文章本天成，妙手偶得之。"（《文章》，《剑南诗稿》卷八十三），以"妙手"而"得之"，则"文章"自能如"天成"。
>
> 在音律方面，锺嵘反对永明声病说，认为声律论"使文多拘忌，伤其真美"，"真美"亦即"自然之美"；"自然之美"并非违背声音的客观规律，"但令清浊通流，口吻调利，斯为足矣"。这也是玄学的"自然"观念对锺嵘审美理想之影响的一个方面。②

曹丕、陆机、挚虞、锺嵘著述中对范畴概念的运用反映出魏晋南北朝文学理论发展的进程。总的说来，进入"自觉"时代以来，文论家在范畴的创设上各有所成，从中能一窥其不断进展的趋势。

---

① 张伯伟：《锺嵘〈诗品〉研究》，南京：南京大学出版社，1993 年，第 54 页。
② 张伯伟：《锺嵘〈诗品〉研究》，1993 年，第 56–57 页。

诚然，都远不及《文心雕龙》那样成系列有统序的宏大建构。

二、玄学影响下的文论范畴创用

文论的长足进步不仅要有所处时代文学实践提供的雄厚基础，也离不开哲学思辨水平提升给予的支撑。

文学从建安时期起进入"自觉时代"，在哲学史上魏晋南北朝则是思辨精神复归、玄学昌盛的时代。尽管"玄"并未成为一个文论范畴，但玄学思辨对于文学的理论思考与范畴的创设运用有很大的推动作用。陆机《文赋》的"课虚无以责有，叩寂寞而求音"中"有"与"无"以及"一"与"多"，"离"与"合"的对举中都能看出玄学的影响。不过在理论建构和范畴创用上得益哲学思辨最大的还是刘勰的《文心雕龙》。

（一）玄学和哲学思辨精神的复归

玄学是魏晋南北朝时期出现的以老庄为骨架，兼取儒、名、法诸家思想材料的一种哲学思潮。玄学讨论的中心问题是"有无（动静）"之辨，即宇宙万物存在的根据，属本体论的范畴。它远离具体的事物和社会现实，高度抽象，难以捉摸。玄者，玄远也；取《老子》"玄之又玄，众妙之门"之义。当时人们也常径直把玄学称为"玄远"之学，陆澄《与王俭书》有"于时政由王、庾，皆隽神清识，能言玄远"[①]，《世说新语》的"规箴"门中有"王夷甫雅尚玄远"，"文学"门除了有"荀粲谈尚玄远"的介绍以外还有这样的记载：

> 殷中军为庾公长史，下都，王丞相为之集，桓公、王长史、王蓝田、谢镇西并在。丞相自起解帐带麈尾，语殷曰："身今日当与君共谈析理。"既共清言，遂达三更。丞相与殷共相往反，

---

① 〔梁〕萧子显撰：《南齐书》，北京：中华书局，1972年，第684页。

其余诸贤，略无所关。既彼我相尽，丞相乃叹曰："向来语，乃竟未知理源所归，至于辞喻不相负。正始之音，正当尔耳！"明旦，桓宣武语人曰："昨夜听殷、王清言甚佳，仁祖亦不寂寞，我亦时复造心，顾看两王掾，辄如生母狗馨。"

殷浩与王导一夕谈玄，在座的其他人或者一知半解，或者茫茫然呆坐，竟不能参与其中。足见这"清言"玄妙深奥，非常人的智慧和思维习惯所能适应。

自正始前后起，士人大大发展了汉代的清议，从品题人物、校练名理，到探究有无、动静和本末、体用，辨析才性的离合以及言意、形神的关系……除了玄学内部的论辩而外，还有玄学与正统儒学的抗争（比如既从生活态度上，也从论辩上以自然来对抗名教），甚至参与和影响了稍后的儒、道、佛三家间的论争，形成了沿续数百年的学术论辩争鸣的局面。

玄学家往往通过诠释阐扬先秦儒、道两家经典来申述自己的观点，提出自己的学说，乃至建立自己的理论体系。《老子》《庄子》和《易经》是他们最为倚重的经典著作，被称为"三玄"。玄学的代表人物中，在正始时代前后有王弼（著《老子注》《周易注》《周易略例》《老子指略》和《论语释疑》）、何晏（著《周易私记》《周易讲说》）、夏侯玄（著《本无论》）、嵇康（著《养生论》《答难养生论》《声无哀乐论》《难自然好学论》《明胆论》）、向秀（著《庄子注》），西晋时代有裴頠（著《崇有论》）、郭象（著《庄子注》）、欧阳建（著《言尽意论》），东晋时代还有张湛（著《列子注》）等等。南北朝时期的玄学虽然在理论建树上远不如魏晋那么多，但并未衰落。南朝的帝王、权贵和士人中不少人醉心玄学；儒者亦不乏兼擅玄理者。宋文帝立四馆，玄学得与儒学、史学、文学并立；他曾经以"咸"和"粲"为羊玄保的两个儿子取名，勉励他们效法曹魏时的玄学家荀粲和阮咸，继承"林下正始余风"。宋明帝亦好玄理，所置总明观，仍设玄学部。《颜氏家训·勉学》说："泊于梁代，兹风复阐，《庄》《老》《周易》，总谓三玄。武皇、简文，躬自讲论。"一时的风气可知。

（二）文学艺术理论批评在玄学思潮中的取舍

魏晋玄学虽然杂糅各家，毕竟以老庄思想为骨架，摆脱了经学的束缚，体现出高度理性思辨的特点。理性的解放导致对感情和人的价值的肯定，以及对个性价值的发现与追求。思辨精神的发扬也促进了思维能力的飞跃。有了这样的基础，各个意识形态领域的理论才有可能发生重大突破和全面的飞跃，文学艺术论的长足进步就是明证。

嵇康在其《声无哀乐论》中提出音乐本身有"自然之和"的观点，反对儒家乐论中的天人感应说。他从心与物对立的角度来考察音乐与感情的关系，指出主观感情并不是客观事物的属性，把声音之美与主观的哀乐之情区分开来，否认艺术的美与道德的善之间的必然联系。他还认为审美主体对于音乐的反应只是心理的（即躁、静、专、散），而非感情的（即哀、乐）。持论虽然时有偏胜，却是别开生面，很有启发性。

书法和绘画理论中也见得到玄学中言意之辨和神形、心物关系论的影响。譬如刘宋宗炳的《画山水序》说："夫理绝于中古之上者，可意求于千载之下；旨微于言象之外者，可心取于书策之内；况乎身所盘桓，目所绸缪，以形写形，以色貌色也……夫以应目会心为理者，类之成巧，则目亦同应，心亦俱会。应会感神，神超理得，虽复虚求幽岩，何以加焉？又神本无端，栖形感类，理入影迹，诚能妙写，亦诚尽矣。"①南齐王僧虔《笔意赞》认为："书之妙道，神彩为上，形质次之，兼之者方可绍于古人。以斯言之，岂易多得？又使心忘于笔，手忘于书，心手达情，书不妄想，是谓求之不得，考之即彰。"②

陆机《文赋》的"恒患意不称物，文不逮意""若夫随手之变，良难以辞逮"和"言拙而喻巧""是盖轮扁所不得言，亦非华说之所能精"诸论，显然都是在"言""意"之辨的启迪下生发的。其余如"课虚无以责有，叩寂寞而求音"颇有"有"生于"无"、"以静驭动"的意味；"立片言而居要，乃一篇之警策"与"彼榛楛之勿翦，亦蒙荣于集翠"之论又暗合"一"与"多"的对立统一。

那么体大思精的经典《文心雕龙》又如何呢？

一些学者认为刘勰对玄学持反对态度，蔡钟翔先生则指出："刘勰虽不赞同玄学家的某些观点，也没有从事玄言和玄理的探讨，但方法论上是得力于玄学的。在这个意义上说，没有玄学就没有体大思精的《文心雕龙》，是不为过分的。"③

这在《文心雕龙》中是可以找到依据的。《论说》篇有这样的述评：

> 魏之初霸，术兼名法；傅嘏王粲，校练名理。迄自正始，务欲守文；何晏之徒，始盛玄论。于是聃周当路，与尼父争涂矣。详观兰石之《才性》，仲宣之《去伐》，叔夜之《辨声》，太初之《本玄》，辅嗣之《两例》，平叔之《二论》，并师心独见，

① 〔清〕严可均编：《全上古三代秦汉三国六朝文》，第 5091 页。
② 〔宋〕陈思编撰，崔尔平校注：《书苑菁华校注》，上海：上海辞书出版社，2013 年，第 272 页。
③ 蔡钟翔：《王弼哲学与〈文心雕龙〉》，《文心雕龙学刊》第四辑，第 215 页。

> 锋颖精密，盖人伦之英也……次及宋岱郭象，锐思于几神之区；夷甫裴颜，交辨于有无之域：并独步当时，流声后代。然滞有者，全系于形用；贵无者，专守于寂寥：徒锐偏解，莫诣正理；动极神源，其般若之绝境乎！逮江左群谈，惟玄是务；虽有日新，而多抽前绪矣。

刘勰这一段议论是对魏晋玄学的评价，虽则简明，也很全面。他几乎列举了所有有代表性玄学名家，"并师心独见，锋颖精密，盖人伦之英"的评价不能说不高，"并独步当时，流声后代"也无疑是对其成就的一种肯定。至于在多元论辩的玄学领域内指出"滞有者全系于形用"和"贵无者专守于寂寥""莫诣正理"，则只是对某些持论偏执者的批评，并非是对整个玄学的再否定。他对东晋玄学估价平平，甚至略有贬抑，也是因其"惟玄是务"却建树无多的缘故。诚然，刘勰以为与"滞有者"和"贵无者"的持论相比，佛教的般若学是一种绝妙至高的境界。但似乎也还不是整个玄学和佛学的对比。

《论说》篇论及经典注释的时候，批评了汉代章句之学的庞杂烦琐，然后说："若毛公之训诗，安国之传书，郑君之释礼，王弼之解易，要约明畅，可为式矣。"对于认识刘勰对玄学的态度来说，这段话并不是无关紧要的。刘勰一贯尊崇汉代古文学派的成就，此处只是标举其诗学、书学和礼学，谈到易学则舍汉儒而取王弼，可以说是相当难得的赞赏。而王弼却是玄学中首屈一指的代表人物，他的易学对于玄学的理论建设贡献尤大。足见刘勰对玄学，尤其是对王弼的成就是倾心推崇的。

论及玄学对文学的影响时，刘勰的态度就不同了：

及正始明道，诗杂仙心，何晏之徒，率多浮浅。唯嵇志清峻，阮旨遥深，故能标焉……江左篇制，溺乎玄风，嗤笑徇务之志，崇盛忘机之谈；袁孙已下，虽各有雕采，而辞趣一揆，莫与争雄，所以景纯仙篇，挺拔而为俊矣。（《明诗》）

正始余风，篇体轻澹……简文勃兴，渊乎清峻，微言精理，函满玄席，澹思浓采，时洒文囿……自中朝贵玄，江左称盛，因谈余气，流成文体。是以世极迍邅，而辞意夷泰，诗必柱下之旨归，赋乃漆园之义疏。故知文变染乎世情，兴废系乎时序。（《时序》）

在他看来，玄风熏染下的文学创作流弊不小，"率多浮浅""溺乎玄风""辞趣一揆"等语的贬意甚明。对积极入世、关注君臣大义和军国大计、倡导"达则奉时以骋绩，穷则独善以垂文"的刘勰来说，"嗤笑徇务之志，崇盛忘机之谈""世极迍邅，而辞意夷泰；诗必柱下之旨归，赋乃漆园之义疏"不仅思想无可取，而且违背艺术的规律，自然不能给予肯定。当然也有例外，玄学名家未必都写玄言诗赋，正始以降亦时有佳作。《明诗》篇所谓"唯嵇志清峻，阮旨遥深"的"唯"字就表述了这种例外。除了对嵇康、阮籍（以及《时序》篇连同提到的应璩、缪袭）以外，刘勰对郭璞独树一帜的《游仙诗》也给予了赞赏。

笔者以为，总的说来，刘勰对魏晋玄学的理论建树基本持肯定态度，然而他也明确地认识到玄风给予文学创作的主要是消极的影响。《文心雕龙》中虽然只清楚地阐述过以儒家思想为宗旨的基本立场，但并不妨碍刘勰建构理论时"唯务折衷"，兼取各家思想材料，唯我所用。无论刘勰是否具有借鉴玄学思想方法、利用其理论成果的自觉，在魏晋南北朝时代撰结的文学理论巨著，不接受玄学深刻影响而能达到"体大思精"的高度那简直是咄咄怪事。何况刘勰对前人理论的若干评价和取舍表明，他确实是一个清醒开明、善于采撷众长的理论家呢！

（三）刘勰对玄学思想方法的接受

自先秦起，学术发展史上的儒、道、法各家都是不断演化的动态系统。既有相对稳定的传承，也不断有对新思想材料的接受与整合，不同时代的传人在不同层面拓展，皆有时代和个性的特征。

儒的出现远在孔子之前，是一种职业。儒者掌握方术，熟悉礼仪和道德规范，从事祭祀、记录整理文献和教育子弟的工作，从来就与传统文化保持着最为密切的关系。经过孔子的全面整理、阐扬和述传，儒家思想的宗旨廓定，仁学可谓其理论基石。"德教"点明其致力道德伦常教化，以建构和谐、相互关爱的人际关系为社会理想。道家学说为老子始创，以"道法自然"为宗旨，"玄化"是形容"道"作为事物运作内在规律和演化机制的幽微玄妙。

儒、道两家思想在传统文化中居主导和核心的位置是历史的必然，并不像有的学者认为的那样，只是到了汉武帝采纳董仲舒的意见之后儒家学说才成为学术思想的正统和主流。"独尊儒术"不过是明确和强化儒学的垄断地位以箝制和统一思想，为巩固专制君权和大一统国家的治理服务。

传承数千年的儒家思想不是封闭和凝固的，春秋战国诸子百家在争鸣中其实有互促互鉴。儒者宗孔虽同，但大多各有门户、家学，历代的取向和对其他学说的吸纳不尽一致。《荀子》对法家势治、董仲舒《春秋繁露》对阴阳五行说的兼容就是例子；汉代经学有今文、古文之别；魏晋南北朝的玄学清谈和儒、道、佛三家在论辩中也有相互借鉴吸收；宋明儒者的心性之说中不无庄禅影响。魏晋儒者不同于汉儒，宋明理学更与汉学异趣。在尊孔上固然以儒门为最，但孔子大抵为各家共同推崇也是不争的事实。儒士中尚道礼佛者不为稀奇。古代士人思想大多很"杂"，简单地认定他们归属儒、法、道、佛的某一家都可能是片面的。

司马谈、司马迁父子崇尚黄老的治国理念，无碍他们推尊孔子文化传承上的贡献和学术地位。所谓"人固有一死，或重于泰山，或轻于鸿毛""发愤为作，藏之名山，传之其人"，类同儒家立德、立功、立言的生命价值观和功利观。东汉儒学大师马融的行止则是"达生任性，不拘儒者之节"①。东晋道教理论家葛洪的《抱朴子·内篇·明本》直言"道者，儒之本也；儒者，道之末也"。隐居茅山修道的陶弘景为梁武帝倚重，"国家每有吉凶征讨大事，无不前以咨询。月中常有数信"②，故有"山中宰相"之称。而佛教得以流传华夏的一个重要因素，就是它成功地中国化了，佛学对于孔教和玄学的吸收帮助它突破了"夷夏之大防"。古代士人无论是否归诸儒林，标榜为哪一家，都摆脱不掉与儒家思想的干系。另一方面，历朝治国的方略举措，又都不免兼取黄老或王霸法术。人们未必以为儒、道、释是水火不容的，士人即使留连庄禅，也无碍其尊孔读经。苏轼《庄子祠堂记》曾说，庄周于孔子是"阳挤而阴助之"。

儒，柔也，濡染也，重伦理，讲世道人心、教育感化。其宗旨重在建构合乎大同理想的和谐社会，申述协调人际关系的道德规范和政治理念。道，本义为路径，引申为导向、至理。老子说"强字之曰道"是取其"道路"的本义带来的万物殊途同归的必由之径的内涵。道家取法自然，就是尊重和依循事物之本然和运动变化的自然而然；黄老的"无为"（不外乎顺其自然，爱惜民力，无苛繁政

① 〔南朝宋〕范晔撰，〔唐〕李贤等注：《后汉书》，北京：中华书局，1965年，第1972页。

② 〔唐〕李延寿：《南史》，第1899页。

令扰其生聚，薄敛轻赋以休养生息）目的在于求治。法家主张造成法治的强势，使人民服从君主国家的权力格局；韩非写了《解老》《喻老》，认为使臣民不得不然的权势就是政治应该造就的"自然之势"。司马迁也许认为法家从这一侧面继承了老子，于是《史记》中把老子与韩非等法家人物合写在一篇列传里。为政者即使崇儒，国家的军政举措也不会止步于礼义教化，无论作"无为之治"抑或用王霸刑名，都不能不对黄老法术有所倚重。

因《文心雕龙》建树不凡，百年来其作者刘勰以古代杰出和最有代表性的文学理论家知名学界。他在该书的《序志》中说自己是在孔子的感召启示下讨论文学的，在《原道》《征圣》《宗经》强调圣人和儒经对写作的典范意义："道沿圣以垂文，圣因文而明道""征之周孔，则文有师矣""经也者，恒久之至道，不刊之鸿教也"。在《明诗》《乐府》《诠赋》等文体论中，在《情采》《比兴》《时序》《程器》等创作论和批评论中，儒家文学观都有明确的表述。因此不少学者认为刘勰以儒家思想为指导撰著了《文心雕龙》，有的以刘勰指摘纬书，推崇马融、郑玄为依据，将刘勰的思想归于古文经学一派。

其实"折衷众论"的刘勰在《文心》中对诸家所长是兼取并用的。《原道》申述的"自然之道"和其他篇屡次标榜的"自然"法则显然源于道家。诚然，所谓"道沿圣以垂文，圣因文而明道"与老庄的"道可道，非常道""道隐无名"和"道不可言，言而非也"并不吻合。创作论的重要篇章《神思》《体性》中见不着儒学的影子，却多次征引源于各家特别是庄学的思想材料。在《论说》篇评骘玄学"贵无""崇有"两派论辩的得失后称许说："动极神源，其般若之绝境乎！"各方面的思想材料在《文心》中未必是原封不动地移植，往往依论证的需要作出取舍和改造，刘勰是"六经注我"，唯文论所用的。加上其身世与佛教的不解之缘和存世碑铭、佛学论著的左证，刘勰思想的复杂性是不难发现的。

在玄学影响下，刘勰在论文的《文心雕龙》和论政的《刘子》中均以范畴系列入论，在两个领域都有不同凡响的建树，予人们这样的启示：遵循"道者玄化为本，儒者德教为宗""二化为最"的导向，刘勰才取得学术思考水平的跃升和理论上的重大突破。

《文心雕龙》中盛赞孔子，标举"征圣""宗经"，强调文学"德教"的功用，尽管在文学规律的探讨上兼取其他各家，尤其倚重老庄和玄学方面的理论资源，尚儒倾向毕竟明显。《刘子·九流》作出以杂家立场论政，指出九流"俱会治道"，"道者玄化为本，儒者德教为宗；九流之中，二化为最"，宗尚的主导方面和对各家的兼容并包在两书中都能得到充分印证，无须赘言。

"玄"是对"道"一种整体性特征的表述，精微奥妙、幽深难测，所以较少直接运用于某方面的理论话语中，然而它指向左右事物演化的内在机制和规律，尚玄引导学术思考的深入（"抽象"化）。玄学最大特点就是运用范畴进行论辩，对古代学术发展，尤其是范畴的推广运用带来的理论水平提升发挥了重大作用。

《文心雕龙》体大思精，是文学自觉时代的经典理论，全面探讨文学现象的本质规律，系统地总结这一艺术门类的经验、规范。其范畴系列的运用也有更多经典意义。

《刘子》论政"用古以说当前"，讨论作者面对的乱局：国家分裂，战乱频繁，门阀世族奢糜无度、把持仕进，人才的察举任用上的种种积弊……杂取前说，唯取其中能适时用者阐发之，理论的系统缜密程度不如《文心》是自然的。不过，针对凸出的社会矛盾和施政弊端，深入剖析一些重大政治问题，比如首先以《清神》《防欲》《去情》论施政主体如何提升自我的思想素质和精神境界，确保治理的清正廉明；立《贵农》《爱民》的国本民本之论；有《审名》

《鄙名》《知人》《荐贤》等篇讨论人才的察举任用；《文武》《兵术》《阅武》则论的是军国大计……既摘取前论精要以为己用，更多不乏新意的阐释；所用范畴系列往往是别开生面的组合，作鞭辟入里、豁人耳目的剖析。

那个时代确有一种相对开放包容、立新说多创意的学术风气，所以《文心》和《刘子》能根据各自论证的需要，在理论体系建构，尤其是范畴系列的组合和论证上都有创造性的发挥与建树（如《文心》"情""物""辞"创作三要素的组合，《刘子》首先以"清神""防欲""去情"论施政主体的思想精神修为）。

概言之，《文心雕龙》论文学，是文学进入"自觉时代"以后的经典性理论建树；《刘子》"用古说今"论政治，先秦到魏晋子书这方面早有丰厚积淀，直面的却是数百年乱局和政治积弊。两书不仅归属不同的意识形态领域，而且处于各自领域理论发展的不同阶段。六朝学术的时代精神是包容开放的，作为那个时代的思想理论大家，对两书撰述的思想宗尚和论证方法必然要作出相应调整。

撰就古代文学理论经典《文心雕龙》的刘勰是齐梁时代的思想理论大家，他对玄学的思想方法持何种态度呢？文论的长足进步不仅要有所处时代文学实践提供的雄厚基础，也离不开哲学思辨水平提升给予的支撑。文学从建安时期起进入"自觉时代"；在哲学史上魏晋南北朝则是思辨精神复归、玄学昌盛的时代。尽管"玄"并未成为一个文论范畴，但玄学思辨对于文学的理论思考与范畴的创设运用有很大的推动作用。陆机《文赋》的"课虚无以责有，叩寂寞而求音"中"有"与"无"以及"一"与"多"，"离"与"合"的对举中都能看出玄学的影响。不过在理论建构和范畴创用上得益哲学思辨最大的还是刘勰的《文心雕龙》。

谈到玄学对《文心雕龙》影响，不外乎思想观念和理论方法两个方面。两者尽管不能截然分开，毕竟有所区别。我们先看思想观念方面。

儒家强调善美，道家追求真美，玄学以老庄思想为核心，其美学倾向崇尚"自然"是不足为奇的。夏侯玄说："天地以自然运，圣人以自然为用。自然者，道也。"（《列子·仲尼》张湛注引）[1] 王弼注《老子》二十五章"道法自然"一句说：

> 道不违自然，乃得其性，法自然也。法自然者，在方而法方，在圆而法圆，于自然无违也。[2]

在玄学里"自然"常指宇宙本体、世界的本原，总是包含着自在、本然的意义，即指万物本来的样子；与"自然"相对的"名教"则显然是人为的，人们为规范社会关系而设立的等级名分与教化。玄学中有主张"名教"因于"自然"、反映"自然"，"圣人以自然为用"的一派，即以"体用如一""本末不二"的观点来相容和统一"自然"与"名教"，王弼、夏侯玄等就是如此。另一派则以正始时代的阮籍、嵇康为代表，强调两者的矛盾对立不可调和，认为人为的"名教"只会摧残人的天性，破坏人与人之间和谐的自然关系，因此他们提倡"越名教而任自然"，甚至公然"非汤武而薄周孔"。

刘勰的倾向显然在相容一方。《文心雕龙·原道》篇表述的就是"自然之道"与"炳耀仁孝"相容互补的指导思想。

"天地以自然运"和"自然者，道也"表明，"自然"体现着天地万物的本质和不以人们主观意志为转移的客观规律。所谓"道不违自然""在方而法方，在圆而法圆"，就是要求人为的运作必

---

① 杨伯峻集释：《列子集释》，北京：中华书局，1979 年，第 121 页。

② 〔魏〕王弼注，楼宇烈校释：《老子道德经注》，第 66 页。

须尊重事物发展演变的客观规律，顺应自然态势。刘勰注重文学创作规律的探讨和揭示，强调尊重规律、顺随写作自然体势的必要，均与此一脉相承，其《定势》篇所论就是很好的例子：

> 夫情致异区，文变殊术，莫不因情立体，即体成势也。势者，乘利而为制也。如机发矢直，涧曲湍回，自然之趣也。圆者规体，其势也自转；方者矩形，其势也自安：文章体势，如斯而已。是以模经为式者，自入典雅之懿；效骚命篇者，必归艳逸之华；综意浅切者，类乏酝藉；断辞辨约者，率乖繁缛：譬激水不漪，槁木无阴，自然之势也。

刘勰以"势"论文虽然对先秦兵法有所借鉴，但《孙子·势》篇的有关部分只是说："任势者，其战人也，如转木石；木石之性：安则静，危则动；方则止，圆则行。故善战人之势，如转圆石于千仞之山者，势也。"刘勰反复强调的"自然之势"（按，在前的"自然之趣"的"趣"与"势"同义）以及"方者其势自安，圆者其势自转"之论则明显脱胎于玄学。《附会》篇有"扶阳而出条，顺阴而藏迹"之语，也是顺其自然"乘利而为制"的原则在"附会"之术中的运用。

《原道》篇标举"自然之道"，既说明了人为"五行之秀，实天地之心"有"为德也大"之"文"是天经地义、自然而然的，又为全书规定了真实反映事物的本质特征、尊重艺术规律、顺应主客体因素自然变化的理论指导原则。

《明诗》篇的"人禀七情，应物斯感，感物吟志，莫非自然"表明，文学创作的出现是一个自然而然的过程，人们的情感思维与"物"（外部环境和事物）的交感共鸣往往就是文学创作活动的前奏和条件。

《体性》篇指出创作风格与作家个性是"沿隐以至显，因内而符外"的关系，刘勰说："表里必符。岂非自然之恒资，才气之大略哉！"是谓这种个性的外现、内外的统一是自然而然的。在艺术思维论中，刘勰要求顺应思维和艺术创造的客观规律：《神思》篇告诫作家"无务苦虑""不必劳情"，力求使精神状态达于"虚静"；《养气》篇则曰"故宜从容率情，优柔适会"；《隐秀》篇以为"胜篇""秀句""并思合而自逢，非研虑之所求也"，只有"自然会妙"之文才能放出异彩。

即使是人为的修辞手段，刘勰也认为是"法自然"的结果。他在《声律》篇说："声律所始，本于人声也。"《丽辞》篇也说："造化赋形，支体必双；神理为用，事不孤立。夫心生文辞，运裁百虑，高下相须，自然成对。"提出了艺术手段师法"造化"，接受"神理"启示的卓越见解：音律所本是人的自然声调，而"动植必两"启发人们运用对偶的修辞手段。

崇尚"自然"包含着对"真"的推崇。《征圣》篇把"情信而辞巧"奉为文章写作的"金科玉牒"。"宗经六义"中的"情深而不诡""事信而不诞"二义隐含着对"真"的要求。《情采》篇倡导"为情造文"，摈斥"为文造情"；指出"真宰弗存，翩其反矣""言与志反，文岂足征"，所谓"铅黛所以饰容，而盼倩生于淑姿；文采所以饰言，而辩丽本于情性"，也说明天生丽质与情感个性的自然流露是艺术美的真髓所在。《物色》篇对"不加雕削，而曲写毫芥"有所肯定，也是因其有忠实于客观物态的一面。刘勰论中"自然"之美，是与"本乎情性""清丽""切至"相联系的，实质上就是"真"所体现的美。

玄学家说："自然者，道也。"刘勰强调顺乎自然也有尊重客观规律的意义。尊重规律总是和探索规律联系在一起的，高水平的理性思辨对本质和规律的揭示也极其有利，《文心雕龙》在文学现象本质的认识和艺术规律的总结方面取得了中国古代文学理论史上莫与能比的巨大成就。比如，《神思》篇提出的"思理为妙，神与物游""意翻空而易奇，言征实而难巧""机敏故造次而成功，虑疑故愈久而致绩"，《体性》篇的"情动而言形，理发而文见，盖沿隐以至显，因内而符外者也"以及才、气、学、习四种因素对风格决定性的影响，《通变》篇的"名理有常，体必资于故实；通变无方，数必酌于新声""文律运周，日新其业。变则其久，通则不乏"，《定势》篇的"情致异区，文变殊术，莫不因情立体，即体成势"，《情采》篇的"文附质""质待文"，《总术》篇的"若夫善弈之文，则术有恒数，按部整伍，以待情会，因时顺机，动不失正。数逢其极，机入其巧，则义味腾跃而生，辞气丛杂而至"，《时序》篇的"文变染乎世情，兴废系乎时序"，《物色》篇的"情以物迁，辞以情发"，《知音》篇的"凡操千曲而后晓声，观千剑而后识器""缀文者情动而辞发，观文者披文以入情"等等。涉及艺术思维创造的机制、言意的矛盾、风格与艺术个性的关系、继承与变革、艺术形式形成的递进层次、内容与形式的关系、时代政治和自然环境对创作的影响，以及经验对于鉴赏的意义，审美主体与创作主体间的信息传达、接受和心灵交往。这些规律的概括不仅表明刘勰登上了那个时代文学理论领域无人企及的高峰，而且对今人也有深刻的启迪，某些论断和原则甚至仍能指导今天的文学创作和欣赏。

《魏志·锺会传》的注中记载，王弼曾经指出"圣人""同于人者五情也"，并且在答荀融难《大衍义》的信中强调"自然（感情）之不可革"[1]。这就否定了一些汉儒性、情分离，性仁（善）情贪（恶）的说法，承认人的自然情感的合理性。不少魏晋士人以"自然"对

---

① 〔晋〕陈寿撰，〔南朝宋〕裴松之注：《三国志》，北京：中华书局，1982年，第795–796页。

抗"名教"，以"循性而动，各附所安"（嵇康《与山巨源绝交书》）为行为和生活的准则。玄学不是禁欲寡情的，其理论思维本身也是多元的、开放的。因此，尊重个性，尊重人的自然情感是时代哲学思潮使然。

在《文心雕龙》中"圣人"也是有情的。《原道》篇有"夫子继圣……雕琢情性，组织辞令"之语，《征圣》篇亦云："夫子文章，可得而闻，则圣人之情，见乎文辞矣。"更值得注意的是，"情"和"性"在《文心雕龙》的理论体系以及具体的理论组合中占有不可替代的重要地位。

刘勰在《序志》篇申明：《文心》的下半部全为"剖情析采"之论。由于"情"是文学内容的核心，也是文学活动的纽带和推动力，所以在讨论内容与形式关系的《情采》篇直接以"情"来代指文学内容；此外《诠赋》篇的"情以物兴""物以情观"，《神思》篇的"登山则情满于山""神用象通，情变所孕"，《体性》篇的"情动而言形"，《通变》篇的"凭情以会通"，《比兴》篇的"起情故兴体以立"，《总术》篇的"按部整伍，以待情会"，《物色》篇的"情以物迁，辞以情发"……又不限于内容而指丰富、活跃的感情活动。

如果说陆机在《文赋》中所说的"诗缘情而绮靡"是"缘情"说的发端的话，它不过是针对诗歌这一种体裁而言的；在《文心》中的"情"则是针对整个文学活动说的，其理论意义自不可同日而语。足见只是到了刘勰这里，"缘情"说才得到了全面和有理论深度的阐扬。当然，这并不会降低陆机首倡"缘情"说的价值，而且陆机与刘勰有一个共同点，那就是他们都不强调"情"的善恶，像《明诗》篇所谓"人禀七情，应物斯感"的创作酝酿中，"七情"是并无高下之分的。

刘勰论中的"性"和"情"有时连用，有时互换入论，在这种场合，它们可以看作是相通或者近义的。比如"雕琢情性"，"并情性所铄，陶染所凝"，"吐纳英华，莫非情性"（《体性》）；以及《情采》篇的"研味孝、老，则知文质附乎性情"，"文采所以饰言，而辩丽本于情性"，其"三曰情文，五性是也"更是两者相通的例子。当然仔细比较，两者有时还是各有侧重的。"性"与天生的气质、禀性密不可分，即使是后天形成的，也是长期陶冶、习染之所成，可以说是相对稳定的主体因素（常指创作活动中作家的艺术个性）。而"情"则往往是实时即境产生、变化不定的，故有"文情之变深矣"（《隐秀》）、"洞晓情变"（《风骨》）和"情以物迁"之论。因此，代指作品内容的时候，只宜用"情"；强调作家创作个性的时候则理所当然地多用"性"。《文心雕龙》的风格论和内容形式关系论分别采用"体性"和"情采"是很严谨的抉择。相当程度上独立于道德伦理的"情"和"性"得到肯定，文学艺术的风格论才能获得充分的发展。关于刘勰所论的"性"与道德伦理的分离，我们在讨论"才性"问题的时候再谈。

综上所述，《文心雕龙》中对"自然"和"真"美的追求，对文学现象的本质和规律的探索，对情感与个性价值的肯定，都是道家和玄学思想观念启迪和浸润的结果。

刘勰对老庄思想学说的认同也有迹可寻。《文心雕龙·诸子》称：

> 及伯阳识礼，而仲尼访问，爰序道德，以冠百氏。然则鬻（熊）惟文友，李实孔师，圣贤并世，而经子异流矣。

虽说"李实孔师"，但以孔子为"圣"，李耳为"贤"，表明孔子在学术思想史至高无上的地位非包括老子在内其他人可及，但对老子"爰序道德，以冠百氏"也是充分肯定的。说到战国诸子则有"庄周述道以翱翔"一语，赞许之意溢于言表。

1986年出版的拙著《文心十论·文心雕龙的文学思想》中有这样的述评：

> 出于对孔子和儒教的尊崇，刘勰未必以为"聃周当路，与尼父争途"无可非议，但对玄学家们在理论的独创性和"精密"却给予很高（"人伦之英"）的评价。他认为贵无与崇有的论争双方都存在偏颇，唯有佛学中所谓"般若"说才能达到最高境界，揭示本体论的真谛，从思辨的水平，即理论的精致程度上对这场论争提出了自己的看法。刘勰最推重的玄学家是王弼，认为阐释经典"若毛公之训《传》，安国之传《书》，郑君之释《礼》，王弼之解《易》：要约明畅，可以为式矣"，王弼居然与汉代经学大师取得同样地位。须知《文心》立论，在经典中对《易》尤为倚重。出现在齐梁的这些评述，应该说是公允而且有见识的。

所谓"论"是为了明辨是非，概括现象——"穷于有数"，探求事理及其规律——"追于无形"；而"筌蹄"则是达到上述目的的工具和手段。这段话表明刘勰对事物本质规律的探求和方法论的重视。先秦两汉正宗的儒家思想没有面临刘勰所必须解决的一系列文学理论问题，也没有为《文心》论文提供先进的方法论，所以刘勰在涉及艺术规律的时候，自然而然地要转向老庄和玄学，利用时代在哲学方面取得的成果。

从《原道》篇和"情采"论的立论基础上看，王弼《老子》二十五章注云："神不害自然也，物守自然，则神无所加。神无所加，则神不知为神。"可以看作刘勰"自然之道"与神之数相通的哲学依据。何劭《王弼传》云："何晏以为圣人无喜怒哀乐，其论甚精，锺会等述之。弼与不同，以为圣人茂于人者，神明也；同于众人者，五情也。神明茂，故能体冲和以通无；五情同，故不能无哀乐以应物。"王弼"情同众人"的主张也为刘勰既征圣宗经又重情通物的文论扫清了障碍。《文心雕龙》的结构体制和方法论都有玄学的色彩；下篇"剖情折采"中吸收玄学成果之处更是俯拾皆是：《神思》篇之于玄学"静"与"动"、"言"与"意"、"神"与"象"论辩，《体性》篇之于魏晋的"才性"同异离合之辨，《风骨》篇、《情采》篇之于"神形"之辨和清谈品鉴人物的风气，《定势》篇与有关"一""多"对立统一关系的讨论，以及《原道》篇、《定势》篇、《声律》篇、《丽辞》篇、《物色》篇等从不同侧面对"自然"法则的阐发等等，都是很好的证明。

值得说明的是，刘勰对来自玄学方面的启示，往往也根据文学艺术的特殊性加以改造，而且以"钻坚求通，钩深取极"的执着求实和勇于开拓精神，加以充实和发展。比如《神思》篇的"意授于思，言授于意"，增加了"思"（一般的情思）到"意"（包含艺术意趣构建的"思"）这样一层关系，更接近艺术思维过程的客观实际；《体性》篇将"才性"再分化为才、气、学、习四个方面，比较切实地阐明了风格形成的原因。《风骨》篇对品鉴人物的术语作了更多的改造，取其体现于形貌，又超越于形貌的内外统一的美及其强劲的艺术感动力量，却又将"风骨"与"情""理"密切联系起来，完成了理论的转移。[①]

于此略作补充的是，作为一部"以古论今"的政论，《刘子》的思辨水平与文论经典是有差距的。不过，论中虽未直接涉及玄学，也不难找到接受与推崇玄学思想方法的印记。《九流》在一一述评道、儒、阴阳、名、法、墨、纵横、杂、农九家子学的理论建树以及各家"薄

---

① 涂光社：《文心十论》，第34–36页。

者"（末流）的偏谬之后指出：

> 观此九家之学，虽理有深浅，辞有详略，俏儒形反，流分乖隔；
> 然皆同其妙理，俱会治道，迹虽有殊，归趣无异。
>
> 道者玄化为本，儒者德教为宗，九流之中，二化为最。夫道
> 以无为化世，儒以六艺济俗；无为以清虚为心，六艺以礼教为训。

九流"俱会治道"之"杂"并非不分主次、轻重的包揽，而是应时政之需取用各家之优长，摒弃其"薄者"的悖谬；而且直言以"玄化为本"的道家和"德教为宗"的儒家统领众说。道列儒前表明：其书所持主导政治理念虽是道、儒并重，两相比较更倾向黄老些而已。而由"玄化为本"一语，其主导思想和方法论上的取法也显现无遗。

中国古代学术传统中具有一种可贵的宽容精神：各家各派间虽有论争辩驳，也常常在相互吸纳、借鉴中阐扬拓展自己的学说，所以能在恪守自己信仰的基础上兼容他家所长、并存于世。"三教合一"的现象就是这种学术精神的最好体现。

（四）刘勰对玄学理论范畴的移植

玄学中运用的理论范畴大都是古已有之的，但往往只是在玄学领域才得到广泛运用和充分阐扬，或者具有特殊意义；也只有在玄学中才集中运用如此多的范畴进行理论组合，这正是它思辨性较强的原因所在。

在中国古代文学理论史上，《文心雕龙》首先运用一系列的范畴来组合理论，其中相当大的一部分范畴移用于玄学及与其相关的清谈和人物品鉴中。如"本末""才性""自然""名理""言""象""意"以及"风骨"之类。某些玄学范畴虽然没有直接入论，但它们的内

涵及其对立统一的关系已体现在刘勰的表述之中了,如"有"与"无","动"与"静","常"与"变","一"与"多"就是这样。下面介绍《文心》中常见的几个范畴及其组合:

1. "自然"

《说文》:"自,象鼻形。"段注:"此以鼻自训。"自然,指本然(原本如此,或天然、天成)和自然而然(合规律的运动演化)。

《老子》中对"道"最重要的诠释是"人法地,地法天,天法道,道法自然"(二十六章),"自然"有至"大"的宏观意味,涵容天地万事万物,及其生成运化的内在规律。"自然"是道之所"法","法"则以为渊源、准则。十六章又有云:"致虚极,守静笃;万物并作,吾以观复。"可谓是"法自然"、体认万物运作规律的表述。营造并守持达于极致的虚静心境观察验证万物运作的规律;"复"指合规律的周而复始。《庄子》中不仅用到"自然"的概念,且以"法天贵真"之说诠释其要义。

《老子》说道"玄之又玄,众妙之门",玄学家倡言自然不足奇,夏侯玄《无名论》曰:"天地以自然运,圣人以自然用。"何晏《道论》:"道之而无语,名之而无名,视之而无形,听之而无声,则道全焉。"

若说嵇康《释私论》标举"越名教而任自然"和陶渊明诗"少无适俗韵,性本爱丘山。……久在樊笼里,复得返自然"前后呼应中的"自然"指超然世俗之上本乎人天性的精神境界,锺嵘《诗品序》推崇的"自然英旨"则是诗歌审美创造的理想艺境。《诗品》中记云:"汤惠休云:'谢(灵运)诗如芙蓉出水,颜(延之)如错彩镂金。'颜终身病之。"《南史·颜延之传》有类似记载:"(鲍)曰:'谢五言如初发芙蓉,自然可爱。君(指颜延之)诗若铺锦列绣,亦雕绘满眼。'""初发芙蓉""铺锦列绣"都是美的,但前者自然,所以高于后者。可知时人将"自然"视为审美的最高境界。

"自然"范畴在古代美学中的地位和重要性众所周知。《原道》说"心生而言立，言立而文明，自然之道也"，以为一切有美质的事物皆有美文，"动植皆文……夫岂外饰，盖自然耳"；《明诗》说："感物吟志，莫非自然"；《体性》指出作家创作个性的外现就是风格，"岂非自然之恒资，才气之大略"；《定势》两次以运动的物态作比，强调要遵循"自然之趣""自然之势"；《丽辞》认为对仗的依据是"自然成对"；《隐秀》以为隐秀之美的出于"自然会妙"……凡此种种，都贯穿着自然的宗旨：文学的产生、艺术规律是自然的、客观的；艺术风格、表现方式、手段，乃至出神入化的美妙创造，都从自然而然得来。标举自然的刘勰对事物客观属性和规律的尊重，以及对作家天成之灵慧和原创力的推崇，显然得益于老庄美学的滋养。

2."本"与"末"

"本"者，基始也，本根也；可以引申为母体、本质、主干，乃至有原始依据的正确轨范。"末"者，"本"所生发的枝叶也；可以引申为子嗣、表像、枝派。

王弼在《老子指略》中说："《老子》一书，其几乎可一言而蔽之，噫！崇本息末而已矣。"又说："见素朴以绝圣智，寡私欲以弃巧利，皆崇本息末之谓也。"[1]他在《老子注》五十二章云："母，本也；子，末也。得本以知末，不舍本以逐末也。"[2]三十八章又指出："守母以存其子，崇本以举其末，则形名俱有，而邪不生。"王弼认为无为而治就是"以道治国，崇本息末"，而"以正（政）治国"则是"立辟（法律）以攻末"（五十七章）。

---

[1]〔魏〕王弼注，边家珍点校：《王弼道德经注》，南京：凤凰出版社，2017年，第62–63页。

[2]〔魏〕王弼注，边家珍点校：《王弼道德经注》，第39页。

王弼提出了"本末不二"的思想,这与"崇本息末"和"崇本举末"的主张并不矛盾。在他看来,本末作为一对范畴,体现着主次、源流、本质与表象、母体与子息等关系。能够维系这种正常关系,就是"本末不二"。自然状态下本是末的依据,末是本的表现和延伸,有内在的一致性,故言"不二"。"崇本"则"末"自然"举",是"纲举目张"式的统一。倘若由于人为的原因而出现本末倒置或者末胜其本的现象——本的主导地位被取代,末却改变了从属的、派生的、非本质的特点,那就有"息末"的必要。"崇本息末"的治国思想是针对人为而言的,其目的在于恢复"本末不二"的正常状态。

在文学理论中,曹丕在《典论·论文》说过:"夫文,本同而末异。盖奏议宜雅,书论宜理,铭诔尚实,诗赋欲丽。"其"本"大约指文章的本质及写作运作的规律,而"末"则指体裁及其相应的语言风格。

刘勰扩大以"本末"论文的范围,推崇雅正和清丽之美,对汉魏六朝愈演愈烈的浮艳文风深恶痛绝。《序志》篇说,由于"去圣久远,文体解散,辞人爱奇,言贵浮诡,饰羽尚画,文绣鞶帨,离本弥甚,将遂讹滥",于是以矫正时风为己任,撰结《文心雕龙》。《通变》篇也强调因为人们"竞今疏古"的缘故,文学史发展是"从质及讹,弥近弥淡"的趋势。《诠赋》篇总结辞赋写作的历史教训说:

> 原夫登高之旨,盖睹物兴情。情以物兴,故义必明雅;物以情观,故词必巧丽。丽词雅义,符采相胜,如组织之品朱紫,画绘之著玄黄,文虽新而有质,色虽糅而有本,此立赋之大体也。然逐末之俦,蔑弃其本,虽读千赋,愈惑体要,遂使繁华损枝,膏腴害骨,无贵风轨,莫益劝戒:此扬子所以追悔于雕虫,贻诮于雾縠者也。

汉代辞赋写作大都极尽铺陈夸饰，思想内容则往往是"劝百讽一"，背离了《诗经》以来的文学传统："而后之作者，采滥忽真，远弃风雅，近师辞赋，故体情之制日疏，逐文之篇愈盛。"（《情采》）因此，《宗经》篇指出："励德树声，莫不师圣；而建言修辞，鲜克宗经。是以楚艳汉侈，流弊不还，正末归本，不其懿欤！"他此处所谓"本"，就是由儒家经典所体现的"情信辞巧"、有益政治教化的文章写作模式，相对于形式而言则指坚实的内容（包括正大的思想、真挚充沛的感情）；所谓"末"则是华丽的语言形式。刘勰认为"逐末弃本"是文学步入歧途的症结所在。

重视考察事物现象的"本""末"，有助于把握本质、提纲挈领、分清主次。

刘勰以为内容是"本"，形式是"末"。因此《情采》篇强调"述志为本""辩丽本于情性"。《镕裁》篇认为内容作为核心和主干应合乎雅正规范的体式，故曰"立本有体"，又解释篇名道："规范本体谓之镕。"《议对》篇讨论"驳议"这种文体的写作时提出："文以辨洁为能，不以繁缛为巧；事以明核为美，不以深隐为奇：此纲领之大要也。"随即批评违背正确轨范的写法：

> 若不达政体，而舞笔弄文，支离构辞，穿凿会巧，空骋其华，固为事实所摈，设得其理，亦为游辞所埋矣。昔秦女嫁晋，从文衣之媵，晋人贵媵而贱女；楚珠鬻郑，为薰桂之椟，郑人买椟而还珠；若文浮于理，末胜其本，则秦女楚珠，复在于兹矣。

有时候《文心》中的本与末又只在表述主次关系。《章句》篇曾说："夫人之立言，因字而生句，积句而成章，积章而成篇。篇之彪炳，章无疵也；章之明靡，句无玷也；句之清英，字不妄也：振本而末从，知一而万毕矣。"整体可以带动局部，主导方面的成功具有决定性的作用。

3. "才"与"性"

创作是作家提供的精神产品。文论重视作家的素质、个性和艺术才能极其自然。玄学有关才性的探讨对于《文心雕龙》作家论和风格论的构建是很有影响的。

"才性"这个论题很早就提出来了。人们的讨论主要围绕两个问题：其一是"性"指什么而言（对释"才"为才能基本上没有异议），其二是"才"与"性"之间究竟是什么关系。

《论语·阳货》说："子曰：'性相近也，习相远也。'"是谓人的天性是相近的，在后天因素（"习"）的影响下，才有了相去甚远的差别。这段话里孔子并没有说明这"性"究竟善还是恶，后来告子主"性无善恶"说，孟子主"性善"说，荀子主"性恶"说，仍然是就人的天性而言。孔、告、孟、荀所谓"性"都是从总体上去看人类之所以为人，看人类与禽兽的区别，而不是就具体的人各各不一的禀性而论的。似乎可以说先秦儒家的"性"论是人性的理论，而非性格的理论。无论主张是"善"是"恶"，他们认为"人之初"的天性是人类所共同的，由于后天所受教育和社会环境的不同，人与人之间"善"与"恶"的差别才明显起来。这种差别不过是天性被保留、发展以及被改造的多少和程度的差异造成的。

早期的理论家总是从伦理道德的角度去看人性的。在汉代大一统的社会里儒家思想占据着独尊的地位，与道德相联系的性无疑比才更受重视。扬雄《法言·修身》提出："人之性也，善恶混。修其善则为善人，修其恶则为恶人。"王充《论衡·骨相篇》也说："操行清浊，性也。"在"察举""征辟"的选士制度中，尽管"孝廉"

较重品性，"秀才"较重才能，两者略有区别，但总的说来才性相对协调，更看重品行一些的。

从汉魏之交开始，由于割据纷争的时代需要，性的内涵有所转移，而才的地位则大大提高，才与性相分离的思维逐渐占据了主导地位。

曹操是重才不重德的，曾明令举拔"不仁不孝而有治国用兵之术"的人。刘劭的《人物志》把人分为"圣人""兼材""偏材"，又有十二流品之别，都是以才能划分的。在何晏、王弼、嵇康、向秀、郭象等玄学家论中，性与善恶无涉。何晏《论语集解》注"夫子之言性与天道不可得而闻也"一句说："性者，人之所受以生也。"[1]嵇康的"循性而动"的性，也是这种自然天性。

刘勰在《体性》篇论证影响创作风格的作家个性时，并未夹杂道德的评价：

> 典雅者，镕式经诰，方轨儒门者也；远奥者，馥采典文，经理玄宗者也；精约者，核字省句，剖析毫厘者也；显附者，辞直义畅，切理厌心者也；繁缛者，博喻酿采，炜烨枝派者也；壮丽者，高论宏裁，卓烁异采者也；新奇者，摈古竞今，危侧趣诡者也；轻靡者，浮文弱植，缥缈附俗者也。

虽然其中不无抑扬，但只是学术方向和审美情趣的差别，与善恶没有直接联系。随后所举"吐纳英华，莫非情性"的例子更能说明这一点：

---

[1] 〔魏〕何晏撰，高华平校释：《论语集解校释》，沈阳：辽海出版社，2007年，第83页。

> 是以贾生俊发，故文洁而体清；长卿傲诞，故理侈而辞溢；子云沈寂，故志隐而味深；子政简易，故趣昭而事博；孟坚雅懿，故裁密而思靡；平子淹通，故虑周而藻密；仲宣躁锐，故颖出而才果；公幹气褊，故言壮而情骇；嗣宗俶傥，故响逸而调远；叔夜俊侠，故兴高而采烈；安仁轻敏，故锋发而韵流；士衡矜重，故情繁而辞隐。

由于"各师成心""表里必符"，作家各各不一的气质、性格导致文学风格的相应差别。《体性》篇业已阐明：风格的核心和内在依据是作家的艺术个性。

《议对》篇评论晋代的傅咸、应劭、陆机等人写作"议"这种文体时说："亦各有美，风格存焉。"《书记》篇介绍司马迁、东方朔、杨恽、扬雄书信的文学成就则云："志气盘桓，各含殊采，并杼轴乎尺素，抑扬乎寸心。"《才略》篇称赞"张衡通赡，蔡邕精雅，文史彬彬，隔世相望：是则竹柏异心而同贞，金玉质殊而皆宝也"；"嵇康师心以遣论，阮籍使气以命诗：殊声而合响，异翮而同飞"。刘勰认识到作家崭露才华和艺术个性的价值，赞赏风格的多样化，因此在该篇"赞"中又说："才难然乎，性各异禀。一朝综文，千年凝锦。"

难得的是刘勰对偏才也给予明确的肯定。比如《明诗》篇说："兼善则子建、仲宣，偏美则太冲、公幹。"其"偏美"诚然不如"兼善"完备，仍有自己的独到之处。《书记》篇里的"至如陈遵占辞，百封各意；祢衡代书，亲疏得宜：斯又尺牍之偏才也"，亦为赞赏之词。《才略》篇中更不难找出"孔融气盛于为笔，祢衡思锐于为文，有偏美焉""曹摅清靡于长篇，季鹰辨切于短韵，各其善也"这样的评论。有个性才有自己的风格，有个性才是创造，有个性才成其为艺术。只有在玄学兴盛、理性解放的时代，古代文学的风格理论中才可能有如此明确和全面的表述。

《文心》所论"才性"，与玄学相近，但也不乏独到处。比如认为"才"虽与后天的培养和习染有关，却与先天的禀赋有不可忽略的内在联系。《体性》篇指出决定文学风格的四种因素是"才""气""学""习"。其中"才"与"气"两者主要受先天因素影响，相互间的关系也比较密切，故云"才力居中，肇自血气""才有天资，学慎始习"，于是要求"因性练才"。"才"固然得有"天资"，当"因性"而"练"就表明后天的学习锤炼不可少。故刘勰在《神思》篇提倡"酌理以富才"，在《定势》篇指出只有"旧练之才"方能"执正驭奇"，在《总术》篇亦云："才之能通，必资晓术。"可见后天培养对是否成"才"非常重要的。

4. "一"与"多"

先秦哲学已经接触到一与多的问题。比如《老子》第二十二章的"圣人抱一，为天下式"和《荀子·王制》的"分均则不偏，势齐则不一，众齐则不使"，其倡导的处世和治世之道都包含着"以一驭众（多）"的原则。

王弼在《周易略例·明象》中说："夫少者，多之所贵也；寡者，众之所宗也。""夫众不能治众，治众者，至寡者也。夫动不能制动，制天下之动者，贞夫一者也。故众之所以得咸存者，主必致一也；动之所以得咸运者，原必无二也。"①可以说把"以寡治众"（也即"以一制多"）之理阐发得很充分，为封建君主专制提供了理论依据。他在《老子》四十二章注中说"万物万形，其归一也。何由致一？由于无也。由无乃一，一可谓无"②，表明统驭天地万物的也只有

---

① 〔魏〕王弼撰，楼宇烈校释：《周易略例》，北京：中华书局，2011年，第395页。
② 〔魏〕王弼注，楼宇烈校释：《老子道德经注》，第120页。

"一",这"一"就是"无",就是本体。这些原则对于刘勰组合文学理论是很有帮助的。

《章句》篇"振本而末从,知一而万毕"的"知一而万毕"化用庄子的"通于一而万事毕"①,"一"指"道",此处与"本"通;"万"则与"多"同。强调以"本"带"末",以"一"统"多"。不过最典型的例子在《附会》篇和《总术》篇。《附会》篇论作品整体的协调性,刘勰说:

> 凡大体文章,类多枝派,整派者依源,理枝者循干,是以附辞会意,务总纲领,驱万途于同归,贞百虑于一致。使众理虽繁,而无倒置之乖,群言虽多,而无棼丝之乱……是以驷牡异力,而六辔如琴;并驾齐驱,而一毂统辐:驭文之法,有似于此。去留随心,修短在手,齐其步骤,总辔而已。

"纲领"是"源"是"干",也是"本"和"一"。成功的作品都须确立一个制约"众理"和"群言"的核心和主体,由它来统领全局,而使杂多的因素殊途同归,组合成协调统一的整体。刘勰用驭车之术来比况写作,认为"总辔"的技巧就像使不同调的琴弦和谐一样,即使"驷牡异力"也能"齐其步骤"。《总术》篇的一段话可以与此相印证:

> 夫骥足虽骏,缰牵忌长,以万分一累,且废千里。况文体多术,共相弥纶,一物携贰,莫不解体。所以列在一篇,备总情变,譬

---

① 《庄子·天地》篇:"记曰:'通于一事而万事毕。'"成玄英疏:"一,道也。夫事从理生,理必包事,本能摄末,故知一,万事毕。"参见〔清〕郭庆藩辑,王孝鱼整理:《庄子集释》,第406页。

三十之辐，共成一毂，虽未足观，亦鄙夫之见也。

《定势》篇谈到作品表现方式的择用合时也指出："渊乎文者，并总群势：奇正虽反，必兼解以俱通；刚柔虽殊，必随时而适用。若爱典而恶华，则兼通之理偏……若雅郑而共篇，则总一之势离。"要求表现方式的风格协调统一，主张"虽复契会相参，节文互杂，譬五色之锦，各以本采为地矣"，或者"以正驭奇"，在突出雅正、本色风格基调的前提下"相互参杂"，因时制宜，糅合成理想的表现方式。

《神思》篇说："是以临篇缀虑，必有二患：理郁者苦贫，辞溺者伤乱。然则博见为馈贫之粮，贯一为拯乱之药，博而能一，亦有助于心力矣。"是谓思路不畅和文辞繁乱是文章构思必然碰到的两种毛病，刘勰开出的救治良方分别是"博见"（扩展知识见闻）和"贯一"（始终围绕着中心写作）。由博而约，说到底"博见"在创作中是为"贯一"服务的。"博而能一"是这个层面上一与多对立统一的理想境界。

《隐秀》篇说："凡文集胜篇，不盈十一；篇章秀句，裁可百二：并思合而自逢，非研虑之所求也。"因为"秀也者，篇中之独拔者也"，"秀句"和一般句之间显然是"寡"与"众"的对立统一。仿佛与陆机《文赋》中的"立片言而居要，乃一篇之警策"和"石韫玉而山辉，水怀珠而川媚。彼榛楛之勿翦，亦蒙荣于集翠"一脉相承。不过刘勰认为这种"秀句"是思维中的偶然所得，"言之秀矣，万虑一交"是"才情之嘉会"的产物。看来刘勰是从一与多的角度来理解思维创造（或者说灵感）机制的。

《总术》篇的"赞"指出：

　　　　文场笔苑，有术有门。务先大体，鉴必穷源。乘一总万，举
要治繁。思无定契，理有恒存。

　　刘勰提出了"乘一总万，举要治繁"的原则。此处"一"和"万"
也与上面"知一而万毕"所言者略同。从"务先大体，鉴必穷源"
和后面的"理有恒存"看，此处"一"就是"大体"、根源，就是
恒常的"理"；而"万"则指文章（包括"文"和"笔"在内）写
作的各种方法、手段、技巧，以及纷繁的文思（故言"思无定契"）。"乘
一总万，举要治繁"是要求以本质的、主要的、合乎美的规律的东西，
去统领、驾驭、制约、协调众多的方法、手段和繁复的文思。

　　韩康伯《周易·系辞》注引云："王弼曰：演天地之数，所赖
者五十也。其用四十有九，则其一不用也。不用而用以之通，非数
而数以之成，斯《易》之太极也。四十有九，数之极也。夫无不可
以无明，必因于有，故常于有物之极，而必明其所由之宗也。"[①]
王弼此处以一与多说明无与有的关系。《文心雕龙·序志》篇介绍
全书体系时最后说："彰乎大《易》之数，其为文用，四十九篇而已。"
显然在体系建构上又对王氏之论有所借鉴。

　　5."言""象""意"

　　"言意之辨"的讨论近年已较深入，但重新勾勒其发展轨迹还
是有必要的。

　　《易·系辞上》云："子曰：'书不尽言，言不尽意。'然则
圣人之意，其不可见乎？子曰：'圣人立象以尽意，设卦以尽情伪，
系辞焉以尽其言。'"《庄子》更多次涉及这个问题：

----

　　① 〔魏〕王弼，〔晋〕韩康伯注，〔唐〕孔颖达疏，于天宝点校：《宋本周易注
疏》，第409页。

世之所贵道者书也，书不过语，语有贵也。语之所贵者意
也，意有所随，意之所随者，不可以言传也，而世因贵言传书。
（《天道》）

可以言论者，物之粗也；可以意致者，物之精也；言之所不
能论，意之所不能察致者，不期精粗焉。（《秋水》）

荃者所以在鱼，得鱼而忘荃；蹄者所以在兔，得兔而忘蹄；
言者所以在意，得意而忘言。（《外物》）

一般人都认为这是"言意之辨"的两个源头。《周易·系辞》写成
的时代大致是战国到西汉初，所引孔子的话有可能是假托的；《庄子》
也经庄周门人纂集整理，究竟孰先孰后没有确证。从理论层次上推
断，《庄》论更高，也许稍后。其实，古人很早就对言意的矛盾有
所觉察了，《论语·阳货》记载：

子曰："予欲无言。"子贡曰："子如不言，则小子何述焉？"
子曰："天何言哉？四时行焉，百物生焉，天何言哉？"

孔子显然意识到语言的局限或者"无言"的意义，至少认为自然万
物的存在和运作蕴含着丰富深刻的道理和无言的启示，也是难以用
语言进行确切表述的。《老子》中的"道可道，非常道；名可名，
非常名""知者不言，言者不知"等名论中多少也涉及语言传达难
能为力的领域和场合。

《周易·系辞》所论是针对解释卦象的文字而言的，因此除了"书
不尽言，言不尽意"（典籍不能写尽言辞，言辞不能说尽想到的东西）
而外，还提到了"立象以尽意"的问题。可是在《庄子》论中是在
强调"道"的不可察致、不可传达时谈到言意的，所以未涉及象。

庄子认为，语言文字是人为的符号，只是一种物质的粗迹，不能无碍无损地通达精妙的精神境界；而"意之所随者"和"言之所不能论，意之所不能察致者"指的就是至高无上、涵容一切又不可名状的道。其《外物》指出的是：用语言进行交流，目的在于"意"的传达。对表达者来说力求"达意"，对接受者来说旨在"得意"。语言只是媒介，只是工具，是次要的；由于言意之间存在矛盾，因而在达到目的以后应该摆脱其束缚。

玄学糅合了这两种角度立论的言意说，又有新的拓展。最有代表性的仍是王弼《周易略例》的一段话：

> 夫象者，出意者也。言者，明象者也。尽意莫若象，尽象莫若言。言生于象，故可寻言以观象；象生于意，故可寻象以观意。意以象尽，象以言著。故言者所以明象，得象而忘言；象者所以存意，得意而忘象。犹蹄者所以在兔，得兔而忘蹄；筌者所以在鱼，得鱼而忘筌。然则，言者，象之蹄也；象者，意之筌也。是故，存言者，非得象者也；存象者，非得意者也。象生于意而存象焉，则所存者乃非其象也；言生于象而存言焉，则其所存者乃非其言也。然则，忘象者，乃得意者也；忘言者，乃得象者也。得意在忘象，得象在忘言。故立象以尽意，而象可忘也；重画（指爻重画为卦）以尽情，而画可忘也。①

因为是阐释《周易》，所以"象"纳入其中，但思想方法和理论的渊源则出于《庄子》。其最明显的发展就是在强调"忘象"和"忘言"的同时，承认"尽意莫若象，尽象莫若言"。也就是说，对于"出意"和"明象"而言，象和言是必要的，甚至是不可取代的，充分地肯

---

① 〔魏〕王弼撰，楼宇烈校释：《周易略例》，第414页。

定了媒介和工具的作用。

刘勰接受了玄学言意之辨的理论成果，而且根据文学的特点和需要进行了改造和发挥。归纳起来，大致有以下四个方面：

其一，充分肯定"言"的作用。

文学是语言的艺术。从《文心》有关文、辞、言、藻、采的论述中可以知道，刘勰认为状物达意"莫若言"，因此充分肯定文学语言的表现和创造美的功能。比如"圣因文而明道""辞之所以能鼓天下之动者，乃道之文也"（《原道》）；"圣人之情，见乎文辞矣""志足而言文，情信而辞巧，乃含章之玉牒，秉文之金科矣"（《征圣》）；"物沿耳目，而辞令管其枢机。枢机方通，则物无隐貌"（《神思》）；"万趣会文，不离辞情"（《镕裁》）；"缀文者情动而辞发，观文者披文以入情"（《知音》）等等。在下篇的理论专题中也很重视语言形式美的探讨，所占比重最大，计有《声律》《章句》《丽辞》《比兴》《夸饰》《事类》《练字》《隐秀》《指瑕》等九篇；其余各个专题也多与文辞藻采有密切联系。刘勰在这方面的见解和理论成就我们在本书的其他部分已有介绍，此处不再赘述。

其二，刘勰提出了"意象"的概念。

六朝文论中已经逐渐涉及到"象"的表现。陆机《文赋》就有"期穷形而尽相（象）"之语，挚虞《文章流别论》也以"假象尽辞，敷陈其志"来说明赋这种文体的特点。然而，在以"象"入论上明显受到玄学"言""意"之辨影响的还是刘勰。《神思》篇说：

> 陶钧文思，贵在虚静，疏瀹五藏，澡雪精神，积学以储宝，酌理以富才，研阅以穷照，驯致以怿（绎）辞，然后使玄解之宰，寻声律而定墨；独照之匠，窥意象而运斤。

"意"与"象"在这里合而为一了，而前面的"寻声律而定墨"则无疑是论言（要求依美的规律结构作品的语言形式）的。刘勰也根据论文学的需要让"意象"为自己所用：由于文学作品不是《易传》，其文字（言）不是对卦象的说明，本身也要直接达"意"的，所以《周易·系辞》中"象"这个达"意"的中间层次在文学创作和欣赏中不再是必经的了。刘勰保留了"象"，由于"象"与"意"都是"言"所表达，已在同一层次，于是将"意象"组合起来，作为加工文学语言的蓝图。对后来文学理论有重大影响的概念"意象"从此诞生。

刘勰保留"象"是物色描写长足进步的时代使然。在《明诗》《诠赋》《比兴》和《物色》等篇都谈到过模山范水、写物图貌风靡文坛的现象。尽管在《文心雕龙》中"意象"只出现过这么一次，刘勰也未能对它的内涵和特点作明确深入的阐述，然而发端的意义仍不宜低估。

其三，对创作中言意矛盾的新认识。

刘勰充分肯定文学语言的功用，也承认言不尽意的合理性：《序志》直言"言不尽意，圣人所难"，《神思》篇说："至于思表纤旨，文外曲致，言所不追，笔故知止……伊挚不能言鼎，轮扁不能语斤，其微矣乎！"且有新的阐发：

> 方其搦翰，气倍辞前，暨乎篇成，半折心始。何则？意翻空而易奇，言征实而难巧也。是以意授于思，言授于意；密则无际，疏则千里。

在文学创作中，"意"是文学内容的思维存在形式，"言"指作品的语言存在形式。由于外部语言也参与思维，两者有同的一面。但是令理论家费解的是言意又有矛盾的一面，刘勰作出的解释是"意翻空而易奇，言征实而难巧"，抓住艺术思维跳跃性强、富于变化的特点，指出语言"征实"（作为媒介它必须有确切的义蕴，其组合应符合语法规范）使它很难跟上思维的运作、尽善尽美地传达思维创造的微妙精巧之处。"意授于思，言授于意"更是对言意之辨的改造，在"意"之前增加了"思"这个新层次。"思"与"意"的差别可能是指一般的思想情志与能纳入作品付诸表现的艺术意趣、构想的差别。于是这"意"就不再是与抽象的"道"相联系、只能以"象"进行模糊传达的"意"了，完成了从哲学领域向文学领域的转移。"思"→"意"→"言"的递进过程更合乎文学创作思维活动的实际。

下　卷

引论 从《文心》和《刘子》序的比较说起

读序能进入作者的心灵世界，为读解其论著导向。《文心雕龙》《刘子》一为史无前例的文论经典，一为"用古以论当前"、颇多创意的杂家政论。《序志》《九流》分列两书之末，为介绍各自理论宗尚和论证思路的序言。尽管齐梁时两种理论处于不同发展阶段，两书家数的取法、理论思考及其表述方式存在差异，作《序志》《九流》的比较仍有助诸多疑难的破解。

本书作两书的比较，前三章回顾了近现代"龙学"和刘勰研究，述评了一些论争的焦点问题，考究两书产生的历史条件和时代因素。四、五两章将围绕两书范畴组合创用，探讨和揭示其在各自领域卓越的理论建树。

《序志》和《九流》的篇名业已透露两书因论证对象有别而撰写思路不同。《序志》称"君子处世，树德建言"的"不得已"，明确介绍《文心雕龙》这部文论经典命名立意、思想宗尚、写作动机、结构统序和论证方法。《九流》用大部分篇幅综述秦汉诸子之学九大流派的得失，概括其发展态势，宣示《刘子》政论兼取各家之长，以道、儒互补为核心的思想宗尚。

本篇引论先说说《序志》《九流》中刘勰文论和政论撰著立言思路的异同。

一、《序志》：论文宗旨、理论框架与思想方法

（一）上篇：释书名、说宗旨

《序志》先说以"文心"名书所由：

> 夫文心者，言为文之用心也。昔涓子琴心，王孙巧心，心哉美矣，故用之焉。古来文章，雕缛成体，岂取驺奭之群言雕龙也。

古人意识中，心是主思维的器官，是情性所本、智慧和创造力的渊薮。刘勰以"文心"给自己潜心撰写的著作取名，盛赞"心哉美矣"，指出人类具有"超出万物"的灵慧和美的创造力。联系到《原道》篇对人作为宇宙智慧集中体现的"天地之心""性灵所钟"给予的充分肯定，显示出一种人作为智慧生命能够睥睨万物的高度自信。"岂取驺奭之群言雕龙也"的反诘表明，文章之美何止是言辞雕饰之美！显然，其核心乃在人生命灵慧之美。在《情采》篇，刘勰就曾以"圣贤书辞，总称文章，非采而何"的反问道出其文学观，他以圣贤的著述为代表透露其所谓"采"有明哲高尚的思致为依据。此处表白以"文心雕龙"名书的所以然，更可以说是美文文学观最集中、最精切同时也是最具包容性的表述。

在此之前，从来没有人把文学作为一个艺术门类，作过专门的意义和范围的界定。西学东渐以来直到20世纪二三十年代，在西方理论参照下学者们对传统文学观念的特点有所发现，注意到它的生成和演进过程。章太炎对古代"文学"和"文章"的本义及其演变作过考辨；梁启超、陈独秀等学者提出，在中国古代，人们是以"美文"为文学的。郭绍虞的《中国文学批评史》讨论了古代文学观念的演进过程，说一些研究者认为古代所谓文学指的是"杂文学"，

或者直言《文心雕龙》论的是文章写作。（现代理论中艺术和学术是有区别的：美学不与美术、绘画等同，文字学、语言学乃至文学理论也不是艺术创作。）

以美文为文学是否切中古人文学观念意识的核心？"美文"的意指在现代理论体系中是否具备文学这个艺术门类的基本要素？

将传统文学观归结为以美文为文学，或者指出古人所谓"文章"类同今人所谓文学作品，应该说都有充分理由。因为古代一些文体在今天属于论说文、应用文，不在文学艺术的范围内；而以"杂文学"的概念超越文体界限去概括古代的文章，又有一个无可回避的问题尚待解决："杂"于其中者都有文学艺术属性吗？笔者以为，现代学者所说的美文之美具有理念性，以"美文"作出的界定较"杂文学"更为恰切。以美文为文学的观念最简明地凸显了文学的两大特征：它是艺术，是一种美的创造；文学美的创造用语言文字（古文论中用"文"或"辞""言"等指代）作为媒介，这是文学与其他门类艺术的区别所在。

以美文为文学的观念是否偏重形式，甚至只讲究辞藻之美呢？如果承认现代学者所谓美文之"美"具有理念性，这种误解自然就会消除。人们对美的认识是一个逐步拓展、逐步深化、境界逐步提升的过程。早期就指美文的文章来说人们偏重语言辞采不足为奇（比如战国出现"雕龙奭"这样的称呼，汉代评论家常以"丽文"指代诗赋文章）。然而文章之美本来就不限止于富丽的辞藻、华美的形式之上，对它的理解和要求并非一成不变。在汉魏六朝专指美文的"文章"大略同于今人所谓的文学作品，随着创作和理论批评的发展，人们会意识到一切愉悦耳目、触生情致、动人心魄、感荡性灵、发人思考等等的表述，都有可能成为构成文章之美的因素；更不用说那所有高境界之美皆然的精神属性。

接下来刘勰叙述自己志于投身著述的缘由，乃是人有出类拔萃的灵慧，但生命短暂，能"腾声飞实"，突破生命局限的，唯有"制作而已"，即著书立说；追述自己曾梦见孔子，明言以儒家思想为导向。此段第一章"从《序志》看刘勰对文论成果的取用与补正"第一部分已述，不赘。

声明"征圣""宗经"后，刘勰是不是要求用儒家思想来写作呢？是不是认为只有圣人才识道呢？周振甫先生《文心雕龙注释·前言》指出："不是的。他在《诸子》里说'至鬻熊知道，而文王谘询''伯阳识礼，而仲尼访问'……既然诸子也知道，诸子就成为'入道见志之书'。那末要学道，就不光要向儒家学，也可以向诸子学了。""刘勰的所谓道，以儒家思想为主，因为他认为'道沿圣以垂文，圣因文而明道'，正是'六经典文，本在济俗为治耳'；所以'唯文章之用，实经典枝条，五礼资之以成，六典因之致用，君臣所以炳焕，军国所以昭明'，因此他的论文明道，不同于豪门世族要用文来装点他们的腐朽生活。《原道》推崇自然，指出有天地就有玄黄方圆，有龙凤就有藻绘，这是兼采道家的自然观。他论《诸子》，推'李实孔师''庄周述道以翱翔'，跟儒家排斥道家的不同，而推道家为'入道'。他虽然认为佛教在理论上高过儒家，还要推尊儒家，只是济俗为治，为王朝服务而已。所以他有取于墨家的俭确，尹文的名实，申商的法术，这正符合封建王朝的需要。"①

"敷赞圣旨，莫若注经，而马郑诸儒，弘之已精"还另有启示：只说东汉后期古文经学大师马融、郑玄而不及前此的众多今文经学名家，联系到《正纬》中"经正纬奇，倍摘千里"的对谶纬之术的抨击，可知尊孔宗经的刘勰对汉代儒学也是有取舍。

《序志》接下来以"详观近代之论文者多矣"一段概点评文学"自

---

① 周振甫：《文心雕龙注释》，第26—28页。

觉时代"以来批评理论的收获，第一章中有述，可参看。

接下来对《文心雕龙》的理论体系作了介绍：

> 盖《文心》之作也，本乎道，师乎圣，体乎经，酌乎纬，变乎骚，文之枢纽，亦云极矣。若乃论文叙笔，则囿别区分，原始以表末，释名以章义，选文以定篇，敷理以举统，上篇以上，纲领明矣。至于剖情析采，笼圈条贯，摛神性，图风势，苞会通，阅声字，崇替于时序，褒贬于才略，怊怅于知音，耿介于程器，长怀序志，以驭群篇，下篇以下，毛目显矣。位理定名，彰乎大《易》之数，其为文用，四十九篇而已。

《文心雕龙》全书分上、下两部分，各二十五篇。《原道》《征圣》《宗经》《正纬》《辨骚》五篇为"文之枢纽"，连同二十篇"论文叙笔"构成上篇，是全书的"纲领"；而"剖情析采"的二十四个理论专题加上"以驭群篇"的《序志》合称"下篇"，则属"毛目"。纲举目张，"纲领"对于"毛目"具有统领作用，二者是主从关系。

上篇的"文之枢纽"为全书提纲挈领：论"文"的本源、意义以及写作的指导思想、经典范式和继承变革的基本原则："本乎道，师乎圣，体乎经，酌乎纬，变乎骚。"值得注意的是，所用范畴组合有"经"与"纬"、"奇"与"正"的对应；《原道》"道沿圣以垂文，圣因文而明道"之论中的"圣""道""文"是刘勰标树的创作三要素（主体、客体、媒介和作品）的楷范："圣（人）"撰述经典，是作者的楷模，也是著述活动的核心环节；"道"是至理，为著述内容之极则，代指文辞所表述的事理；此处"文"指经典著述，是文章（作品）的范式。然而，《文心》的要义毕竟在指导一般的文章写作而非儒典撰著，所以言及喻示"文"成于本然、合规律的

"自然之道"(《原道》),总结出针对文章写作的金科玉律——"志足言文,情信辞巧"(《征圣》);更有直言"文能宗经,体有六义":"一则情深而不诡,二则风清而不杂,三则事信而不诞,四则义直而不回,五则体约而不芜,六则文丽而不淫。"(《宗经》)

刘勰所谓"道"兼容源于老庄之"自然之道"和圣人所明的儒"道"。

《原道》篇末段有"道沿圣以垂文,圣因文而明道"和"《易》曰:'鼓天下之动者存乎辞。'辞之所以能鼓天下之动者,乃道之文也"的表述,显然是对儒家文学主张的标举。因为儒家经学(尤其是《诗》学)集矢于社会道德伦理教化问题,合乎古代士人为文之心志——"鼓天下之动"的担当崇高使命的需要。与随后《宗经》《征圣》两篇所论以及《序志》篇概述全书作意时倾吐对孔子的崇拜相联系,刘勰论文极力推崇儒家的思想精神无可置疑。

然而不可忽略该篇此前一段表述,人"为五行之秀气,实天地之心。心生而言立,言立而文明,自然之道也",接着又称:"傍及万品,动植皆文:龙凤以藻绘呈瑞,虎豹以炳蔚凝姿;云霞雕色,有逾画工之妙;草木贲华,无待锦匠之奇。夫岂外饰?盖自然耳。至于林籁结响,调如竽瑟;泉石激韵,和若球锽:故形立则章成矣,声发则文生矣。夫以无识之物,郁然有彩,有心之器,其无文欤?""自然之道"的渊源在道家而非儒门,此处"自然"是自然而然,合乎客观规律的意思。《文心》要探讨文学艺术表现规律,《原道》中不能不说"自然之道"。《文心》其他篇也用到"自然"(如《明诗》的"感物吟志,莫非自然",以及《体性》的"自然之恒姿"、《定势》的"自然之势"、《丽辞》的"自然成对"、《隐秀》的"自然会妙"等),皆不违自然而然的意旨。《文心》"剖情析采"的一些重要专题(如《神思》《体性》)引述的思想材料多出自老庄,少有儒学的印记。

　　《文心》其他一些篇中也屡论及"道"，虽多不在如今所说的文学理论领域，但所谓"道"大抵皆指向诸家求索、阐发的至理：如《诸子》说："诸子者，入道见志之书""伯阳识礼，而仲尼访问，爰序道德，以冠百氏。然则鬻惟文友，李实孔师，圣贤并世，而经子异流矣""庄周述道以翱翔"（老庄"道家"的称名，正因其"道"范畴的提出，为众所认同）；"身与时舛，志共道申，标心于万古之上，而送怀于千载之下""立德何隐，含道必授"；《杂文》云："原夫兹文之设，乃发愤以表志。身挫凭乎道胜，时屯寄于情泰，莫不渊岳其心，麟凤其采。"《才略》亦云："诸子以道术取资。"《情采》则称："故立文之道，其理有三……五色杂而成黼黻，五音比而成韶夏，五情发而为辞章，神理之数也。"

　　刘勰论文极力推崇儒道言之有据，但不宜作出将刘勰文学思想归于一家的结论，因为它不符合思想史的实际。古代学者很少拘守一家者，孔子还四处访学、求教老子呢！战国争鸣的百家不无相互借鉴、吸收，《易》传中就吸纳了道家和阴阳家的学术思想。何况汉魏以降的学术有儒道互动、以"杂"求新的动向，六朝更有"三教合一"的趋势。

　　《征圣》之"征"是验证、取法的意思。刘勰在《序志》篇说："自生人以来，未有如夫子者也。"他认为圣人是人之中，自然也是著述者中最杰出的代表。刘勰强调文章作者所应取法和验证的，是如同孔子这样一些的先圣（"玄圣""素王"）的精神品格及其在著述方面的作为。"圣"者有对精妙之道的洞悉和述之于文之重要意义（"贵文"）的明确认识，有对各类文章写作原则的正确把握："文成规矩，思合符契：或简言以达旨，或博文以该情，或明理以立体，或隐义以藏用。"文章作者的素质品格能够决定其写作的意义和功用的大小乃至成败。所以要为作家树立圣人精神情操陶冶的

范式，反复强调"陶铸性情，功在上哲""圣人之情，见乎文辞""先
王声教，布在方册；夫子风采，溢于格言"，以为"征之周孔，则
文有师矣""征圣立言，则文其庶矣"。主体的精神境界提升，情
感真挚，志气正大充盈，则能从事意义宏大、影响深远之美文的著
述。故云："精理为文，秀气成采。""志足而言文，情信而辞巧，
乃含章之玉牒，秉文之金科矣。"

《宗经》之经，就是先秦儒家圣人撰述的经典著作，刘勰将其
树为文章之楷模；"宗"是宗祖、效法、传承其统绪的意思。"宗经"
首先有在体"道"的基础上镕铸文章内容的要求，如云："经也者，
恒久之至道，不刊之鸿教也。故象天地，效鬼神，参物序，制人纪，
洞性灵之奥区，极文章之骨髓者也。"主张"义既极乎性情，辞亦
匠于文理"。刘勰指出五经有各自的特点：《易经》是"旨远辞文，
言中事隐"，《尚书》是言辞"昭灼"，《诗经》是"摛风裁兴，
藻辞谲喻，温柔在诵，故最附深衷"，三《礼》"章条纤曲，执而
后显，采掇片言，莫非宝也"，《春秋》则"一字见义，详略成文""婉
章志晦"。刘勰以为先秦儒典虽或古奥，但总的说是"根柢盘深，
枝叶峻茂，辞约而旨丰，事近而喻远，是以往者虽旧，余味日新"。
指出"论说辞序，则《易》统其首；诏策章奏，则《书》发其源；
赋颂歌赞，则《诗》立其本；铭诔箴祝，则《礼》总其端；记传盟
檄，则《春秋》为根：并穷高以树表，极远以启疆，所以百家腾跃，
终入环内者也"。认为经典的体裁、表述方式和文学风格不同，应
该也可以分别成为各类文章写作的典范。

列前的三篇《原道》《征圣》《宗经》标树的是写作三要素的
典范。经典之所以能够阐明和体现出"道"——至理，是因为圣人
具备高尚的思想品格、纯正诚信的情感和超凡的睿智，才成就了"写
天地之辉光，晓生民之耳目"（《原道》）的经典撰述。刘勰对文

学社会功能和教化作用的强调无可置疑。当然，"宗经""征圣"并不是要求后来的作者只写类同经典的文章。所谓"宗经六义"是各类文章真、善、美的标准，三要素的理想境界："情深而不诡"和"风清而不杂"必出于主体情思的纯正至诚，"事信而不诞"和"义直而不回"当由于客体（"事"与义理）的真实正大，"体约而不芜"和"文丽而不淫"则是文章构结和语言形式方面美的原则。三要素的关系和作用也见于《文心》的文体论和创作论，《神思》篇有"神（神思）""物""辞（辞令）"的关系论。在《诠赋》和《物色》两篇为物、情（心）、辞（词、采、声）的并举："情以物兴，故义必明雅；物以情观，故词必巧丽"（《诠赋》）；"情以物迁，辞以情发""写气图貌，既随物以宛转；属采附声，亦与心而徘徊"（《物色》）。《比兴》和《知音》中则是"拟容取心"和"缀文者情动而辞发，观文者披文以入情"。不难体察到整个创作和欣赏活动中主体（"圣""人"或"情""性""志""心"）的一方总是能动的，是文学活动的纽带和核心环节。

　　"文之枢纽"后两篇是《正纬》和《辨骚》。刘勰认为，前人有了登峰造极的成就，继起者必然谋求拓出新的天地，从以往这方面的得失成败中可以总结出文学创新求变的指导原则。

　　《正纬》之"正"是矫正的意思，所"正"者为纬书的荒诞不经处。因为汉儒所著的那些本为阐释先秦儒经的纬书脱离了正轨，如篇中所说的四个方面："经正纬奇"；"纬多于经，神理更繁"；以及伪托孔子之失实和"先纬后经，体乖织综"。皆是纬书之"伪"。不过指斥之余，刘勰仍辩证地指出，纬书对于文章写作不无可取："事丰奇伟，辞富膏腴，无益经典，而有助文章。"

　　《辨骚》是对屈原创作经验的总结和历史地位的评估，为文学创新求变树标立范。刘勰开篇即盛赞道："自《风》《雅》寝声，莫或抽绪,奇文郁起,其《离骚》哉!"末尾的"赞"更对屈原推崇备至:"不有屈原,岂见《离骚》。惊才风逸,壮采烟高。山川无极,情理实劳。金相玉式,艳溢锱毫。"

该篇所"辨"首先是以往人们在屈原评价上的得失。继而指出,《离骚》这样的"奇文"所以能在《诗经》之后取得成功,是因为屈原能够"取镕经意,自铸伟辞":"故能气往轹古,辞来切今,惊采绝艳,难以并能",诗人的"惊才风逸"得以展示,而有"金相玉式"的佳作传世,产生"枚贾追风以入丽,马扬沿波而得奇,其衣被词人,非一代也"的深远影响。刘勰认为楚辞的创作对各种层次的读者都有启示和借鉴作用:"才高者菀其鸿裁,中巧者猎其艳辞,吟讽者衔其山川,童蒙者拾其香草",而"酌奇而不失其贞,玩华而不坠其实"是后人学习屈《骚》成功创变应遵循的原则。

如果说《原道》《征圣》《宗经》前三篇论证了文学现象产生的所以然和道(物)、圣(情)、文(辞)的关系,提出了"衔华佩实""情信辞巧"和"宗经六义"等金科玉律,是"正",是本源。那么后两篇《正纬》和《辨骚》就是有关"奇"(变异)的论述。文学内容(道、理、质、情、性、志)和形式(文、辞、言、采)的发展必然是有继承又有所变革的,在先秦经典之后,纬书之"奇"失实,弊端甚多,故须矫正之;而屈《骚》则是以"奇"求变成功的楷模。足见"文之枢纽"总的说也是"正""奇"之论的组合。

文学必须有新变才能不断发展。《正纬》《辨骚》分别以汉代的谶纬和楚辞(特别是《离骚》)作为典型,总结文学史上以"奇"求变的经验教训。《正纬》详论谶纬之"奇"流于迷信妄诞而步入歧途,尽管刘勰也说其"事丰奇伟,辞富膏腴""有助文章",主要方面仍在"正"其谬误。《辨骚》开篇称:"自《风》《雅》寝声,莫或抽绪,奇文郁起,其《离骚》哉!固已轩翥诗人之后,奋飞辞

家之前。"在述评汉代有关《离骚》楚辞与儒家经典四同四异的论
争之后指出:"固知《楚辞》者,体宪于三代,而风杂于战国,乃
《雅》《颂》之博徒,而词赋之英杰也。"以为"虽取镕经意,亦
自铸伟辞","故能气往轹古,辞来切今,惊采绝艳,难与并能",
"其衣被词人,非一代也",称许屈《骚》"惊才风逸,壮采烟高",
"金相玉式,艳溢锱毫"。可谓极尽赞美。"文之枢纽"褒举以屈
原《离骚》为代表的楚辞创作,称其在《诗经》之后再登文坛巅峰,
是以"奇"求变取得成功的典范,要求后学"酌奇而不失其贞(正),
玩华而不坠其实"。

"论文叙笔"分论当时各种文体,思路为"原始以表末,释名
以章义,选文以定篇,敷理以举统"。"原始表末"述评每一文体
生成流变的过程;"释名章义"诠释其称名之所由,彰显其名实和
本质特征;"选文定篇"选择各时期有代表性的作品,评定其价值
所在;"敷理举统"是把握该体发展演化的统序和得失成败之所然,
从中提炼出指导该文体写作的原则规范。之所以成为"纲领"的组
成部分,首先因为它是"毛目"立论的基石。其次,"剖情析采"
所得的认识、原则和方法手段也服务于各类"文""笔"的写作。
其中的范畴和概念组合比如"自然""雅俗""韵""味""风格""圆
通"之类,有的用于表述文体的审美取向、尺度、写作规范,或用
于对述作者各类文章的品评褒贬。

(二)下篇:"剖情析采"和"唯务折衷"

刘勰声言下篇的论证是"剖情析采",表明理论思考上有进行
剖析的自觉,从而使许多中国古代学者理论思维一个常有欠缺的方
面得到弥补。也许此即《文心雕龙》达于"思精"、成为古文论经
典著述,为后人难以企及的一个主要原因。《文心》中不仅立有《情
采》篇专论内容与形式的关系,《序志》总论思考方法时又再次运

用了"情""采"这一对范畴,对于我们了解刘勰文学观的先进性及其概念运用之精审颇有帮助。古文论中能够指代内容的概念很多:情、志、性、心、意等本属主体方面的因素,道、理、义、事、物等属客体方面的因素。用"情"指代内容,与运用客体方面的概念(如"理")比较,凸显了文学艺术的主体性和感性特征;与同属主体方面的"志"比较,"情"兼容了政教理想以外的自然情感(正因为如此诗学中的"缘情"说比之"言志"说在理论上是有所进步的)。"情"是作品内容的核心、艺术创造的动力所在,也是"采"(美的形式)的内在依据。

"位理定名,彰乎大《易》之数"直言篇章的数量安排取法《易传》。《易·系辞上》曰:"大衍之数五十,其用四十有九。"

刘勰申明自己所持的论文原则说:"同之与异,不屑古今,擘肌分理,唯务折衷。"对"折中"之分析已见于前文第一章第一节(三)"从《序志》看刘勰对文论成果的取用与补正",此仅略作总结:

"折衷"是一种思想方法又是一种哲学态度,体现出求真求是和宽容兼取、客观公允的学术精神;能自言"唯务折衷",显示出刘勰在方法论上的自觉,其颇有辩证意味的思维方式在古代文论家中确实具有无人能及的先进性。当然,"不屑古今"与"唯务折衷"也是不单崇儒尊道,"杂"取各家之说为用的一种体现。

《序志》的"赞"是全书的结束语,著者直吐心声,耐人寻味:

> 生也有涯,无涯惟智。逐物实难,凭性良易。傲岸泉石,咀嚼文义。文果载心,余心有寄!

"生也有涯,无涯惟智"虽本于《庄子·养生主》的"吾生也有涯,而知也无涯",从"无涯惟智"看,所取用之义并不是对于认知没有止境的感慨，而是强调惟有智慧创造（包括文章写作）的价值意义能超越人生的有限时空。

"逐物实难，凭性良易"是理论建构者的甘苦之言。"逐物"指追寻并力求准确表述、摹写"物"（"物"即客观事物，对于本书而言就是文学现象）的本质、规律，由于务必客观和严谨、中肯，故称"实难"。相对而言，"凭性（任凭作者一己的情性）"自由挥洒地进行诗文写作则比较容易做到。

"傲岸泉石，咀嚼文义"或者是其时尚未出仕的刘勰撰述《文心》生活情态的实写，或者是虚拟的"咀嚼文义""疑义相与析"的理想境界：陶染于山林皋壤、有笑傲市朝尘俗的超然，于山水泉石之间玩味文章精义，有助于高境界美及其规律的体认发现。

置前的这几句感言颇有老庄的色彩，最后的"文果载心，余心有寄"，表明《文心雕龙》是寄托深重的"发愤为作"，刘勰生命智慧的结晶。他相信这部文论经典一定能够承载自己的思考与情志，传之久远，永葆其不朽的价值与活力生机。是对篇首"为文用心"、不得已"树德建言"之论的呼应，表白以讨论文学实现自己生命价值的心声。

二、《九流》："道者玄化为本，儒者德教为宗"

（一）概述诸子之学，宣示杂家的思想宗尚

问世于六朝的《刘子》被《隋书·经籍志》归入杂家。与秦汉杂家名著《吕氏春秋》和《淮南子》由王侯召集众多门客撰著不同，它出自一人之手。在诸子争鸣之后问世的杂家，显现了兼容并包的发展动向。

《刘子》末篇《九流》也是全书的序，却与《文心·序志》系统概括文学自觉时代的思想收获和理论建树不同，是分九家综述先秦两汉子学思想学说之得失，宣示传统学术发展中道、儒互补之要

义及其所处传统学术的核心地位，以及杂家子书的思想宗尚。

先秦诸子"百家争鸣"展示了哲学史上一个辉煌时代的特征，堪称华夏文明的骄傲。其思辨精神和理论建树对于随后的学术发展有奠基和引领的作用。

《九流》用大部分篇幅作先秦诸子九个学派思想和学术主张的梳理：

> 道者，关尹、老聃、庄周之类也。以空虚为本，清净为心，谦挹为德，卑弱为行，处无为之事，行不言之教，裁成宇宙，不见其迹，亭毒万物，不有其功。然而薄者，全弃忠孝，杜绝仁义，专任清虚，欲以为治也。

> 儒者，晏婴、子思、孟轲、荀卿之类也。顺阴阳之性，明教化之本，游心于六艺，留情于五常，厚葬久服，重乐有命，祖述尧舜，宪章文武，宗师仲尼，以尊敬其道。然而薄者，流广文繁，难可穷究也。

> 阴阳者，子韦、邹衍、桑丘、南公之类也。敬顺昊天，历象日月星辰，敬授民时，范三光之度，随四时之运，知五行之性，通八风之气，以厚生民，以为政治。然而薄者，则拘于禁忌，溺于术数也。

> 名者，宋钘、尹文、惠施、公孙捷之类也。其道正名，名不正则言不顺，故定尊卑，正名分，爱平尚俭，禁攻寝兵；故作华山之冠，以表均平，制则别宥之说，以示区分。然而薄者，损本就末，分析明辨，苟折华辞也。

> 法者，慎到、李悝、韩非、商鞅之类也。其术在于明罚整法，诱善惩恶，俾顺轨度，以为治本。然而薄者，削仁废义，专任刑法，风俗刻薄，严而少恩也。

墨者，尹佚、墨翟、禽滑、胡非之类也。俭啬、兼爱、尚贤、右鬼、非命、薄葬、无服、不怒、非斗。然而薄者，其道大觳，俭而难遵也。

纵横者，阙子、庞煖、苏秦、张仪之类也。其术本于行人，译二国之情，弭战争之患，受命不受辞，因事而制权，安危扶倾，转祸就福。然而薄者，则苟尚华诈，而弃忠信也。

杂者，孔甲、尉缭、尸佼、淮南之类也。明阴阳，本道德，兼儒墨，合名法，苞纵横，纳农植，触类取与，不拘一绪。然而薄者，则芜秽蔓衍，无所系心也。

农者，神农、野老、宰氏、泛胜之类也。其术在于务农，广为垦辟，播植百谷，国有盈储，家有畜积，仓廪充实，则礼义生焉。然而薄者，若使王侯与庶人并耕于野，无尊卑之别，失君臣之序也。

观此九家之学，虽理有深浅，辞有详略，偕儳形反，流分乖隔；然皆同其妙理，俱会治道，迹虽有殊，归趣无异。犹五行相灭，亦还相生；四气相反，而共成岁；淄渑殊源，同归于海；宫商异声，俱会于乐；夷惠异操，齐踪为贤；三子殊行，等迹为仁。

道者玄化为本，儒者德教为宗，九流之中，二化为最。夫道以无为化世，儒以六艺济俗；无为以清虚为心，六艺以礼教为训。若以礼教行于大同，则邪伪萌生；使无为化于成康，则氛乱竞起。何者？浇淳时异，则风化应殊；古今乖舛，则政教宜隔。以此观之，儒教虽非得真之说，然兹教可以导物；道家虽为达情之论，而违礼复不可以救弊。今治世之贤，宜以礼教为先，嘉遁之士，应以无为是务，则操业俱遂，而身名两全也。

六朝子书中以《九流》为序很有特点，兼综诸子包容开放的学术精神与《庄子·天下》一脉相承：《庄子》的末篇《天下》概言"天下"学术，道其建树，溯其渊源；刘歆《诸子略》综论九家子学，《刘子·九流》亦列论"九家"子学，言其承传之脉流。

王叔岷《刘子集证》指出："此篇所述九流，本《汉书·艺文志》。道、名、墨三家，略取《庄子·天下篇》。"[①]《庄子·天下》和司马谈、司马迁所论围绕道家学说思想宗旨的阐发；《九流》将道家置于首位，有取法无为之治的意图；列论九家之得失显然受《诸子略》影响，但"九流之中，（道、儒）二化为最"，又有不同于刘歆"独尊儒术"的倾向。

《刘子》的末篇《九流》第五十五是全书的序，与《文心雕龙》最后《序志》第五十篇立意相同。《九流》申说"用古说今"的理论渊源和对各家适时取舍的原则，概述先秦两汉九家之学的建树与得失，标举道、儒"二化为最"，撰述理念兼取各家所长，学术怀抱包容开放。《序志》综述以"文心"名书的所以然，介绍作意和"近代"（"魏文述《典》"）以来的文论、《文心》的理论体系和"剖情析采""唯务折衷"的思想方法。

《庄子·天下》溯源道、儒两家思想理念，而后申述对战国百家争鸣理论主张的思考：肯定诸子"皆有所明""皆有所长，时有所用"，指出它们"不能相通"和"各为其欲焉以自为方"的偏颇；强调秉持"卮言日出，和以天倪"的开放包容、与时俱进的胸怀与学术精神。《九流》篇综论诸子，强调"九流之中，（道、儒）二化为最"，且将"道"置"儒"前；列论九家之学，肯定各家所长的同时要求避弃"其薄者"之偏陋。《刘子·九流》遥承《庄子·天下》，同样在全书最后作了与序类同的总结，实难能可贵。

《汉书·艺文志》录刘歆《七略》，其子学十类中始列"杂家"

---

① 〔北齐〕刘昼著，王叔岷集证：《刘子集证》，北京：中华书局，2007年，第240页。

类；问世于六朝的《刘子》被《隋书》等后世史籍归入杂家。《刘子》与秦汉杂家名著《吕氏春秋》和《淮南子》由王侯召集门客撰著有所不同，它出自一人之手。《九流》评杂家"明阴阳，本道德，兼儒墨，合名法，苞纵横，纳农植，触类取与不拘一绪"，"观此九家之说……皆同其妙理，俱会治道"和"九流之中，（道、儒）二化为最"标树学术发展之主脉，这在子学著述中无二例。

《九流》评述道、儒、杂三家与《汉志·诸子略》所录同中有异：

《九流》说道家"以空虚为本，清净为心，谦抑为德，卑弱为行"针对的是从政人员的心性修养；言不及刘歆的"历记成败存亡祸福古今之道，然后知秉要执本"之说，而在指出"以空虚为本，清净为心，谦抑为德，卑弱为行"上则类同。"处无为之事，行不言之教，裁成宇宙，不见其迹，亭毒万物，不有其功"是其施政特点和成效。批评"全弃忠孝，杜绝仁义，专任清虚，欲以为治"，表明儒家的伦常教化在构建和维系良好社会关系方面不可或缺。

说儒家"顺阴阳之性，明教化之本，游心于六艺，留情于五常，厚葬久服，重乐有命"，突显其礼乐教化方面的专擅和社会功用。与《诸子略》不同的是，称"祖述尧、舜，宪章文、武，宗师仲尼，以尊敬其道"，列举古代先王圣贤，表明儒家思想从来就占有传统文化中的主流地位。而"流广文繁，难可穷究"则是对汉儒溺于章句、演绎"微言大义"的批评。

以为杂家有"明阴阳，本道德，兼儒墨，合名法，苞纵横，纳农植"的睿智和相容并包的博大胸怀，"触类取与，不拘一绪"是根据施政面临的具体问题，选择相宜的方略措施应对，无论它宗尚哪家学说，归属哪一流派。而"芜秽蔓衍，无所系心"批评的是混迹官场、散漫失检、不学无术、对政治成败得失无所挂怀的人。与《诸子略》的"兼儒、墨，合名、法，知国体之有此，见王治之无不贯，此其所长也。及荡者为之，则漫羡而无所归心"比较，承其说的痕迹明显，然而汇总各家之说的时候分别用了"明""本""兼""合""苞""纳"，更为恰切充分，透露出《刘子》作者议政务"杂"的理论自信。

《九流》最后总结道："观此九家之学……皆同其妙理，俱会治道，迹虽有殊，归趣无异。"明言九家之学都各有精妙，为施政服务目的是一致的，凸出的是折中兼取之旨。而"若以礼教行于大同，则邪伪萌生；使无为化于成康，则氛乱竞起。何者？浇淳时异，则风化应殊；古今乖舛，则政教宜隔。"强调时代不同，古今有别；淳朴的上古"大同"时代讲究礼教则促生虚伪，西周成、康之世行无为之政则会造成混乱。采取不同的方法策略应对不同的政治现实，须因应时势变化对各家学说主张作出取舍。"今治世之贤，宜以礼教为先，嘉遁之士，应以无为是务，则操业俱遂，而身名两全也"说的是面对当今（南北朝）的社会政治形势，则儒、道各有所宜，因应入仕或在野的不同作出取舍，使无论从政还是退隐皆能做到操持和业绩不误、"身名两全"。这很合乎六朝士人处世原则和心理期待。

"浇淳时异，则风化应殊；古今乖舛，则政教宜隔"表明，《刘子》立论力求适应时代和世情变化需要，《九流》之外各篇言说也不难印证作者这方面的努力。

书成于大一统国家后历时七八百年的吏治时代，面临国家分裂、战乱频仍和政治腐败、少数民族内迁、门阀世族把持仕进等社会问题，《刘子》于是首论廉明施治，又着重讨论了人才的察举选用和文武之道等方面的问题。因此，其政论的针对性与以往子书有别，在全书的理论构成和主次安排上就有充分体现。

各篇章的论说中更不乏其例。如《法术》篇强调"因时制宜"："苟利于人，不必法古；必害于事，不可循旧。夏商之衰，不变法而亡；三代之兴，不相袭而王；尧舜异道，而德盖天下，汤武殊治，而名施后代；由此观之：法宜变动，非一代也。"六朝西北少数民族大规模内迁，故《随时》篇提出施政因时、因俗而异的主张："时有淳浇，俗有华戎，不可以一道治，不得以一体齐也。故无为以化，三皇之时；法术以御，七雄之世；德义以柔，中国之心；政刑以威，四夷之性。故《易》贵随时，《礼》尚从俗，适时而行也。"取法历史经验教训也强调要"合于世用"："昔秦攻梁，梁惠王谓孟轲曰：'先生不远千里，辱幸弊邑，今秦攻梁，先生何以御乎？'孟轲对曰：'昔太王居邠，狄人攻之，事之以玉帛，不可；大王不欲伤其民，乃去邠之岐。今王奚不去梁乎？'惠王不悦。夫梁国所宝者，国也；今使去梁，非其能去也，非异代所宜行也。故其言虽仁义，非惠王所须也……以孟轲之仁义，论大王之去邠，而不合于世用……"

《序志》与《九流》的比较可提供多种启示：

《序志》道出了"论文"上超越前人的自信，在辨识曹丕以来诸家得失的基础上建构了缜密的理论体系。指出《原道》《征圣》《宗经》《正纬》《辨骚》为"文之枢纽"，以三"正"两"奇"规范写作的指导思想，依"原始表末，释名彰义，选文定篇，敷理举统"的原则"论文叙笔"，涵盖各种文体，述其源流，列举成就，评其得失；下篇二十四个专题分别从构思、风格、作品感动力的构成、继承变革的规律、内容形式的关系、文学语言的运用、篇章结构、文学与自然环境、时势政治的关系以及艺术鉴赏等方面，运用"剖情折采""不屑古今，唯务折衷"的方法辨析论证。最后由《序志》对文学观念和全书作意、理论体系、原则方法进行概括和总结。篇次排序严谨；几乎每个部分的评说论证都葆有其他文论著述难以企及的先进性。如前所说，《文心》是特定时代条件（文学充分自觉、理论长足进步）下成就的文论经典；与《刘子》相比，又因只论文学，由专而至精，故获"体大思精"之评，在中国文论史上为前无古人、后无来者的唯一。

持论原则方面，《序志》明确表白："有同乎旧谈者，非雷同也，势自不可异也。有异乎前论者，非苟异也，理自不可同也。同之与异，不屑古今，擘肌分理，唯务折衷。"《刘子》也有"唯务折衷""不屑古今"处，《九流》评介诸子有取有舍即"唯务折衷"的集中表现；《法术》亦云："因时制宜：苟利于人，不必法古；必害于事，不可循旧。"《随时》也曾批评孟子论政援引的古代事例不合时宜。

参照《隋书·经籍志》，其子部虽将儒列于道前，依然皆有褒有贬，未分高下（对黄老之学的褒美甚至更多些）。可一窥六朝（至少延续到隋唐）学术思潮和政治理念的某些征候。其论云：

> 儒者，所以助人君明教化者也。圣人之教，非家至而户说，故有儒者宣而明之。其大抵本于仁义及五常之道，黄帝、尧、舜、禹、汤、文、武，咸由此则。《周官·太宰》以"九两"系邦国之人，其四曰儒，是也。其后夷陵衰乱，儒道废阙。仲尼祖述前代，修正六经，三千之徒，并受其义。至于战国，孟轲、子思、荀卿之流，宗而师之，各有著述，发明其指。所谓中庸之教，百王不易者也。俗儒为之，不顾其本，苟欲哗众，多设问难，便辞巧说，乱其大体，致令学者难晓，故曰"博而寡要"。道者，盖为万物之奥，圣人之至赜也。《易》曰："一阴一阳之谓道。"又曰："仁者见之谓之仁，智者见之谓之智。百姓日用而不知。"夫阴阳者，天地之谓也。天地变化，万物蠢生，则有经营之迹。至于道者，精微淳粹，而莫知其体，处阴与阴为一，在阳与阳不二。仁者资道以成仁，道非仁之谓也；智者资道以为智，道非智之谓也；百姓资道而日用，而不知其用也。圣人体道成性，清虚自守，

为而不恃，长而不宰，故能不劳聪明而人自化，不假修营而功自成。其玄德深远，言象不测。先王惧人之惑，置于方外，六经之义，是所罕言。《周官》"九两"，其三曰师，盖近之矣。然自黄帝以下，圣哲之士，所言道者，传之其人，世无师说。汉时，曹参始荐盖公能言黄老，文帝宗之。自是相传，道学众矣。下士为之，不推其本，苟以异俗为高，狂狷为尚，迂诞谲怪而失其真。①

《刘子·九流》仿《庄子·天下》篇追溯学术思想渊源，标举道、儒两家，以包容和公允的态度"折衷"先秦学术流派，杂家的特点明显。逐一赞许各派学术主张及其成就之后，又指出诸家皆有"薄者"（即其末流持论偏颇失当、片面浅薄之处）。其后明白宣示，道、儒在"九流之中，二化为最"，杂家则依《汉志》以来通例列于最后（不计非哲学领域的"小说家"和"农家"），说：

> 杂者，孔甲、尉缭、尸佼、淮南之类也。明阴阳，本道德，兼儒墨，合名法，苞纵横，纳农植，触类取与，不拘一绪。然而薄者，则芜秽蔓衍，无所系心也。

《刘子》理论建构虽与《文心》有相近处，然而就体系缜密而言显然有所不及，列第五十五序全书的《九流》篇只总括性地评介了其理论渊源——先秦诸子的九个流派，强调道、儒"二化为最"，未如（篇幅也不容）像《文心·序志》那样明确交代全书构结统序和立论原则、撰写思路。我们只能依篇次简介其内容、宗尚，疏理全书的构成：

---

① 〔唐〕魏徵、令狐德棻撰：《隋书》，北京：中华书局，1973 年，第 999–1000、1003 页。

第一部分为章一至十，首论从政者性情、身心的自我修为。有精神心理调适，有品性情操陶冶，有韬迹隐智的远害自全，以及在专精博学上的劝勉。《清神》《防欲》《去情》《韬光》宗黄老；《崇学》《专务》《辨乐》《履信》《慎独》宗儒；而《思顺》杂取甚明，讲顺适"天象""人行"，重规律、道顺逆。

第二部分章十一至十五，大抵论基本国策和施政思路。《贵农》称"衣食者，民之本也；民者，国之本""先王敬授民时，劝课农桑，省游食之人，减徭役之费，则仓廪充实，颂声作矣。虽有戎马之兴，水旱之沴，国未尝有忧，民终无害也"；《爱民》强调民劳伤国；《从化》称"上所好物，下必有甚"，以为"明君慎其所好，以正时俗，树之风声"，行染化之政；《法术》说循法要因时制宜，"不必法古""不可循旧"；《赏罚》强调行赏罚是"国之利器，而制人之柄"。兼综农、黄老、儒、法。

第三部分从章十六至二十九，共十四篇：《审名》《鄙名》《知人》《荐贤》《因显》《托附》《心隐》《通塞》《遇不遇》《命相》《妄瑕》《适才》《文武》《均任》。包括在选贤任能中如何识才、展才和用才，以及对仕途遭际、机遇不同的理解和妥当应对办法。

第四部分指章三十至三十九，讨论官场言辞交往、待人接物之利害关系；尽可能了解所处环境地位和不同人的个性特点；凸显因势利导的重要。《慎言》《贵言》《伤谗》认为从政者须了解"言"所造成的得失成败；《慎隙》说过错和积怨会积小成大，带来祸患，要慎重对待害，防微杜渐；《诫盈》《明谦》《大质》要求戒骄盈、知进退，谦逊下人，恪守忠义正直的操持；《辨施》《和性》《殊好》分论因所便利借势而行，懂得刚柔相济、强弱缓急相辅相成，以及人性皆有所偏、各有短长，不能执一己所好而与众反。

第三、四两部分多取名、法、儒、道、纵横各家说，思想无疑归属杂家。

第五部分为章四十至四十四，论军政事务中的权变术数。《兵术》《阅武》概述兵法和用武之道，教民战、修戎备。《明权》论权变之要；《贵速》强调行事以速为贵，智能以疾为奇；《观量》论守常与变通，"力贵突，智贵卒"，果断决策、施突发之力的效果，以及重大局、有远见的重要。

第六部分自章四十五至五十一，《随时》《风俗》注意到"俗有华戎，不可以一道治，不得以一体齐也"，在外族内迁、"五胡"建国的时代主张以礼乐移风易俗。《利害》《祸福》《贪爱》《类感》《正赏》则指出，趋利避害、爱得憎失是人之常情，祸福相倚相伏，为政者必须克服贪婪吝啬，使恩赏公允，明白"方以类聚，物以群分，声以同应，气以异乖"的"自然之数"。

第七部分章五十二和五十三、五十四，主要是困厄中的自励之辞以及自我排遣。《激通》鼓励创造条件，发愤自激以求成势得通；《惜时》既有时不我待的紧迫感，又有日暮途穷的慨叹；《言苑》说的是忠孝仁义的基础性修为，认为绝不可"宿不树惠，临难而施恩"，"临渴而穿井，方饥而植禾"。

第六、七两部分的学术思想儒、法、黄老兼备，偶尔可见佛学的浸润。

《刘子》前十章和后三章（五十二至五十四）是对从政者（也包括欲出仕者和失意仕途者）的告诫，前面多精神、心理方面的训导，后面多劝勉抚慰。中间则是军政各方面的策略权谋以及知民情、晓势利的官场处事、驭人之道。

（二）"玄化为本""德教为宗"的学术趣向

《刘子·九流》述评子学源流，宣示全书的思想导向，最后总结说："……观此九家之学，虽旨有深浅，辞有详略，俏俪形反，流分乖隔，然皆同其妙理，俱会治道"，以为"道者玄化为本，儒者德教为宗，九流之中，二化为最"。这段话极富启示性，为我们的考论提供了一条思路。

古代学术发展的基石与主干是不是道、儒两家学说？"玄化为本""德教为宗"点明了道、儒两家学说主张怎样的特点？魏晋南北朝时期先秦诸子哲学思辨精神复归，玄学兴盛，促成一代学术思考、理论建构水平的跃升，这一时期的子学著作《刘子》称"（道、儒）二化为先"，且将道置儒前，又说"道者玄化为本"，绝非无关宏旨，值得深思。

《序志》《九流》两序都涉及学术发展态势。《序志》中曾追述"近代之论文者"，是对进入"自觉时代"以来文学评论的得失进行总结，先行者为《文心》铺垫了升堂入室的阶梯，其中也折射出文论经典产生的时代背景。

《九流》全篇对子学源流的概述，宣示《刘子》杂家政论的思想理论依据。更重要的是，它清晰勾勒出先秦汉魏六朝学术发展的脉络，其学术思想影响是广义的（即不限于政论或者文学），透露出齐梁时代产生刘勰这样的思想理论大家和经典著述的原委，以及开放兼容的学术精神和文化传统形成态势。

《文心雕龙》推崇孔子，声言"宗经""征圣"，"剖情析采"的论证则更多倚重老庄；《刘子》"用古以说今"，其《九流》篇兼综诸子之"治道"，是典型的杂家宣言。两书的思想宗尚在原典文本中均有清楚表述，各篇论说也可予印证。

《九流》一一指出诸家的长短得失，即便最为推崇的道、儒也不例外。既包容开放，也主次分明，适时势之所需，折中各论之优长。古今有异，时势不同，施政的指导思想和方略措施作相应的调整以适变，这就是求新！九家学说各有胜境，甚至相反相成互为补充，将同源异流又殊途同归之理说得非常到位。兼综各家，"俱会治道"，就是以务"杂"来成就"新"（即适时）的治理。此外"道者玄化为本，儒者德教为宗，九流之中，二化为最。夫道以无为化世，儒以六艺济俗；无为以清虚为心，六艺以礼教为训"道出了子学（乃至中国古代学术）思想渊源所在，也能一窥汉魏六朝隋唐政治和学术思想承传的主流。

　　从战国中晚期起，争鸣中各家相互借鉴互补互促的态势渐显，是包容开放学术精神的体现，也是汉代学术综论中能够增设"杂家"之所由。《刘子》是论政子书，是"杂家"之"杂"；《文心》论文，被《隋书》归入集部，有"总集"之"杂"。两者不尽相同，却不乏通同处以及一致的时代特征。

　　《文心雕龙》之"杂"不只是在对玄学思辨理路和范畴组合的借助上。"文之枢纽"五篇列前的是《原道》《宗经》《征圣》之论，《序志》申述受孔子启迪而论文章，强调文章"炳焕君臣""昭明军国"的重要意义，《明诗》《比兴》《时序》《程器》等篇儒家思想影响也明显可见。因此说刘勰论文章宗尚儒家有其理由。然而也必须承认，儒家以外的思想影响在《文心》普遍存在，在许多层面的理论中甚至超过了儒学。

　　周振甫先生曾说：

　　　　刘勰是不是要求用儒家思想来写作呢？是不是认为只有圣人才能认识道呢？不是的。他在《诸子》里说："至鬻熊知道，而文王咨询"，"伯阳识礼，而仲尼访问"。那末诸子也知道，而作为圣人的文王、孔子，反而要向不是圣人的鬻熊、老子请教。既然诸子也知道，诸子就成为"入道见志之书"。那末要学道，就不光要向儒家学，也可以向诸子学了。不仅这样，就懂得道来说，接近儒家的"崇有"同道家的"贵无"，都有片面性。《论说》里说："然滞有者全系于形用，贵无者专守于寂寥，徒锐偏解，莫诣正理，动极神源，其般若之绝境乎？"崇有、贵无，都不如佛家的般若绝境，超出于儒家和道家。那么从认识道说，佛家超过儒家。

不仅这样，用儒家思想来写作，会影响写作质量，写不好文章的。《诸子》说："自六国以前，去圣未远，故能越世高谈，自开户牖。两汉以后，体势浸弱，虽明乎坦途，而类多依采。"先秦时代的诸子，自开门户，所以多创获；两汉以后，儒家定于一尊，著作多依傍儒家，弄得体势浸弱，不如先秦了。再就文学创作说：《时序》里讲到后汉"历政讲聚，故渐靡儒风"，于是"文章之选，存而不论"。受儒家思想影响的作家，就写不出好文章来了。为什么呢？《论说》里主张"师心独见，锋颖精密"。刘勰认识到不论著述或创作，都要师心独创，反对依傍，这是他的卓越的见解。这样看来，他不主张用儒家思想来写作，还认为依傍儒家思想是写不好作品的。

刘勰的《宗经》，既不是要求用儒家思想来写作，是不是要求用经书的语言来写作呢？也不是。他讲写作，是讲究辞藻、对偶、声律的骈文，不是讲经书的比较朴实的长短错落的古文。那末他的宗经，正像《宗经》《征圣》里讲的，主要是讲隐显详略的修辞方法，是讲六义，内容的情深、事信、义直，风格的风清、体约，文辞的文丽，要写出有内容有文采的文章来。

《宗经》还有更深刻的含意，是有关创作的用意的。像《文赋》提出"诗缘情而绮靡"，即要求抒情而有文采。但《明诗》里指出"诗言志"；"诗者持也，持人情性"，要求有"顺美匡恶"的美刺作用。这样讲诗，就超过了"诗缘情"，是宗经也起到挽救文弊的作用。《文赋》提出"赋体物而浏亮"，强调体物。《诠赋》里就提出"体物写志"，"义必明雅"，"辞必巧丽"。在《情采》里又提到"诗人篇什为情而造文，辞人赋颂为文而造情"。这样的创作思想，突破了魏晋以来的文论，有了更高的要求，是从宗经里来的。这是他在文学理论上的杰出成就，是文学理论上的革新。①

　　刘勰对经学与文学属于不同意识形态类型有清楚的认识，"文之枢纽"中《宗经》解释说："文能宗经，体有六义：一则情深而不诡，二则风清而不杂，三则事信而不诞，四则义直而不回，五则体约而不芜，六则文丽而不淫。"以为写作文章能实现其真（"情深""事信"）、善（"风清""义直"）、美（"体约""文丽"）上的追求就算"宗经"。《正纬》篇以为纬书"羲农轩皞之源，山渎钟律之要，白鱼赤乌之符，黄金紫玉之瑞，事丰奇伟，辞富膏腴，无益经典，而有助文章。"《辨骚》虽说屈《骚》楚辞于经典有"四同四异"是"《雅》《颂》之博徒，而辞赋之英杰""取镕经意，亦自铸伟辞"，"赞"中对屈原极尽褒美。

　　撰述《文心》宗尚孔子、儒典也顺理成章。处于中国古代人文精神核心地位的儒家思想以和谐社会为理想，倚重伦常教化。刘勰认为能"文章"羽翼经典、发明圣训，有"炳焕君臣""昭明军国"的功用，要求士人"穷则独善以垂文，达则奉时以骋绩"。不过也要看到，儒者鼓吹入世与政，论"文章"重在化育人们的心性情志。不像黄老、刑名和杂家政论那样，或强调清静无为顺适生存演化的自然而然，或突出强势令事物运作不得不然的严峻性，揭示客观规律，提供具体的策略、治术。文章理论的许多问题（尤其在涉及艺

---

　　① 周振甫：《文心雕龙注释》，第26—28页。

术规律的诸多方面）是在儒学未达至境或较少涉及的领域，欲修文学巨典则不能不"杂"！诚然，刘勰一本"为论文所用"的原则，常常对所征引的材料进行改造。可贵之处正在于他胸怀博大、视野宽广，能够无论古今同异"唯务折衷"，兼用所长。

刘勰论文章是"六经注我"，其所承袭、所引申远远逾越儒学范围；源出老庄者尤多。《原道》第一即标榜"自然之道"，以为天地万物皆有（广义的）文采，"夫岂外饰，盖自然耳"；"论文叙笔"之首《明诗》亦称"感物吟志，莫非自然"，指向本然和自然而然的事物的本质及其表现和演化的客观规律。《文心雕龙》"剖情析采"的下半部分二十四个专题中只有《比兴》《时序》《程器》儒家思想色彩浓厚，其余各篇都杂糅众说入论；对老庄材料（包括源出范畴、命题、典故）的引述大大超过儒典，如"形在江海之上，心存魏阙之下""疏瀹五脏，藻雪精神""轮扁语斤"以及"虚静""游""言意"（《神思》），"各师成心""得其环中""自然之恒资"以及"体性"（《体性》），"绠短衔渴"（《通变》），"自然之趣""自然之势""枉辔学步"（《定势》），"自然成对"（《丽辞》），"自然会妙"（《隐秀》），"惭凫企鹤""尾闾之波""刃发如新，腠理无滞""水停以鉴，火静而朗"（《养气》），"山林皋壤实文思之奥府"（《物色》）……

《诸子》《论说》中可以了解刘勰对先秦以来各家学说的态度。上引周振甫先生的文字已有所及，以下笔者稍作补充。

《诸子》开篇称："诸子者，入道见志之书。太上立德，其次立言……君子之处世，疾名德之不彰。唯英才特达，则炳曜垂文，腾其姓氏，悬诸日月焉。"说战国时期"孟轲膺儒以磬折，庄周述道以翱翔；墨翟执俭确之教，尹文课名实之符；野老治国于地利，驺子养政于天文，申商刀锯以制理，鬼谷唇吻以策勋；尸佼兼总于杂术，青史曲缀以街谈"。周详地评述先秦诸子，多所肯定，也褒贬有差。其后还介绍了诸子理论表述上的特点："研夫孟荀所述，理懿而辞雅；管晏属篇，事核而言练；列御寇之书，气伟而采奇；邹子之说，心奢而辞壮；墨翟随巢，意显而语质；尸佼尉缭，术通而文钝；鹖冠绵绵，亟发深言；鬼谷眇眇，每环奥义；情辨以泽，文子擅其能；辞约而精，尹文得其要。慎到析密理之巧，韩非著博喻之富。《吕氏》鉴远而体周，《淮南》泛采而文丽。斯则得百氏之华采，而辞气文之大略也。"称其"标心于万古之上，而送怀于千载之下，金石靡矣，声其销乎"！盛推诸子的"道"与"志"，却不限于儒门。

《论说》评介的论著尽管不是文学评论，但与《文心雕龙》同属于"论"。魏晋南北朝思想比汉代解放，先有曹魏对刑名法术的倚重，随后深受老庄影响的玄学大盛，佛学在流播的同时逐步中国化，玄学内部以及儒、道、佛间的长期论辩和学人纷纷著书立说，令这一时期"论"的成就空前。刘勰有扼要的总结："魏之初霸，术兼名法……迄至正始，务欲守文；何晏之徒，始盛玄论。于是聃周当路，与尼父争途矣。"认为傅嘏、王粲、嵇康、夏侯玄、王弼、何晏的论著"并师心独见，锋颖精密，盖人伦之英也"；说李康、陆机以及宋岱、郭象所论"锐思于几神之区""交辨于有无之域：并独步当时，流声后代"，如此褒美，又指出："然滞有者，全系于形用；贵无者，专守于寂寥：徒锐偏解，莫诣正理；动极神源，其般若之绝境乎！"不仅批评了一些玄学论题的偏颇局限，而且有对佛学中智慧之至境——"般若"的推崇。刘勰以为"论"能够"穷于有数，追于无形"，从普泛的现象中抽象出本质和规律性意涵；又说"论如析薪，贵能破理"，"破"是解析剖判的意思；条分缕析地解剖是阐明义理重要手段。两方面皆非儒学所长。从刘勰对各家学说所达至的境域、倾向和论证方式的得失的评骘上可以窥见其承袭、借鉴、取舍之一斑。

子部的典籍普遍"杂"。《文心雕龙》被《隋志》归入"总集"类，其实它并非诗赋文章及其释评的结集。此前也从来没有出现过体系如此宏大缜密的文论著述。从其言说方式和对各家兼取包容的理论承传上看，它倒更像是一部子书。在《文心·诸子》篇的"嗟呼！身与时舛，志共道申，标心千古之上，而送怀千载之下，金石靡矣，声其销乎"一句上面明人曹学佺的眉批云："彦和以子自居。"锺惺亦评曰："数语假然以子自居。"《序志》篇曹学佺又批："彦和虽是子类……"①

综上所述，刘勰学术底蕴深厚，著论有对众说兼容并包之"杂"，所取唯适其论证所需，不同论题有不同宗尚和依傍，充分地体现出开明的学术态度和时代精神，也是他能够有重大建树的原因所在。如果他在讨论政治时会对黄老的治国理念有所侧重，那也是顺理成章的。

在范畴概念的创用上两序皆有卓异建树：

服从体大思精文学理论建构的需要，《序志》汇集和创设运用了范畴系列：有理论框架方面应用的"纲领"与"条目"，"经"与"纬"，"正"与"奇"以及"始"与"末"包括对"本源"的倚重（如说"离本弥甚，将遂讹滥""振叶以寻根，观澜而索源"）；思想方法方面有"通变""剖析""折衷""理势"，艺术思维和美学追求论中有"神思""体性""风骨""性灵"等。

《九流》述评诸子思想宗旨时用到"清虚""无为""仁义""忠孝""正名""本末"等。末段以"玄化为本"与"德教为宗"所点明的道、儒理论特征和社会功用切中肯綮；反复彰显道家"无为"

---

① 黄霖：《文心雕龙汇评》，上海：上海古籍出版社，2005年，第63、65页。

更合乎其基本施政理念。其他篇中尽管也有一些堪称卓绝的范畴概念组合（如"清神""防欲""去情"以及"以文止戈"）论证，由于篇幅受制于各家学说的综述，而未能纳入。

范畴创用之"同"在于皆体现出六朝玄学思辨的时代特征；其"异"则是论证的对象及其所处理论发展阶段（实现了跃升的文学理论思考，以及国家长期分裂、战乱频仍与积弊甚多的政治现实）的不同所致。

文论经典的建树无所依傍，《序志》直言《文心》的命名立意、思想宗尚、写作动机，纲目经纬分明的结构统序和"剖情析采""唯务折衷"论证原则方法。

《九流》作为《刘子》的序，概述秦汉子学源流与融汇脉络，肯定九家子学"俱会治道"，强调兼综并包中以"道者玄化为本，儒者德教为宗"导向，宣示全书的杂家思想理念。透露出兼容并包、主辅分明、有取有弃的优良学术传统的形成态势。

第四章　《文心雕龙》的范畴系列

笔者曾作过一个《文心雕龙》理论结构示意图，[①]林其锬先生在为《文心司南》撰写"绪论"时也将它录用，并随后加上说明：

> 《文心雕龙》全书的三个组成部分和全书绝大多数篇章都是由史与论（包括评）组合而成的。其中"文之枢纽"以论为主，"论文叙笔"是史的大宗，上半部二十五篇中五分之四属史，因为刘勰标举为"纲领"，本图画作经线；下半部"剖情析采，笼圈条贯"的二十四篇中除《时序》篇以史为主，《通变》《物色》《才略》《程器》四篇史论参半外，其余十九篇皆以论为主；刘勰称之"毛目"，故画作纬线。所谓"纲领"，不止是强调"文之枢纽"的指导作用，还有理清各文体的发展脉络，以文学现象作为立论基础的意义。"笼圈条贯"是打破体裁的界限，按问题分类进行理论组合；"剖情析采"是分别从内容和形式的剖析入手，探讨文章写作的得失成败，在总结经验教训的基础上概括出原则规律。论作为"毛目"须以史为依据，又验证于史。故知《文心雕龙》的理论结构大略是以史为纲，以论为目交织而成，是以史带论、多层次史论结合的论著。《序志》是序，介绍写作动机、全书宗旨、理论体系、思想方法等。[②]

① 见涂光社：《雕龙迁想》，沈阳：辽宁大学出版社，1995年，第232页。
② 林其锬：《文心司南》，南京：江苏人民出版社，2004年，第12页。

《文心雕龙》的"体大思精"与其范畴系列的富赡、严谨以及论证、运用的充分是分不开的。换言之，如此"体大思精"的理论，必然由体系缜密、思维精深的范畴系列建构。除了集大成地体现出汉魏六朝的艺术精神和理论进步之外，《文心雕龙》在中国古代文论范畴方面的贡献也是无与伦比的。刘勰是这一领域创设、运用范畴概念最多的理论家，建构古代体系缜密文学理论的同时，也全面系统地创设和规范了文论的范畴系列。中国古代文学理论批评运用的所有范畴概念几乎都能在其中找到自己的归属或者渊源和形成、演化的轨迹。近现代对《文心雕龙》理论意义的认识和开掘多是从范畴研究起步，由此拓展和深化的。对《文心》范畴系列的全面解读，也许是发明刘勰理论建树的最好方式。

《序志》篇是全书的序，介绍了以"文心雕龙"名书的原委和论文的宗旨以及的理论框架、结构统序和立论的方法、原则。除许多专论皆以范畴题为篇名外，还能见到"文心""文章""性灵"和"剖析""折衷"等概念，以及"经"与"纬"、"纲"与"目"、"道"与"器"的对应。可知刘勰正是通过范畴概念的创用，使全书弘深理论意义得到全面和精切的阐述。因此，由《序志》起步，并以为线索，可对刘勰范畴概念创用方面的建树进行系统的梳理。

一、以范畴名篇的专题论证

《文心》"下篇"中一些专题论证大多以范畴名篇，在对文学基础性理论问题和民族特色鲜明（即运用汉字写作的章法格律和独特的美学追求）论题的论证中，有经典性的建树。以下遴选部分有代表性的专论分别述评之。

（一）针对文学基础性理论问题的论证

1. "神思"

　　"神思"的概念最早并非出现在文论中。①《文心雕龙·神思》篇论神奇的文学艺术思维，有了这样的归类，其中就有不同于其他艺术（如匠作、绘画）而专属文学领域的思维论证，如有"物沿耳目，而辞令管其枢机……关键将塞，则神有遁心""使玄解之宰，寻声律而定墨"和"刻镂声律"之论，以及"意翻空而易奇，言征实而难巧。是以意授于思，言授于意，密则无际，疏则千里"与"辞溺者伤乱""拙辞或孕于巧义"之类表述。

　　《神思》中"神"与"思"组合至少有这样两层意义：其一，文学创作是精神活动、思维的创造；其二，文学活动思维的神奇微妙。

　　从理论渊源上看，刘勰的"神思"之论深受老庄学说的影响，首先是以静驭动的"虚静"说。开篇即云：

> 　　古人云：形在江海之上，心存魏阙之下。神思之谓也。文之思也，其神远矣，故寂然凝虑，思接千载；悄焉动容，视通万里……思理为妙，神与物游。神居胸臆，而志气统其关键；物沿耳目，而辞令管其枢机。枢机方通，则物无隐貌；关键将塞，则神有遁心。

刘勰以"形在江海之上，心存魏阙之下。神思之谓也。文之思也，其神远矣"开篇，化用《庄子》语汇，强调神奇的文学思维能够大大超越身体局限。"寂然凝虑，思接千载；悄焉动容，视通万里"，表明文学思维能够由静（"寂然""悄然"）而动（"思接""视通"）地自由翱翔，"思接千载"实现的是在时间上的超越，"视通万里"则是在空间上的超越。

　　"思理为妙"在于能实现"神与物游"的主客体交往、融合。

---

　　① 如魏曹植《宝刀赋》有："规圆景以定环，摅神思而造象。"宗炳《画山水序》有："应会感神，神超理得。……圣贤映于绝代，万趣融其神思。"

用到"游"的范畴。"神与物游"与《物色》篇的"写气图貌,既随物以宛转;属采附声,亦与心而徘徊"和"情以物迁"和"情往似赠,兴来如答"之论有相通处。

"神居胸臆,而志气统其关键;物沿耳目,而辞令管其枢机。枢机方通,则物无隐貌;关键将塞,则神有遁心。"可以说是思维领域的文学创作三要素之论。"神思"是主体的一方,"物"是描写对象,"辞令"是语言媒介。"神思"受"志气"(意志、精神以及心理因素)的制约,意气萎顿,精神、心理状态不佳,写作兴致和灵感就会消失。驾驭语言若得心应手,表达无障碍,描写对象的表现就能充分和惟妙惟肖。

紧接着用到"虚静"和"意象"的概念:

> 是以陶钧文思,贵在虚静,疏瀹五藏,澡雪精神,积学以储宝,酌理以富才,研阅以穷照,驯致以怿辞,然后使玄解之宰,寻声律以定墨;独照之匠,窥意象而运斤:此盖驭文之首术,谋篇之大端。

"神思"的运作受主客观因素的影响,所以刘勰指出,"陶钧文思,贵在虚静,疏瀹五脏,澡雪精神",达于"虚静"则完成了创作的精神准备和心理调适,是闲静无扰、空灵自由、从容明敏的境界;而"积学以储宝,酌理以富才,研阅以穷照,驯致以怿辞"是写作所必须的知识积累和阅历经验理性把握、语言等方面的才能训练;"然后使玄解之宰,寻声律而定墨;独照之匠,窥意象而运斤",按照对事物有深刻理解和独特见地的艺术匠心所营构的意象去加工,遵循文学语言美的规律付诸表现。

有一段话语是对言意之辨的拓展:

> 方其搦翰，气倍辞前，暨乎篇成，半折心始。何则？意翻空
> 而易奇，言征实而难巧也。是以意授于思，言授于意；密则无际，
> 疏则千里；或理在方寸而求之域表，或义在咫尺而思隔山河。是
> 以秉心养术，无务苦虑；含章司契，不必劳情也。

"意翻空而易奇，言征实而难巧。"可谓古代文学领域的言意之辨，
刘勰对"言不尽意"之所以然作出了最为切实简要的诠释："意翻空"
说的是创作思维中意的运作有易变幻的跳跃性，常有"言所不追"，
难以确切表述的奇特意蕴。相比之下，用作人际交流媒介的语言有
可以验证之"实"（即有具体、确指的语义和语音规范，否则无法
进行交流），"言"（外部语言）组合常常跟不上"意"（内部语言）
的跳跃、达于同样的奇妙境域，出现如同陆机所说的"文不逮意"
的现象。

言及"神思"的创造力，该篇后来补充说："拙辞或孕于巧义，
庸事或萌于新意；视布于麻，虽云未贵，杼轴献功，焕然乃珍。"
拙与巧的转换，平庸中生出新意，可谓为后世"点铁成金""以拙
为巧""出奇崛于平淡"之先河。"杼轴"喻"神思"运作如同由
织工巧手驾驭织机一样，能把看似平常的材料组织加工成精美的织
物，创造出审美价值大幅度跃升的精神产品。

《神思》"赞"中的"神用象通"肯定神奇的文学思维在体察、
营造和表现"象"方面的非凡创造力。

即使前文说过"关键将塞，神有遁心"，其他篇也有"时有通
塞"（《养气》）的表述，但总的说来刘勰没有像陆机《文赋》那
样特别强调"应感之会（灵感），通塞之纪，来不可遏，去不可止"[1]

---

[1] 〔梁〕萧统编，〔唐〕李善注：《文选》，第786页。

的时间性，却以为"神思"运作之缓速，人各有别，也受作品体制大小的影响："骏发之士，心总要术，敏在虑前，应机立断；覃思之人，情饶歧路，鉴在疑后，研虑方定。机敏故造次而成功，虑疑故愈久而致绩。"这对我们探讨思维创造的规律和灵感现象是有启发的：至今艺术思维论中对灵感的认识仍然是只限于重视来去无常、思维创造能力在瞬间实现飞跃的一类。如果我们认可"没有无灵感的艺术创造"这一论断，那么有没有过"鉴在疑后，研虑方定，愈久致绩"的佳作问世，以及来去与进程较为缓慢、出现较为分散的一类灵感现象存在呢？灵感的本质特征究竟是什么呢？这些都发人思考。

"神思"的概念魏晋南北朝诗文中已能见到，其义大抵为高明神奇的思维能力，有的已与造艺相关联：曹植《宝刀赋》"规圆景以定环，摅神思而造像"中指宝刀造型的匠心；宗炳《画山水序》则是就山水绘画作中的运思和精神活动而言："神本亡端，栖形感类，理入影迹，诚能妙写，亦诚尽矣。于是闲居理气，拂觞鸣琴，披图幽对，坐究四荒，不违天励之丛，独应无人之野。峰岫峣嶷，云林深渺，圣贤映于绝代，万趣融其神思。余复何为哉？畅神而已，神之所畅，孰有先焉。"萧子显《南齐书·文学传论》的"属文之道，事出神思，感召无象，变化不穷"[1]已明言在"属文之道"中，但毕竟不像刘勰将其作为论文学的专章。《文心》之"神思"，就是指文学活动中神奇的思维创造。

刘勰在其他篇还以"气""兴""会""机""数"等范畴概念入论，从不同角度（尤其是传统思维论中对灵感特点和规律的认识方面）对《神思》篇进行阐发和补充，笔者《文心雕龙的灵感论》

---

① 〔梁〕萧子显撰：《南齐书》，第 907 页。

一文中曾有论说。①

2."体性"

"体性"当代学者公认《体性》是《文心雕龙》的风格专论，很有启发性。

刘勰对所移植的范畴概念都进行了改造，以适应文学理论的需要，唯我所用。《庄子·天地》篇中有"体性抱神"一语，成玄英疏："悟真性而抱精淳。"②其"体性"是动宾结构，指以体认的方式感悟和整体把握浑朴本真的天性，与风格无关。《文心雕龙》的"体性"是名词的联合结构，其"性"大抵指作家的文学个性；"体"则指一篇作品的创作体制或一类作品的体式、规范，它也有相应的文学个性（艺术特色）。换言之，刘勰此所谓"体"指作品的体式，就文体而言是一种体裁及其写作规范，就一篇作品而言是其形式的基本架构。"性"指作家特具的情性，这情性也是作品内容和艺术个性的核心。

《体性》开篇即云：

> 夫情动而言形，理发而文见，盖沿隐以至显，因内而符外者也。然才有庸俊，气有刚柔，学有浅深，习有雅郑，并情性所铄，陶染所凝，是以笔区云谲，文苑波诡者矣。故辞理庸俊，莫能翻其才；风趣刚柔，宁或改其气；事义浅深，未闻乖其学；体式雅郑，鲜有反其习：各师成心，其异如面。

刘勰首先强调"情动而言形，理发而文见，盖沿隐以至显，因内而符外者也"，点明了"性"和"体"相互间内与外、隐与显的对应

---

① 参见涂光社：《文心十论》，第178–182页。
② 〔清〕郭庆藩辑，王孝鱼整理：《庄子集释》，第438–439页。

关系与表里的一致性；"性"在先而"体"成于后，"性"是主导一方的意蕴。

文论中"体"与"性"的组合相当精当，"体"的本义有主次和统序分明、决定外显形态之架构的内涵，在艺术领域作为一类作品的规范或风格，是审美经验的结晶，有沿袭性和规范性；对于一个作品而言，则是创作的体制和形式的构想。而"性"是人生命精神的特征，是内在的、以天成之本性为基础的，常以生命的多样性和个别性为特点。"体性"代表了决定文学风格的两大因素："性"与"体"是内与外、无形到有形、个体与集群的对应。

"性"与作家禀赋相关；"体"其规范非天造地设，是人们从积累的审美经验归纳出来的。刘勰指出，文学风格取决于四方面的因素："才"（艺术才能）、"气"（气质个性）、"学"（学识修养）"习"（对体式规范的接受、写作习惯的养成）。"性"大抵包括受先天决定性影响的"才"与"气"两方面因素，而"体"则是形成风格的后天因素"学"与"习"相关联。"各师成心，其异如面"几乎是西方理论家所谓"风格即人"的同义语，却更为精致："各师成心"一语也出自《庄子》，原指人们各守成见、偏执一端自以为是的意思；在刘勰这里无贬义，"成心"有"内在的，已经养成和定型的情灵个性"的意蕴，遵从内在的"成心"创作，外在的"面孔"（风格）必然人各不同。

> 若总其归涂，则数穷八体：一曰典雅，二曰远奥，三曰精约，四曰显附，五曰繁缛，六曰壮丽，七曰新奇，八曰轻靡。典雅者，镕式经诰，方轨儒门者也；远奥者，馥采典文，经理玄宗者也；精约者，核字省句，剖析毫厘者也；显附者，辞直义畅，切理厌心者也；繁缛者，博喻酿采，炜烨枝派者也；壮丽者，高论宏裁，

卓烁异采者也；新奇者，摈古竞今，危侧趣诡者也；轻靡者，浮文弱植，缥缈附俗者也。

《体性》篇列举了八类文章的风格，认为作家学识和摹习对象不同，形成的文风也就不同，而且指出："雅与奇反，奥与显殊，繁与约舛，壮与轻乖。"可以说刘勰发现了一种带规律性的现象：文学艺术风格的类型上往往两两对应：有典重雅正的就有奇特新异的，有深奥含蓄的就有浅显直露的，有繁博富丽的就有精省简约的，有壮丽雄劲的就有轻柔细腻的……值得注意的是，一种风格受到肯定，与其相反的另一种风格未必就不好。刘勰对"新奇""轻靡"颇有微辞，针砭时弊的用意也很明显。诚然，这里的"八体"所用概念的指域并不能涵盖所有的文学风格，是早期风格论难免的缺陷。

刘勰接着指出："八体屡迁，功以学成，才力居中，肇自血气；气以实志，志以定言，吐纳英华，莫非情性。"从后天学、习辅佐的必要性说到天赋"才""气"的主导作用。随即列举贾谊、司马相如、扬雄、刘向、班固、张衡、王粲、刘桢、阮籍、嵇康、潘岳、陆机的例子，认为他们文章之"体"（风格）无一不是作家"性"（文学个性）的彰显。

作家依凭禀赋个性和对范式的学习能形成自己的基本风格，但也可以和应该学习借鉴其它各体，所以说"八体屡迁，功以学成"，"沿根讨叶，思转自圆。八体虽殊，会通合数，得其环中，则辐辏相成。""思转自圆"指不同场合、抒写不同内容，须采用相应风格之时运思的圆活会通。"会通合数"指合规律地"会通"其它风格，"环中"喻指一切围绕自己基本风格这个中心"为我所用"，"辐辏"指"通会"以为己用之"体"。刘勰肯定"性"作家艺术个性核心地位的同时也主张"兼通"。《定势》篇就曾说过："若爱典而恶华，则兼通之理偏。"

对于如何培养好的风格，刘勰说："才有天资，学慎始习，斫梓染丝，功在初化，器成彩定，难可翻移。"强调风格培养要从初学写作的时候着手，若已习染成性、风格定型（如木器做成、丝已染色）后再求改变，那就困难了。于是提出"摹体以定习，因性以练才"的原则。"摹体定习"要求通过摹习规范体式养成良好的写作习惯，因为所谓"体"是合规律的审美经验结晶；"因性练才"强调必须根据自己的禀赋和个性特点去发展才能，以形成独具优势的风格。此论颇具科学性，看来在风格的培养上得根据素质和条件的不同因势利导、扬长避短。

"才""气""学""习"虽大致按先天和后天分属"性"和"体"两类因素，它们之间仍是相互影响和密切联系的。"因性练才"表明，"性"固然是"练"的基础和依据，后天的"练"对"性"的形成和发展还是必要的。篇末的"赞"再次说："习亦凝真，功沿渐靡。"这"真"指基本素质（"性"）而言，足见刘勰确实认为后天的"学""习"可以对"才""气"进行陶染和改造。"功沿渐靡"强调这是一个长期浸染和渐进的过程，比较困难，也比较缓慢。显然这种认识基本合乎"性"的发展、改造和完善的实际。

一般说来，有成功经验的积累才有"体"的创设，才能形成可供摹习和沿袭的规范；而"性"是无常规的。不过，"体"实际上也是从"性"中得来的："性"的丰富多样和创变使"体"的划分成为必要也有了可能，所以"性"的多样性是"体"的规范性的基础；"体"是对若干"性"的归纳和总结，一个"体"是一类"性"审美经验的结晶。文学发展的过程中常常是因"性"的丰富变化而导致"体"的产生和分化、变革，所以《神思》篇说："情数诡杂，体变迁贸。"反过来，"体"一经确立，又对"性"发挥一定的指导和规范作用。刘勰之所以强调学、习的必要，就是要求作家吸收和借助前人的经验，防止任"性"而生的新变无视规范、脱离正确的轨道。

因此可知"体"与"性"的关系是对立统一的，相互制约、相互转换又相互促进。在继承变革上它们各有侧重。

本篇的启示还在于：风格虽可从"体"和"性"两个方面去定义，但其本质和核心都是艺术创作的个性。作为个人风格，是作家的艺术个性（"性"）的表现；作为流派、时代或者体裁、艺术门类的风格，是某一集群（"体"）艺术特征的表现。如果取消了艺术家或者艺术门类、题材内容、表现方式、媒介、地域、时代、民族、流派等方面的个性，也就无所谓风格了。

范畴成功创用上更为典型的是《体性》，该篇之所以成为公认的风格论，主要因为其中强调了"体"（作品外显的体式、风貌）取决于"性"（蕴蓄于作品中的主体个性）即所谓"沿隐以至显，因内而符外"，"各师成心，其异如面"的意旨。《文心雕龙·议对》也用到"风格"一词，说应劭、傅咸、陆机的驳议各有优长，也不无缺憾，而后称："亦各有美，风格存焉。"其"风格"已与写作的个性关联，但显然远不如《体性》篇"才""气""学""习"之论对风格的特征阐发严谨充分。因为有的风格指的是集群的个性，即非针对某一作家、作品而言，而是指不同的文体和风格流派艺术个性，虽然《体性》中述评中的"八体"已有所及，但在如何展示、如何承传上尚欠周密，所以刘勰又以《定势》的"体势"之论，《通变》篇的"名理有常，体必资于故实"之说在这些方面作了补充。

《定势》："夫情致异区，文变殊术，莫不因情立体，即体成势也。"既称"莫不"，"因情立体，即体成势"有普遍意义，是对文"势"形成过程所作的规律性概括。刘勰强调"文章体势"成于自然："模经为式者，自入典雅之懿；效《骚》命篇者，必归艳逸之华……"
"体势"之"体"指文章体裁，有审美经验归纳、分类方面合规律的客观性，故云："括囊杂体，功在铨别，宫商朱紫，随势各配。章、表、奏、议，则准的乎典雅；赋、颂、歌、诗，则羽仪乎清丽……此循体而成势，随变而立功者也。"概括出六大类文体语言风格的基本特点，以及"循体成势"的规则。

《通变》篇则指出："设文之体有常，变文之数无方。……凡诗赋书记，名理相因，此有常之体也……名理有常，体必资于故实……"

"体"在《文心》现身一百八十余次，多独立成词，指样式、范式和篇章基本架构的分类，也有少量的"体式""体制"和"体势""体气"等组合。此外，"体"字不仅多义，也可用为动词，"体性"的组合首见于《庄子》，是体认自然天性之义，《文心雕龙》中也有用为动词者，如《序志》的"体乎经"和"宜体于要"，《诠赋》的"体物写志"，《情采》的"体情之制日疏"，《物色》的"体物为妙"，皆然。由于《体性》篇是最为充分的风格专论，篇中的"体"不会有歧义，刘勰所谓"体性""体制""体势"之"体"均有风格的规定性也无可置疑。

3. "定势"

"势"是传统理论中典型的形象性概念。其意涵大抵从"由不平衡格局形成的力与运动态势"的原义生发，与事物的势态、动向、格局以及力的蓄蕴与展示密切相关。它蓄蕴或表现于动态形体，形成某种运动和力的趋向，其影响和控驭范围甚至超越于其形体之外。从不同层面去体会、在不同语境中解读，"势"的意涵不尽一致。文学在一定意义上说是时间的艺术，文学语言在时间的延续中展示、表达其艺术内涵，文章的"势"就是其展示（文学语言流动）过程中形成的。

《定势》篇首先说：

> 夫情致异区，文变殊术，莫不因情立体，即体成势也。势者，乘利而为制也。如机发矢直，涧曲湍回，自然之趣也。圆者规体，其势也自转；方者矩形，其势也自安：文章体势，如斯而已。

"情致异区，文变殊术，莫不因情立体，即体成势也。"既称"莫不"，就是说"因情立体，即体成势"具有普遍意义，是对文"势"形成过程所作的规律性概括。"体"根据"情"的特点和表现上的需要确立，"势"又与"体"的特征和规定相适应。"情"是文学内容的核心，"体"与"势"则属于形式范畴。"因情立体"是化无形为有形的阶段，因为内容毕竟只是贯注了作家"情志"的材料，"体"（体式）才是基本的形式架构，作品最终的艺术形式是由体式框架发展而来的，所以"体"的确立也意味着作品风格的定型。"即体成势"，是从梗概的体式到选择决定文辞展示方式的阶段。"体"与"势"都有形象性，"体"是成形的基本架构，而"势"是文辞合乎艺术表现需要的动态展示，从"体"到"势"也可以说是化静为动的过程。

刘勰将兵法、音乐和书画艺术中的"势"和"体势"的概念移植于文学："势者，乘利而为制也……自然之趣也。圆者规体，其势也自转；方者矩形，其势也自安：文章体势，如斯而已……自然之势也。""势"是作品的展开态势和表现方式，能够形成有一定思维情感取向的驱动力，从而左右和影响（冲击和引导）欣赏者的接受和艺术再创造。刘勰强调"势"要顺应作品"情""体"之自然，因势利导，扬长避短。

周振甫先生很早就认为，"势"就是文体风格。[1]笔者在《〈文心雕龙〉"定势"论浅说》一文中说："《定势》篇的'势'，是适应内容和创作体制需要，包含着动态美感和隽永韵味，并在作品中有展开过程的表现方式。"[2]由于力求兼顾全篇的"势"论，说来总觉略显生硬。

王元化先生指出："如果我们把'体性'称为风格的主观因素，那么，'体势'就可称为风格的客观因素。"[3]其说是敏锐而严谨的：《体性》篇所论指向确为风格形成的主观因素，《定势》篇中"体势"论的主旨也在风格形成的客观因素方面。值得注意的是，《体性》是全篇之论，"体势"却不然，元化先生未把《体性》《定势》两篇相提并论，仅作了"体性"与"体势"的对比。似乎透露出《定势》不止是"体势"论的意味。

"体"可针对一个作家和一篇作品而言，也可指一类文章（如同一体裁者）。《体性》篇的"性""体"皆与才、气、学、习相关，"各师成心"者当指一个作家之"性"或一篇作品之"体"；但《定势》论"体"与《体性》的角度不同：

> 章、表、奏、议，则准的乎典雅；赋、颂、歌、诗，则羽仪乎清丽；符、檄、书、移，则楷式于明断；史、论、序、注，则师范于核要；箴、铭、碑、诔，则体制于弘深；连珠、七辞，则从事于巧艳：此循体而成势，随变而立功者也。

这段话概括了六类二十二种文章体裁语言风格的基本特点，指出这

---

① 参见周振甫：《定势》（〈文心雕龙〉选译），《新闻业务》1962 年第 4 期。

② 此文载 1982 年《文学评论丛刊》第十三辑，后收入《文心十论》。

③ 王元化：《文心雕龙讲疏》，第 87 页。

合乎"循体成势，随变而立功"的规律。随即说"虽复契会相参，节文互杂，譬五色之锦，各以本采为地"，既表明作家在"总一"的前提下可以对诸"势"参杂为用，又强调"各以本采为地"——应该以各种文体本色的艺术表现作为文章语言风格的基调。"体势"之"体"指各类风格有客观标准（如上引"典雅""清丽""明断""核要""弘深""巧艳"）的体裁。这也许是元化先生区分风格的主观因素、客观因素的原因之一吧。

"即体成势"表明，"体势"所以能指称风格的客观因素，主要因其"势"有文"体"的规定性。《通变》篇的"设文之体有常，通变之数无方"和"名理有常，体必资于故实"就足以说明其原委："体"是人所创设，由写作和鉴赏的经验中归纳总结得来，当人们意识到文辞写作有不同目的、不同内容，用于不同场合，有不同阅读对象，须用不同方式和不同风格写作的时候，开始有了不同体式和相应风格的划分。其规范因为是审美经验的结晶，一般都因合乎一定的艺术规律而得以沿袭，通常都有指导、规范作家写作的功用。故得言其"有常"。这大概就是"体"为"风格的客观因素"之所由。

《定势》篇说"势者，乘利而为制也"，又以"圆者规体，其势也自转，方者矩形，其势也自安"，以及"机发矢直，涧曲湍回"为例，指出事物原有其"自然之势"。"自然"者自然而然也，在文"势"来说，文章展开（包括语流）自然态势也显示出自身的规律性和客观性。王元化先生在与"体性"的对照中称"体势"为"风格的客观因素"有充分理由。尽管"体势"论是该篇的重要内容，《定势》却不止于"体势"论，释"势"更须兼及全篇提供的材料。《定势》所论无疑是讨论该篇之"势"的基本依据，但了解《文心》其它篇用"势"的言说也有助于全面理解刘勰所谓"势"的意旨。如前所说，文"势"除有"体"风格上的规定以外，还受文学语言构结普遍规律的制约；作家"势"的择定，当有展示态势艺术效果等方面的考虑。《定势》篇引文中，不同语境中"势"的意涵也是有区别的：刘桢激赏"辞已尽而势有余"，陆云则有"尚势而不取悦泽"的自悔之词；刘勰在《定势》篇自己也出面强调"势实须泽"，这些"势"都非指风格而言。"辞已尽而势有余"的"势"只能是一种有艺术冲击力的文章态势，它能影响和左右读者情思；此语可联系《诠赋》篇的"写送文势"，《附会》篇的"遗势郁湮，余风不畅"，以及后人推崇有余味、余韵无穷和"文已尽而意有余"的意旨来理解。"尚势不取悦泽"则略有"风骨乏采"的意味。

《文心》其他篇中的"势"意涵更是多样："延寿《灵光》，含飞动之势""两汉以后，（子书）体势漫弱"（《诸子》），"顺风以托势"（《论说》），"凡切韵之动，势若转圜"（《声律》），"因方以借巧，即势以会奇"（《物色》）……它们都不是能用风格去解释的。

刘勰在《定势》篇还将"势"的择定视作适应"情"和"体"表现需要的一种"术"。起始有"情致异区，文变殊术，莫不因情立体，即体成势"。又云：

> 然渊乎文者，并总群势；奇正虽反，必兼解而俱通；刚柔虽殊，必随时而适用。若爱典而恶华，则兼通之理偏，似夏人争弓矢，执一不可独射也；若雅郑而共篇，则总一之势离，是楚人鬻矛誉楯，两难得而俱售也。

主张根据文章各自的特点选择与其相适应的"势"，是"文变殊术"之论。要求作家"并总群势"，全面掌握不同风格的"势"，甚至是"奇正"相反、"刚柔"悬殊者，以"随时适用"。又告诫同篇文章中表述风格必须协调统一："若雅郑而共篇，则总一之势离！"

后来批评道："自近代辞人，率好诡巧，原其为体，讹势所变，厌黩旧式，故穿凿取新，察其讹意，似难而实无他术也。"末尾强调"秉兹情术，可无思耶！"显然是将"势"（文章展示的风格和态势）的恰当择定和运用作为强化表现力的一种艺术手段。

《文心雕龙》其他篇中也有不少用到"势"的地方，比如《诠赋》说到赋结尾的写法时要求："'乱'以理篇，写送文势。"是谓结尾的"乱"总括全篇，可使其文辞的展示、运作形成一种对诵读者的思维情感有导向作用的势头。《附会》说："若首唱荣华，而腰句憔悴，则遗势郁湮，余风不畅。"要求文辞运作形成某种美的驱动力，或者具有"文已尽而势有余"的开放性态势。《奏启》篇也有："术在纠恶，势必深峭。"似乎可佐证"势"在这方面的意涵：文"势"多样，是具有力度也相应效果的文辞展开态势，对"势"的正确选择可以也应该成为作家的一种艺术手段。

就《定势》全篇而言，"定势"之"势"仍然只能说是适应作品内容和创作体制需要，伴随文学语言的展开呈显的态势；它包含着动态美感和隽永韵味，且常因接受"体"的规定而有风格的属性。用于不同语境中其意涵有不同的侧重。

4. "通变"

"通变"的概念出自《易传》。要求人们了解和把握事物运动变化规律，驾驭其发展变化。《易·系辞上》："通变之谓事……圣人有以见天下之赜，而拟诸其形容，象其物宜，是故谓之象。圣人有以见天下之动，而观其会通，以行其典礼……"《易·系辞下》云："参伍以变，错综其数，通其变，遂成天下之文。""神农氏没，黄帝、尧、舜氏作，通其变，使民不倦；神而化之，使民宜之。易，穷则变，变则通，通则久。""通"是通晓，也是通达。通晓是透彻的掌握，可以对"变"进行的理性把握。由"通"指导"变"，则有无往不利的通达，能获得发展更新上恒久的生命力。

刘勰对"通变"的阐释也有合乎文论需要的选择和侧重，开篇率先指出文学承传变革中"有常之体"和"无方之数"的辩证关系：

> 夫设文之体有常，变文之数无方，何以明其然耶？凡诗赋书记，名理相因，此有常之体也；文辞气力，通变则久，此无方之数也。名理有常，体必资于故实；通变无方，数必酌于新声：故能骋无穷之路，饮不竭之源。然绠短者衔渴，足疲者辍途，非文理之数尽，乃通变之术疏耳。

"有常"指"体"之"名理"（名称、规范）在历史演进中继承、沿袭的稳定性，它们是以往审美经验的结晶，故云"体必资于故实"。"通变无方，数必酌于新声"表明，作家的通变原本"无方"，"数"（"术数"，即方法和原则规律）须在斟酌"新声"中了解，通变方向途径的把握得自对时代潮流和文学未来发展趋势的探究和认识。能够处理好"有常"与"无方"的辩证关系，则"能骋无穷之路，饮不竭之源"，拥有无限发展前景和旺盛生机的"文辞气力"。

刘勰追溯了黄、唐、虞、夏、商、周、汉、魏、晋以来的文学演进历程，认为有"从质及讹"的趋势。他反对汉赋"夸张声貌"走向极端和普遍的因循模仿。指出："斯斟酌乎质文之间，而櫽括乎雅俗之际，可与言通变矣。"

《通变》之"赞"作了经典性的表述：

> 文律运周，日新其业。变则其久，通则不乏。趋时必果，乘机无怯。望今制奇，参古定法。

"文律运周，日新其业"表明文学发展有回旋上升之势，是日新月异的。"变则其久，通则不乏"是谓文学的前途只属于新变，通晓规律则运筹裕如，能有层出不穷的创意和变革。"趋时必果，乘机无怯"鼓励作家顺应时代潮流、抓住机遇果敢地进行别开生面的艺术创造。"参古定法"可谓发展了孔子"温故知新"说，不仅不否定，且要求借助于"故"（"古"），参照以往的成功经验，确定写作的法则、规范；"望今制奇"指看准"当今"审美创造的新动向，写出超越以往的"新""奇"之作。

"望今制奇，参古定法"耐人寻味。"望今制奇"表明须了解文学艺术潮流、审美创造的新趋势，写出新意洋溢的"奇"文；"参古定法"则指参照过往经验制定法则。"法"既是"参古"而定，若"望今制奇"有成，未来也将是"参古定法"的依据。"望今制奇"对"参古定法"肯定是有所超越和突破的，所以此所谓"参古定法"之"法"在实际运用中只能是"活法"而非"死法"。

"望今制奇"和"趋时必果"强调的是新变时代性，"望"与"趋"显露出对当下审美创造发展趋势的思考，当然这种思考必然与理想的审美境界关联。

有的学者认为"通变"都指变革，"通"只是通达之意。笔者以为，"凭情以会通，负气以适变"以及"赞"中所言"变则堪久，通则不乏"，都表明其"通"更多是指通晓演变之"数"——演变的规律。作家要达到对变"数"的通晓，必然有对过往文学艺术实践及其演化的方式和途径的了解和思考，找出并掌握其规律。这种了解就有继承的因素在内，当然绝非只限于继承；"数"有规律方面的义涵，"必酌于新声"表明还必须加上对"新"趋势的思考，以求对新变规律的把握。《通变》篇还说到"斯斟酌乎质文之间，而櫽括乎雅俗之际，可与言通变矣"，其中"斟酌"和"櫽括"正是古往今来文学现象及其变化趋势的思考。"参伍因革，通变之数"中的"因"难道离得开继承吗？

5. "情采"

《情采》论文学内容与形式的关系问题，在学术界从来就是一种共识。需要强调的是：以"情"代指内容，以"采"代指形式有特殊的理论意义。

"情"作为文学抒写的对象、内容的核心，包含着首肯自然情感、灵慧之天性的意蕴，是文学自觉时代精神的体现。"采"作为辞采有美文的意涵，既突出了文学以语言为媒介的特点，又反映了古人以美文为文学的观念。

古代文学理论批评中除了"文"与"质"、"华"与"实"以外，能够指代内容和形式的概念还有很多。内容方面有侧重主体因素的心、神、性、情、志、意等，侧重客体因素的有道、理、义、事、物等；形式方面的有文章、辞令、言、声、藻采、体势等。《情采》篇就交替使用了不少指代一致的概念：质、情、性、理、志、心等均指文学内容；而文、采、言、辞、音、藻之类则指作品的形式。当然，既以"情采"为题，说明在构成文学内容的诸多因素中"情"处于首要和核心的地位，而"采"则表明文学形式应当是美的。

"情"一般指作家的情怀，即作家的情感及与情感相联系的思想精神、气质个性、心志意趣。"情"指代内容，突出了文学艺术以人的感情活动为核心、为动力、为主要表现对象的特征。文章内容的构成尽管包括"情"（主体因素）和"理"（客体因素）两方面，但"情"无疑是主导和统领一切的。与自然科学理论和抽象的哲学论著不同，文学作品虽然也以理服人，但主要靠的是以情动人。

"采"即辞采，指文学语言，强调它是美的文辞；于是凸显出古人文学观念的两个基本点：文学的媒介是语言文字；文学是艺术，有美的形式。换言之，具有美的语言形式是文学的根本特点。如《情采》开篇所言："圣贤书辞，总称文章，非采而何？"这种对文学的理解比现代流行的文学定义或许更简要，合乎文学艺术的基本特征。

《情采》篇以生动的比况、精辟的论证准确地阐明了内容形式的关系：

> 水性虚而沦漪结，木体实而花萼振，文附质也。虎豹无文，则鞟同犬羊；犀兕有皮，而色资丹漆，质待文也。

表明内容和形式两者密不可分、相互依存但有主有从。"文附质""质待文"可谓是经典的概括：形式依从于内容，内容有待于形式表现。水的质性虚柔所以能结成层层沦漪，树木枝干质性坚实因而花冠挺拔。两个生动的譬喻不仅道明外在的形式取决和依附于本质和内容，而且告诉人们内容与形式是不容剥离的。后两个比喻说明内容有待形式去表现，但也有两层意蕴：虎豹皮毛的文采是它们迥别于犬羊的优越资质的自然外现，而犀兕的皮革则须由人工的修饰才能充分表现其美质。前者赞赏美质外现的自然天成，后者肯定了某些时候人为美的功用和使用的必要性。

《情采》篇还指出：

> 夫铅黛所以饰容，而盼倩生于淑姿；文采所以饰言，而辩丽本于情性。故情者，文之经；辞者，理之纬；经正而后纬成，理定而后辞畅，此立文之本源也。

是谓文学美有不同层次，藻采之美（外在的文辞修饰之美）是低层次的，应当从属于内质；本色的、有坚实内在依据的、生气勃勃和灵动的美是起主导作用的高层次的美。犹如铅粉黛色可以打扮女人的容貌，而那动人心魄的美来自其天生丽质。刘勰以经纬交织况喻内容形式的先后、主次之分，又表明两者相辅相成，不宜有所偏废。他以矫正柔靡繁缛的南朝文风为己任，倡导《诗经》"为情造文"的成功经验和优良传统，批判汉代辞赋家搜奇炫博、繁文丽藻、"为文造情"的本末倒置。尽管如此，其后在指出文章"述志为本""繁采寡情，味之必厌"的同时，又重申"言以文远"的古训，以为文采（或言好的艺术形式）对作品传播有极大帮助，不可轻忽。

概言之，内容是形式生成和构结的依据，又仰赖形式去表现和传播。情采并茂，两相副称——"文质彬彬"才合乎理想，得以传之久远。

本篇批评"体情之制日疏，逐文之篇愈盛"的时风，并有"真宰弗存，翩其反矣""夫以草木之微，依情待实；况乎文章，述志为本""言与志反，文岂足征""心术既形，英华乃赡"等语。其他篇也有宗旨类同的议论，如《风骨》说"风骨乏采，则鸷集翰林，采乏风骨，则雉窜文囿：唯藻耀而高翔，固文笔之鸣凤也"；《章表》倡导"辞为心使"，反对"情为文出"；《附会》认为"必以情志为神明，事义为骨髓，辞采为肌肤，宫商为声气"；《原道》"雕琢情性，组织辞令"并举，《镕裁》有"万趣会文，不离辞情"，《杂文》说"情见而采蔚"，《诸子》称"气伟而采奇"……都与《情采》所论相通，有兼及作家作品内外表里的共同点。

《情采》是内容形式的专论，选择"情"指代内容，"采"指代形式有重要的理论意义。篇中的"文""言""辞""美""辩丽"都指代形式，"质""性""理""真宰""心""志""实"

都指代内容。以"情采"为题，强调的是文学内容及其表达以"情"为核心和动力；文学是艺术，语言形式是美的。《情采》开篇的"圣贤书辞，总称文章，非采而何"，特别标举"圣贤书辞"，表明其"采"并非华而不实，而是高尚思想意义的展现。刘勰不仅以"情采"作为内容形式专论的篇名，在《序志》介绍全书理论体系的时候又说，"下篇"二十四个理论专题的讨论是"剖情析采"。可见运用"情采"这对范畴出于慎重的理论思考，是时代进步和文学理论建构的需要。"情"作为文学抒写的对象、内容的核心，包含着首肯自然情感、情灵个性的意蕴，是文学自觉时代精神的体现。"采"作为辞采有美文的意涵，既突出了文学以语言为媒介的特点，又反映了古人以美文为文学的观念。

"情采"作为一对范畴出现，是文学自觉时代理论进步的产物。魏晋时期人们对个性的价值和自然情感的合理性给予了更充分的肯定，曹丕提出"文以气为主""诗赋欲丽"的看法，陆机作出"诗缘情而绮靡"的论断，都是这种进步的反映。"情"比"志"的意义宽泛："志"可谓一种特殊的与实现某种理想目标相联系的"情"。而男女相悦和师生、朋友间的情谊，父慈母爱、夫妻、兄弟的情都属于"情"，却未必与"志"相关。比起先秦两汉正统诗学只强调"言志"和文学的政教功能来，可以说是一次解放，对文学艺术表现的对象、创造美的功能意义也有了更全面和深刻的认识。

6. "镕裁"

"镕裁"在《文心》中从"镕"和"裁"的原义引申，分别指文意的镕铸提炼和文辞的剪裁。故云：

> 情理设位，文采行乎其中。刚柔以立本，变通以趋时。立本有体，意或偏长；趋时无方，辞或繁杂。蹊要所司，职在镕裁，

檃括情理，矫揉文采也。规范本体谓之镕，剪截浮词谓之裁。

"情理设位"指确立作品意蕴的主导和核心地位；"文采行乎其中"是谓辞采得以在"情理"廓定的范围和方向运作和驰骋。"镕"所概括的炼意，包括提升文章内质多方面的努力，此处强调"刚柔以立本""立本有体"表明，所谓"镕"包括接受前人的观念和经验、规范在内。当然，所谓"本"和"体"也不是千篇一律没有个性的：文章体式、风格的确立既有对前人经验规范的承传，会受时代潮流影响，也受作品内容规定性和作家创作个性的制约。或"刚"或"柔"，趣向虽然相反，却无高下优劣之分，它们是对应的，也可能会有互补、相济为用的场合。此处说"刚柔以立本"，显然意在肯定不同风格、个性对作品艺术内质的决定性作用。

"檃括情理，矫揉文采也。规范本体谓之镕，剪截浮词谓之裁"说得更明白。"规范本体谓之镕"和后面的"镕则纲领昭畅"依然在强调炼意对于浮辞剪裁的主从关系。无论"檃括""矫揉"还是"规范""剪截"，好的文章大都是在正确原则指导下斟酌修改出来的！

"裁则芜秽不生，镕则纲领昭畅，譬绳墨之审分，斧斤之斫削矣。骈拇枝指，由侈于性；附赘悬疣，实侈于形。一意两出，义之骈枝也；同辞重句，文之疣赘也。"针对六朝的时风，刘勰以为意与辞"侈于性""侈于形"的现象尤其值得警惕。

其"三准"是对剪裁对象的主次关系和先后步骤的规定：

首先"设情位体"，强调对居主导地位的"情理"（立意）和风格、架构的率先确立，这是其后镕裁的依据。其次"酌事取类"，是根据立意和"体"之所本选取须说之"事"与可推可比之"类"。复次"撮辞举要"，提炼字句文辞，作最精妙的凸显要义的表述。

在"三准"的指导下"舒华布实，献替节文，绳墨以外，美材既斫"，其"首尾圆合，条贯统序"的效果也证明了"设情位体"的主导作用。

这里不但有炼字炼句的名言"句有可削，足见其疏；字不得减，乃知其密"，也强调作家文学语言的不同个性："精论要语，极略之体；游心窜句，极繁之体：谓繁与略，适分所好。""思赡者善敷，才核者善删。善删者字去而意留，善敷者辞殊而意显。"如果缺乏或者违背相应的专擅和才性，无论是繁是略都会导致谬误："字删而意阙，则短乏而非核；辞敷而言重，则芜秽而非赡。"

就这方面实践的经验教训而言，刘勰先说谢艾、王济的镕裁得法："艾繁而不可删，济略而不可益；若二子者，可谓练镕裁而晓繁略矣。"不过刘勰批评的锋芒主要指向文辞过繁的倾向，于是陆机成为恰当的实例：

> 至如士衡才优，而缀辞尤繁；士龙思劣，而雅好清省。及云之论机，亟恨其多，而称清新相接，不以为病，盖崇友于耳。夫美锦制衣，修短有度，虽玩其采，不倍领袖；巧犹难繁，况在乎拙？而《文赋》以为榛楛勿翦，庸音足曲，其识非不鉴，乃情苦芟繁也。

在《文心雕龙》的其他地方也屡见对陆机这种缺陷的批评，比如《才略》篇说他"思能入巧而不制繁"，《序志》说"陆《赋》巧而碎乱"即然。显然，这也与刘勰不满"彩丽竞繁"的时代风尚有关。因此，本篇最后的"赞"中对纠"繁"有所侧重："辞如川流，溢则泛滥""芟繁剪秽，弛于负担"。

《镕裁》称："规范本体谓之镕。"其意旨也见用于他篇，如《风骨》的"镕铸经典之范"以及《事类》所言"崔（骃）、班（固）、张（衡）、蔡（邕），遂拙摭经史，华实布濩，因书立功，皆后人之范式也"均可为例。

7. "附会"

由于《文心》所论之"文"泛指文章，《附会》所论为一篇作品中各种构成因素的组合统序，几次直接诠释"附会"，其意义和功用的规定都很明确："何谓附会？谓总文理，统首尾，定与夺，合涯际，弥纶一篇，使杂而不越者也。""凡大体文章，类多枝派，整派者依源，理枝者循干，是以附辞会义，务总纲领，驱万途于同归，贞百虑于一致。使众理虽繁，而无倒置之乖，群言虽多，而无棼丝之乱；扶阳而出条，顺阴而藏迹，首尾周密，表里一体，此附会之术也。""首尾周密，表里一体"表述了古代诗文写作的一个传统：重视篇章结构统序以及作品内蕴情思与外在形式的完整性和协调性。

篇中有一段颇耐玩味的话："夫才童学文，宜正体制：必以情志为神明，事义为骨髓，辞采为肌肤，宫商为声气。"此为以人喻文，透露出古人一种视作品为活物的意识。诚然，生命体的一个突出特征就是其构成因素组合上的有序性。

"附辞会义"表明既有"辞"（语言形式）方面的协调，也有"义"（义理内容）方面的整合。而"扶阳出条，顺阴藏迹"则是"定与夺""整派理枝"之时因势利导，扬长避短的原则。须分清主次，不能因小失大，必要时牺牲次要和局部、偏狭之长，以强化主要部分，维系文章之"体统"（即系统性和整体性）。故刘勰说："夫画者谨发而易貌，射者仪毫而失墙，锐精细巧，必疏体统。故宜诎寸以信尺，枉尺以直寻，弃偏善之巧，学具美之绩。"

8. "知音"

《礼记·乐记》有"审声以知音"之语。古有俞伯牙鼓琴遇锺子期得知音的故事。"知音"原指乐曲鉴赏得其精妙而言，移用于文论，成为文学鉴赏概念。

不讨论文学接受的理论不是完整和高明的文学理论。文学创作毕竟以作品被读者接受为目的，即文章写作的归宿是为让人们阅读欣赏。这是从事创作和批评的着眼点。《知音》篇旨在指导文学鉴赏，基本未涉及引发读者联想的审美再创造问题，所以是论鉴赏而非欣赏。"鉴"者镜也，鉴赏须力求像镜子公允客观反映照镜者的面貌一样，公允客观地认识和赏析作家作品的思想情致和艺术成就。与"鉴"有所区别，"欣"突出了审美愉悦，却未强调镜子似的客观反映，未限止欣赏者主观的取舍与发挥。

本篇从感慨知音难得发端。这是因为刘勰认为：人们对作品的读解常常被心理偏向误导，难免"知多偏好"的通病。他列举了一些历史典故：秦始皇、汉武帝起先激赏韩非的《储说》、司马相如的《子虚赋》，仰慕其作者而发出"恨不同时"的感慨，可是韩非到了秦国则被囚禁，司马相如被汉武帝召至却不受重用；班固讥笑文章与自己在伯仲之间的傅毅"下笔不能自休"，曹植以个人好恶和对自己推崇与否决定品评中的褒贬；楼护只是能说会道，却妄议他不甚了解的文章写作，结果是被人耻笑。于是刘勰概括出误导鉴赏的三种心理偏向："贵古贱今""崇己抑人""信伪迷真"。《典论·论文》曾经说："文人相轻，自古而然。……常人贵远贱近，向声背实，又患暗于自见，谓己为贤。"刘勰显然承袭和发展了曹丕这种的看法。他接着指出：

> 夫篇章杂沓，质文交加，知多偏好，人莫圆该。慷慨者逆声而击节，酝藉者见密而高蹈，浮慧者观绮而跃心，爱奇者闻诡而惊听。会己则嗟讽，异我则沮弃，各执一隅之解，欲拟万端之变：所谓东向而望，不见西墙也。

这是在接受和欣赏活动中更普遍的现象。面对异彩纷呈、情趣风格和艺术成就不同的作品，读者"知多偏好"的缺陷无疑会成为正确理解和客观评价作品的障碍。本来，人们审美趣味有差别是很自然的，各有所好也无可厚非。然而作品的审美价值和认识价值有其客观性，其鉴赏和评价不能因人们存在心理偏向而失去平允的准绳。

"知音"的要义是获得对作品、作家的正确认识和深刻理解，此为文学鉴赏升堂入室的标志。不过人们的观念、常规、经验、习俗、某种缺陷乃至某种爱好、专长，都可能造成对认识和判断的干扰。为救治鉴赏中的偏向，刘勰开出了"药方"：

> 凡操千曲而后晓声，观千剑而后识器；故圆照之象，务先博观。阅乔岳以形培塿，酌沧波以喻畎浍，无私于轻重，不偏于憎爱，然后能平理若衡，照辞若镜矣。

鉴赏者唯有大力开拓视野，积累丰富的审美经验和相关知识，才能提高自己的鉴赏力。"操千曲""观千剑"是"晓声""识器"的基础，"博观"是"圆照"的前提。由博而约，达于"阅乔岳以形培才，酌沧波以喻畎浍"的境界，才能突破"知多偏好"和"一隅之解"的局限。刘勰强调"无私于轻重，不偏于憎爱"则是要求端正鉴赏态度，克服"贵古贱今""崇己抑人"的陋习和慕虚名、"信伪迷真"的盲目性。如此，才能做到公允、客观和切当。

所谓"将阅文情，先标六观"，即认为文学作品的鉴赏要从位体、置辞、通变、奇正、事义、宫商六方面入手，"六观"是鉴赏的起步和着眼点，反映了当时对文学形式的一些要求，但只是由"文"入"情"的门径，而非"知音"的止步之处。"六观"是以"阅文情"为目的的，不能以"六观"为据说刘勰的鉴赏论偏重形式。正如他随即指出的那样：

> 夫缀文者情动而辞发，观文者披文以入情，沿波讨源，虽幽必显。世远莫见其面，觇文辄见其心。岂成篇之足深，患识照之自浅耳。

作家以文辞抒写心声，读者则是从文辞了解作品内容，进而得窥作家心灵。"世远莫见其面，觇文辄见其心"表明，文章是读者与作家心灵沟通的媒介，此语也体现了古代许多作家的愿望，尤其是身世坎坷、发愤为作的动机。司马迁曾把"述往事，思来者"联系起来，表达过要把倾注心血乃至付出生命代价撰结的著述"藏之名山，传之其人"的愿望。

"岂成篇之足深，患识照之自浅耳"以反诘告诫从事作品鉴赏的人，加强自我修养、端正态度的必要性，倘若有了"博观"的基础，提高了鉴赏能力，又能克服心理偏向，"识照"就不会浅薄，做作家和作品的知音也就不再困难！

文学艺术活动中常见曲高和寡的现象，这是文化层次以及审美趣味、经验积累等方面的不一致造成的。刘勰在谈到《阳春》《白雪》一类作品"深废浅售"的无奈之后提出"见异，唯知音耳"的见解，虽是就屈原"文质疏内，众不知余之异采"的感慨引申而来，也体现了艺术鉴赏的一个普遍原则和价值观。文学艺术的价值在于创造，所谓"异"就是唯其独具区别于其它作家作品的个性和艺术境界，也就是其创意所在；"见异"就是发现、认识并欣赏这些与众不同之处和独特价值。能够"见异"才称得上是这一作家、这一作品（或者艺术风格、流派）真正的知音！

"唯深识鉴奥，必欢然内怿"是谓在文学鉴赏中能够获得巨大的审美愉悦。这也许包括刘勰自己——一个历代文学作品解读者切身的体验——其中有美感享受和情感上的共鸣、思想启示的获得、境界的提升，以及见识的丰富与深化……"书亦国华，玩绎方美"一语，更道出书籍（文章汇集处）和文字录存在传承和发扬光大国家、民族思想文化精华上的重要意义；告诫和激励人们要在品读玩味中去领略其中精妙、接受美的陶染。

（二）文化特色鲜明的论题

"下篇"另一些以范畴名篇的专论民族文化特色鲜明。以下择其中范畴创用上建树较多的几篇作评介。

1. "风骨"

汉魏六朝的人物品评重视其人的精神风貌，《风骨》篇的"风骨"就是从人物品鉴和画论中移植过来的。《宋书》对刘裕有"风骨不恒"和"风骨奇特"之评[①]；刘峻注《世说》引《晋安帝纪》："（王）羲之风骨清举也。"[②] 所以能合成一词，是因"风"与"骨"有一致的品评对象和相近的审美尺度。人物的"风骨"是包括形貌、风度、气质的综合评价，甚至隐含对其非凡才略抱负和前途的推断，而且是直接得自形象的观感。稍早于刘勰的谢赫已用"风骨"评论绘画了，但同人物品评一样也是用而不论。刘勰不仅是运用"风骨"论文学的第一人，也是古代唯一对它作全面剖析论证的理论家。

人物品评中的"风骨"得自一种观感。有"风骨"者器宇轩昂、丰采卓荦不群，显示出非凡的内质和精神风貌，有令观照者钦慕的吸引力和感召力。刘勰以"风骨"喻指诗文格调清峻不堕凡庸，感染力强劲。为此立《风骨》篇专论，其"风清骨峻"一语点出了"风

---

① 〔梁〕沈约：《宋书》，第1页，第4页。

② 〔南朝宋〕刘义庆著，〔梁〕刘孝标注，余嘉锡笺疏：《世说新语笺疏》，第565页。

骨"的特征和立论宗旨。

"风骨"是典型的形象概念。自然状态下风和骨几乎毫不相干，能合成一个概念与古人对它们的感受、体验有关。

自然界的风无色无形却可感、有鼓动之力。先秦两汉时人们已经用它比譬诗歌（尤其是民歌）的社会功用了：官员搜集民间歌谣叫采风；《诗经》中有地方特色的风诗最多。《毛诗序》说："风，风也，教也。风以动之，教以化之……上以风化下，下以风刺上，主文而谲谏，言之者无罪，闻之者足以戒，故曰风。"如同唐孔颖达的解释："风之所吹，无物不扇；化之所被，无往不沾，故取名焉。"刘勰首先取其义增附于"风骨"的意涵，故开篇云："《诗》总六义，风冠其首，斯乃化感之本源，志气之符契也。"

两汉魏晋时风采、风姿、风神、风仪、风韵已用来品评人物了，虽是观瞻形貌举止得到的美感，却强调它源于一种高层次的、灵动的（智慧的、生动和富有韵味的）精神性内涵。

骨本是在肌肤之内起支撑作用的骨骼，其架构决定着外在形体的状貌。至少从秦汉之际起，就有以骨相判断其人的命运前程和祸福吉凶的术士了。骨相由于与人的品貌、气质、才性相关，用于品评人物比用于文学评论更早一些，三国魏刘劭《人物志》中就有"骨植而柔者，谓之弘毅""强弱之植在于骨"和"骨质气清则休名生焉"的说法。与附着其外的肌肤相比，骨骼是内在的、坚挺有力的，其组合是严谨有序的。文艺理论批评之所以移用"骨"正是要用这方面的特点和内涵去作比拟。

《风骨》篇说：

> 《诗》总六义，风冠其首，斯乃化感之本源，志气之符契也。
> 是以怊怅述情，必始乎风，沉吟铺辞，莫先乎骨。故辞之待骨，

如体之树骸；情之含风，犹形之包气。结言端直，则文骨成焉；意气峻爽，则文风清焉。若丰藻克赡，风骨不飞，则振采失鲜，负声无力。是以缀虑裁篇，务盈守气，刚健既实，辉光乃新，其为文用，譬征鸟之使翼也。故练于骨者，析辞必精，深乎风者，述情必显。捶字坚而难移，结响凝而不滞，此风骨之力也。若瘠义肥辞，繁杂失统，则无骨之征也。思不环周，索莫乏气，则无风之验也。

"风骨"用于品鉴人物，是由形貌显现的一种精神内质。风采、风姿、风韵的美感具有一定的吸引力和感染力；骨相能显示人物的精神气质；移用文论以后依然有这方面的意蕴。然而，刘勰在《风骨》篇首先凸显的是《诗经》"风"诗的传统及其感化力量："斯乃化感之本源，志气之符契也。"认为文章须有"风骨"才能鼓动社会、化育人心。

"风"与"情""气"关系密切："深乎风者，述情必显""情之含风，犹形之包气""意气骏爽，则文风生焉""思不环周，索莫乏气，则无风之验也"……表明作家的情怀和精神意志是文章感染力生发之源。

"骨"与"辞"密不可分："沉吟铺辞，莫先于骨""辞之待骨，如体之树骸""结言端直，则文骨成焉"……段玉裁注《说文》云："辞者，说也……犹理辜也。谓文辞足以排能解纷也。"[1] "辞"的功能是说明事理，许多场合与"理"有同一性。文"骨"一方面要求内容正大，持之有故，言之成理；另一方面要求阐述上遣词精审、统序分明、逻辑严谨。故《风骨》篇说："若瘠义肥辞，繁杂失统，则无骨之征也""练于骨者，析辞必精"。

---

① 〔汉〕许慎撰，〔清〕段玉裁注：《说文解字注》，第742页。

篇中"风"指充实的感情内容产生的艺术感染力;"骨"指有坚实依据和严密逻辑,用洗炼语言表达的"理"以及由此而来的说服力。文章要以理服人,更要以情动人。《文心》所论除抒写情怀者而外也包括说理的文章,有必要用"骨"强调"理"的侧面。"风骨"指诗文作用于社会人生的感染力和鼓动力。

与刘勰同时代的理论家锺嵘在《诗品序》中论说赋、比、兴的运用以后,要求"干之以风力,润之以丹采";又曾批评说:"……建安风力尽矣。"[1]似乎也可以作为能从感动力方面去解读"风"乃至"风骨"的一个旁证。

刘勰所谓"风骨",是对所有文章的要求和期盼,不是指某类文章、某个作家、流派和某一时代的风格(如后来所谓"汉魏风骨")。尽管用了"意气峻爽""骨劲气猛""文明以健""刚健既实,辉光乃新"诸多形容,也不宜把"风骨"限于阳刚一格。之所以强调其刚健峻猛,为的是针砭柔弱绮靡的时风,而非将一切有别于阳刚的风格(如清新秀丽、自然冲淡、深沉静穆、轻灵温婉)排斥在"风骨"之外。从他标举"潘勖锡魏,思摹经典,群才韬笔,乃其骨髓峻也;相如赋仙,气号凌云,蔚为辞宗,乃其风力遒也"也能证明这一点——司马相如《大人赋》令人飘飘欲仙的情致和潘勖《册魏公九锡文》引经据典的逻辑论证在风格上无论如何也扯不到一块去,也不会成为有阳刚之美的代表作。

刘勰综述了建安时期曹丕、刘桢论文的"重气之旨",透露出"风骨"论与文"气"说的某种承袭、发展关系:

> 魏文称文以气为主,气之清浊有体,不可力强而致。故其论孔融,则云体气高妙;论徐幹,则云时有齐气;论刘桢,则云有

---

[1] 〔梁〕锺嵘著,曹旭集注:《诗品集注》,第47页,第28页。

逸气。公幹亦云，孔氏卓卓，信含异气，笔墨之性，殆不可胜。
并重气之旨也。

文章之"气"本于作家精神气质与艺术个性，它与"风骨"都可以
说是作家健旺超拔的精神内质在作品中的显现。说孔融"体气高
妙""信含异气"，徐幹"时有齐气"、刘桢"有逸气"，都有鲜
明个性，却难以将其一概统归阳刚一类。

《风骨》篇随即讨论了"风骨"和藻采的关系：

> 夫翚翟备色，而翾翥百步，肌丰而力沉也；鹰隼乏采，而翰
> 飞戾天，骨劲而气猛也；文章才力，有似于此。若风骨乏采，则
> 鸷集翰林，采乏风骨，则雉窜文囿：唯藻耀而高翔，固文笔之鸣
> 凤也。

藻采是一种形式美，它鲜明、直观，也较为肤浅，需要内在依据支持。
文章有"风骨"，藻采可加强其表现力；文章无"风骨"，藻采会
成为累赘。缺少"风骨"的藻采是柔靡的，缺少文采的"风骨"是
粗犷的。"风骨"藻采兼备才能像凤凰那样达于美的理想境界。尽
管缺乏文采的"风骨"未达至境，但有"风骨"是作品精神品位高
的标志，"风骨"之力是首先应当强化的文学感动力量的主干和核心。
因此刘勰此前曾举"潘勖锡魏，思摹经典，群才韬笔，用其骨髓峻
也；相如赋仙，气号凌云，蔚为辞宗，乃其风力遒也"，强调"兹术或违，
无务繁采"，即使做不到"风力遒""骨髓峻"，也不可追求繁缛
的藻采。

最后又有如何进行合乎规范的创变铸就文章风骨的论说：

　　若夫镕铸经典之范，翔集子史之术，洞晓情变，曲昭文体，然后能莩甲新义，雕画奇辞。昭体故意，新而不乱；晓变故辞，奇而不黩。若骨采未圆，风辞未练，而跨略旧规，驰骛新作，虽获巧意，危败亦多……然文术多门，各适所好，明者弗授，学者弗师。于是习华随侈，流遁忘反。若能确乎正式，使文明以健，则风清骨峻，篇体光华。

　　"风骨"的形成主要靠文章的内容（"骨"之"理"兼指结构条理，有某些形式方面的因素）。刘勰虽作了"风"主情、"骨"主理的析论，但情中寓理，理中含情，在文章中"风"与"骨"实际是不可截然分离的。作家抒写的情中必然有理，俗话说"没有无缘无故的爱，也没有无缘无故的恨"，动人的情一定合乎某种道理。表述自然科学的理另当别论，文学艺术中表达的理一般也含情其中，绝不会全是枯燥的逻辑推导与抽象演绎。

　　评价人物的时候，有"风骨"是高品位的气质、才性和精神风貌。刘勰要求作家镕铸作品的"风骨"，无形中也把作品视同人一样有灵性的活物，认为应该如同有"风骨"的人物一样具有高于形质的精神之美，以强劲的艺术魅力感发和鼓动人心。"风骨"之美是灵动超迈的，也是明快劲健的。刘勰不满南朝文风的柔靡无力，才剖析论证文学感化力、鼓动力的由来，大声疾呼文章"风骨"不可缺少。千百年来，拥有"风骨"的文艺作品一直能以卓拔的精神内质笑傲尘俗，为人推崇。

　　刘勰强调文章的"风骨"有强劲的精神层面的感动力。为适应论文的需要，根据"风"与"骨"的初始义及其特点，分别将它们与文学作品中的"情"和"理"相联系。刘勰说"怊怅述情，必始乎风""深乎风者，述情必显"，可见"风"是由充沛而清峻畅达的感情内容产生的艺术感染力。《风骨》篇又说："沉吟铺辞，莫先于骨""辞之待骨，如体之树骸""练于骨者，析辞必精"，"辞"原有说理的意思，《文赋》中云"要辞达而理举"，《文心雕龙·才略》有"理赡而辞坚"之说。《情采》亦云："故情者，文之经；辞者，理之纬；经正而后纬成，理定而后辞畅。"可知刘勰所谓"骨"是有坚实的依据和严密逻辑、用洗炼的文辞表达的思想性内容，及其拥有的刚健气势和不容置疑的说服力。

文学内容本来是以"情"为核心的，刘勰立《情采》篇论内容与形式的关系可以印证。《风骨》论"骨"强调"辞""理"有两个原因：一是《文心》所论之"文"包括许多说"理"的文体在内，文章既有说理为主的，也有侧重抒情的。其二，刘勰论"风"与"骨"虽各有侧重，其实二者是密不可分、相互支撑的。情中含理，理中寓情，任何作品的"情"不能没有需要人们理解和接受的"理"，古代说理的文章（阐述道理、议论是非）一般也不会与"情"（如忠忱或者好恶、怨愤等）绝缘。然而，与刘勰所论重"理"的议论文体比较，诗歌的创作批评对"情"尤为倚重，故锺嵘《诗品》中只说"风力""气"而不言"骨"；唐杨炯、陈子昂、殷璠论诗所用"风骨"皆凸显"情"而言不及"理"。

《文心雕龙》问世以后，"风骨"一度是文学批评，尤其是诗歌评论中常用概念。稍晚于刘勰的锺嵘就分别以"风"和"骨"论诗，他的《诗品序》中提到"建安风力"，在释赋、比、兴之后亦云："干之以风力，润之以丹采。"《诗品》也单独用到"骨"，如有"骨气奇高""真骨凝霜，高风跨俗"之类。唐代杨炯称赞王勃的兄长"磊落词韵，铿锵风骨，皆九变之雄律"[①]；陈子昂《与东方左史虬修竹

---

① 〔清〕董诰等编：《全唐文》，北京：中华书局，1983 年，第 1932 页。

篇序》有云："汉魏风骨，晋宋莫传。"① 其后，殷璠《河岳英灵集集论》亦云："开元十五年后，声律风骨始备矣。"② 当然，他们所用的"风骨"与刘勰所论"风骨"是有差别的，简言之：刘勰泛论文章，其中有不少议论的文体，所以其"风"论主情，论"骨"则有对义理的强调；诗论中的"风骨"虽是情理兼容，但无疑是更重"情"的。

汉字的文化特色突出地表现在文学语言形式的规范上。《声律》《章句》《丽辞》之论最有代表性。

2. "声律"

古人经过写作和鉴赏实践的长期积累，特别是受东汉以来佛经翻译中梵文声韵启发，对汉语音韵声调节奏的特点逐步有了认识。魏李登《声类》、晋吕静《韵集》，即早期的音韵著述。

齐武帝永明间，诗文讲究声律成为时尚。《南齐书·陆厥传》云："永明末，盛为文章。吴兴沈约、陈郡谢朓、琅琊王融以气类相推毂。汝南周颙善识音韵。约等文皆用宫商，以平上去入为四声，以此制韵，不可增减，世呼为'永明体'。"③ 沈约《宋书·谢灵运传论》后又论宫商，总结出"八病"："平头、上尾、蜂腰、鹤膝、大韵、小韵、旁纽、正纽"，以"四声"说为独得之秘，《梁书》本传说他"撰《四声谱》，以为在昔词人，累千载而不悟，而独得胸衿，穷其妙旨，自谓入神之作"④。持异议者除陆厥外，锺嵘最有代表性，其《诗品》卷下序中说：

① 〔清〕彭定求等编：《全唐诗》，北京：中华书局，1960 年，第 895 页。
② 傅璇琮等编：《唐人选唐诗新编·河岳英灵集》，北京：中华书局，2014 年，第 156 页。
③ 〔梁〕萧子显撰：《南齐书》，北京：中华书局，1972 年，第 898 页。
④ 〔唐〕姚思廉：《梁书》，第 271 页。

> 王元长创其首，谢朓、沈约扬其波……于是士流景慕，务为
> 精密。襞积细微，专相凌架。故使文多拘忌，伤其真美。余谓文
> 制，本须讽读，不可蹇碍。但令清浊通流，口吻调利，斯为足矣。
> 至如平上去入，则余病未能；蜂腰、鹤膝，闾里已甚。①

　　生当其时，刘勰在声律论上持何立场，有何建树呢？他出仕前
撰就《文心》，其时沈约名位俱高，是文坛领袖人物，故有拦车鬻
书故事。有的研究者就此说刘勰为得沈约赏识提携，论声律不能不
"枉道从人"。笔者则以为未必。
　　《声律》开篇云：

> 夫音律所始，本于人声者也。声含宫商，肇自血气，先王因之，
> 以制乐歌。故知器写人声，声非学器者也。故言语者，文章神明
> 枢机，吐纳律吕，唇吻而已……响在彼弦，乃得克谐，声萌我心，
> 更失和律：其何故哉？良由内听难为聪也。故外听之易，弦以手
> 定，内听之难，声与心纷，可以数求，难以辞逐。

　　谓音律所本是人生命活动之自然。"乐歌"既有音乐元素，也有文
学语言的元素。乐歌中语言声韵与乐律既有联系又有区别，"言语
者文章关键，神明枢机"一语与《神思》的"关键""枢机"之说
呼应。
　　"器写人声，声非学器"表明丝竹管弦和钟、磬等演奏的乐曲
完全依从人的天性和审美需求，而非以"人声"摹仿器乐。凸显了
艺术创造的主体性——美的类型、层次和艺术境界取决人的审美追
求。出于唇吻的言语是文章"关键"，所"吐纳"之"吕律"，有

---

① 〔梁〕锺嵘著，曹旭集注：《诗品集注》，第452页。

别于乐曲旋律。"声与心纷"表明语言须传达的内在情志更复杂多样，要体察到位并合乎"律吕"、付诸"唇吻"表现不易。"器"为人制作和利用，器乐音响旋律的复杂性远不如有声调变化的语音以及复杂语意参与的人"声"。当然，这也与乐律早在先秦已趋成熟定型，而南北朝诗文声律的探求所得仍存争议相关。

"响在彼弦，乃得克谐，声萌我心，更失和律：其故何哉"，叩问音乐能够谐调，而诗文声律却难以和谐的所以然。"谐"多用于乐论，"和"则多用于文论。"谐"与"和"的意蕴多交叉重合处。《说文》："咊（和），相应也，从口，禾声。"《中庸》："发而皆中节谓之和。""和"也有"谐""齐"之义。《书·舜典》"八音克谐"之谐即合洽、谐调。《说文》："谐，合也。"《广雅·释诂四》："谐，耦也。""谐"与"和"皆音乐和诗文声律美的理想境界。

刘勰以为声律"本于人声"，却有"内听"与"外听"之别。"外听"指付诸器乐演奏的音响，"内听"指发自内在情思的语言音响。声韵上虽都以"谐""和"为美，但"内听之难，声与心纷：可以数求，难以辞逐"，探求非常不易。在肯定宋齐时代声律论"以数求"上取得重大突破的同时，委婉地以"难以辞逐"透露出当时以文辞表述的声律规范（包括"四声八病"说）尚存不足，表明音律所本（其生成和被感知、体验）是人生命活动之自然。

凡声有飞沉，响有双叠；双声隔字而每舛，叠韵离句而必睽；沉则响发而断，飞则声扬不还：并辘轳交往，逆鳞相比；迂其际会，则往蹇来连，其为疾病，亦文家之吃也。夫吃文为患，生于好诡，逐新趣异，故喉唇纠纷，将欲解结，务在刚断。左碍而寻右，末滞而讨前，则声转于吻，玲玲如振玉；辞靡于耳，累累如贯珠矣。

是以声画妍蚩，寄在吟咏，吟咏滋味，流于字句，气力穷于和韵。异音相从谓之和，同声相应谓之韵。韵气一定，故余声易遣；和体抑扬，故遗响难契。属笔易巧，选和至难；缀文难精，而作韵甚易。虽纤意曲变，非可缕言，然振其大纲，不出兹论。

与沈约注意到"四声"的差异及其对音韵的影响一样，刘勰也说"声有飞沉"，要求发挥文辞声调美的功用。然而又指出过犹不及，"沉则响发而断，飞则声扬不还"，须遵循美的规律，做到"异音相从"，"并辘轳交往，逆鳞相比"。

指出"声有飞沉"，语句中飞沉交错，平仄互相配合，在不断的对照与呼应中造就文学语言的谐和之美；因"响有双叠"，且"双声隔字而每舛，叠韵离句而必睽"，要不犯"隔字""离句"之病，合规律地运用双声、叠韵字扬长避短。"迁（连）其际会，则往蹇来连，其为疾病，亦文家之吃也。夫吃文为患，生于好诡，逐新趣异"无疑使文学语言无法做到"和体抑扬"，失却自然流畅。此论与锺嵘批评永明体的主张使"文多拘忌，伤其真美"有失"自然英旨"暗合。

"滋味流于下句，气力穷于和韵。异音相从谓之和，同声相应谓之韵"表明上下两句声韵蕴含的美感耐人玩味，不同音响的抑扬对立统一形成和声，相同的声韵则能前后呼应。可知沈约、刘勰论声律都从一联或者上下两句诗着眼。

"和"非"同"，而是由相互映照、衬托互补达到的协调与和谐。刘勰认为，音乐声响之"和"与语言声响之"和"有别也有同，可作类比。籥有定音的孔，故吹籥"无往不壹"，总有"宫商大和"；瑟靠演奏者"移柱"调适，所以有时会出现"乖贰"。纪昀评曰："此又深入一层，言宫商虽和，又有自然、勉强之分。"

又《诗》人综韵，率多清切；《楚辞》辞楚，故讹韵实繁。及张华论韵，谓士衡多楚，《文赋》亦称知楚不易，可谓衔灵均之声余，失黄钟之正响也。凡切韵之动，势若转圜；讹音之作，甚于枘方：免乎枘方，则无大过矣。练才洞鉴，剖字钻响，疏识阔略，随音所遇，若长风之过籁，南郭之吹竽耳。古之佩玉，左宫右徵，以节其步，声不失序，音以律文，其可忽哉？

《辨骚》篇称楚辞"雅颂之博徒，词赋之英杰"，屈《骚》"金相玉式，艳溢淄毫""惊采绝艳，难与并能"，对其艺术形式的赞美无以复加，被树立为文章创新求变的楷范。不过刘勰认为，语音方面楚之"讹韵"应服从归化、整合于"正响"的文学承传大势。所以对陆机的"多楚"颇有微词。

《诗经》是以"正响"（周王室直辖地域的"雅言"——近于后世所谓"官话""国语"）的标准音录存的；"《楚辞》辞楚"表明楚辞所用是荆蛮的方音，故归于"讹韵"。刘勰既言统一的声律，自然以"正响"为准绳；若辨识校正"讹韵"，则须具相应（了解"正""讹"差异所在）的才识。唯"练才洞鉴，剖字钻响"方能做到"声不失序，音以律文"。

刘勰认可沈约等提出"声病"说、拟定"人工声律"取得的进步，但也接受"自然声律"者的一些主张，其"音律所始，本于人声"与"迂其际会，则往蹇来连，其为疾病，亦文家之吃也。夫吃文为患，生于好诡，逐新趣异"之说以及认为"讹音之作，甚于枘方"皆含推崇自然之旨，与锺嵘批评永明体的主张使"文多拘忌，伤其真美"、有失"自然英旨"暗合。

《声律》中不言"四声""清浊"，唯论"飞沉""抑扬"以及讲求"和""韵"之要义。呼应宋齐以来有长足进步的声律说，鼓吹其对诗歌艺术表现的重要意义，出于严谨的理论思考，刘勰的论说既不完全采用"四声八病"说的规范，也未超前地另制一套格律，而是提出有关拟定格律的思路和原则。

南朝诗歌格律的探究上有重大收获。范晔诸人特别是沈约等永明体的倡导者对此相当自信，将其心得归纳成声病之说，拟定可付诸实践的写作规范。这种声律学说的进步基本上得到刘勰的认可，然而永明体与沈约的声病说只能说方向正确，相应的律则虽接近成熟却尚存缺憾，仍须通过写作实践修正完善。文学史证明，到了唐代，近体和古体格律才最后确立。

3."章句"

汉代已有解析儒家经典"章句"之学，刘勰所谓"章句"则指文章写作由字而句、而章、而篇的组合建构，是文论的"章句"之学。

祖保泉先生《文心雕龙解说》引东汉王充《论衡·正说》语曰："夫经之有篇也，犹（由）有章句也。有章句也，犹（由）有文字也。文字有意以立句，句有数以连章，章有体以成篇，篇则章句之大者也……故圣人作经，贤者作书，义穷理尽，文辞备足，则为篇矣。其立篇也，种类相从，科条相附。殊种异类，论说不足，更别为篇。意异则文殊，事改则篇更……"祖先生指出，"圣人作经，贤者作书，义穷理尽"的章句之学"那是指自汉代学者开始的，对古书分章析句的一种注释体式。古人对以前流传下来的无句读、无章节的古书，为便于阅读，便加句读，分章节（段落），加注释，统名之曰'章句'。显然，这是就'解析经文'角度而说的'章句'……尽管王充还在就'经'论'章句'，但他从'立篇'着眼说话，既提出字（词）、句、章、篇是'章句'论所研究的范围，又提出'篇则章句之大者也'，表明研究词、句、章问题，最终是为了'成篇'。显然，王充是从'写作'角度提出'章句'论的。"①

　　王充也从"写作"角度谈到"章句"。但《文心·章句》所论无涉"解析经文",是切合写作实际的由字而句、而章、而篇的组合建构,是文论而非解读经典的"章句"之学。篇中云:

　　　　夫人之立言,因字而生句,积句而成章,积章而成篇。篇之彪炳,章无疵也;章之明靡,句无玷也;句之清英,字不妄也。振本而末从,知一而万毕矣。

　　"因字生句,积句成章,积章成篇"和"章之明靡,句无玷也;句之清英,字不妄也。振本而末从,知一而万毕"表述了字、句、章、篇回环顺序和本末相从的密切联系。"本"和"一"指全篇的主旨和总体构想而言,"末"和"万"则指在"本"与"一"的统驭下经"章""句"逐层派生的众多细节——"字"。"因字生句,积句成章,积章成篇"是一脉相承的组合顺序;"振本而末从"则"知一而万毕"——"篇之彪炳,章无疵也;章之明靡,句无玷也;句之清英,字不妄也"。"本"与"末","一"与"万(多)"范畴的对应,明示文章贯穿主旨表述语义的准则和递进层次:篇为章本,章为句本,句为字本;"一"为主旨,"万"众多之谓,指充分表达的文字。

　　　　夫裁文匠笔,篇有小大;离章合句,调有缓急;随变适会,莫见定准。句司数字,待相接以为用;章总一义,须意穷而成体。其控引情理,送迎际会,譬舞容回环,而有缀兆之位;歌声靡曼,而有抗坠之节也。寻诗人拟喻,虽断章取义,然章句在篇,如茧

----

　　① 祖保泉:《文心雕龙解说》,合肥:安徽教育出版社,2008年,第640–641页。

之抽绪，原始要终，体必鳞次。启行之辞，逆萌中篇之意；绝笔之言，追媵前句之旨：故能外文绮交，内义脉注，跗萼相衔，首尾一体。若辞失其朋，则羁旅而无友；事乖其次，则飘寓而不安。是以搜句忌于颠倒，裁章贵于顺序，斯固情趣之指归，文笔之同致也。

写作是艺术，文章表达方式和手法多样，所以紧接着刘勰指出文章须"随变适会"，章句前后承接安排合乎情理掌控得宜"控引情理，送迎际会"，文章篇幅有长有短，段落句子有分有合，声韵律调有缓有急，句中的字要互相关联，段落的意义要相对完整，所有这一切都无固定准绳，而要随文章的具体情况作出安排。文章依表达情理需要而承迎上下，有相应的位置和合适的节奏。段落句子要井然有序；前后文辞要起承照应，最终做到全篇"首尾一体"。其后又称：

> 若夫笔句无常，而字有常数：四字密而不促，六字格而非缓，或变之以三五，盖应机之权节也。至于诗颂大体，以四言为正，唯祈父肇禋，以二言为句。寻二言肇于黄世，《竹弹》之谣是也；三言兴于虞时，元首之诗是也；四言广于夏年，洛汭之歌是也；五言见于周代，《行露》之章是也；六言七言，杂出《诗》《骚》；而两体之篇，成于两汉：情数运周，随时代用矣。

"章句无常，而字有常数"之所谓"常"指六朝诗文之常，也即中国古代文章艺术形式的发展趋于成熟、章句组合字数基本定型时期的常规。"四字密而不促，六字格而非缓，或变之以三五，盖应机之权节"之论颇有见地，四字句和六字句"有常"是骈文的特点，刘勰认为不能过于刻板，当不时应表达之需"变之以三五"，以奇字数句进行调节。随即又略述古代文学语句字数的演进历程：从《诗经》四言为主，直到"六言七言，杂出《诗》《骚》；两体之篇，成于两汉"，语句字数渐次增加，不同字数的文句各有特色，随顺时代更替。

> 若乃改韵从调，所以节文辞气：贾谊枚乘，两韵辄易；刘歆桓谭，百句不迁：亦各有其志也。昔魏武论赋，嫌于积韵，而善于资代。陆云亦称四言转句，以四句为佳。观彼制韵，志同枚贾；然两韵辄易，则声韵微躁；百句不迁，则唇吻告劳；妙才激扬，虽触思利贞，曷若折之中和，庶保无咎。

在押韵上无论"两韵辄易"，还是"百句不迁"，作家各有所好，刘勰以为过犹不及，"曷若折之中和，庶保无咎"。

《章句》末尾的"赞"说"断章有检，积句不恒。理资配主，辞忌失朋。环情草调，宛转相腾。离合同异，以尽厥能"很好地概括了诗文章句组合的艺术原则："断章有检，积句不恒"说文辞有章法，语句组合没有一定。"理资配主，辞忌失朋"要求事理须配合主旨，词语搭配要得当。"环情草调，宛转相腾"，透露出声调安排以宛转表达情感为中心。"离合同异，以尽厥能"强调通过"离"与"合"，"同"与"异"的互补相反相成。

本篇的研讨有一点不应忽略："因字而生句"中间还有成词的环节。在古代话语中词可能是单字，也可能是字（多为两字）的组合。辞章是由字而词、而句、而章（章节、段落）、而篇。清段玉裁《说文解字注》云："词与辞部之辞，其意迥别……辞谓篇章也；词者，意内而言外也，从司言。此谓摹绘物状，及发声助语之文字也。积文字而为篇章，积词而为辞。"①"意内而言外"的"词"与今天语言学中所谓"词"大致相同。是语言结构中能独立运用的基本单位。

《章句》中的"字"等同于今所谓"字词"。"因字而生句"在现代话语表述中是"由字词组合而生成语句"。当今必须认识到的一点就是："一字一音""象形为先"，以表义为第一属性的汉字在词语章篇组合过程中其影响会贯串始终，包括音响、节奏、语句组合方式，乃至章法结构诸多方面都会形成与众不同的特点。哪一个国家、民族会有这样的诗词歌赋，无论四声平仄、五七言律诗还是四六骈文句式……都离不开运用以汉字作为记录符号的语言进行表述。

4."丽辞"

《说文通训定声》："麗，假借为丽。《小尔雅·广言》：'麗，两也。'《周礼·夏官·校人》：'麗马一圉。'注：'麗，耦也。'"②刘勰说的"丽辞"即古代修辞中所谓"骈俪"，"俪"与《丽辞》之"丽"通同。也常称之骈偶或者对偶。

对偶指并行或上下文句中的字词对应（两句字数、节奏以及文字词性相同）。古代诗文辞赋运用对偶相当普遍，尤其在律诗和骈文中。两马并驱为骈，成双入对为偶，对偶工整为骈文一大特色。骈文有四大特点：多用对偶，以四、六句式为主，讲究用典，藻饰富丽。《文心雕龙》对偶的专论在《丽辞》篇。

《丽辞》开篇即云：

> 造化赋形，支体必双；神理为用，事不孤立。夫心生文辞，运裁百虑，高下相须，自然成对。唐虞之世，辞未极文，而皋陶

---

① 〔汉〕许慎撰，〔清〕段玉裁注：《说文解字注》，第 429–430 页。
② 〔清〕朱骏声：《说文通训定声》，武汉：武汉古籍书店，1983 年，第 503 页。

赞云：罪疑惟轻，功疑惟重。益陈谟云：满招损，谦受益。岂营丽辞？率然对尔……至于诗人偶章，大夫联辞，奇偶适变，不劳经营。自扬马张蔡，崇盛丽辞，如宋画吴冶，刻形镂法，丽句与深采并流，偶意共逸韵俱发。至魏晋群才，析句弥密，联字合趣，剖毫析厘。然契机者入巧，浮假者无功。

有的学者认为"造化赋形，支体必双""心生文辞，自然成对"，虽有一定道理，却失之简率，不周延。其实刘勰所谓"造化赋形"之"形"是广义的（即不止人和动物），而"支体（即肢体）必双"，乃以人和动物为喻：肢体有左有右，文辞也同样有左右匹配（即"赞"之"体植必两，辞动有配"）；"心生文辞，自然成对"是说作者"运裁百虑"，未特意营构就写出了俪辞。刘勰随即所举例证正为说明这一点："皋陶赞云：罪疑惟轻，功疑惟重。益陈谟云：满招损，谦受益。岂营丽辞，率然对尔。"后面的"诗人偶章，大夫联辞，奇偶适变，不劳经营"的"不劳经营"也含率性而成之意。刘勰开篇强调，受"造化赋形，支体必双"的启示，何况文辞早有上下（前后）照应、自然成对的例子，汉魏六朝文人推崇"丽辞"的辞章之美，在创作和欣赏中渐渐摸索出一些营构对偶句式的手法。说这种手法师法造化可以成立。清孙梅《四六丛话》作如是解读："文之有偶……要亦造化自然之文章，因时而显，有非人力所能与者。"①

对偶是这样一种艺术手段：以相同的词序和语法关系将两组词性、音节相同的词语组成互相对应的上下句文辞。刘勰言及言、事、反、正四种对偶方式，并说："言对为易，事对为难，反对为优，正对为劣。"周振甫《文心雕龙注释》称："他用言事来分难易，

---

① 〔清〕孙梅著，李金松校点：《四六丛话》，北京：人民文学出版社，2010年，第5页。

因为引事作对要学问。这是就当时说的。到了后世，各种类书里都引事作对，那就谈不上事对为难了。""不能以正对为劣。有时作者的命意用一个比喻不能表达时，要用一对比喻，那末正对才足以达难显之情……这样的正对都不能称为劣。只有没有必要的辞意重复的正对，如'宣尼悲获麟，西狩泣孔丘'，才是劣对。"①祖保泉《文心雕龙解说》："'正对为劣'一语，不能看成是绝对的。请看，'无边落木萧萧下，不尽长江滚滚来'，'白日放歌须纵酒，青春结伴好还乡'，'落花人独立，微雨燕双飞'，'海内存知己，天涯若比邻'等等，都是'正对'（也都是'言对'），但又都是传诵的名句，我们应该实事求是地目为'优'，而不能说它们为'劣'啊！"②

笔者认为，确实不宜把四种对偶的难易优劣绝对化，因为运用任何一种都会有或优、或劣、或平庸之别。然而必须看到，多数情况下"言对为易，事对为难，反对为优，正对为劣"之说还是可以成立的。对偶的运用以能拓展内蕴、意境见长者为上。"事对"纳入的史事典故多，通常较"言对"为难。"反对"能从对立的两方面作意蕴和境界的开拓，能取得对比、反衬、互补以及对立统一等艺术效果，优于"正对"实属正常。《四六丛话》说得好："言对为易，事对为难；反对为优，正对为劣，此用意之长也。"③

刘勰举例对"言对""事对"作了补充说明："张华诗称：游雁比翼翔，归鸿知接翮；刘琨诗言宣尼悲获麟，西狩泣孔丘：若斯重出，即对句之骈枝也。是以言对为美，贵在精巧；事对所先，务在允当。若两事相配，而优劣不均，是骥在左骖，驽为右服也。"避免一义"重出"，称"言对"要力求精巧，"事对"首先要考虑

---

① 周振甫：《文心雕龙注释》，第 390 页。

② 祖保泉：《文心雕龙解说》，合肥：安徽教育出版社，2008 年，第 660 页。

③ 〔清〕孙梅著，李金松校点：《四六丛话》，第 533 页。

是否用得允当，再就是对偶的两句要配伍得当，不可"优劣不均"。虽未及"反对""正对"，但表明其前难易优劣之分较只是大抵如此，并不绝对！"言对"可以精巧为"贵"，"事对"若不允当就成败笔。两句失配，则无论哪一种对偶都是"劣"的。刘勰随后又说：

> 若夫事或孤立，莫与相偶，是夔之一足，踔踔而行也。若气无奇类，文乏异采，碌碌丽辞，则昏睡耳目。必使理圆事密，联璧其章；迭用奇偶，节以杂佩，乃其贵耳。

刘勰以为表述单一事物会时显孤立，是缺乏对偶的缘故；若是没有"奇类"（单数字的句子）参与组合，辞章就缺乏新异的文采。于是提出"迭用奇偶"的原则，要求在章句组合中实现又一种对立统一的和谐——奇句与偶句的组合方式并行，以其上下文中形成的对应，打破"碌碌丽辞，昏睡耳目"的单调冗繁。于是会有合乎审美心理需要的新奇感，以及奇与偶映照互补的协调平衡感。

《丽辞》最后的"赞"说："体植必两，辞动有配。左提右挈，精味兼载。"简明地概括了全篇要义。

在俪辞专论中严斥"碌碌丽辞"难能可贵。表明刘勰"折衷"立论，能避免偏颇与绝对。指出俪辞有美，然过犹不及；对"气无奇类，文乏异采"的强调也体现了他恪守的一个美学原则：在艺术创造中追求对立统一的均衡和谐之美。讲究骈俪虽是六朝诗文的特点之一，但刘勰对文章全为俪句深不以为然。《文心雕龙》用骈文写成，即"迭用奇偶"作理论表述的成功典范。

六朝诗文在唐代曾遭"采丽竞繁，寄兴都绝"的批评；古文运动中有"骈四俪六，锦心绣口"的讥讽。文学史家（尤其是清代以前的学者）对骈文和骈俪句法的评价程度不同地受到影响，即令当今《文心雕龙》学界也再所难免。牟世金、陆侃如《文心雕龙译注》称："骈文以对句为主，可说是雕章琢句的典型文体，总结这方面的经验，是意义不大的。"[①] 对此张国庆教授指出："对偶是广泛运用于古今文学中的重要文学现象，有时甚至其功甚著甚伟（例如除骈文以外，近体诗中间两联亦都是用对偶的，而近体诗已兴盛了千余年，至今在全球的华人世界中仍然生机盎然），总结对偶修辞运用的经验，当然是非常有意义的。附带说，刘勰的时代，诗歌正向近体发展，对丽辞的强调与研究当也有促进近体诗成熟的一定功用。"[②]

5. "练字"

在古代文人心目中，遣词用字之美是的文章之美的重要组成部份。《声律》《章句》《丽辞》对诗文声韵、节奏、篇章、句法的表述和论证原与汉字的运用密切相关。作为"象形为先"——以表义为第一属性的汉字，自然还应有其表义功用方面专门的探讨。故第三十九又有《练字》的专篇。

《文心雕龙》中论"字"处不胜枚举，且常见它可与"文""言""辞""词"互相替代。《练字》篇所论可一窥用"字"在修辞中的基础性地位。

汉字是硕果仅存的"象形"系统文字。刘勰开篇追溯文字的源起就指出：

> 夫文象列而结绳移，鸟迹明而书契作，斯乃言语之体貌，而文章之宅宇也。

---

① 牟世金、陆侃如：《文心雕龙译注》（下册），济南：齐鲁书社，1981 年，第 189 页。

② 张国庆、涂光社：《文心雕龙集校集释直译》，北京：中国社会科学出版社，2015 年，第 647 页。

谓汉字是"言语"的外在形象，"文章"的寄身处。随即叙述了汉字曲折的演进历史，其中"追观汉作，翻成阻奥""读者非师传不能析其辞""三人弗识，则将成字妖"等语，是对文章写作中曾出现错误倾向的批判、抨击，强调用字应便于阅读和确切理解其义涵。其后说：

> 心既托声于言，言亦寄形于字，讽诵则绩在宫商，临文则能归字形矣。

"心既托声于言，言亦寄形于字"是对思维—语言—文字相互关系的精辟阐述，比之汉代扬雄《法言》的"言，心声也；书，心画也"进了一步，表明人的思维借助语言进行，语言参与思维过程，也是思维情感传达的媒介，且可由文字这样有形的符号代理，以及记录、储存。"讽诵则绩在宫商，临文则能归字形矣"，从欣赏与创作的角度指出：诵读能领略诗文的声韵、意蕴之美，写作仰赖有形的文字进行艺术传达。这也是篇末"赞"称"声画昭精，墨采腾奋"的缘故。

有表意性的汉字早期常常就是一个词，古人话语中字、词多无差别，《练字》讨论的实际上就是词语的组合及其意蕴的提炼。刘勰要求：

> 是以缀字属篇，必须练择：一避诡异，二省联边，三权重出，四调单复。诡异者，字体瑰怪者也。曹摅诗称岂不愿斯游，褊心恶呶呶。两字诡异，大疵美篇，况乃过此，其可观乎！联边者，半字同文者也。状貌山川，古今咸用，施于常文，则龃龉为瑕，如不获免，可至三接，三接以外，其字林乎！重出者，同字相犯

者也。《诗》《骚》适会，而近世忌同，若两字俱要，则宁在相
犯。故善为文者，富于万篇，贫于一字，一字非少，相避为难也。
单复者，字形肥瘠者也。瘠字累句，则纤疏而行劣；肥字积文，
则黯黬而篇暗；善酌字者，参伍单复，磊落如珠矣。

"诡异者，字体瑰怪者也。"文字若难以辨认、不可卒读，如何能
传达语义？刘勰作此语针砭汉赋写作中常见的一种错误倾向。

"联边者，半字同文者也。"显然"联边者"即偏旁部首相同者，
汉字的偏旁部首大都能作字义的归类，同一部首的字过多（"三接"
以上）联用，不仅限制了语义拓展，且难免单调乏味。

"重出者，同字相犯者也。"古人写文章一般都尽量不让字词
重出，有显示博学之意；此处强调避免重复，为提高文字的传达效
率，丰富意涵。不过刘勰又补充说："若两字俱要，则宁在相犯。"
作确切的传达是为文要义，不能因噎废食。

"单复者，字形肥瘠者也。……善酌字者，参伍单复，则磊落
如珠矣。"以为斟酌字的运用时要力求做到字形的单复交错。无论
是形还是音，皆以富于变化为上。象形为先的汉字的"形"具有表
义性，单复肥瘠之变也能触发一定范围的联想、拓展语义。中国古
代的文学与文字学（乃至书法艺术）存在让一些当代理论家难以理
解和接受的微妙联系，有的造艺者甚至主张将字形乃至书法的意象
带入文学欣赏之中。

汉字在词语构成、章法、语序等方面对文学表达均能发挥积极
影响，这些《声律》《章句》《丽辞》等篇中已有充分论证。《练字》
篇虽有所及，只能说是对汉字表义造艺功用的一种补充。

刘师培论中古文学"明俪文律诗为诸夏所独有"，可知其认识
是在近代"禹域"与"外域"的文化有了充分比较后获得的。汉魏

六朝时期也有在异域文化参照下实现自我认识提升的地方，受佛经翻译中梵文声韵启发，汉语声韵规律的认识和总结有了突破，所以《声律》能归纳这方面理论进步。显然，当时的中外参照远不及近代的西学东渐那样全面深入，文字功能上的比较缺失，所以《文心》中《练字》与《声律》《章句》《丽辞》的建树差距明显。

6. "比兴"

"比兴"是古代诗学中最为重要、民族文化特色最为鲜明的理论范畴。"比兴"最早见于《周礼·春官·大师》："大师……教六诗：曰风，曰赋，曰比，曰兴，曰雅，曰颂。"东汉郑玄注云："赋之言铺，直铺陈今之政教善恶。比，见今之失，不敢斥言，取比类以言之；兴，见今之美，嫌于媚谀，取善事以劝喻之。"随即引司农郑众的解释补充说："比者，比方于物也；兴者，托事于物。"

"比""兴"最早与"赋"都属《诗经》的表现和运用方法。"赋"是直陈式的展开，并非必定以"物"间接达义，即使写"物"也是直接铺叙，所展示的意蕴无须转换。"比"和"兴"则必须借助"物"的描绘进行间接的艺术传达。

《诗》学中"比兴"有表现手法和美刺两重意义，与民族文化和心理特征紧密联系，体现古代文学实践理论的民族特色。自汉代起学者屡有诠解，不过古代唯《文心雕龙·比兴》是成篇专论，其精要涵盖了"比兴"的渊源、意义、思维特征和艺术传达功能效果，对传统诗学作出了重大的理论贡献。《比兴》开篇云：

> 《诗》文弘奥，包韫六义，毛公述传，独标兴体；岂不以风通而赋同，比显而兴隐哉？故比者，附也；兴者，起也。附理者切类以指事，起情者依微以拟议。起情故兴体以立，附理故比例以生。比则蓄愤以斥言，兴则环譬以托讽。盖随时之义不一，

故诗人之志有二也。

《周礼》记有大师教"六诗"的古制，《诗大序》称之为《诗》之"六义"。《比兴》篇即以此发端。《周礼》"六诗"与《诗大序》"六义"中，风、赋、比、兴、雅、颂的排序相同，此为《诗》学早期的序列。唐孔颖达的"三体三用"和宋朱熹的"三经三纬"则明谓为一种共识：《诗经》中风雅颂是三体（三种样式或三个组成部分），赋、比、兴是三种表现方法。

自然的风无形而可感，偏于柔性，况喻诗歌的感动力和社会功能时仍含此种属性。"六义"风居首，凸显讽诵风诗的政治教化功用或胜于其余五义。《毛序》的"风，风也。风以动之，教以化之"与"上以风化下，下以风刺上，主文而谲谏，言之者无罪，闻之者足以戒"表明，"风"委婉含蓄，是一种温婉的、无损上下关系的间接性表达。"化"是化育、感化，指得之于诗教的潜移默化。"主文"则雅驯有美、不粗野；"谲谏"指能巧妙化解拒斥的劝谏。与此近似的是，"比"与"兴"都借助物象描绘进行间接委婉的艺术传达。较之《雅》《颂》，《风》诗更多地反映下层士民的情感和政治意愿，有"刺上""谲谏"之用，联系到郑玄对"比""兴"的解释可知，在肩负"美刺"的使命上"风"与借物间接达意的"比""兴"有通同之处。

《比兴》篇没有直接征引郑众、郑玄的诠释，其"附理""起情"之释是"比""兴"传达和表现上的特点，暗承郑众的理论视角；而"蓄愤斥言""托讽"之语显然所指与郑玄一样，同为政教功用。刘勰无疑也是从政教和表现手法两个方面去概括"比兴"意义的。"盖随时之义不一，诗人之志有二"的补充说明给人以启示：在诗歌欣赏评论中应根据时空（语境）的不同，分别从政治教化或者艺术表现上两方面去理解诗人的"比兴"。

他随后所举"比"的实例只强调"附"与"切",而不像郑玄那样把"比"限于"刺",让"美"专属于"兴":"且何谓比?盖写物以附意,扬言以切事者也。故金锡以喻明德,珪璋以譬秀民,螟蛉以类教诲,蜩螗以写号呼,浣衣以拟心忧,席卷以方志固,凡斯切象,皆比义也。"显然是对前论的补充和修正。

晋挚虞《文章流别论》说:"比者,喻类之言也;兴者,有感之辞也。"与刘勰同时代的钟嵘在《诗品序》说:"故诗有三义焉:一曰兴,二曰比,三曰赋。文已尽而意有余,兴也;因物喻志,比也;直书其事,寓言写物,赋也;弘斯三义,酌而用之,干之以风力,润之以丹彩,使咏之者无极,闻之者动心,是诗之至也。若专用比兴,则患在意深,意深则词踬。若但用赋体,则患在意浮,意浮则文散。嬉成流移,文无止泊,有芜漫之累矣。"[①]皆从表现手法及其效果方面解说。钟嵘的"三义"已针对一般诗歌创作而言,不限于《诗经》了。

汉以来的论者都注意到"比"与"兴"的不同点。刘勰《比兴》篇的创意在于用"隐""显""大""小"以及"起情""附理"之释来区别"比兴":

> 观夫兴之托喻,婉而成章,称名也小,取类也大。关雎有别,故后妃方德;尸鸠贞一,故夫人象义。义取其贞,无从于夷禽;德贵其别,不嫌于鸷鸟:明而未融,故发注而后见也。且何谓为比?盖写物以附意,扬言以切事者也……炎汉虽盛,而辞人夸毗,诗刺道丧,故兴义销亡。于是赋颂先鸣,故比体云构,纷纭杂遝,倍旧章矣。

---

① 〔梁〕钟嵘著,曹旭集注:《诗品集注》,第47—53页。

夫比之为义，取类不常：或喻于声，或方于貌，或拟于心，或譬于事……若斯之类，辞赋所先，日用乎比，月忘乎兴，习小而弃大，所以文谢于周人也。

"比""兴"在借"物"达意上有共同点，故有联成一词的时候，然而两者也有矛盾和对应的一面：刘勰先说其"隐""显"有别；继而说比是"附理""切类以指事"，"盖写物以附意，扬言以切事者也"；对兴则言"起情"和"依微以拟义"以及"观夫兴之托喻，婉而成章，称名也小，取类也大"；其后又批评汉代辞赋"比体云构""日用乎比，月忘乎兴，习小而弃大，所以文谢于周人也"。

"兴"，原训起。以"起情"释"兴"切中肯綮，有重要价值。"起情"是诗人用兴的目的，也能体现文学艺术活动中人们的心理特征，合乎欣赏、接受的需要。理解"兴"的"起情"作用，甚至可与孔子的"兴、观、群、怨"说相联系。"起情"之释为"比兴"，为诗学中的"兴味""兴致""兴象""兴会"诸说提供了依据。宋人论"比兴"对刘勰的取法可以为例，李仲蒙从造艺的主客体关系上说："索物以托情谓之比，情附物也。触物以起情谓之兴，物动情也。"[①]朱熹则从展开方式上说："比者，以彼物比此物也。""兴者，先言他物以引起所咏之词也。"[②]李论精到，朱说简明，历来备受推崇，却不难从中见到刘勰"起情""附理"说的深刻影响。

"起情者，依微以拟议"的"拟议"语出《易·系辞上》："拟之而后言，议之而后动。"韩康伯注："拟议以动则尽变化之道也。"说兴"依微拟议"，指依"兴体"与喻指事物间的微妙关系安排意蕴，所得意象较"切类""附理"的比模糊性更大、指域更宽泛。兴有"起

---

① 丁福保辑：《历代诗话续编》，北京：中华书局，2006年，第882页。
② 〔宋〕朱熹集撰，赵长征点校：《诗集传》，北京：中华书局，2017年，第2、7页。

情"功用，有时指审美主体被"物"触发和启动的浓厚情致；诗人通过物象和外境的展示促使诗歌欣赏者的情感、心理和思维合乎审美接受的需要，指域模糊隐微的"兴"与随后抒写的内容常常只有微妙和模糊的联系，故言"依微以拟议"；"兴"也因此得称"隐"而与比的"显"有别。

间接模糊的传达充分蓄蕴和利用了意象的表现力，能提升造艺品位，加大欣赏者审美再创造的自由度，是文学艺术一些大师的作品达于至境的奥秘所在。

刘勰以为"比显兴隐"，从说"炎汉虽盛，而辞人夸毗，《诗》刺道丧，故兴义销亡"，到批评汉赋"日用乎比，月忘乎兴，习小而弃大"，能够看出"兴隐"远远胜似"比显"；所谓"大""小"，指蕴涵、境界的大小，也指艺术成就和价值的大小。表明在诗歌艺术传达上"起情"远较"附理"重要。刘勰青睐"隐"的文笔，《文心雕龙》就专立《隐秀》篇，激赏"以复意为工"、有"文外重旨""深文隐蔚，余味曲包"的"隐"，以为"隐之为体，义主文外，秘响傍通，伏采潜发，譬爻象之变互体，川渎之韫珠玉也"。

"比"之所以"小"在于它限于比况，只是一种修辞手法，"附理""切至"的贴切使"比"义浅显确切，喻指界限分明。"兴"则因"依微以拟议"指域模糊宽泛，"兴之托喻，婉而成章，称名也小，取类也大"。"比小兴大"当不止于意指范围的小大和"显""隐"之别，除艺术性的功用、价值外，也常指政治教化意义的"小"与"大"。

《比兴》篇之"赞"总结说："诗人比兴，触物圆览。物虽胡越，合则肝胆。拟容取心，断辞必敢。"

"物虽胡越，合则肝胆"是谓用作比兴之事物与其所喻指的事物即使风马牛不相及，只要两者的某种属性、特征吻合，就能作恰切的况喻，完美地进行间接的艺术传达。"拟容取心"指出，物象描绘形容的目的在于获取和展示其内在的丰富深厚的意蕴。写容貌要传神，描摹事物的外在形态宗旨在于表现其精神内涵。物象包蕴的"理"与"情"就是比兴所取之"心"。

"拟容取心"四字算得上《比兴》篇中最接近现代理论话语的概括。王元化先生《文心雕龙创作论》的《释〈比兴篇〉拟容取心说》指出："《比兴篇》是刘勰探讨艺术形象问题的专论，其中所谓'诗人比兴，拟容取心'一语，可以说是他对于艺术形象问题所提出的要旨和精髓。""这句话里面的'容''心'二字，都属于艺术形象的范畴，它们代表了同一艺术形象的两面：在外者为'容'，在内者为'心'。"

"拟容取心"是有普遍意义的艺术原则。绘画、雕塑、音乐……一切造型艺术的追求和创造不都是通过广义的"拟容取心"去实现的吗？

7. "隐秀"

《文心》今本《隐秀》篇有缺页。尽管如此，残文仍清晰地表述出为刘勰标举的两种文学美的基本特点：

> 是以文之英蕤，有秀有隐。隐也者，文外之重旨者也；秀也者，篇中之独拔者也。隐以复意为工，秀以卓绝为巧，斯乃旧章之懿绩，才情之嘉会也。夫隐之为体，义主文外，秘响傍通，伏采潜发，譬爻象之变互体，川渎之韫珠玉也。故互体变爻，而化成四象；珠玉潜水，而澜表方圆……
>
> 凡文集胜篇，不盈十一；篇章秀句，裁可百二：并思合而自逢，非研虑之所求也。或有晦塞为深，虽奥非隐；雕削取巧，虽美非秀矣。故自然会妙，譬卉木之耀英华；润色取美，譬缯帛之染朱绿……

　　赞曰：深文隐蔚，余味曲包。辞生互体，有似变爻。言之秀矣，
万虑一交。动心惊耳，逸响笙匏。

　　"隐"是深婉含蓄之美，"秀"是卓拔于众的峻绝之美，两者有一
定对应性。宋人张戒《岁寒堂诗话》所存《隐秀》篇佚文亦称："情
在词外曰隐，状溢目前曰秀。"

　　刘勰强调"隐"不是"晦塞为深"，"秀"也非"雕削取巧"。
两者出自"才情之嘉会"，是"思合而自逢""万虑一交"的"自
然会妙"，即生成于包括"才情""思虑"在内的各种有利思维创
造的因素自然而然（合规律）地"交""会"的那一刻。

　　篇中的"隐"论凸显了温婉含蓄的传统美学追求和认识"言""意"
关系的重要性，为后来这方面的理论发展奠下了基石。"隐"出自
"才情嘉会"，是"言"功用的展示，更是一种境界。它不单要有"以
少总多"的概括力，更要求有言外之意：即提供给观照者的不仅是
语言本身的义蕴，还有由文章语义网络间接提示或触发读者联想所
获得的旨趣和意象，故有"深文隐蔚，余味曲包"的审美效果。"隐"
可以说是一种不露形迹的高层次蓄蕴，它与晦涩艰深是完全不同的，
因此刘勰补充道："晦塞为深，虽奥非隐。"

　　要求传达出"文外之重旨"说明文学语言的语义网络可能传递
超出文字语义的东西，"言"与"意"未必吻合；"义主文外"更
把文字本身义蕴的价值放在次要地位，把间接拓展的义蕴作为文学
创造的主要追求。

　　言意的矛盾对创作并非只有不利的一面。《神思》篇曾说："拙
辞或孕于巧义。"有时朴拙的语言可包孕精巧的义蕴。换言之，这
也是一种"情在词外"的表现。

　　"隐"出现较频繁，多为肯定之辞：《征圣》有："四象精义

以曲隐,五例微辞以婉晦,此隐义以藏用也。"《宗经》说:"《易》惟谈天,入神致用。故《系》称旨远辞文,言中事隐。"《体性》说:"子云沉寂,故志隐而味深""士衡矜重,故情繁而辞隐。"《比兴》称"比显而兴隐",故就效果言"比小兴大"。诚然,个别体裁、有特定功用的文章则不能或者不必"隐"的,如《檄移》说檄"植义扬辞,务在刚健;插羽以示迅,不可使辞缓;露板以宣众,不可使义隐。"《诸子》之"赞"云:"立德何隐,含道必授。"《情采》批评"采滥辞诡"以致"言隐荣华"。

国人在艺术中往往偏爱包孕丰富的表达,推崇蕴含深厚耐玩味的作品。品味《诗》和音乐时孔子赞叹余音绕梁的艺术效果,称许举一反三的类推、联想。刘勰之后的诗论不断出现重"象外象""味外味""味在酸咸之外",追求"言外之意""弦外之音""韵外之致"和"言有尽而意无穷"乃至"羚羊挂角,无迹可求"的主张,皆与刘勰以"隐"为上有相通之处。若说刘勰关于"隐"的论述为后世的意境说、神韵说拓宽了道路,也是有道理的。

8. "物色"

吟咏自然山水是中国古代诗文的重要内容,在世界上独树一帜。魏晋南北朝是山水诗文升堂入室的阶段,宋、齐时"模山范水"的诗文题材更成为大宗。生当其时,刘勰《物色》篇所作的理论总结意义可知。其所谓"物色"指文学表现的客体("物"和"物貌")。《物色》篇首先从"心—物"(创作主客体)关系上讨论外境和景物对作家情感思维的影响:"物色之动,心亦摇焉""物色相召,人谁获安"。《文心》其他篇也有"人禀七情,应物斯感"(《明诗》),"情以物兴""物以情观"(《诠赋》),以及"神与物游"(《神思》)等论。

刘勰所用"物色"的概念,指相对于创作主体("心"或者作家的"情思")的文学表现客体（"物"和"物貌"）。

心物交融、天人感应在中国是一种从人与万物同构、天人合一理念衍生的传统审美意识。比如屈原《九章·抽思》有"悲秋风之动容兮"之句，宋玉《九辩》也以"悲哉秋之为气也"开篇。魏晋时期，应场《报赵淑丽》诗云："嗟我怀矣，感物伤心。"阮籍《咏怀》第十一有"远望令人悲，春气感我心"，陆云《赠郑曼季》曰："感物兴想，念我怀人。"《文赋》称："遵四时以叹逝，瞻万物而思纷，悲落叶于劲秋，喜柔条于芳春。"在南朝，萧子显《自序》说："风动春潮，月明秋夜，早雁初莺，开花落叶，有来斯应，每不能已。"钟嵘《诗品序》则说："气之动物，物之感人，故摇荡性灵，形诸舞咏。""若乃春风春鸟，秋月秋蝉，夏云暑雨，冬月祁寒，斯四候之感诸诗者也。"

刘勰作了精警的概括："情以物迁，辞以情发。"其中的"情"（主体）、"物"（客体）、"辞"（语言媒介）有创作三要素之称。一般情况下，"情"指作家的感情以及与感情密切联系的思想、志趣、情操等主观方面的因素。"情以物迁"说明在创作的酝酿和构思过程中"情"随着"物"（外境或描写对象）的变化而变化。因此，"情以物迁"的过程是"情"在"物"的影响下不断改造不断丰富、升华的过程。如"赞"所说："目既往还，心亦吐纳。"作家"神与物游"（《神思》），反复体察物象，同时构思活动在主客体的往复联系中不断深入，经酝酿提炼汰粗取精逐渐形成可以纳入作品的情致和艺术形象。因"物"而"迁"之后，"情"已兼有了"物"的因素，成为"辞发"的内在动力和依据。"情以物迁，辞以情发"表明，在"情""物""辞"三者的联系中，"情"是核心和纽带。本篇之"赞"中的"情往似赠，兴来如答"正说明它们彼此的往复中主体的"情"是能动的一方。

《物色》篇以"四序纷回，而入兴贵闲"点明物色描绘中作家应有的精神状态和心理准备。关于"入兴贵闲"。刘永济先生指出："闲者，神思篇所谓虚静也。"① 正如《养气》篇所说："水停以鉴，火静而朗。无扰文虑，郁此精爽。"思维处于"闲"的状态，精神饱满活力充溢而又放松，心境空灵从容，既有利于作家摆脱主观的局限，接受客观世界美的陶染与理性启示；又不至于为其他繁杂的因素干扰左右，能以超然的艺术洞察力明敏而冷静地处理外来的信息和自己的感受。

刘勰又作了"写气图貌，既随物以宛转；属采附声，亦与心而徘徊"的名论，王元化先生指出："气、貌、采、声四事，指的是自然的气象和形貌。写、图、属、附四字，则指的是作家的摹写与表现……其意犹云：作家一旦进入创作的实践活动，在摹写并表现自然的气象和形貌的时候，就以外境为材料，形成一种心物之间的融汇交流的现象，一方面心既物以宛转，另一方面物亦与心而徘徊。"②

随即刘勰追述了此前物色描写的发展过程。以《诗经》和楚辞为例概括具有典范意义的两种"物色"描写方式，宣示出有辩证意味的艺术原则或者说艺术表现上显示的带规律性的现象。他指出《诗经》的"以少总多"可以做到"情貌无遗"；所举"'依依'尽杨柳之貌"等例子很有说服力，"依依"是唯垂柳所独具的风貌，又可能与人的一种柔性的情感（如眷恋不舍之情，千头万绪的绵长情思）发生联系。能营造特定的情感氛围，唤起读者的联想与共鸣。虽只用重叠的"依依"二字而未及其他细节，却不失形象的完整性，且意味全出。反过来，楚辞对"物貌""触类而长"的细密描叙即使"重沓舒状""字必鱼贯"，也难做到面面俱到的"尽"。整体

---

① 刘永济：《文心雕龙校释》，北京：中华书局，2007年，第162页。
② 王元化：《文心雕龙讲疏》，第59页。

的把握，模糊宽泛的指域是"以少总多"之长。文学语言毕竟讲究艺术的概括力，以含蕴丰富为上，故言"析辞尚简"。

此处充分地肯定《诗经》的简约浑成当有某种针砭时尚的用意，但状物写景的简约与纤密不宜简单地断言孰优孰劣。其实两者各有所长，既适应不同风格的需要，也可相济为用。简约者常若挥毫写意，以精神气势见长，数笔勾勒点染便得概要，宜于表现雄浑美和朦胧美。纤密的写法委婉曲尽有如工笔，事物的声色状貌毫发皆见、可触可摸，给人清晰、具体贴切的感受，宜于表现精巧美和细腻美。兼用其长，作家更能将艺术形式中主与次、整体与局部的关系处置得当，而且虚实、隐显、详略等表现手段的运用得心应手，不宜有所偏废，因此刘勰也肯定屈《骚》的"触类而长"，应该看到了"以少总多，情貌无遗"与"触类而长，物难尽貌"两者的辩证关系。

"诗骚所标，并据要害，故后进锐笔，怯于争锋"，是谓物色描写上的简约和繁复各由《诗》《骚》达于极致，后进不可争胜，只宜"因方以借巧，即势以会奇"，"参伍以相变，因革以为功"——借鉴成功的经验，兼取前人之长，走出新路，了解"物色尽而情有余"带来艺术创造上的无穷前景，亦可称为"晓会通"的后继者！

篇中有"自近代以来，文贵形似"的述评。此处"形似"之评并非简单地作正与误、肯定与否定的判断。纤密与繁冗有区别又可能发生联系。纤密之长在于可获得细节真实，此所谓"不加雕削，而曲写毫介"的分寸："不加雕削"才能自然清新，镂金错彩则易流于繁缛造作。"巧"与"奇"可能得到出人意表的效果，走向极端则又入"讹诡"。这就是"贵形似"，求"细巧"的两面性。《附会》篇说"锐精细巧，必疏体统"，可知刘勰认为"细巧"只是局部问题。如果只注意细节描绘而忽略主次和艺术形式的协调统一，"细巧"就不足取。钟嵘在《诗品》中称许张协"巧构形似之言"，评谢灵运则说"故尚巧似，而逸荡过之。颇以繁芜为累"；评颜延之"尚巧似，体裁绮密。然情喻渊深，动无虚发；一句一字，皆致意焉"，却不免"终身"以"错采镂金"为病；评鲍照"贵尚巧似，不避危仄，颇伤清雅之调"。持论与刘勰有近似处。《物色》篇论及"近代""文贵形似"的特点，有条件地肯定了它的长处；此外反复标举《诗经》《离骚》的物色描写，从侧面证明刘勰推崇和全面肯定的并非"近代"的"形似"。篇末说：

> 若乃山林皋壤，实文思之奥府……然屈平所以能洞监风骚之情者，抑亦江山之助乎！

山川景物不仅提供了无限丰富的文学描写对象，更能触动、陶冶人们的思想情怀，从而促进艺术创造的境界升华。《庄子·知北游》说："山林欤！皋壤欤！我欣欣然而乐欤！"六朝更有这方面的自觉，《世说新语·言语》载："顾长康从会稽还，人问山川之美。顾云：'千岩竞秀，万壑争流，草木蒙笼其上，若云兴霞蔚。'"又记："王子敬曰：'从山阴道上行，山川自相映发，使人应接不暇。若秋冬之际，尤难为怀。'"袁山松《宜都记》云："常闻峡中水疾，书记及口传，悉以临惧相戒，曾无称有山水之美也。及余来践跻此境……既自欣得此奇观，山水有灵，亦当惊知己于千古矣。"①刘勰更直言外在的自然景物是蕴藏文思最深厚的府库！

《物色》篇首次说出创作的成功可以得"江山之助"的妙语，此后它也不时见于文人们的著述中，比如《新唐书·张说传》："既

---

① 〔北魏〕郦道元著，陈桥驿校证：《水经注校证》，北京：中华书局，2007年，第793页。

谪岳州，而诗益凄婉，人谓得江山助云。"①宋代的陆游更作过"江山之助"的专论。

二、不见于篇名，用而未释的范畴概念

有许多范畴散见各篇未成为专题的篇名，未见诠释，似乎也不需要诠释，但屡有所见，且在各层面的理论话语中发挥着关键性的不可取代的重要作用。成对的如"文"与"质"，"奇"与"正"，"刚"与"柔"，"华"与"实"，"因"与"革"，"雅"与"俗"（"郑"）……独立或组合成词的概念有"自然""性灵""虚静"（"闲"）"意象""滋味""和""心""志""气""韵""趣""悟""境""圆"（"圆通"）"法""素""朴""拙"……

虽然它们的理论意义不如专篇论证阐发那么充分，却留下了进一步拓展提升的空间。散见于《文心》各篇的许多范畴概念在后来的理论批评中被广为沿用，现摘要分别略作述评：

1. "自然"

"自然"范畴在古代美学中的地位和重要性众所周知。《原道》说"心生而言立，言立而文明，自然之道也"，以为一切有美质的事物皆有美文，"动植皆文……夫岂外饰，盖自然耳"；《明诗》说"感物吟志，莫非自然"；《体性》指出作家创作个性的外现就是风格，"岂非自然之恒资，才气之大略"；《定势》两次以运动的物态作比，强调要遵循"自然之趣""自然之势"；《丽辞》认为对仗的依据是"自然成对"；《隐秀》以为隐秀之美的出于"自然会妙"。凡此种种，都贯穿着自然的宗旨：文学的产生、艺术规律是自然的、客观的；艺术风格、表现方式、手段，乃至出神入化的美妙创造，都从自然而然得来。标举自然的刘勰对事物客观属性

①〔宋〕欧阳修、〔宋〕宋祁：《新唐书》，北京：中华书局，1975年，第4410页。

和规律的尊重，以及对作家天成之灵慧和原创力的推崇，显然得益于老庄美学的滋养。

2. "中和"

"中和"刘勰对"中和"之美的推崇则深受传统乐论和重视声律的时代潮流影响，所以《乐府》盛赞"中和之响""和乐精妙"；《声律》称美"宫商大和""和体抑扬"；《章句》嫌一韵到底的单调乏味和两句一换韵的急促都有偏颇，要求"折之中和"。对"和"的追求也扩大到篇章结构等方面，《附会》强调作品整体的协调，故以"如乐之和"的境界为高。其"献可替否，以裁厥中"与《镕裁》篇的"举正于中"都是以凸显文章的主体和核心理念为指针进行修改和材料取舍，如《才略》说"长虞笔奏，世执刚中"是称许傅玄的按劾刚劲有节；《封禅》说班固取司马相如《封禅》文和扬雄《剧秦美新》之长，去两者所短，写出《典引》，可谓"能执厥中"；《才略》中赞赏"潘岳敏给，辞自和畅，钟美于《西征》，贾余于哀诔"是言辞的和谐；《养气》的"率志委和"则指精神安祥、情志和顺。

3. "性灵"

文论"性灵"的概念最早见于《文心雕龙》，五次现身其重要的论证中："仰观吐曜，俯察含章，高卑定位，故两仪既生矣。惟人参之，性灵所钟，是谓三才；为五行之秀气，实天地之心。"（《原道》）"经也者，恒久之至道，不刊之鸿教也。故象天地，效鬼神，参物序，制人纪，洞性灵之奥区，极文章之骨髓者也。""性灵镕匠，文章奥府。"（《宗经》）"若乃综述性灵，敷写器象，镂心鸟迹之中，织辞鱼网之上，其为彪炳，缛采名矣。"（《情采》）"岁月飘忽，性灵不居，腾声飞实，制作而已……夫有肖貌天地，禀性五才，拟耳目于日月，方声气乎风雷，其超出万物，亦已灵矣。"（《序志》）可知"性灵"指自然赋予人的非凡灵慧、生命创造力以及本真的个性。

《原道》说"性灵所钟"的人与天、地并称"三才"，以"为五行之秀，实天地之心"标举其灵慧。《宗经》要求洞悉"性灵"之精微奥妙，陶冶之，使文章之"骨髓"（内容的精神性架构）达于极至。《情采》明言文章内容的核心、写作所要表达的就是"性灵"之美。《序志》指出，智慧的生命是短暂的，作家当以写作创造不朽的生命价值，而人之所以能够生动地描绘天地万物，正因为具有"超出万物"的智慧。

刘勰呼唤作家洞悉性灵、陶冶性灵、抒写性灵，其中有对人生的领悟，有对真性情、独到的奇思妙想及其艺术创造力的赞叹，于生命短暂的感慨中更有对这种灵慧的珍惜之情。

与刘勰同时代而稍晚的钟嵘也用到"性灵"的概念。在《诗品上》中评阮籍诗曰"可以陶性灵，发幽思"，此为诗论中首见"性灵"处，常为后世"性灵"派诗论所祖述。阮籍愤世嫉俗，放浪形迹，不遵礼法，《咏怀诗》八十余篇为世所推重，其中抒发幽深遥远的忧世情怀，列为上品。钟嵘的"陶性灵"是与天性契合的心灵陶染，与刘勰的"性灵镕匠"略同。

刘、钟所谓"性灵"自然天成。刘勰凸显的是其"超出万物"的灵慧；钟嵘则含摆脱世俗观念、道德说教的束缚，只服从一己天性和心灵所好、追求。

后来的"性灵"说虽不全为肯定推崇之论，其概念义基本未有大的出入。

4. "雅俗（郑）"

"雅俗（郑）"《文心》中"雅"之用多于"俗""郑"：《征圣》称"圣文之雅丽，固衔华而佩实者也"；《明诗》云"四言正体，雅润为本"；《诠赋》肯定"丽词雅义，符采相胜"；《颂赞》说"风正四方谓之雅"；《章表》也强调"表体多包，情伪屡迁，必雅义以扇其风"。《体性》则有"习有雅郑""体式雅郑";《定势》亦言:"若雅郑而共篇,则总一势离。"对"俗"("郑")贬抑甚明,如:"正音乖俗""俗听飞驰"(《乐府》),"俗皆爱奇"(《史传》)。《谐隐》中有:"谐之言皆也。辞浅会俗,皆悦笑也。"难得的是此处用"俗"并非贬义。

有的概念在后来的理论批评中才受到重视,甚至衍生成新的范畴概念系列,或者发展成为一个流派、一个时代审美追求和文学风格的中心范畴,但大多在《文心》中已见其端倪。下面介绍的"韵""味""趣"和"圆""境"即属此类。

5.“韵”

“韵”原为音乐和语言(当然也与汉语的音响节奏相关)拥有的音响效果,有声音复合中生出的协调、和谐之美。

南北朝文学语言讲求形式美,音响美则是文学语言形式美的重要组成部分。《文心》对文章体裁作"有韵为文,无韵为笔"(《总术》)的区分,以为有韵的"文"更富美感,更有文学性,是对这种时代潮流的间接认可。

《明诗》的"柏梁列韵"和"联句共韵"记录了汉武帝诏令群臣柏梁台联韵赋诗的雅事。评论作家则称赞西晋潘岳"锋发而韵流"(《体性》),以为孙楚、挚虞、成公绥"流韵绮靡"(《时序》),东晋袁宏的赋作"情韵不匮"(《诠赋》)。

刘勰注重规律的探求,《声律》说:"气力穷于和韵。异音相从谓之和,同声相应谓之韵。韵气一定,故余声易遣;和体抑扬,故遗响难契。""诗人综韵,率多清切;楚辞辞楚,故讹韵实繁。及张华论韵,谓士衡多楚,《文赋》亦称知楚不易,可谓衔灵均之声余,失黄钟之正响也。凡切韵之动,势若转圜,讹音之作,甚于枘方:免乎枘方,则无大过矣。"《丽辞》也强调,对仗才能使"偶意共逸韵俱发"。《文心》论及"韵"的地方很多，尤以《章句》的一段文字最为集中：

> 若乃改韵从调，所以节文辞气：贾谊枚乘，两韵辄易；刘歆桓谭，百句不迁：亦各有其志也。昔魏武论赋，嫌于积韵，而善于资代。陆云亦称四言转句，以四句为佳。观彼制韵，志同枚贾；然两韵辄易，则声韵微躁；百句不迁，则唇吻告劳；妙才激扬，虽触思利贞，曷若折之中和，庶保无咎。

此为在句法中论押韵，历数两汉魏晋各家赋作中不同的取舍，最后指出"两韵辄易，则声韵微躁，百句不迁，则唇吻告劳"，唯"折之中和，庶保无咎"。是刘勰对章句中音韵美的规律的总结。

由于直指文学语言的声响之美，后来有气韵、情韵、韵味、神韵的范畴概念出现不足奇。

6. "趣"

"趣"者趋也，不仅能显示一种或多种的审美取向，且常指向新变。

刘勰批评玄言诗称"袁孙以下，虽各有雕琢，而辞趣一揆"（《明诗》），魏晋之颂作"至云杂以风雅，而不变旨趣，徒张虚论"（《颂赞》）。

《丽辞》论对偶，故有"联字合趣""趣合而理殊"的见解。《练字》的"趣幽旨深"引用的是曹植对司马相如、扬雄用字的评语；《体性》论风格有"风趣刚柔，宁或改其气"，说"新奇者，摈古竞今，危侧趣诡者也"，评刘向则称"子政简易，故趣昭而事博"。《章句》说："搜句忌于颠倒，裁章贵于顺序，斯固情趣之指归，文笔之同致也。"《镕裁》则云："万趣会文，不离辞情。"

说到"趣"的新、变，《章表》说："陈思之表，独冠群才。观其体赡而律调，辞清而志显，应物制巧，随变生趣，执辔有余，故能缓急应节矣。"《哀吊》称："及潘岳继作，实钟其美。观其虑善辞变，情洞悲苦，叙事如传；结言摹诗，促节四言，鲜有缓句；故能义直而文婉，体旧而趣新。"

以后人们的话语中有"趣味"有"意趣""情趣"等组合。

7. "滋味"和"味"

从现有材料上看，刘勰是最早直言文学"滋味"的人，既不像稍早的陆机那样以"大羹之味"去况喻文学的美感和体验，也不像同时代的钟嵘只说五言诗是"众作之有滋味者"。《文心雕龙》以"味"论文的地方有十多处，且有品味、玩味之"味"，涉及的层面也远非陆机、钟嵘可比。

"滋味"的"滋"可训多，无论指美食还是针对美文，"味"都有多样性。"滋味"显示出多样的或者由若干因素复合而成的美感。"味"多以含蓄隽永为上，所以刘勰论"味"常与"隐"相联系，赞赏"余味"和"遗味"：如云："子云沉寂，故志隐而味深"（《体性》）；"深文隐蔚，余味曲包"（《隐秀》）。《宗经》则有"至根柢盘深，枝叶峻茂，辞约而旨丰，事近而喻远，是以往者虽旧，余味日新"；《史传》也说："班固述汉……其十志该富，赞序弘丽，儒雅彬彬，信有遗味。"《物色》篇要求以简约的笔触描绘景物，传达出轻灵缥缈新颖脱俗的情味："物色虽繁，而析辞尚简；使味飘飘而轻举，情晔晔而更新。"

既是由若干因素综合而成的，也依循"滋味"之美生成的机制，是有主次统序的复合体，故《附会》云"若统绪失宗，辞味必乱"，且以"道味相附，悬绪自接"为上。《丽辞》论对偶说："左提右挈，精味兼载。"《声律》亦云："滋味流于下句，气力穷于和韵。"

均是从文学语言音响美的组合上去说的。有前后左右的副衬、映带、平衡；也有上句与下句的相互对应、补充、拓展与协调。

食物滋味须经品尝才能生之于口，了然于心；文学艺术的"味"也得之于鉴赏。若为动用，"味"就指赏鉴的玩味、品味、体味而言了。动用的"味"常有"研味""讽味""可味"和"味之"这样的组合，如"研味《孝》《老》，则知文质附乎性情"（《情采》）；"扬雄讽味，亦言体同风雅"（《辨骚》）；"张衡《怨》篇，清典可味"（《明诗》）；"繁采寡情，味之必厌"（《情采》）。

《总术》的一段话则作品的滋味和品味之味两种"味"都用到了："善弈之文，则术有恒数……数逢其极，机入其巧，则义味腾跃而生，辞气丛杂而至。视之则锦绘，听之则丝簧，味之则甘腴，佩之则芬芳，断章之功，于斯盛矣。"

8. "巧"与"拙"

刘勰以为著述手法和用语有"巧"与"拙"之别：《指瑕》称"巧言易标，拙辞难隐"，《诸子》说"公孙之白马孤犊，辞巧理拙"，《镕裁》以为写作中的炼意和剪裁应繁略得宜，尤以"芟繁剪秽"为要，指出："美锦制衣，修短有度，虽玩其采，不倍领袖；巧犹难繁，况在乎拙？"《附会》论文章各构成部分的整合，强调整体的协调性和有序性，其中说：

> 故善附者异旨如肝胆，拙会者同音如胡越……昔张汤拟奏而再却，虞松草表而屡谴，并理事之不明，而词旨之失调也。及倪宽更草，锺会易字，而汉武叹奇，晋景称善者，乃理得而事明，心敏而辞当也。以此而观，则知附会巧拙，相去远哉！

以上引文中，"巧"的灵慧和"拙"的愚钝两相对应，褒扬贬抑、取舍分明。《文心》中唯《神思》篇的"拙辞或孕于巧义，庸事或萌于新意"句例外，其"拙"不仅无贬义，而且是以"拙"为"巧"，"拙"中见"巧"的高明。《老子》中有"大巧若拙，大辩若讷"之语，以为与"机巧"相反，"朴拙"是"自然"的一种表征。宋代江西诗派甚至提出"宁拙毋巧"的主张。

刘勰用"巧"的地方很多，基本上是肯定的；当然，也批评过尤不及的对"巧"的醉心追逐。肯定的有：《征圣》所引《礼记·表记》的"情信辞巧"，要求为文做到"情欲信，辞欲巧"。《辨骚》说："远游、天问，瑰诡而惠巧。"《诠赋》中说"至于草区禽族，庶品杂类，则触兴致情，因变取会；拟诸形容，则言务纤密；象其物宜，则理贵侧附：斯又小制之区畛，奇巧之机要也"，"景纯奇巧，缛理有余"，并有"情以物兴，故义必明雅；物以情观，故词必巧丽"的归纳。《颂赞》说："原夫颂惟典懿，辞必清铄；敷写似赋，而不入华侈之区；敬慎如铭，而异乎规诫之域；揄扬以发藻，汪洋以树义，唯纤巧曲致，与情而变。"《封禅》说："（班固）《典引》所叙，雅有懿乎，历鉴前作，能执厥中，其致义会文，斐然余巧。"《诔碑》称"潘岳构意，专师孝山，巧于序悲，易入新切"；说蔡邕碑文"清词转而不穷，巧义出而卓立。察其为才，自然至矣"。《哀吊》云："陆机之吊魏武，序巧而文繁。"《诸子》称赞："慎到析密理之巧。"《论说》称战国辩士"从横参谋，长短角势；转丸骋其巧辞，飞钳伏其精术"；"邹阳之说吴梁，喻巧而理至"。《章表》说："陈思之表……应物制巧，随变生趣。"《谐隐》中以为"东方曼倩，尤巧辞述"。

"巧"常指机灵的表现手段和语言技巧。《神思》说："意翻空而易奇，言征实而难巧也。"《定势》说："连珠七辞，则从事于巧艳。"《声律》就声韵的掌握言："属笔易巧，选和至难。"《章句》论句中"夫""之""而""于""以"这些助词的功用称:"……据事似闲,在用实切。巧者回运,弥缝文体,将令数句之外,得一字之助矣。"《隐秀》说:"秀以卓绝为巧。"《丽辞》以为对偶"贵在精巧""契机者入巧"。《才略》说"王褒构采,以密巧为致,附声测貌,泠然可观",陆机"思能入巧,而不制繁"。《总术》说:"博塞之文,借巧俟来,虽前驱有功,而后援难继。"强调把握灵感到来时机的重要:"数逢其极,机入其巧,则义味腾跃而生,辞气丛杂而至。"《物色》论景物描写,赞许"巧言切状",指出"诗骚所标,并据要害,故后进锐笔,怯于争锋。莫不因方以借巧,即势以会奇"。

"巧"可出"新"达"奇",然亦得适应文章表现的需要。《檄移》:"若曲趣密巧,无所取才矣。"因檄文"必事昭而理辨,气盛而辞断"。

刘勰对不当用"巧"的批评也很多,有的十分严厉:

《明诗》说建安诗人:"慷慨以任气,磊落以使才;造怀指事,不求纤细之巧……"《谐隐》说到谜语有云:"高贵乡公,博举品物:虽有小巧,用乖远大";《檄移》说檄文之作:"必事昭而理辨,气盛而辞断,此其要也。若曲趣密巧,无所取才矣。"《议对》说朝臣议政之文:"文以辨洁为能,不以繁缛为巧;事以明核为美,不以深隐为奇:此纲领之大要也。若不达政体,而舞笔弄文,支离构辞,穿凿会巧,空骋其华,固为事实所摈。"

《体性》论风格,"赞"中有一褒一贬:"雅丽黼黻,淫巧朱紫。"《风骨》称:"若骨采未圆,风辞未练,而跨略旧规,驰骛新作,虽获巧意,危败亦多。"《定势》指出:"自近代辞人,率好诡巧,原其为体,讹势所变,厌黩旧式,故穿凿取新。"《隐秀》明言:"雕削取巧,虽美非秀。"《附会》论文章全篇的协调统一,强调"锐精细巧,必疏体统",要求"弃偏善之巧,学具美之绩"。

过犹不及，不能穿凿为之，也绝不因"淫巧""诡巧""小巧""细巧""偏善之巧"而失大体。

9. "圆"和"境""悟"

刘勰佛学修养深厚，《文心》用了佛学中常见的"圆""境""悟""般若"之类概念，除"圆"而外，范畴义多未完成向文论的转移。

《明诗》有"圆通""圆备"，《知音》有"圆照""圆该"；《论说》《对问》《镕裁》都有"圆合"；《比兴》有"圆览"，《隐秀》有"圆鉴"。"圆"是周延和完美无缺的，故《风骨》批评"骨采未圆"的妄为，《指瑕》发出"虑动难圆"的感慨，《杂文》以"事圆而音泽"为上，《丽辞》说"必使理圆而事密"……

除《隐秀》存疑的补文外，"境"在《文心》两次见到：《诠赋》"与诗画境"是说赋从《诗经》"六义"之一发展成与风、雅、颂区界分明的文体。《论说》的"动极神源，其般若之绝境乎"是谓玄学"崇有""贵无"论辩的层次远不及佛学"般若"，此"绝境"指至上的绝妙境界，虽非针对文学艺术，亦精神之至境。创作也是精神产品的生产，审美创造有领域之别和层次高下之分，"境"和"境界"用于文论也属自然，但完成移植在佛学影响更为深广的隋唐以后。

"悟"就指理解，并未凸显体认、理解的豁然跃升。《明诗》有云："子贡悟琢磨之句。"《练字》称对"避诡异""省联边""权重出""调单复"四条用字原则，"若值而莫悟，则非精解"。《指瑕》说"匹"是两两匹配的意思，虽"车马小义，而历代莫悟"。

刘勰佛学修养深厚，《文心》作意虽不在弘扬佛法，述评中也会偶有流露，未尝寻觅不到佛学思维和语汇的蛛丝马迹，有佛学概念"圆""境""般若"的出现即然。

10. 其他一些概念

"闲"，指人的一种闲散放达情态，在某些语境中则与《神思》篇"虚静"相通，指有助思维创造的从容闲适的精神状态。《才略》中说到东晋时代，对"庾元规之表奏，靡密以闲畅……亦笔端之良工"给予赞许，而对袁宏、孙绰以及"殷仲文之孤兴，谢叔源之闲情：并解散辞体，缥缈浮音，虽滔滔风流，而大浇文意"则是严厉批评。《章句》"据事似闲，在用实切"则指文句中"惟""盖""故""之""而""于""以"和"乎""哉""矣"之类虚词的运用看似无关紧要，却实实在在有助于文章语气伸张和语意转折。《养气》要求作者"从容率情，优柔适会""常弄闲于才锋，贾余于文勇"；《杂文》说"思闲可赡"；《物色》称"四序纷回，而入兴贵闲"，其中的"闲"则皆与"虚静"通同。

"法"，在《文心》多指法度、律则和法家的名法之法，是其现身文论之前的原义：如《书记》的"有律令之法""法律驭民"，《封禅》的"法家辞气"与《奏议》的"法家少文""总法家之式"……等等。移用于文论，哪怕指的是语言文字使用的规则，也可见其"法"产生的经过和理当遵从的所以然。《声律》说："古之教歌，先揆以法，使疾呼中宫，徐呼中徵。"《丽辞》称："诗人偶章，大夫联辞，奇偶适变，不劳经营。自扬马张蔡，崇盛丽辞，如宋画吴冶，刻形镂法，丽句与深采并流，偶意共逸韵俱发。"《练字》云："汉初草律，明著厥法，太史学童，教试六体；又吏民上书，字谬则劾。"更有理论价值的是指写作的方法手段，尤其是基本的原则、轨范。《定势》的"效奇之法，必颠倒文句，上字而抑下，中辞而出外，回互不常，则新色耳"，揭露的是追新逐异者常用手段；《附会》说："驷牡异力，而六辔如琴……驭文之法，有似于此。去留随心，修短在手，齐其步骤，总辔而已。"是以执辔驾驭车马的方法，比喻对文章各种构成元素整合的灵活控驭，以利于作主次分明、协调有序的展示。《通变》的"参古定法"，强调参照自古以来文章写作的得失成败，制定基础性法则、规范。后来的"有法""无法"之论，当然用的是这种后起的文论范畴义。

"素"，源出于老庄，指人的心性气质本色，纯朴如初，无染于世俗。《文心》之用，基本维系其本义。《养气》有"岂圣王之素心""素气资养"，《程器》称"固宜蓄素以弸中"，《书记》则有"全任质素"，《议对》亦赞"辞气质素"。

"调"亦源于音乐，有音调以及调节两种意义，文论多用前一义。《原道》的"调如竽瑟"，《书记》的"黄钟调起"和《乐府》的"吹籥之调"皆指乐曲音调，其"宰割辞调"是说"魏之三祖"对乐府诗体的改造，故称"虽三调之正声，实韶夏之遗曲"；说曹植、陆机乐府诗虽有佳篇，因未由伶人配乐而"俗称乖调"。《明诗》的"五言流调"谓五言诗体是四言之流变。《章句》的"调有缓急""改韵从调""环情草调"针对文学语言声响。《附会》的"旨切而调缓"之"调"为文辞音响节奏。《体性》的"响逸而调远"则指风格的超迈。音、义有为调节、调和之"调"者。如《乐府》的"瞽师务调其器""杜夔调律"，《诔碑》的"辞靡律调"，《章表》的"体赡而辞调"，《附会》的"辞旨失调"，《声律》的"操琴不调""调钟唇吻""颇似调瑟"，《练字》的"四调单复"，《总术》的"调钟未易"，以及《养气》的"调畅其气"。

"格"的意义也不一。《章句》的"六字格而非缓"的"格"指句式稍长；《祝盟》的"神之来格"之"格"是来、至之意，以"正"亦可解；《征圣》的"夫子风采，溢于格言"，所谓"格言"指可以为人法则的话语。

"风格"的概念两次现身，《夸饰》的"虽诗书雅言，风格（俗）训世，事必宜广，文亦过焉"的"风格"侧重道德风范方面。《议对》所云值得一说："晋代能议，则傅咸为宗。然仲瑷博古，而铨贯有叙；

长虞识治，而属辞枝繁。及陆机断议，亦有锋颖，而腴辞弗剪，颇累文骨：亦各有美，风格存焉。"其"风格"指晋代四位文臣所作之"议"各自的特点，虽非其人文风格总的概括，却已是就这种文体风采格调的写作而言，已与现代理论中的"风格"近似。只不过刘勰和其后相当长一段时期的理论家还未把"风格"的概念提升到与其所用"体性"通同的高度，也无"体性"字面所显示的风格"因内（性）符外（体）"的特点。

另外，《文心》中虽有"格"有"调"，却还未合成"格调"的概念。

三、《文心雕龙》范畴创用的成就和地位

中国古代文学有彪炳千古的艺术成就，多方面的审美创造皆独树一帜，体大思精的文论经典《文心雕龙》范畴创设运用上的卓越建树也是古今莫比的。

西方艺术论擅长作逻辑严密的剖析，中国传统理论则习惯以浑融的方式进行把握，范畴概念的意蕴也多有模糊成分，像"天""道""气"之类常用的元范畴，即使哲学中也见不到确切的界定，在不同场合意蕴常有差别。这种"不求甚解"的把握方式在需要高度抽象和逻辑规定的表述中显得含混、有所欠缺，然而在认知对象具有突出的浑融性时，传统的模糊的把握方式往往显示出某种优势。

与自然科学的理论不同，高度抽象的理论语言未必在每一个场合都能很好地概括文学艺术现象。因为艺术现象本身就存在模糊的涵蕴，对于审美创造的主客观因素极其复杂多变且常模糊的成分，有时只宜用浑融、综合的把握方式。比如文学的意象、美的境界，以至创作主体、艺术思维的构成……其本身就是多种因素的有机结合，对其把握不宜排斥模糊的方式。

"不舍象"的汉字组合的概念话语既长于模糊把握，也可作精切解析（现代汉语能对西方逻辑表述的话语进行准确翻译就是很好的证明）。汉字大都独立成词（多为名词），一字多义。概念以两字为常。两字组合中名词可动用，语序相对自由，有时毋须添加"的""地""得"之类表明语法关系的文字。在理论表述中运用一字或两字概念简约而灵便，在特定的语境中也能作精微与确切的表达。

汉语的特点在古代理论表述中也有显现。《文心雕龙》所用概念组合的话语不仅义涵凝炼浑成，且以局部代指整体，多字同为一义代换入论的现象较一字多义多用者更为常见。如《情采》篇中指文学内容者就有"情""质""性情"（"情性"）"理""志""思""心"（"宰""心术"），指形式的有"文""采""辞"（"辞章"）"言""华""音""藻"。之所以用"情采"名篇，只为凸显"情"在文学内容中的核心地位，而"采"与"文""华"一样，有文学形式美的指向。

可贵的是，理论话语中有所通同的概念若须区分其义，刘勰仍可"笼圈条贯"廓定语境，令所论做到精确、贴切。如"性情"常连成一词，指心理、情怀、性格；分开使用，"性"与"情"都有代指内容之时，但两者分别侧重先天和后天，有时用场明显不同:《文心》有《体性》篇和《情采》篇，"体性"之"性"（天赋的气质个性）与"体"有多层面的对应，如内与外，"无方"与"有常"，个性与体式规范；"情采"之"情"一般在主客体相互作用（触生、感发）中生成，随着对象和时空的变化而变化。两篇"因性练才""情以物迁"的论断中"性""情"是不能互代的。故知指即时的情感和具体作品的内容用"情"为宜，指相对稳定的作家禀赋和个性时则以"性"为妥。

不少范畴概念是沿用以往的,像"道""气""情志""比兴""神思"等,某些成对的组合则首见于《文心》,如"情采""隐秀"即然;很可能是第一次用于文论的概念还有"意象""镕裁""附会"等。有些概念颇具形象性,如"风骨"和"势";有的常用而不论,如"气""滋味""肌理""才性""性灵";有的则成为专题讨论的中心,如"神思""体性""风骨""势""通变""情采""比兴"和"隐秀"。值得注意的是,《文心》基本不给概念定义,即使一些专题(如"神思""体性""风骨""定势""比兴")中对它们的意义和特点作多层面的介绍和描述,也谈不上是对概念内涵的逻辑界定,多数情况下仍只能从它们出现的语境中去体会其含义。

根据文论建构的需要,刘勰既有对源于其他领域范畴和概念组合(如"道器""自然""经纬""枢纽""奇正""通变""体性")的移植和改造,也有对前人曾用概念(如"性灵""神思""风骨")义涵不同侧面的强调,以及全新范畴概念(如"定势""情采""镕裁""附会""隐秀""物色")的创设,在理论建构和思考表述方面充分发挥了汉字成词造语的优长。

有些范畴虽在文论中是新面孔却并非刘勰首创,比如他从人物品评和画论中移植了"风骨",从兵法、书法理论中移植了"势""奇正"和"体",从玄学论辩中借用了"言""象""意"和"本末""才性",从《易传》中借用了"道器""通变",从老庄哲学中借用了"自然""虚静""游""真""体性"……当然,在《文心》中这些范畴概念义涵一般都有所改造以适应文学理论的需要。在为人们认同的情况下为我所用,也合乎约定俗成的传统。

体系缜密的理论仰赖统序严谨的范畴系列的论证支撑、建构。刘勰在《序志》篇介绍《文心雕龙》理论的构成时已经明示:

上篇"文之枢纽"的篇次安排和论说中有"经"与"纬"、"正"

与"奇"的对应；《原道》篇"道沿圣以垂文，圣因文而明道"的
"圣""道""文"是指代文学创作三要素——主体（著述者）、
客体（抒写和表现的对象）、媒介（言辞和著述）之楷范的组合；"本
乎道，师乎圣，体乎经，酌乎纬，变乎骚"对前五篇宗旨的概括至
为精准。"论文叙笔"表述的文体论原则中，"原始以表末"展示
各文体的源流，"释名以彰义，选文以定篇"说明称名之所然，评
定各体代表作的成就；"敷理以举统"揭示其生成流变的内在依据
（"理"），及其规范与统序。其中有"本"与"末"、"名"与"实"、
"正"与"变"的思考，还用到"自然""性灵"等范畴概念。

下篇"剖情析采，笼圈条贯"中运用的范畴系列更值得关注：

"剖析"常是古人思考和论著的短板，《序志》中却被刘勰标
举为自己探究文学现象的基本思路和手段，由解剖分析现象生成演
化的因素、机制入手，揭示其本质和运作规律。"情采"是刘勰创
用且受其青睐的组合，"情"是学内容的核心，也是创作的动力；
"采"即辞采，不仅表明文章有形式美，也凸显文学区别于其他艺
术之处——以言辞为媒介和载体。刘勰的《情采》篇就是内容与形
式关系的专论。此处也申明剖析"情采"为全书理论探讨的切入点。

"笼圈"是指破除文体的壁垒对文学现象及其理论问题作横向
归类；"条贯"是纵向的，指发展演变的脉络。"笼圈条贯"与"经纬"
的概念有某些近似处；但只有纵横交错的互补之义，没有"经正纬从"
那样对本末和主次的强调。

刘勰随即罗列"下篇"各个文学艺术基础理论专题："摛神性，
图风势，苞会通，阅声字，崇替于时序，褒贬于才略，怊怅于知音，
耿介于程器"（《序志》）。这些以概念命名的"剖情析采"篇章中，
范畴概念组合而成的精论妙语俯拾皆是。

之后，《序志》还交代了全书立论的原则立场：

> 有同乎旧谈者，非雷同也，势自不同异也。有异乎前论者，非苟异也，理自不可同也。同之与异，不屑古今，擘肌分理，唯务折衷。

遵循"势理"——事理逻辑延展的自然趋势，有不违其本然的严谨；"不屑古今"对于倡言"宗经""征圣"的刘勰十分难得，所持的是与时俱进，唯真理是从的理念。"擘肌分理"可谓"剖析"的同义语；"唯务折衷"更是对各家学说主张、不同思想观念的包容和兼取并用；"折衷"并非无原则的调和，而是酌取各家正确、恰切的理论思考和优长以为己用。

以范畴名篇的专题论证，其范畴多为刘勰首创；创设的依据、理论意义和应用范围，篇中皆有充分表述，往往最富创意，也最能显现"思精"的特点。用作篇题的范畴所论，大抵为文学艺术基本的理论（如文学艺术思维论、风格论、内容形式关系论、继承变革论、作品的结构论和鉴赏论等），以及中国文化特色鲜明（如古人一些独特的审美取向、运用汉字形成的诗文章法格律等）的问题。

散见《文心》各篇的范畴概念不胜枚举，它们在不同层面的理论组合中发挥关键作用，可谓各得其所，在各自理论组合中也发挥不可或缺的作用。恰恰是这类范畴概念在随后的理论批评中广泛运用，理论内涵得到更充分的阐扬，有的成为一些艺术流派理论主张的中心范畴。

刘勰大大改变了传统理论的建构模式，运用范畴概念系列"剖情析采"，进行严谨的逻辑论证，成就了无愧"虑周""思精"和"包举洪纤"之誉的经典理论建树。他是古代移植、创用范畴概念建树最多的文学理论家，古代文学批评史上出现的所有范畴概念几乎都能在《文心雕龙》中找到渊源，或者能寻觅到它们生成、演化的一段历史印记。

文学实践和理论批评的发展一般合乎时代潮流，在不同样式、各具个性的审美追求中开拓、提升；有对前论的印证、辨析和再阐发，有对保守固陋、谬误倾向的抨击，更有新潮审美趣向的宣示。各个时期、不同样式、不同流派审美追求都有居于思想理论主导地位的中心范畴，引领和推动造艺的演进。概念系列的衍生体现艺术实践的新收获，也有对基本范畴义的补正、深化、开拓、提升。

刘勰之后，古代的文学评论在范畴概念方面有论少用多的趋势，进入了以中心范畴论为主导的阶段。中心范畴论与各个时代的文学思潮、流派或作家个人的艺术追求和创作实践紧密相关，居于核心地位的范畴（及其所属系列概念）理论组合的美学含蕴、功用和艺术境界不断有新的拓展。比如"风骨""气""（风雅）比兴""（滋）味""（自然）平淡""兴趣""气象""性灵""神韵""肌理""义法""境界"等，都曾被标举，乃至形成自己的概念系列，引导某一时期文学思潮、流派的创作和理论批评的实践。

在文学发展的历史长河中，范畴系列的重建、更迭显现着审美意识的更新和艺术追求演变的轨迹。有渐趋深入的对思维创造和艺术规律的探究，也有对艺术功能和社会作用的考察；有传承与变革（有常与无方，守成与时尚），雅与俗，自然与人为，入世与出世（尚功利与尚超逸），强调共性、楷范与推崇个性……以及主体与客体对应、往复交融的矛盾运动，有对立统一，也有互相转换。

从魏晋之交起文学进入自觉时代，在艺术创造中的新发现、新建树、遇到的新问题需要用新的理论去进行评议、阐释、回答和引导。音乐、书法、绘画等其他艺术门类实践和理论批评的进步，在"三教合一"学术融通与哲学思辨精神的回归推动下理论思维水平的提高，都为文论经典问世（尤其是其范畴概念的体系化建构）创造了条件。《文心雕龙》确实是文学"自觉时代"的产物，不能不承认，大思想家和理论家刘勰在范畴概念创用上的卓越贡献不仅当时无人可比，就是整个文艺理论史上的后继者也望尘莫及。

第五章 《刘子》范畴创用的卓越建树

一、从政主体论中的范畴系列

《刘子》主体论范畴创用针对的是吏治清正廉明的保证——施政主体的修养操持与才学积累。

《九流》篇"道者玄化为本，儒者德教为宗，九流之中，二化为最。夫道以无为化世，儒以六艺济俗"，强调道、儒"二化为最"，《刘子》前十篇首论从政主体廉明施治必备的道、儒思想精神修为，申述政论中道家和儒家思想的基础性和引领作用。其中前五篇阐发道家相关政治理念，后五篇则主要叙说儒家这方面的思想主张。值得注意的是其中绝少照搬经典和老、庄、孔、孟学说的教条，范畴概念组合的创用更有非同凡响的理论建树。

说道家"以空虚为本，清净为心，谦抑为德，卑弱为行。处无为之事，行不言之教。裁成宇宙，不见其迹，亭毒万物，不有其功"；其后又点明"道者玄化为本""道以无为化世……无为以清虚为心"，宣示了能够行无为之治的"玄机"：施政者拥有"以空虚为本，清净为心"的精神境界。

（一）《清神》《防欲》《去情》《韬光》《崇学》：以道家思想为主

《清神》第一云：

> 形者，生之器也；心者，形之主也；神者，心之宝也。故神静而心和，心和而形全；神躁则心荡，心荡则形伤，将全其形，

先在理神。故恬和养神，则自安于内；清虚栖心，则不诱于外。神恬心清，则形无累矣；虚室生白，吉祥至矣。

人不照于昧金而照于莹镜者，以莹能明也；不鉴于流波而鉴于静水者，以静能清也。镜水以明清之性，故能形物之形。由此观之：神照则垢灭，形静则神清；垢灭则内欲永尽，神清则外累不入。今清歌奏而心乐，悲声发而心哀，神居体而遇感推移。以此而言之，则情之变动，自外至也。

夫一哀一乐，犹搴正性，况万物之众，而能拔擢以全心神哉！故万人弯弧以向一鹄，鹄能无中乎？万物眩曜以惑一生，生能无伤乎？

七窍者，精神之户牖也；志气者，五脏之使候也。耳目诱于声色，鼻口之于芳味，肌体之于安适，其情一也。七窍蔽于攻取，则精神驰骛而不守；志气縻于趣舍，则五脏滔荡而不安。嗜欲连绵于外，心腑壅塞于内，蔓衍于荒淫之波，留连于是非之境，而不败德伤生者，盖亦寡矣。

是以圣人清目而不视，静耳而不听，闭口而不言，弃心而不虑。贵身而忘贱，故尊势不能动；乐道而忘贫，故厚利不能倾。容身而处，适情而游。一气浩然，纯白于衷。故形不养而性自全，心不劳而道自至也。

《刘子》首篇《清神》论葆养精神、清虚宁静之要。开篇即云"形者，生之器也；心者，形之主也；神者，心之宝也"，指出形与心、神的依存和主从关系；"神"为"心""形"之本，故"神静而心和，心和而形全。神躁则心荡，心荡则神伤，将全其形，先在理神"。又指出："恬和养神，则自安于内；清虚栖心，则不诱于外。神恬心清，则形无累矣；虚室生白，吉祥至矣。""神照则垢灭，形静则神清；垢灭则内欲永尽，神清则外累不入。"若精神清明，则可避免外物之引诱。可见心灵清虚的必要。物欲对精神有负面影响，清明精神，则能除却心中尘垢欲念。《庄子·人间世》有："虚室生白，吉祥止止。"《大宗师》有："芒然彷徨乎尘垢之外。"《清神》说："情之变动，自外至也。夫一哀一乐，犹挚正性，况万物之众，而能拔擢以全心神哉！故万人弯弧以向一鹄，鹄能无中乎？万物眩曜以惑一生，生能无伤乎？"此语出于《淮南子·俶真训》和《吕氏春秋·本生》篇，以为外在事物的诱惑刺激对人的生命存在负面影响。而"圣人清目而不视，静耳而不听，闭口而不言，弃心而不虑。贵身而忘贱，故尊势不能动；乐道而忘贫，故厚利不能倾"，则出于《淮南子·精神训》《诠言训》以及《文子·九守》等篇，皆取法道家修身全性的理念。

《清神》强调："神静而心和，心和而形全；神躁则心荡，心荡则神伤……故恬和养神，则自安于内；清虚栖心，则不诱于外。神恬心清，则形无累矣；虚室生白，吉祥至矣……人不照于昧金而照于莹镜者，以莹能明也；不鉴于流波而鉴于静水者，以静能清也。镜水以明清之性，故能形物之形……神清则外累不入。""清神"之"神"指从政者的精神境界；"清"指维系精神境界的清虚和正大光明，其动用的义涵指为达此境的主观努力。心境"虚"才能廓除主观偏执和陈腐的思想意识，摆脱世俗嗜欲和杂念的干扰。"静"是本于自然的无为和恬适安祥。"形"则是"心神"的外在表现。

《清神》论行"无为之治"者（包括君主臣僚吏员）——施政主体必备的精神品性修为。"神"此处指人的精神境界。"清神"是提升品格、心境的一种自觉努力，既为从政前的精神准备，也是从政后不断反躬内省中精神的净化与守持。"清神"而后"神"得以清，"清虚栖心"（能排除各种非本质因素的干扰、认识、把握事物运作的客观规律）而后方有政治的清明。

从政者做不到清心寡欲，就不足以抗拒外在诱惑干扰。《清神》指出："神静而心和，心和而形全；神躁则心荡，心荡则形伤。将全其形，先在理神。故恬和养神，则自安于内，清虚栖心，则不诱于外。"凸出精神境界和心性修养的统领作用，申说"恬和养神""清虚栖心"，强调以内御外的重要。《清神》随即以"虚室生白，吉祥至矣"作补充，强调有了"虚静"的心境（"清虚栖心"），则"无为而无不为"的吉利祥和随之到来。

《清神》感慨："万物眩曜以惑一生，生能无伤乎？""嗜欲连绵于外，心腑壅塞于内，蔓衍于荒淫之波，留连于是非之境，而不败德伤生者，盖亦寡矣。"因此，施政者拥有强大、"清虚"的内心，方能抗拒外在的邪恶蛊惑和威胁利诱，行使职权时才会有"自安于内，不诱于外"的定力。

《清神》末尾说："一气浩然，纯白于衷。故形不养而性自全，心不劳而道自至也。"如前所说，"自安于内，不诱于外"是一种思想精神上的"正气存内，邪不可干"。孟子曾鼓吹"善养浩然之气"，"一气浩然"正是这种来自道德层面的"至大至刚"正气，儒家色彩明显。而"形不养性自全，心不劳道自至"则是黄老"无为而无不为"的成效。《刘子》政论确乎以道、儒"二化为先"。

"清神"是提升品格、心境的自我修为，既为从政前的精神准备，也是从政后不断反躬内省中精神的净化与守持。"清神"而后"神"得以清，"神"清而后方有政治的清明。"清神"是廉明施治的保证："廉"，贪腐就不会出现；"明"则知得、失去、就以及变通，举措适时得法，合乎自然之道。

《防欲》第二云：

人之禀气，必有性情。性之所感者，情也；情之所安者，欲也。情出于性而情违性；欲由于情而欲害情。情之伤性，欲之防情，犹烟冰之与水火也……性贞则情销，情炽则性灭。是以珠莹则尘埃不能附，性明而情欲不能染也。

……将收情欲，先敛五关。五关者，情欲之路，嗜好之府也。目爱彩色，命曰伐性之斤；耳乐淫声，命曰攻心之鼓；口贪滋味，命曰腐肠之药；鼻悦芳馨，命曰熏喉之烟；身安舆驷，命曰召蹶之机。此五者，所以养生，亦以伤生……声色芳味，所以悦人；悦之过理，还以害生。故明者刳情以遣累，约欲以守贞……处于止足之泉，立于无害之岸，此全性之道也。

……将收情欲，必在脆微。情欲之萌，如木之将蘖，火之始荧，手可掣而断，露可滴而灭。及其炽也，结条凌云，煽（熛）章华，虽穷力运斤，竭池灌火，而不能禁，其势盛也。嗜欲之萌，耳目可关，而心意可钥；至于炽也，虽襞情卷欲而不能收，其性败也。如能塞兑于未形，禁欲于危微，虽求悔吝，其可得乎？

《去情》第三中说：

情者，是非之主，而利害之根。有是必有非，能利亦能害；是非利害存于衷，而彼此还相疑。故无情以接物，在遇而恒通；有情以接人，触应而成碍。由此观之，则情之所处，物之所疑也。

……使信士分财，不如投策探钩；使廉士守藏，不如闭扃全封。何者？有心之于平，不若无心之于不平也；有欲之于廉，不若无欲之于不廉也。

……三人居室，二人交争，必取信于不争者，以辨彼之得失。夫不争者未必平，而交争者未必偏，而信于不争者，何也？以争者之心，并挟胜情故也。飘瓦击人，虚舟触己，虽有忮心而不怒者，以彼无情于击触也。是以圣人弃智以全真，遣情以接物，不为名尸，不为谋府，混然无际，而俗莫能无累也。

　　人"性"天成，有其合理性。"情"则是后天生发，由人的心性与外部事物在一定时空相互感发、触动生成。所以说："性之所感者，情也。"由于"情"的生成受到外在（社会的、自然的）因素影响，往往就有"情出于性而情违性"的现象。"欲"原于生命本能，是对享用某种情、物之快感的追求和向往，满足之则有欣悦快适的体验。然而过犹不及，欲的放纵和恶性膨胀会走向反面，给人自身（包括"性""情"）和社会造成危害。因此说"欲由于情而欲害情""所以养生，亦所以伤生"。为官者权势在握，更易纵欲，为所欲为，以权谋私，所造成的危害更为广泛、深重，从来都是官场腐败的根源。

　　《防欲》《去情》道出了从政者"防欲""约欲"和弃除私情的必要："声色芳味，所以悦人；悦之过理，还以害生。"然而，因"声色芳味"方面的满足能"悦人"而难以拒斥，必须凭借高度的理性自我克制，才可防其"过理""害生"。故云"刭情以遣累，约欲以守贞"才是"明者"的"全性之道"。刘勰尤其强调，对"情""欲"的杜塞与制约须在其初萌"未形"的阶段才会有效；如放纵之而至"势盛"，则无可救药，将令人悔之莫及："将收情欲，必在脆微……如能兑情于未形，禁欲于危微，虽求悔吝，其可得乎？"

　　"防欲""去情"各有侧重，讨论危害主体精神情操内、外两方面因素的防范和摒除，以确保廉明施治。尤其对如何不出偏私进行了补充。

　　《防欲》说："性之所感者，情也。"人"性"天成，有其合理性。

"情"则是后天的，由人的心性与外部事物在一定时空和条件下相互感发、触动生成。由于"情"的生成受到外在（社会的、自然的）因素影响，也难免主观的偏颇，往往有"情出于性而情违性"的现象。

《去情》在"情"所以必去之上进行了深入中肯的剖析：

> 是非利害存于衷，而彼此还相疑。故无情以接物，在遇而恒通；有情以接人，触应而成碍。由此观之，则情之所处，物之所疑也。

此所谓"情"大抵属施政者的私"衷"，这即要做到廉明必"去"之"情"。施政主体与其所面对的人和事有尊卑、亲疏、好恶之别，也难免有利害关系羼杂以及彼此是非判断上的差异……凡此种种，都会造成"情"的偏私，若不去除这样的"情"，定会影响处理事务的公正性，处处都会成为廉明施治的障碍；唯"无情接物"——排除私"衷"去面对和处置公务，才能不偏不倚而无不通达。刘勰还特别提醒，利益分配和行政执法的公允，要依靠不涉"欲""情"的客观标准和操作规制去实现，而不是一己对执行者个人品格的信赖："使信士分财，不如投策探钩；使廉士守藏，不如闭扃全封。何者？有心之于平，不若无心之于不平也；有欲之于廉，不若无欲之于不廉也。"

作者刘勰深谙世人心理，又举了一个生活中不难见到的例子："三人居室，二人交争，必取信于不争者，以辨彼之得失。夫不争者未必平，而交争者未必偏，而信于不争者，何也？以争者之心，并挟胜情故也。""不争"的第三者对"交争"双方是非曲直的分辨、判断更容易为人们采信。就因为争论双方的内心皆有争胜的偏颇之"情"，而他却没有。

篇末以"圣人"为榜样，要求从政者"弃智以全真，遣情以接物"，免受世俗之累。也即要求吏员不为机诈，维系人的纯良天性，排除一己"欲""情"的干扰拖累，超然尘俗、行无为之治。

《去情》所谓"情者，是非之主，而利害之根。有是必有非，能利亦能害，是非利害存于衷，而彼此还相疑……情之所处，物之所疑也"，认为"情"关系亲疏好恶，常是人们利害是非取舍的依据，如果在"情"的影响下待人接物，则"触应而成碍"，故主张"无情以接物"。篇末所谓"是以圣人弃智以全真，遣情以接物，不为名尸，不为谋府，混然无际，而俗莫能累矣"中的"不为名尸，不为谋府"见于《庄子·应帝王》："无为名尸，无为谋府……至人之用心若镜，不将不迎，应而不藏，故能胜物而不伤。"同篇还有"游心于淡，合气于漠，顺物自然而无容私焉，而天下治矣"。庄子以为，人应绝弃求名、智巧，顺应自然本性，在空明的心境中思考，任物之来去而不迎不送，照实反映外物情状而无所隐藏，则能体认和全面把握外物而无缺损。

概言之，《刘子》前三篇论吏员从政的心性修为和精神准备。如果说"清神"之论重在精神和思想境界的提升，则《防欲》《去情》是首篇"清神"之论的延伸和细化。若说"清神"之论重在从政者精神和思想境界的净化提升，则"防欲""去情"之说强调的就分别是对纵欲和私情干扰的防微杜渐。

刘勰探究官吏贪腐的根由，深入到精神和心理的层面。他指出，当"防"之"欲"产生于对功名利禄、饮食男女的过分贪求；当"去"之"情"是出于个人好恶以及与一己有关系的偏私之情，所谓"偏私"，就指与之一荣俱荣、一损俱损的有连带关系者而言，除亲友而外，在古代还包括朋党、门派、师徒……纵欲和徇私也常常相互助长，若不能扼止则必然导致贪腐与枉法。

"清（心）神""防（纵）欲""去（私）情"准确地把握和表述了从政者心性修为的三个层次，是行廉明之治的主体提升精神境界的必由之径。

《九流》申说全书的思想理论宗尚和渊源时指出，古代九个学术流派"俱会治道"，而"道者玄化为本，儒者德教为宗，九流之中，二化为最"。表明对道、儒两家、尤其是道家的倚重。

《史记·太史公自序》所录司马谈《论六家要旨》说道家："其术以虚无为本，以因循为用。无成势，无常形，故能究万物之情。不为物先，不为物后，故能为万物主。有法无法，因时为业；有度无度，因物与合。故曰：圣人不朽，时变是守。虚者道之常也，因者君之纲也。""以虚无为本"就是以无形的"道"、抽象的精神本体为依据和出发点。"因循为用""不为物先后""因者君之纲"是遵循事物运作的自然规律，不超前也不滞后，以自然的法则为用事、行为之主宰。"无成势，无常形"和"有法无法""有度无度"是无固定模式，无一成不变的守则、法度，都在"因物""因时"制宜的变化中。说"虚者道之常"是因为"虚"才有涵容，才灵动，才有无可限止的自由运动、生生不穷的空间。

不违人的天性的"清静无为"是黄老的治国理念。行无为之治首要的一点就是要求从政者有清虚闲静的精神境界和思想素养。

施政者修身之论亦见于《吕氏春秋》等子书，但针对的施政主体不尽相同。《吕氏春秋》有《贵生》《重己》等专论，但其说的对象只针对君主而非臣僚。《吕氏春秋》强调天子治身是治天下之根本，《重己》云："昔者，先圣王成其身而天下成，治其身而天下治。"《贵生》云："天下，重物也，而不以害其生，又况于它物乎！惟不以天下害其生者也，可以托天下。"然而《刘子》修身之说的对象包括所有从政者，并不限于君主。战国子书多对诸侯君主的建言，《吕氏》犹多辅天子治天下的印记；《刘子》励志劝慰对象主要是从政士人，经历"以吏为师"千百年的政论更多针对吏员。

《吕氏春秋》未全然否定"情""欲",而是以"全性"为目标控驭、取舍,《本生》云:"圣人之于声色滋味也,利于性则取之,害于性则舍之,此全性之道也。世之贵富者,其于声色滋味也多惑者,日夜求,幸而得之则遁焉。遁焉,性恶得不伤?"《刘子》的观点近似,唯论证更精致些:所防之"欲"、所去之"情"是违"性"之"情"和害"情"之"欲",故《清神》有"适情而游,一气浩然,纯白于衷",《防欲》云:"声色芳味,所以悦人;悦之过理,还以害生。故明者剪情以遣累,约欲以守贞,食足以充虚接气,衣足盖形御寒;靡丽之华,不以滑性;哀乐之感,不以乱神。处于止足之泉,立于无害之岸,此全性之道也。"

主体论范畴系列创用的时代特征鲜明。六朝世族豪门的骄纵奢侈史所罕见,《世说新语·汰侈》中记西晋石崇、王恺斗富有云:

> 王君夫以饴糒澳釜,石季伦用蜡烛作炊。君夫作紫丝布步障碧绫里四十里,石崇作锦步障五十里以敌之。石以椒为泥,王以赤石脂泥壁。
>
> 石崇与王恺争豪,并穷绮丽,以饰舆服。武帝,恺之甥也,每助恺。尝以一珊瑚树,高二尺许赐恺。枝柯扶疏,世罕其匹。恺以示崇。崇视讫,以铁如意击之,应手而碎。恺既惋惜,又以为疾己之宝,声色甚厉。崇曰:"不足恨,今还卿。"乃命左右悉取珊瑚树,有三尺四尺,条干绝世、光彩溢目者六七枚,如恺许比甚众。恺惘然自失。

《刘子》以为改良吏治的第一要义就是提升施政主体的精神境界、情操和持守。前三篇《清神》《防欲》《去情》中的"神""性""欲""情"都同在主体精神层面,论中"神"指精神境界,"清神"

指以达至和维系"清虚"境界为目的的修为;"性"指天成本性;"欲"原出于天性,也会因放纵而危害身心,影响施政,故有"防欲"之论;"情"此指应当摒弃的私情,故立《去情》篇。"欲"源于先天本性,"情"则与后天的人际关系密切。三篇中的"神""欲""情"是主体精神同一维度的三个层次,析论如此精到,以往理论中未见,颇有创意。

《文心》中"情"指创作主体的情感思维活动,既是创作活动的动力,也是艺术作品内容的核心。往往与心、神、思、性、意相互借代,在指内容的语境中甚至可与属于客体的"理"联成一词或者互代。一般是不会像私情那样被指斥和要求摒弃的。"神思"之"神"是对文学创作思维神奇微妙的形容。"欲"则不在《文心》讨论范围。《文心》的"情""物""辞"是创作三要素的组合,《刘子》以"清神""防欲""去情"论施政主体的思想精神修为。其"神""欲""情"是人精神的不同层面,论中不能互代。

道、儒"二化为最",故《刘子》列前十篇申述道、儒两家思想的基础性和引领作用,但绝少照搬经典和老、庄、孔、孟学说教条,其他各篇更是这样。《九流》说道家"以空虚为本,清净为心,谦抑为德,卑弱为行。处无为之事,行不言之教。裁成宇宙,不见其迹;亭毒万物,不有其功"。其后又点明"道者玄化为本""道以无为化世……无为以清虚为心",宣示无为之治的"玄机"。

老百姓爱戴并世代传颂那些正直有为的清官,贪官污吏被绳之以法总能大快人心。清廉与否,向来是决定施政成败、影响国计民生的关键问题。吏治腐败是中国历史上的寻常现象,各朝各代几乎都有那么些时候、那么些地方和部门滋生贪官污吏,他们损公肥私、危害民生,甚至因此导致民变和国家衰亡。虽有惩治腐败的成法、规制、机构,也有专司其事的职官,比如监察御史、按察使之类,然而贪赃枉法的事仍彼伏而此起，不时萌生。

官员贪腐难以禁绝的根源何在？古代政论中能否提供一些有益的启示呢？

秦始皇统一六国后建立的大帝国实行郡县制，其"以吏为师"一语表明，国家自此进入吏治时代。南北朝齐梁时期，刘勰审视秦汉以来的政治弊端及其症结所在，深刻了解改良施政的急迫性和民众对廉能政治的渴求，鼓吹尊奉黄老"清静无为"的治国理念。于是在其所著《刘子》中首立《清神》《防欲》《去情》，强调成就廉明之治的关键在于从政者有无必要的品性修养和精神准备，从而使自己具有抗拒腐败的免疫力。将官吏的思想素质视为廉明施治的第一要素，其见识非同凡响，可谓是超越其他子书和古代政论的卓越建树，因此获唐太宗和武则天青睐，在其所著《帝范》《臣轨》中摘引，对成就开明的贞观之治开大唐盛世不无积极影响，至今仍有值得借鉴之处。

刘勰的"清神"之论包括《刘子》列前的三篇：《清神》《防欲》《去情》，即清心神、防纵欲、去私情，为根治吏治腐败导向。此所谓"神"指人的精神境界，"清神"是一种自觉的努力，既为从政前的精神准备，也是从政后不断反躬内省中精神的净化与守持。"清神"而后"神"得以清，"神"清而后方有政治的清明，政治的清明才有社会的进步和公平正义，才能引领并形成健康和谐的社会风尚。

道家有以静驭动的"虚静"说，以为克服社会弊端的出路在于施行以静驭动的无为而治：《老子》说"清静为天下正""我无为而民自化，我好静而民自正，我无事而民自富，我无欲而民自朴"，自谓"致虚极，守静笃，万物并作，吾以观复"，在虚静心境中体认并遵循事物运作的客观规律。"虚"则灵动、有涵容，最富生机和创造力。"静"是摆脱烦扰浮躁的安详平和，冷静觉知、寓动于内的精神境界。《清神》赞赏的"虚室生白，吉祥至矣"语出《庄子》，刘勰以为，施政者精神和思维达于清虚明觉、澄静无染，其政治举措也就无往不利，有理想的效果。"神清"则"明"，官员有"明"则对事理通晓洞达，为其拥有治世之"能"的基石。

外在诱惑确实多而强势，对于大权在握的高官尤其如此。刘勰感慨："万物眩曜以惑一生，生能无伤乎？嗜欲连绵于外，心腑壅塞于内，蔓衍于荒淫之波，流连于是慧之境，而不败德伤生者，盖亦寡矣。"若无执着不移的精神追求和首先守持，手握权力的官员如何能廉洁自律？因而强调唯有通过"清神"一途，施政者方能"贵身而忘贱。故尊势不能动，乐道而忘贫。故厚利不能倾"。

无论古今，施政者若能"清神"自为，就能与腐败无能绝缘，更不会听任其蔓延，导致社会风气的败坏。《清神》最后说："一气浩然，纯白于衷，故形不养而性自全，心不劳而道自至也。"如前所说，"自安于内，不诱于外"是一种思想精神上的"正气存内，邪不可干"。孟子曾自谓"善养浩然之气"，"一气浩然"正是这种至大至刚来自道德层面的正气，儒家色彩明显。而"形不养而性自全，心不劳而道自至"则是黄老"无为而无不为"的成效。《刘子》的政论确乎以道、儒"二化为最"。

古人向来把修、齐、治、平视为英才用世之正途。在古代政论中《刘子》率先作"清神"之论颇有深意，对主持和参与政务者的思想品格、精神境界提出要求，对任何时代的职官和有志从政的人都有警示作用。

《韬光》第四说：

> 物之寓世，未尝不韬形灭影、隐质遁外以全性栖命者也。夫舍奇佩美、炫异露才者，未有不以此伤性毁命者也。

在恶劣生存环境中，士人若是炫耀才干往往会遭到不测，乃至生命不保。可见南北朝时期的仕途危机四伏、充满艰险。刘勰在列举其他若干个生命体"韬光隐质，故致全性"的例子后指出，士人应清醒地认识到生存环境的艰危，要做到：

> 韬迹隐智，以密其外；澄心封情，以定其内。内定则神腑不乱，外密则形骸不扰。以此处身，不亦全乎？

《庄子·逍遥游》说到大匏、大树，大而无用却能自全。《人间世》云："山木自寇也，膏火自煎也。桂可食，故伐之；漆可用，故割之。人皆知有用之用，而莫知无用之用也。"指出"无用之用"于己身实为大用。《刘子》主张隐形灭质，避免人因才招害，与《庄子》以"无用之用"存身之旨相合，故《韬光》末尾强调才不外露，"韬迹隐智，澄心封情"，全身保性。文中用典大多出自《庄子》，还有《外物》《达生》《秋水》《田子方》《徐无鬼》《德充符》诸篇中的寓言故事。

《崇学》第五开篇即称：

> 至道无言，非立言无以明其理；大象无形，非立形无以测其奥。道象之妙，非言不津；津言之妙，非学不传。未有不因学而鉴道，不假学而光身者也……人能务学，钻炼其性，则才惠发矣。

引《老子》三十五章的"执大象天下往"，与《韩非子·解老》的"（今）道虽不可得闻见，圣人执其见功以处见其形，故曰：无状之状，无物之象"，说明通过学习著述（"言"）明白道理，把握事物演化的内在规律（知事态的所以然和处置方法），才能成就功业。

《解老》的"执其见功以处见其形"即此所谓"立形无以测其奥"。"大象无形"和"道象之妙非言不传"亦出自《老子》和《易·系辞》。论家所用范畴有"道""言""象"（"大象""形"）"理"等。

又说"情性未炼，则神明不发"，强调"务学"是明白事理、成就事业的需要。其后又作了若干譬喻，指出学习是一个不间断的积累过程。最后论曰：

> 人不涉学，犹心之聋盲，不知远祈明师以攻心术，性之蔽也。故宣尼临没，手不释卷；仲舒垂卒，口不辍诵；有子恶卧，自烨其掌；苏生患睡，亲锥其股。以圣贤之性，犹好学无倦，矧伊庸人而可息哉！

儒家重学。篇中"青出于蓝而青于蓝……冰生于水而冷于水""不登峻岭，不知天之高；不瞰深谷，不知地之厚""戎夷之子，生而同声，长而异语，教使然也"等语出自《荀子·劝学》。《荀子·劝学》还说过"积土成山，积水成渊""不积跬步，无以至千里""锲而不舍，金石可镂"，强调为学依靠积累，须不懈努力；《刘子·崇学》亦云："吴竿质劲，非筈羽而不美；越剑性利，非淬砺而不铦；人性惷惠，非积学而不成……悬岩滴溜，终能穴石；规车牵索，卒至断轴。水非石之钻，绳非木之锯，然而断穴者，积渐之所成也。"联系到《清神》用到孟子的"一气浩然"，可见《刘子》论"道"也兼综各家所长。

《崇学》倡言"人学为礼仪，丝以文藻""心受典诰而五性通焉"，说到游心六艺，又赞许宣尼、仲舒、有子、苏生等圣贤好学无倦，则知其崇学虽曰"因文鉴道"，亦与儒、纵横等其他家学说多有关联，凸显其"杂家"的特点。唐太宗《帝范·崇文》的"因文而隆道，假学以光身""不游文翰,不知智之源"和"质蕴吴竿,非筈羽而不美"均袭用《刘子·崇学》中语。

《韬光》与《崇学》为何也在道家施政主体论之列呢?看来作者认为:黄老治国理念的实行,从政者即使做到"清神""防欲""去情",有了"廉明"的基本保证,也要特别留意和强化自我的知识与才干。《韬光》提示,身处险恶的生存环境(尤其是已入仕途者)须懂得,在尚不具备施展抱负条件前,要示"无用"于嫉贤妒能者和昏聩势要,以求自全;等待时机到来,而后为国"大用"。韬光养晦是明智的,也是必要的。先秦时孙膑、范雎、韩非即因才智不凡遭忌受戕害,三国时代孔明也曾"苟全性命于乱世,不求闻达于诸侯",终获明主赏识。后来的历史记载中也不乏以韬光敛迹、低调处世而得授重任,乃至承袭大位、顺利接班的例子。

《韬光》之说纳入道家无疑义;儒学重学,《崇学》列前五重说明:由于兼取道、儒,开篇首先言道家"立言明理""因学鉴道"之察,其后才以儒家思想材料论证,既可见《九流》申述的兼综各家、"二化为最"、道列儒前的思想方法,亦透露出十篇施政主体论由前面重道随后转向重儒的布局。

《崇学》的主旨讲志存高远的从政者,必须孜孜不断学习,提高见识与才干,为成就廉明的治理提供支持。表明实施"无为而治"也得博学明理、通于治道,否则将无所作为。

两篇所论分别是出仕应有的一种思想准备和提高学识素养的不懈努力,于是也归诸全书前五的道家主体论。

列后篇章中也有一些道家思想浸润较深者。

与《韬光》论旨相近的还有第二十二《心隐》篇。作者对士人们普遍自视甚高,缺少识才眼光,更无推举贤能的气度深有感触。其论以《庄子》《淮南子》《荀子》《礼记》和《论衡》中的议论与典故为依据，如引"凡人之心，险于山川，难于知天"（《庄子·列御寇》寓言故事中的"孔子"语）之后说：

> 俗之常情，莫不自贵而鄙物，重己而轻人。观其意也，非苟欲以愚胜贤，以短加长，由于人心难知，非可以准衡平，未能虚己相推，故有以轻抑重，以短凌长。是以嫫母窥井，自谓媚胜西施；齐桓矜德，自谓贤于尧舜。若子贡始事孔子，一年自谓胜之，二年以为同德，三年方知不及。以子贡之才，犹不识圣人之德，望风相崇，奚况世人而能推胜己耶？

刘勰对此风气鄙夷至极，进行了抨击和辛辣嘲讽。当然，也有面对"俗之常情"古已有之、向来如此的无奈，是对怀才不遇者的一种劝慰，也不无自我排遣的意味。

《大质》第三十六引《淮南子》《吕氏春秋》《晏子春秋》《庄子》语论曰：

> 火之性也，大寒惨凄，凝冰裂地，而炎气不为之衰；大热烜赫，燋金烁石，而炎气不为之炽者，何也？有自然之质，而寒暑不能移也。故丹可磨，而不可夺其色；兰可燔，而不可灭其馨；玉可碎，而不可改其白；金可销，而不可易其刚：各抱自然之性，非可强变者也。士有忠义之性，怀贞直之操，不移之质，亦如兹者也。
>
> 是以生苟背道，不以为利；死必合义，不足为害。故不趋利而逃害，不忻生而憾死，不可以威胁而变其操，不可以利诱而易其心。
>
> 夫士有忠义之行，践绳墨之节，其于平日，乃无异于众人；及至处患蹈难，而志气贞刚，然后知其殊也。

以为事物的内在质量和人的忠义、贞直操守皆属"自然之质""自然之性"——天成之本真,必须守持不移。不受威胁利诱,不"背道"苟活,"死必合义";"忠义""贞直"的操持出于"自然"天性。分明是一种道、儒的互补之论。

"自然"的范畴源于道家学说,其后被广泛接受。《类感》第五十的论证尽管引用《礼记·乐记》以及《易·乾·文言》《易·系辞》等多种儒学文献,亦称"感应必类,自然之数也",可印证这一点。

《祸福》第四十八说:"祸之所倚,反以为福;福之所伏,还以成祸。"从《老子》辩证的祸福观和对俭朴"修德"的推崇,引伸出对世人的告诫:不能迷信"征兆"所显示的前景不可改变,主观努力完全可使祸福转换、凶反成吉:"妖孽不胜善政,则凶反成吉;怪梦不胜善行,则转祸为福。"对"祥(瑞)"与"妖孽""怪梦"征兆未予全面否定,以为"妖孽者,所以警王侯也;怪梦者,所以警庶人也"。随后指出:"是以君子祥至不深喜,逾敬慎以俭身;祅见不为戚,逾修德以为务。故招庆于神祇,灾消而福降也。"王侯的善政,庶人的善行就能"灾消而福降",强调自己的作为是祸福吉凶的决定性因素。该篇除引《老子》外也有《荀子》《淮南子》中语以及先秦史事。

《贪爱》第四十九篇名中的"爱"是吝啬之义。篇中引有《老子》《韩非子》《礼记·曲礼》语。以贪婪加悭吝以至丧失理性的王侯身死国灭的下场警示施政者。其中也有足则知止、藏富于民的劝诫。

该篇首先指出:"小利大利之孽,小吝大祸之津。苟贪小利,则大利必亡;不遗小吝,则大祸必至。"随即举蜀侯贪得"粪金"石牛开山填谷,"以贪小利失大利",灭国亡身;以及楚白公"积敛财宝,不以分众",叶公"发大府之货以与众,出府库之兵以赋民",

攻而胜之，"白公身灭……以此小吝，而生大祸"之史事。对贪吝之风气鄙夷至极，进行抨击和辛辣嘲讽。篇末则以"《老子》曰：'多藏必厚亡。'《礼》云：'积而能散。'皆明止足之分，祛贪吝之萌也"作结。

《九流》说儒家"顺阴阳之性，明教化之本，游心于六艺，留情于五常，厚葬久服，重乐有命，祖述尧、舜，宪章文、武，宗师仲尼，以尊敬其道"。指出"儒者德教为宗""儒以六艺济俗""六艺以礼教为训"。可知其思想宗旨是以道德教化的政治功用，达成"天下归仁"的社会理想。用到的范畴则有"心""神""理义"等，以及与"立本"相联系的"信"与"行"。

（二）《专务》《辨乐》《履信》《思顺》《慎独》：以儒家思想为主

第六到第十各篇，大抵以儒家思想为主。笔者于此用了"大抵""为主"，表明其论与其他儒学（尤其是经学）著述有别，常吸纳其他家思想言说和著述者自己的见解于其中。

《专务》第六杂引诸子语，论专注于学的重要：

> 学者出于心也。心为身之主，耳目候于心。若心不在学，则听诵不闻，视简不见。如欲练业，必先正心，而后理义入焉。

引《荀子·劝学》"君子之学也，入于耳，藏于心也"语，论学习专注的重要，为学先得"正心"——端正思想道德品位，方能把握政务的"理义"。又云：

> 弈秋，通国之善弈也……非弈道深微，情有暨暗，笙猾之也。隶首，天下之善算也，当算之际，有鸣鸿过者，弯弧拟之，将发

未发之间，问以三五，则不知也。非三五难算，意有暴昧，鸿乱之也。以弈秋之弈，隶首之算，穷微尽数，非有差也，然而心在笙鸿而弈败算挠者，是心不专一，游情外务也。

以《孟子·告子上》的言说敷衍，表明学必专注，不可"游情外务"。末段亦有：

夫蝉之难取，而黏之如掇；卷耳易采，而不盈倾筐，专与不专也。是故学者必精勤专心，以入于神。若心不在学而强讽诵之者，虽入于耳而不谛于心，譬若聋者之歌，效人为之，无以自乐，虽出于口，则越散矣。

用到《庄子·达生》佝偻承蜩的寓言与《荀子·解蔽》"卷耳易得"之句；"心不在学"云云则取自《淮南子·原道篇》。足见《刘子》"以古说今"依论题所需杂取诸家材料，不仅事例和叙说方式不同，文字也有变动，并非简单因袭。提高"业"务的学习若"心不专一"则无法成事，"学者必精勤专心，以入于神"才合乎施政的要求。是知"藏于心"指学识储备，"入于神"则是融会贯通对本质规律的把握和灵活运用的至境。

《辨乐》第七引《礼记·乐记》《荀子·乐论》等典籍中材料阐发儒家乐论宗旨：以为"上能感动天地，下则移风易俗，此德音之音，雅乐之情，盛德之乐也"。可贵的是刘勰并不墨守成规，强调"应时之变"：

乐者，天地之齐，中和之纪，人情之所不能免也，人心喜则笑，笑则乐，乐则口欲歌之，手欲鼓之，足欲舞之。歌之舞之，容发于音声，形发于动静，而入于至道。音声动静，性术之变，尽于此矣。故人不能无乐，乐则不能无形，形而不为道，则不能无乱。先王恶其乱也，故制雅乐以道之，使其声足乐而不淫，使其音调伦而不诡，使其曲繁省而廉均。足以感人之善心，不使放心邪气得接焉，是先王立乐之情也。

　　五帝殊时，不相沿乐；三王异世，不相袭礼：各像勋德应时之变……击拊球石，即百兽舞；乐终九成，则瑞禽翔。上能感动天地，下则移风易俗，此德音之音，雅乐之情，盛德之乐也。

《刘子》取用《荀子·乐论》之说，以此为人情抒发的必由之径。先王恐人情逾矩，制雅乐以"感人之善心，不使放心邪气得接焉"。"德音之音，雅乐之情，盛德之乐""上能感动天地，下则移风易俗"，然而，世俗中背离雅正的"溺音"风靡对人心有极大的危害：

　　明王既泯，风俗凌迟，雅乐残废，而溺音竞兴。故夏孔甲作《破斧》之歌，始为东音；殷辛作靡靡之乐，始为北声；郑卫之俗好淫，故有《溱洧》、桑中之曲；楚越之俗好勇，则有赴汤蹈火之歌。各咏其所好，歌其所欲，作之者哀叹，听之者泫泣。由心之所感，则形于声；声之所感，必流于心。故哀乐之心感，则燋杀啴缓之声应；濮上之音作，则淫泆邪放之志生。故延年造倾城之歌，汉武思靡嫚之色；雍门作松柏之声，齐潘愿未寒之服……夫乐者，声乐而心和，所以为乐也。今则声哀而心悲，洒泪而歔欷，是以悲为乐也。若以悲为乐，亦何乐之有哉！

末段强调，唯雅乐能够调节人心，安静性情，使其平和而不躁动。反对世俗"邪音"，充分肯定雅乐的政治、教化作用：

使人心和而不乱者，雅乐之情也。故为诗颂以宣其志，钟鼓以节其耳，羽旄以制其目。听之者不倾，视之者不邪。耳目不倾不邪，则邪音不入；邪音不入，则情性内和，情性内和，然后乃为乐也。

本篇所用范畴有"雅"与"俗"，"正"与"邪"的对应，标举"中和"的境界。篇名为何称"辨乐"，值得深思。

与秦汉杂家子书比较，《吕氏春秋》尽管也提及"乱世之乐"，其乐论仍多角度阐发儒家宗旨，《大乐》《侈乐》《适音》《古乐》《音律》《音初》《制乐》《明理》诸篇评介音乐源流、功用，虽有道家思想浸润，仍承认音乐是教化的重要手段。如《大乐》云："天下太平，万物安宁，皆化其上，乐乃可成。成乐有具，必节嗜欲。嗜欲不辟，乐乃可务。务乐有术，必由平出。平出于公，公出于道，故惟得道之人，其可与言乐乎！"认为太平之世必成于雅乐。《淮南子》也曾言及音乐对政治、社会的积极影响，如《泰族训》中说："因其（指民）喜音而正雅、颂之声，故风俗不流……中考乎人德，以制礼乐，行仁义之道，以治人伦而除暴乱之祸。"而其前的《齐俗训》却明言礼乐为道德之末，指斥儒学所谓"仁义"有违黄老的"道德"，开篇即云："率性而行谓之道，得其天性谓之德。性失然后贵仁，道失然后贵义。是故仁义立而道德迁矣，礼乐饰则纯朴散矣，是非形则百姓眩矣，珠玉尊则天下争矣。"[1]认为"衰世"礼乐的华靡演饰有损人纯朴的人性，推重"珠玉"会导致天下纷争。

《刘子·辨乐》显然与《吕氏春秋》一样更倚重儒家乐教治国

---

① 〔汉〕刘安编，刘文典等点校：《淮南鸿烈集解》，北京：中华书局，2013年，第670–671、343页。

的功用，而与《淮南子》对仁义的抨击有所不同。

该篇与《文心雕龙》也可以作些比较。《文心·乐府》所论是乐府诗这种文体，尽管有对文的侧重，仍葆有音乐艺术的一些特点，某些方面可作音乐专论的参照或印证。比如《刘子·辨乐》在雅俗之辨中说到"延年造倾城之歌，汉武思靡嫚之色；雍门作松柏之声，齐滑愿未寒之服"，可见深受帝王、诸侯偏爱和赏识的乐曲未必雅正！《文心·乐府》对此的来龙去脉说得更清楚："自雅声浸微，溺音腾沸，秦燔乐经，汉初绍复，制式纪其铿锵，叔孙定其容与。于是武德兴于高祖，四时广于孝文，虽摹韶夏，而颇袭秦旧，中和之响，阒其不还。暨武帝崇礼，始立乐府，总赵代之音，撮齐楚之气；延年以曼声协律，朱马以骚体制歌；桂华杂曲，丽而不经，赤雁群篇，靡而非典；河间荐雅而罕御，故汲黯致讥于天马也。"这段话表明《刘子·辨乐》中的"延年造倾城之歌，汉武思靡嫚之色"逾越"雅正"的规范，尽管是"崇礼""始立乐府"的武帝所好，娱乐宫廷皇室的制作。

在阐发儒学色彩浓厚的古代乐论中批判高举"独尊儒术"大旗的汉武帝偏好的宫廷音乐，既是在乐论中以道对儒的一种补正，也是《刘子》对前代杂家思想理论的一种承传。

另外，《文心·乐府》的"夏甲叹于东阳，东音以发"与《刘子·辨乐》的"夏孔甲作《破斧》之歌，始为东音"吻合；而"涂山歌于侯人，始为南音；有娀谣乎飞燕，始为北声；夏甲叹于东阳，东音以发；殷整思于西河，西音以兴：音声推移，亦不一概矣"却与《辨乐》的"殷辛作靡靡之乐，始为北声"不合，曾被有的学者当作两书不是一人所作的证据。这个问题已被林其锬先生举证厘清："两书在此讨论的问题不同。《文心雕龙》关于东、西、南、北音的起源，指的是'乐'的起源；而《刘子》指的是'淫声'的起源。《文心雕龙》取的是《吕氏春秋·音初》的材料，而《刘子》则采之于《淮南子·原道》……"①

《履信》第八是《刘子》探讨施政诚信问题的专论。篇中同样杂糅儒、道。引儒典《论语》《易·中孚》及史传故事，也偶有《庄子》《吕氏春秋》中语：

> 信者行之基，行者人之本。人非行无以成，行非信无以立。故行之于人，譬济之须舟也；信之于行，犹舟之待楫也。将涉大川，非舟何以济之？欲泛方舟，非楫何以行之？今人虽欲为善而不知立行，犹无舟而济川也；知欲立行而不知立信，犹无楫而行舟也；是适郢土而首冥山，背道愈远矣。

诚信是为人行事之本。践行承诺，恪尽职守，才能获得信赖，无论是对君上还是子民皆然。这是施政中上下一心、君民一体的保证。"欲为善而不知立行，犹无舟而济川也；知欲立行而不知立信，犹无楫而行舟也。"要求"为善"必知"立行"，以及"立行"必知"立信"，带有"体用不二"甚至"知行合一"的意味。

国人自古重诚信。孔子曾说："人而无信，不知其可也。""先行其言而后从之。"要求"言必信，行必果"。当谈及政治的时候又指出："民无信不立。"《履信》篇引申这位先圣名言，称："人非行无以成，行非信无以立。故行之于人，譬济之须舟也。"强调人安身立命于世必得讲一个"信"字。肩负治世之责的官员须取信于民，若能"履信"则"指麾动静，不失其符。以施教则立，以莅事则正，以怀远则附，以赏罚则明"。信誉良好可以确保其"行立"——施政取得成效。

———————
① 林其锬：《刘子集校合编》，第869页。

"履"，就是践行。施政者的"履信"当出于克己奉公、执政为民的信条，尽其职守，一言一行都体现出高度的责任感，兑现对人民、对自己信仰的承诺。重信誉者自有不可逾越的道德底线，人们的推崇与遵依出于对其人诚信的认可，也才会说他们的言行让人"信服"。

施政者有诚信，对内得民众拥护、是令行禁止的保证，对外关联着国家的信誉和利害得失；应有所为，有所不为。首先就要求他们在"言必信"上率先垂范。《履信》列举出"晋文不弃伐原之誓，吴起不亏移辕之赏，魏侯不乖虞人之期"的典故。其中"吴起不亏移辕之赏"是在他率领魏军伐秦时事，与《史记》中商鞅变法前徙木之赏的记载类似。施政者在讲信用上为民作出表率，不仅在"指挥""施教""莅事""赏罚"的治理上能收立竿见影之效，对于引领形成重诚信的社会风气也会有重大的推动作用。

如果说晋文、吴起、魏侯"履信"的率先垂范不无运用"驭民术"之嫌，显现出先秦时期国君和统帅某种时代局限的话，现代政治理念中早已明确：人民的地位和权益高于一切。声称"为人民服务"的干部无论如何不该把"做人民的勤务员"这类动听的"谦辞"当做欺世之言而失信于民。

说到诸侯国间交往、会盟的外事活动，《履信》篇又举"齐桓不背曹刿之盟""柳季为鲁使不欺齐人""小邾射不盟子路拒使"故事，说齐桓公即使是在被劫持时所作的盟誓，事后也会信守；柳季、子路虽然深受他国信赖，为维护道义和本国信誉也有所不为，因此能做到"立信衡门，驰声天下"。足见被广泛信赖者在任何情况下始终守持道义、不逾底线，无疑能巩固和强化政治外交的公信力。然而，在近、现代史上，国际政治外交事务中却不乏背信弃义的记录，世人特别不能忘记的是那些侵略者阴谋策划的不宣而战：日本从甲午海战突袭清军运兵船队起，几十年在中国制造的一次又一次预谋的"事变"，1941 年对美国太平洋舰队基地珍珠港进行偷袭，希特勒德国也曾撕毁互不侵犯条约突然进犯苏联……战争发展者的突袭往往得逞于一时，最终却无一例外地走向毁灭，为历史唾弃。

西方诗人海涅有句名言："冬天来了，春天还会远吗？"充满对春的期待。春之后有夏、秋的轮替。四季更迭是自然的，也是必然的。《吕氏春秋·贵信》篇有云："春之德风，风不信，其华不盛，华不盛则果实不生。夏之德暑，暑不信，其土不肥，土不肥则长遂不精。秋之德雨，雨不信，其谷不坚，谷不坚则五种不成。冬之德寒，寒不信，其地不刚，地不刚则冻闭不密。天地之大，四时之化，而犹不能以信成物，又况乎人事乎？"在论"信"上对儒家理念已有所超越，《刘子·履信》依此有段四时节令有"信"，确保万物运作生化的描述，从"道法自然"的角度表述"信"的要义，其深意，值得玩味：

> 春之得风，风不信则花萼不茂；花萼不茂则发生之德废。夏之得炎，炎不信则卉木不长；卉木不长则赢之德废。秋之得雨，雨不信则百谷不实；百谷不实则方盛之德废。冬之德寒，寒不信则水土不坚；水土不坚则安静之德废。以天地之灵，气候不信四时犹废，而况于人乎？

谓春风、夏炎、秋雨、冬寒是应时而至的"信"，由是保障了作物的生长繁育，何况天地灵性所钟的人呢？足见人类重诚信源出于自然，合乎自己生存和社会发展的需要。显然，不讲诚信本身就是一种违逆自然、人性异化的表现。

古人认定自然有信还有一例：随时令变化，定期定向而来的海风因有"诚信"，故称"信风"，也即季节风。晋法显《佛国记》："泛海西南行，得冬初信风。"[①]唐李肇《国史补》："自白沙泝流而上，常持东北风，谓之'信风'。"[②]

《思顺》第九说"循理顺势"，指出人情物理皆顺其自然，论势、理、情的顺与逆。云：

> 七纬顺度，以光天象；五性顺理，以成人行。行象为美，美于顺也；夫为人失，失在于逆。故七纬逆则天象变，五性逆则人道败。变而不生灾，败而不伤行者，未之有也。山海争水，水必归海，非海求之，其势顺也。塞利西南，就土顺也；不利东北，登山逆也。是故去湿就燥，火之势也；违高从下，水之性也。今导泉向涧，则为易下之流；激波陵山，必成难升之势。水之无情，犹知违逆趣顺，矧人心乎？故忠孝仁义，德之顺也；悖傲无礼，德之逆也。顺者福之门，逆者祸之府。由是观之：逆性之难，顺性之易，断可识矣。

人的行为顺应"七纬"与"五性"（天与人）运作的自然态势，就能顺利达成理想的结果。反之，逆势而行则必然失败或者遭遇艰难险阻。以为"忠孝仁义"的德行合乎人的本性，是自然顺性的表现。最后《广发》篇又言：

> 后稷虽善播植，不能使禾稼冬生，逆天时也。禹善治水，凿

---

① 〔东晋〕沙门释法显撰，章巽校注：《法显传校注》，北京：中华书局，1987年，第125页。

② 〔宋〕王谠撰，周勋初校证：《唐语林校证》，北京：中华书局，1987年，第727页。

　　山穴川，不能回水西流，逆地势也。人虽才艺卓绝，不能悖理成行，逆人道也。故循理处情，虽愚蠢可以立名；反道为务，虽贤哲犹有祸害。君子如能忠孝仁义，履信思顺，自天佑之，吉无不利也。

此处的"天时""地势""人道"都只可"循""顺"而不可"悖""逆"。《思顺》要求从政者通过思考，认识把握事物生成衍化的内在规律，用以指导自己的行事与政治作为。屡见"势""理"之"顺"（11 次）"逆"（12 次），是本篇论证的需要。

　　《慎独》第十强调在隐亦应"独善"，有云：

　　善者行之总，不可斯须离，可离非善也。人之须善，犹首之须冠，足之待履。首不加冠，是越类也；足不蹑履，是夷民也。今处显而修善，在隐而为非，是清旦冠履而昏夜倮跣也。

　　谓天盖高而听甚卑，谓日盖远而照甚近，谓神盖幽而察甚明。《诗》云："相在尔室，尚不愧于屋漏。无曰不显！莫予云觏。"暗昧之事，未有幽而不显；昏惑之行，无有隐而不彰。修操于明，行悖于幽，以人不知。若人不知，则鬼神知之。鬼神不知，则己知之。而云不知，是盗钟掩耳也。

　　孔徒晨起，为善孜孜；东平居室，以善为乐。故身恒居善，则内无忧虑，外无畏惧。独立不惭于影，独寝不愧于衾，上可以接神明，下可以固人伦，德被幽明，庆祥臻矣。

以《慎独》为篇题，即知其论的儒家思想倾向。《礼记·中庸》曰："故君子慎其独也。"郑玄注："慎独者，慎其闲居之所为。"《孟子·尽心》上有云："穷则独善其身，达则兼善天下。"《文心·程器》也有"穷则独善以垂文，达则奉时以骋绩"，当然，"垂文"未必不兼济天下，只不过是在精神文化层面作出一己的贡献而已，刘勰更渴求的是实践政治抱负"兼善天下"的通达。可知"独善"既可"外无畏惧"全身而隐，一旦时机来临也能"奉时骋绩""兼善天下"。

二、施政基本理念与国策制定思路

（一）《贵农》《爱民》《从化》：论国本、民本中的农本

吕思勉《两晋南北朝史·晋南北朝实业·农业》指出："后汉之末，九州云扰，农业大丧，一时较能自立者，皆恃屯田……晋初开创，于农业仍甚留意，盖时势使然也。""东渡以后，荆、扬二州，农业大盛。此盖社会生计自然之演进，而政府南迁，或亦有以促之也。《宋书·孔靖传论》曰：'江南之为国盛矣。虽南苞象浦，西括邛山，至于外奉贡赋，内充府实，止于荆、扬二州。自汉氏以来，民户凋耗。荆楚四战之地，五达之郊，井邑残亡，万不余一也。自元熙十一年马休之外奔，至元嘉末，三十有九载，兵车弗用，民不外劳，役宽务简，氓庶繁息，至余粮栖亩，户不夜扃，盖东西之极盛也。既扬部析，境极江南，考之汉域，惟丹阳、会稽而已。自晋氏迁流，迄于大元之世，百许年中，无风尘之警，区域之内晏如也。及孙恩寇乱，奸亡事极。自此以至大明之季，年逾六纪，民户繁育，将曩时一矣。地广野丰，民勤本业，一岁或稔，则数郡忘饥。会土带海傍湖，良畴亦数十万顷。膏腴上地，亩值一金。鄠、杜之间，不能比也。荆城跨南楚之富，扬部有全吴之沃，鱼、盐、杞梓之利，充牣八方；丝、绵、布帛之饶，覆衣天下。'据其说，农事之最盛者，实今两湖间沼泽之区，及江、浙间之大湖流域也。"[1]六朝农业发展对于维持社会稳定有重要意义。

华夏始祖中有神农氏，周部族先祖称后稷，都透露了以农立国

的特点。自古以农耕为立国之本，属典型的农业文明。"贵农"的理论依据出自《尚书》《礼记》《国语》《左传》《商君书》《管子》《吕氏春秋》和《淮南子》，可知其说合乎传统的施政理念。

《尚书·洪范》："曰雨，曰旸，曰燠，曰寒，曰风，曰时。五者来备，各以其叙，庶草蕃庑。一极备，凶；一极无，凶……岁月日时无易，百谷用成，乂用明，俊民用章，家用平康。日月岁时既易，百谷用不成，乂用昏不明，俊民用微，家用不宁。"既是说务农因时之理，也以农时的"易"和"不易"（有无差错）比喻政治的有无差错。

殷商时代也以农为主，卜辞中"年""贞（卜问）我受黍年""贞其登黍"的记录很多。周王室的始祖后稷被尊为农神，古公亶父率部族由豳迁岐，因岐土地肥沃宜于农业而被歌颂："周原膴膴，堇荼如饴。"

《管子·牧民》开篇云："凡有地牧民者，务在四时，守在仓廪。国多财则远者来，地辟举则民留处。仓廪实则知礼节，衣食足则知荣辱……不务天时则财不生，不务地利则仓廪不盈，野芜旷则民乃菅，上无量则民乃妄……"《立政·五事》曰："君之所务者五：一曰山泽不救于火，草木不得成，国之贫也。二曰沟渎不遂于隘，障水不安其藏，国之贫也。三曰桑麻不殖于野，五谷不宜其地，国之贫也。四曰六畜不育于家，瓜瓠荤菜百果不备具，国之贫也。五曰工事竞于刻镂，女事繁于文章，国之贫也。故曰：山泽救于火，草木殖成，国之富也。沟渎遂于隘，障水安其藏，国之富也。桑麻殖于野，五谷宜其地，国之富也。六畜育于家，瓜瓠荤菜百果备具，国之富也。工事无刻镂，女事无文章，国之富也。"《八观》亦曰："故曰：有地君国，而不务耕芸，寄生之君也。故曰：行其田野，视其耕芸，计其农事，而饥饱之国可知也。行其山泽，观其桑麻，计其六畜之产，而贫富之国可知也。"《四时》："唯圣人知四时，不知四时，乃失国之基。不知五谷之故，国家乃路。"

另外《吕氏春秋·孟春纪》有云："立春之日，天子亲率三公九卿诸侯大夫以迎春于东郊……率三公九卿诸侯大夫躬耕帝籍田。"《淮南子·主术训》直言："食者，民之本也。民者，国之本也。"《齐俗训》称："故神农之法曰：'丈夫丁壮而不耕，天下有受其饥者。妇人当年而不织，天下有受其寒者。'"

《礼记·祭统》有云："是故天子亲耕于南郊，以共齐盛。王后蚕于北郊，以共纯服……天子、诸侯，非莫耕也……身致其诚信，诚信之谓尽，尽之谓敬。敬尽然后可以事神明，此祭之道也。"《穀梁》桓十四年传曰："天子亲耕，以共粢盛。王后亲蚕，以共祭服。国非无良农女工也，以为人之所尽，事其祖祢，不若以己所自亲者也。"

有些议论则较具体，或只是申张前论。《商君书·农战》篇云："夫农者寡而游食者众，故其国贫危。今夫蛆螟蚼蠋，春生秋死，一出而民数年不食。今一人耕而百人食之，此其为蛆螟蚼蠋亦大矣。"《管子·揆度》篇云："一农不耕，民有为之饥者。一女不织，民有为之寒者。"贾谊《新书·无蓄》亦曰："《管子》曰：'仓廪实，知礼节；衣食足，知荣辱。'民非足也，而可治之者，自古及今，未之尝闻。古人曰：'一夫不耕，或为之饥；一妇不织，或为之寒。'"《史记·货殖列传》亦曰："仓廪实而知礼节，衣食足而知荣辱。"

汉代的《盐铁论·力耕第二》云："（文学曰）……古者十一而税，泽梁以时入而无禁，黎民咸被南亩而不失其务，故三年耕而余一年之蓄，九年耕有三年之蓄。此禹、汤所以备水旱而安百姓也……是以古者尚力务本而种树繁，躬耕趣时而衣食足，虽累凶年而人不病也。故衣食者民之本，稼穑者民之务也。二者修，则国富而民安也。"

《三国志·魏志》卷十三载大司农司马芝上疏云："王者之治，崇本抑末，务农重谷。《王制》：'无三年之储，国非其国也。'《管子·枢言》以积谷为急。方今二虏未灭，师旅不息，国家之要，惟在谷帛。武皇帝特开屯田之官，专以农桑为业，建安中，天下仓廪充实，百姓殷足……"[①] 以为"专以农桑为务，于国计为便"。明帝采纳了他的意见。

以上典籍中可窥中国重农的经济思想和文化传统之一斑。

《刘子》中《贵农》《爱民》《从化》大抵宗尚儒家，也吸纳其他家思想、言说于其中。论华夏以农立国之要，依据出自《尚书》《左传》《国语》《礼记》《管子》《吕氏春秋·上农》《淮南子·主术训》《齐俗训》等先秦经典和子学著述。从民之所本、国之所本开篇，可知农业关系国家民族生存发展之根本。

下面再从"本末"以及"民本""国本"和"农本"的关联方面略作补充：

"本"即根本，事物存在、运动、演化的依据和基础。"末"相对于"本"，是次生的枝派、末节。

《尚书·五子之歌》有曰："民惟邦本，本固邦宁。"《吕氏春秋·上农》就以"本""末"论农事："古先圣王之所以导其民者，先务于农。民农非徒为地利也，贵其志也。民农则朴，朴则易用，易用则边境安，主位尊。民农则重，重则少私义，少私义则公法立，力专一。民农则其产复，其产复则重徙，重徙则死其处而无二虑。民舍本而事末则不令，不令则不可以守，不可以战。民舍本而事末则其产约，其产约则轻迁徙，轻迁则国家有患皆有远志，无有居心。民舍本而事末则好智，好智则多诈，多诈则巧法令，以是为非，以非为是。"认为务农者安土重迁，有利于统治和国家安全。

---

① 〔晋〕陈寿撰，〔南朝宋〕裴松之注：《三国志》，第388页。

贾谊《新书·大政》云："闻之于政也，民无不为本也。国以为本，君以为本，吏以为本……此之谓民无不为本也。闻之于政也，民无不为命也。国以为命，君以为命，吏以为命……此之谓民无不为命也。""夫民者，万世之本也，不可欺。凡居于上位者，简士苦民者是谓愚，敬士爱民者是谓智。夫愚智者，士民命之也。故夫民者，大族也，民不可不畏也……呜呼！戒之哉！戒之哉！与民为敌者，民必胜之。"说到"爱民"。《忧民》篇云："王者之法，民三年耕而余一年之食，九年而余三年之食，三十岁而民有十年之蓄……国无九年之蓄谓之不足，无六年之蓄谓之急，无三年之蓄曰国非其国也。"皆为民本、农本之论。

《淮南子·主术》篇的"食者，民之本也。民者，国之本也"是汉代子书"民本""国本"关系的总结。其"本"可以从生存发展的基本保证上去理解。"民本"和"国本"直接联系，推论出农业重要的同时，也凸显了民生的根本大计。治国首先要确保民生问题，而民生的根本在于衣食。因为"衣之与食，惟生人之所由，其最急者，食为本也"（《刘子·贵农》），务农桑则衣食有望。

农家列"九流"之末尾，因"农"事原属国本之实务而与其他方面的子学政论有别。刘勰依《汉书·诸子略》而立《贵农》篇。《刘子·九流》说："农者，神农、野老、宰氏、氾胜之类也。其术在于务农，广为垦辟，播植百谷，国有盈储，家有畜积，仓廪充实，则礼义生焉。然而薄者，又使王侯与庶人并耕于野，无尊卑之别，失君臣之序也。""礼义生焉"的思想归宿和社会理想，以及对其"薄者"的指斥，仍不离传统儒学主张。

称美"国有盈储，家有畜积""礼义生焉"的社会理想，"然而薄者""使王侯与庶人并耕于野，无尊卑之别，失君臣之序"出自《孟子·滕文公上》："陈相见孟子，道许行之言曰：'滕君则诚贤君也，虽然，未闻道也。贤者与民并耕而食，饔飧而治。今也滕有仓廪府库，则是厉民而以自养也，恶得贤？'"许由主张君民并耕而食，《刘子》却以为如此失君臣尊卑之序，故从《淮南子》《商君书》等的重农安国之说，而抛弃早期以君民并耕鼓励务农的主张。尽管对农家"薄者"有如此指斥，总的来说仍合乎传统的思想理念。

《贵农》篇"本末"之论与《吕氏春秋》称务农者安土重迁，有利于统治和国家安全有别；强调民为国本则凸显其在施政指导思想和治国方略中的重要地位。尽管多引《管子》《淮南子》之说，亦颇有创意：

> 衣食者，民之本也；民者，国之本也。民恃衣食，犹鱼之须水；国之恃民，如人之倚足。鱼无水，则不可以生；人失足，必不可以步；国失民，亦不可以治……

> 故国祥晨正，辰集嫩觜，阳气愤盈，土木脉发，天子亲耕于东郊，后妃躬桑于北郊。国非无良农也，而王者亲耕；世非无蚕妾也，而后妃躬桑；上可以供宗庙，下可以劝兆民。神农之法曰："丈夫丁壮而不耕，天下有受其饥者；妇人当年而不织，天下有受其寒者。"故天子亲耕，后妃亲织，以为天下先。是以其耕不强者，无以养其生；其织不力者，无以盖其形。衣食饶足，奸邪不生；安乐无事，天下和平；智者无以施其策，勇者无以行其威。故衣食为民之本，而工巧为其末也。

> 是以雕文刻镂，伤于农事；锦绣纂组，害于女工。农事伤，则饥之本也；女工害，则寒之源也。饥寒并至，而欲禁人为盗，是扬火而欲无炎，挠水而望其静，不可得也。

> 《管子》曰"衣食足，知荣辱；仓廪实，知礼节。"故建国者必务田蚕之实，而弃美丽之华，以谷帛为珍宝，比珠玉于粪土。

何者？珠玉止于虚玩，而谷帛有实用也。假使天下瓦砾悉化为和璞，砂石皆变为随珠。如值水旱之岁，琼粒之年，则璧不可以御寒，珠未可以充饥也。虽有夺日之鉴、代月之光，归于无用也。何异画为西施，美而不可悦；刻作桃李，似而不可食也。衣之与食，唯生民之所由，其最急者，食为本也……

故先王制国，有九年之诸，所以备非常、救灾厄也。尧、汤之时，有十年之蓄，及遭九年洪水，七载大旱，不闻饥馑相望，捐弃沟壑者，蓄积多故也。谷之所以不积者，在于游食者多，而农人少故也。夫螟螣秋生而秋死，一时为灾，而数年乏食。今一人耕而百人食之，其为螟螣，亦以甚矣！

是以先王敬授民时，劝课农桑，省游食之人，减徭役之费，则仓廪充实，颂声作矣。虽有戎马之兴，水旱之沴，国未尝有忧，民终无害也。

"衣食者，民之本也；民者，国之本也"指出衣食为人民生存的基本需求，靠的是农业；人民又是国家的根本。耕织受重视，人民衣食有保证就有和平安宁。阐明施政"贵农"的所以然，以农立国之要义。

从本末的关系方面强调"衣食为民之本，而工巧为其末也"，声称："衣之与食，唯生人之所由，其最急者，食为本也。"华夏民族自古以农立国，男耕女织，"民以食为天"，"贵农""恤农"就是以民为本："衣食者，民之本也；民者，国之本也。民恃衣食，犹鱼之须水；国之恃民，如人之倚足。"故知"先王敬授民时，劝课农桑，省游食之人，减徭役之费，则仓廪充实，颂声作矣"为固"本"之举。

"是以雕文刻镂，伤于农事；锦绣纂组，害于女工……"这里的"工巧"指的是伤害"农事""女工"的"雕文刻镂""锦绣纂组",是高于基本生活衣食需求的雕琢修饰,为世家富豪所享用,分明有指斥生活奢靡浮华的世族豪门之意。而"衣之与食,唯生人之所由,其最急者,食为本也"一语中体味得到对受饥寒威胁的下层子民的关切。

"智者无以施其策,勇者无以行其威"中所谓"智者""勇者"显然指那些争权夺势的阴谋家与穷兵黩武者,甚至两者合而为一。魏晋南北朝国家长期分裂,军阀割据、五胡内迁,征战动乱不断,每每人民流离、土地弃耕,农业屡受破坏。这样的"智者""勇者"正是危害民生、国本的罪魁祸首!他们制造的战乱会破坏民生的基础,让家国失去和平安宁。反之,"贵农"的目标实现则男耕女织得其所、尽其能,国富民强,社会安定,又能够使他们的罪恶图谋没有得逞的机会。

由此可见,与先秦子书(如《商君书》)的重农之论比较,《刘子》重心显然从以农战体制增强国力向强调保障民生位移。此论既有现实的针对性,而且阐发了"农本"之要义及其在乱与治中的辩证关系,颇有创意。"衣食者,民之本也;民者,国之本也"是从"国本"和"民本"两个层次立论国家所"本":"农本"是就华夏民族早期经济形态、生产方式说的。"民者,国之本也"指出民是国家的根本和主体。联系到其后又立《爱民》篇,确乎兼有民本主义的意味。

唐代武则天所作的《臣轨·利人》中也引述道:"夫衣食者,人之本也;人者,国之本也。人恃衣食,犹鱼之恃水;国之恃人,如人之倚足。鱼无水,则不可以生;人无足,则不可以步。"[1]

《刘子》未特立"忠君"论,紧接《贵农》却有《爱民》篇。古代论政能以"爱民"为题,实为难得。

---

[1] 转引自林其锬:《刘子集校合编》,第 114 页。

《尚书·五子之歌》记夏太康失政，其昆弟五人作歌以祖训谏之，其中有曰："民惟邦本，本固邦宁。"《爱民》第十二亦强调民是国家的根本，引《说苑》《礼记·乐记》《乐论》《邓析子·无厚》《淮南子·主术训》以及《文子》和《孔子家语》材料，有云：

> 天生蒸民，而树之君。君者民之天也。天之养物，以阴阳为本；君之化民，以政教为务。故寒暑不时则疾疫，风雨不节则岁饥。刑罚者，民之寒暑也；教令者，民之风雨也。刑罚不时，则民伤；教令不则，则俗弊。故水浊无掉尾之鱼，土确无葳蕤之木，政烦无逸乐之民。政之于人，由琴瑟也：大弦急，则小弦绝；小弦绝，大弦阙矣。
>
> 夫足寒伤心，民劳伤国；足温而心平，人佚而国宁。是故善为理者，必以仁爱为本，不以苛酷为先。宽宥刑罚，以全民命；省彻徭赋，以休民力；轻约赋敛，不匮人财；不夺农时，以足民用；则家给国富，而太平可致也。

"君者，民之天也……君之化民，以政教为务"，儒家倾向明显；言及"刑罚"当属法家。琴瑟大、小弦喻儒法措施理当相济为用，方能和而不绝。"刑罚不时，则民伤；教令不节，则俗弊。故水浊无掉尾之鱼，土确无葳蕤之木，政烦无逸乐之民"，是对儒、法"薄者"的矫弊补偏；"宽宥刑罚，以全民命；省彻徭赋，以休民力；轻约赋敛，不匮人财；不夺农时，以足民用，则家给国富，而太平可致"则是黄老治国理念的表述。

有了"足寒伤心，民劳伤国"和"君者民之天也"的譬喻，申说"善为理者，必以仁爱为本"，又对君民关系作了新的比喻和进一步的说明：

人之于君，犹子之于父母也。未有父母富而子贫，父母贫而子富也。故人饶足者，非独人之足，亦国之足也；渴乏者，非独人之渴乏，亦国之渴乏者也。故有若曰："百姓足，君孰与不足？百姓不足，君孰与足？"此之谓也。

所引有若语见于《论语·颜渊》，指出君民有如父母和孩子，视君民一体，仍有君为核心和主导的意味。足见其"爱民"主要承袭的是儒家思想。末段说：

先王之治，上顺天时，下养万物，草木昆虫，不失其所：獭未祭鱼，不施网罟；豺未祭兽，不修田猎；鹰隼未击，不张罻罗；霜露未霑，不伐草木。草木有生而无识，禽兽有识而无知，犹施仁爱以及之，奚况生人而不爱之乎？故君者，其仁如春，其泽如雨，德润万物，则人为之死矣。昔太王去邠，而人随之，仁爱有余也；夙沙之君，而人背之，仁爱不足也。仁爱附人，坚如金石；金石可销，而人不可离。故君者，壤也；人者，卉木也。未闻壤地肥而卉木不茂，君仁而万民不盛矣。

"施仁爱"令"人为之死"，看似替为君着想的一种权谋，其实也体现出人民对仁爱之治的一种期待和归附。对君者先有"其仁如春，其泽如雨，德润万物"的要求，方能得到民众不辞"为之死"的回报。周太王率民去邠迁岐之事，《孟子·梁惠王下》《吕氏春秋·审为》《淮南子·道应训》等均有记，《庄子·让王》作："大王亶父居邠，狄人攻之；事之以皮帛而不受，事之以犬马而不受，事之以珠玉而不受，狄人之所求者土地也。大王亶父曰：'与人之兄居而杀其弟，与人之父居而杀其子，吾不忍为。子皆勉居矣！为吾臣与为狄人臣奚以异！且吾闻之，不以所用养害所养。'因杖策而去之。民相连而从之，遂成国于岐山之下。"称"仁爱附人，坚如金石"！与"爱民"篇题相呼应。

子书中唯《吕氏春秋》有《顺民》篇，有云："先王先顺民心，故功名成。夫以德得民心以立大功名者，上世多有之矣。失民心而立功名者，未之曾有也。"[1] 虽有可取，揣其主旨乃在为君国谋。其《上农》说："古先圣王之所以导其民者，先务于农。民农非徒为地利也，贵其志也。民农则朴，朴则易用，易用则边境安，主位尊。民农则重，重则少私义；少私义则公法立，力专一。民农则其产复，其产复则重徙，重徙则死其处，而无二虑。民舍本而事末则不令；不令则不可以守，不可以战。民舍本而事末则其产约，其产约则轻迁徙，轻迁徙则国家有患皆有远志，无有居心。民舍本而事末则好智，好智则多诈，多诈则巧法令；以是为非，以非为是。"此文开篇明义："先王先顺民心，故功名成。"坦言以成就功名为目的，其"顺民"岂可与怀"仁爱亲民"的初衷等同？后面所举的商汤"以身祷于桑林"，文王拒受千里之厚赐，"为民请炮烙之刑"，特别是越王勾践"苦会稽之耻，欲深得民心，以致必死于吴"的种种作为，虽然顺遂民意、有利邦国，但毕竟皆以成就自己的功名为首要目标。还不如《尚书·五子之歌》中"民惟邦本，本固邦宁"的皇训地道。

《爱民》是子书中首以此名篇者，与以往论"民"的专篇对照，进步明显。

《周语下》有云："爱人能仁。"《论语·颜渊》中孔子也作过"仁者爱人"的诠释。有了"足寒伤心，民劳伤国"和"君者民之天也"以及"人之于君，犹子之于父母""壤肥木茂，君仁民盛"的况喻

---

① 〔秦〕吕不韦编，许维遹集释：《吕氏春秋集释》，第199页。

和阐发，《刘子》以"爱民"名篇的创意和价值可知。

"人之从君，如草之从风，水之从器。故君之德，风之与器也；人之情，草之与水也。"《爱民》的"足寒伤心，民劳伤国"，以及《从化》的"君以民为体，民以君为心。心好之，身必安之；君好之，民必从之"，都可以说是"体用为一"之论的一种创用。

此外，"本"即根本，事物存在、运动、演化的依据和基础。"末"相对于"本"，是次生的枝派、末节。《刘子》中不少地方只用"本"而未及"末"，意义也不尽一致，如前提及的《履信》篇说："信者行之基，行者人之本。人非行无以成，行非信无以立。故行之于人，辟济之须舟也；信之于行，犹舟之待楫也……知欲立行而不知立信，犹无楫而行舟也。是适郢土而首冥山，背道愈远矣。"知此"行"指达道的实践操作。故篇末云："君子知诚信之为贵，必抗信而行，指麾运静，不失其符。以施教则立，以莅事则正，以怀远则附，以赏罚则明。由此而言：信之为行，其德大矣。"

《刘子·爱民》谈到国家经济政策的指导思想时说："省彻徭役，以休民力；轻约赋敛，不匮人财；不夺农时，以足民用；则家给国富，而太平可致也。"

孔子有君臣父子之说，然而对于庶民的重要性及其应有学养存在偏见，如《论语》记云："困而不学，民斯为下矣。"（《季氏》）"民可使由之，不可使知之。"（《泰伯》）"唯女子与小人之为难养也。"（《阳货》）儒家后学在这方面有所弥补，《孟子·尽心下》中有段话对民的推崇达于极致："民为贵，社稷次之，君为轻。是故得乎丘民而为天子，得乎天子为诸侯，得乎诸侯为大夫……仁也者，人也，合而言之，道也。"说明儒学也是在进步中。但整个儒学（乃至传统文化）的导向在开启民智、引导其认识自身价值和应有权益上面是有缺失的。刘勰却不然，他在《清神》篇指出，唯

"清神"一途施政者方能"贵德而忘贱，故尊势不能动；乐道而忘贫，故厚利不能倾"。其中的"贱"与"贫"既可能指施政者自己，更可以指应该护佑的下层民众。

林其锬先生指出：基于"农本"富民经济思想，"《刘子》的作者重视经济在社会生活中的作用，继承和发展了《管子》'衣食足，知荣辱；仓廪实，知礼节'的思想，认为'盖善恶之行，出于情性而系于饥穰''大丰则恩情生，窭乏则仁惠废'……这种思想反映了当时社会底层平民百姓的要求，同《太平经》中把饮食、男女和穿衣看作是构建太平社会的'二大急''一小急'是一致的。刘勰的家族与当时流行的天师道关系密切，受到《太平经》思想影响也恐非偶然。"

其锬先生对《贵农》《爱民》之论进行了归纳，说《刘子》为贯彻其"贵农""富民""富国""致太平"的治国方针，提出了九条措施：

（1）确立"贵农"指导思想，要像"先王"那样充分认识"给民衣食"在安邦治国中的重要意义，并将其置于首位。（2）君王要以身作则，带头勤农："天子亲耕，后妃亲织，以为天下先。""上可以供宗庙，下可以劝兆民。"（3）"宽宥刑罚，以全人命"，保存社会劳动力。（4）"省游食之人"，把社会劳动力集中于农桑生产，改变当时"游食者多而农人少""一人耕而百人食之"，非生产人员过多的不合理状况。（5）"省彻徭役，以休民力"，让劳动者能够集中精力，专心从事农业生产。（6）"轻约赋敛，不匮民财"，减少人民的经济负担，使劳动者有生息的经济力。（7）"不夺农时"，不去干扰农业的季节性劳动，以妨碍农业生产的正常进行。（8）"上顺天时，下养万物"，使"草木昆虫不失其所"，保持农业生产所必需的生态平衡。（9）储备粮食，以务非常、救灾厄。它援引历史经验作证："尧汤之时，有十年之蓄，及遭九年洪水、七载大旱，不闻饥馑相望，相弃沟壑者，蓄积多故也。

其锬指出："中国古代是农耕社会，自先秦到两汉，许多政治家都有重农贵粟的经济思想，《刘子》以上的思想和措施，乍看好像新意不多；但是，它能总结前人思想，统一于农本和富民的宗旨之下，写出专论，用古说今，作为治国安邦的道策，置于政治之前，这在玄风和清谈盛行，士大夫多出入佛老而不屑世务的南北朝时期，真可谓是凤毛麟角的了。"

《从化》第十三以为，君主若以身作则，怀仁亲民，则能感化百姓，从其所行；官员勤俭节约，杜绝奢侈浪费，则引导社会风气淳朴。篇中多引儒典，如《礼记》《论语》《诗经》《孟子》之类，但也有《墨子》《荀子》《韩非子》《管子》《庄子》《淮南子》等子书中相关染化的材料。可见重教化的理念虽源儒家，但因其合乎华夏民族文化的心理需求而为众所认同。

《从化》中云：

> 君以民为体，民以君为心。心好之，身必安之；君好之，民必从之。未见心好而身不从，君欲而民不随也。民之从君，如草之从风，水之从器。故君之德，风之与器也；民之情，草之与水也。草之戴风，风骛东则东靡，风骛西则西靡，是随风之东西也。水之在器，器方则水方，器圆则水圆，是随器之方圆也。下之事上，从其所行，犹影之随形，响之应声，言不虚也。上所好物，下必有甚。《诗》云："诱民孔易。"言从上也。

《礼记·缁衣》记："子曰：'民以君为心，君以民为体。心庄则体舒，心肃则容敬。心好之，身必安之；君好之，民必欲之。'"《从化》亦云："君以民为体，民以君为心。心好之，身必安之；君好之，民必从之。"《孟子·滕文公上》有："上有好者，下必有甚焉者矣。"《从化》亦曰："上所好物，下必有甚。"

《从化》列举春秋战国一些诸侯的个人爱好影响一国民风的例子，说到"越王勾践好勇，而揖斗蛙，国人为之轻命，兵死者众。命者，人之所重；死者，人之所恶。今轻其所重，重其所恶者，何也？从君所好也。"谴责君主的穷兵黩武导致生灵涂炭的恶果。故强调在"染化"方面君上率先垂范的作用："是以明君慎其所好，以正时俗；树之风声，以流来世。"

所谓"从"指遵从、接受其规范；"化"则是濡染、感化的意思。以仁爱和道德理念化育下民，既要求君上以身作则，也进行道德规范的宣教浸润。强调"君以民为体，民以君为心"，既是心体合而为一之说，也有神主形从的意味。

在如何衡量和评价一代君主"染化"的功过时刘勰指出：

> 从君之譬，以多言之。唐尧居上，天下皆治，而四凶独乱，犹曰尧治；治者多也；殷纣在位，天下皆乱，而三仁独治，犹曰纣乱，乱者众也。汉文节俭，而人有奢，犹曰世俭，俭者多也；齐景太奢，而晏婴独治，犹曰国奢，奢者众也……故世人之论事，皆取其多者，以为之节。今观言者，当顾言外之旨，不得拘文以害意也。

止于君上的品性操持，远非一代之"治"，须形成"多"（普遍性）的道德风尚，才是理想的"化"。以为皆应"举大体""取其多者"，是谓人们的评说令"民从其所好"的君主德行均以其"多"（主流）言之。"今观言者，当顾言外之旨，不得拘文以害意"透露出有的"世论"失实（未能彰显君主的好尚、作为）。"观言当顾言外之旨"既可以说是对论者的告诫，另一方面也强调了君以身作则胜过空言说教。真乃一种言意之辨的妙用！

《从化》篇末尾这段言意之辨还有一层意味："观言"不能"拘文以害意"说明，"从化"之社会功效非语言文辞的说教能够达成，而是"言外之旨"——君主有感召力、堪称表率、有施政作为，方能实现的臣民心悦诚服的潜移默化。

此外，所选春秋战国和汉代"近古"的两例作了奢与俭的对比，赞"汉文节俭"而致"世俭"，可知作者的思想倾向："化"以尚俭为要，能形成节俭社会风气的"化"方合乎时代（尤其是六朝）的要求。显然合乎黄老的主张。

《从化》论教化，侧重点在强调君上应为下民的表率上。六朝世风奢靡，故《刘子》此论尤重节俭，远述尧舜与桀纣和齐桓晋文等史事，近举汉文帝与齐景公一俭一奢之例证。尽管梁武帝的生活节俭在六朝帝王中是少有的，不过也有三次舍身同泰寺的佞佛表演，对社会风尚和民俗、信仰都有一定影响。

《刘子》政见多兼取诸子，儒家思想理念渗透其中者比比皆是，与《从化》内容相关的《风俗》即然。

《风俗》第四十六征引《风俗通义》《礼制·王制》《晏子春秋》《墨子》中语，其中说：

> 习以成性，谓之俗焉。风有厚薄，俗有淳浇，明王之化，当移风使之雅，易俗使之正。是以上之化下，亦为之风焉；民习而行，亦为之俗焉。

是以先王伤风俗之不善，故立礼教以革其弊，制雅乐以和其性，风移俗易而天下正矣。

要说《从化》《风俗》两篇的区别，不过是侧重"上对下"节俭风尚示范与侧重"立礼教以革其弊，制雅乐以和其性"之制度建设的差异而已，形成良好的社会风习的目标则是一致的。

《随时》第四十五、《风俗》第四十六可谓是因应时势对《从化》的补充。《随时》称："时有淳浇，俗有华戎，不可以一道治，不得以一体齐也。故无为以化，三皇之时；法术以御，七雄之世；德义以柔，中国之心；政刑以威，四夷之性。故《易》贵随时，《礼》尚从俗，适时而行也。"指出表明北方少数族大举内迁后民族政策有调整必要，"不可以一道治，不可以一体齐"是适俗的变通；"德义""政刑"兼施互补，也要求"适时而行"；《风俗》则说："风有厚薄，俗有淳浇，明王之化，当移风使之雅，易俗使之正。是以上之化下，亦为之风焉；民习而行，亦为之俗焉。""是以先王伤风俗之不善，故立礼教以革其弊，制雅乐以和其性，风移俗易而天下正矣。"强调"以上化下"令民众习以成俗，以"立礼教""制雅乐"达成"风移俗易而天下正"的理想目标。

《刘子》的军国大计之论中确有非同凡响的建树：《文武》暗借对"武"字结构的重新解读，提出了"以武创业，以文止戈"的卓越见解；国防武备方面，《兵术》的"兵者，凶器，财用之蠹，而民之残也"是出于经济方面的思考；《阅武》重申"好战必亡，忘战必危"的古训，《兵术》和《阅武》推崇的是"不战而胜，善之善也"的谋略，阐发华夏民族爱好和平又不忘武备的文化精神和战争观念；而"于农隙，讲武事"和"养民命而修戎备"则为事关农战体制建设的国防策略。尽管中国古代兵法的建树为举世推崇，但《刘子》的总结并不特别重视军事指挥上权谋机变的介绍，强调的是忠于君国、爱恤士卒民众的"为将之道"，指出率军征战，关系国家人民生死存亡，将领肩负的责任和使命极其重大。

军事的方针策略无疑属国之大计，为何《文武》第二十八列于人才论中，《兵术》《阅武》居第四十和第四十一，篇次分散且后置呢？笔者揣测，一方面南北朝对峙已成常态，相比之下北朝或许更尚武，但双方均不具备改变格局完成统一的条件；更重要的是魏晋以来朝代更迭频繁，萧衍这样代齐称帝的君上对出现新的"以武创业"者未尝没有戒心，所以篇次列后为宜，且有"以文止戈"的告诫。

传统的"文武之道"生成于华夏文明的土壤，有跨时空的世界性的重大意义。

（二）《法术》《赏罚》及诸家所论"术""数"与权变

"法术"要因时制宜，"赏罚"的施行不可不信、不可不明；法术刑名之学与政治方略举措的制定与实施密切相关。

《史记》列传第三《老庄申韩列传》中说申不害"学本于黄老而主刑名。著书二篇，号曰《申子》"；说韩非"喜刑名法术之学，而其归本于黄老"。该篇列传最后有"太史公曰：老子所贵道，虚无，因应变化于无为，故著书辞，称微妙难识。庄子散道德，放论，要亦归之自然。申子卑卑，施之于名实。韩子引绳墨，切事情，明是非，其极惨礉少恩。皆原于道德之意，而老子深远矣。"是知司马迁以为，与庄周相同，法家申不害、韩非的学术主张"皆原于道德之意，而老子深远矣"。渊源虽同在老子学说中，却从不同侧面引申发展，形成了不同的流派。如此说不无理由，老子推崇的"道虚无，因应变化于无为"指"法自然"，遵从事物的本然和自然而然，不违其本性和运动变化的客观规律。《韩非子》中就立有《解老》《喻老》篇，表明对其学的崇奉；论"自然之势"强调则是依循事物运作不得不然的自然态势，也即客观规律、法则运作严峻的一面。

《刘子·九流》中说：

> 法者，慎到、李悝、韩非、商鞅之类也。其术在于明罚整法，诱善惩恶，俾顺轨度，以为治本。然而薄者，削仁废义，专任刑法，风俗刻薄，严而少恩也。

从对其"薄者""削仁废义，专任刑法，风俗刻薄，严而少恩"的批评中，可见刘勰对儒、道治国理念的倚重。

《法术》第十四总括法家理念，强调因事因时应变制宜，以法、术成就治理：

> 法术者，人主之所执，为治之枢机也。术藏于内，随务应变；法设于外，适时御人。人用其道而不知其数者，术也；悬教设令以示人者，法也。人主以术化世，犹天以气变万物：气变万物，而不见其象；以术化人，而不见其形。故天以气为灵，主以术为神。术以神隐成妙，法以明断为工。淳风一浇，则人有争心，情伪既动，则立法以检之。建国君人者，虽能善政，未能弃法而成治也。

"术""数"为治世之术及其变通之机要，称之"神"，也属对"道"的一种认识与把握；"法"（法规律令）则须明示于众，靠它矫正"浇薄"与"情伪"。"术数"藏于内心，法规政令宣示于外，也有某种"体用为一"的意味。起始虽言"法术者，人主之所执，为治之枢机也"，其后的"建国君人者，虽能善政，未能弃法而成治"却表明，人（即使是创建新朝的"人主"）治不能替代法治，告诫创建新朝的帝王尤其不可盲目自信"能善政"，犯"弃法而治"的错误。

　　《文心雕龙》也有不少"术数"之论，《总术》篇说："若夫善弈之文，则术有恒数，按部整伍，以待情会，因时顺机，动不失正。数逢其极，机入其巧，则义味腾跃而生，辞气丛杂而至。"其"恒数"指恒常不变的规律，"术"指驾驭文辞的手段、技巧。

　　　　立法者，譬如善御：察马之力，揣途之数，齐其衔辔，以从其势……君犹御也，法犹辔也，人犹马也，理犹轨也，执辔者，欲马之遵轨也；明法者，欲人之循理也……是以明主务循其法，因时制宜：苟利于人，不必法古；必周于事，不可循旧。夏商之衰，不变法而亡；三代之兴，不相袭而王；尧舜异道，而德盖天下；汤武殊治，而名施后代；由是观之：法宜变动，非一代也。

以驾驭车马为喻，立法者要了解政策措施的方向、力度，把握实施的途径和目标，以及可能出现周折；依时势需要整合驾驭的手段。法能令民循理而行，故云："君犹御也，法犹辔也，人犹马也，理犹轨也，执辔者，欲马之遵轨也；明法者，欲人之循理也。"
　　随后《法术》讨论法治"因时制宜"的必要及其缘由：

　　　　法不适时，人乖理也。是以明主务循其法，因时制宜。苟利于民，不必法古。必周于事，不可循旧。夏商之衰，不变法而亡；三代之兴，不相袭而王。尧舜异道，而德盖天下；汤武殊治，而名施后代；由是观之：法宜变动，非一代也。

"苟利于民，不必法古。必周于事，不可循旧"出自《淮南子·泛论训》，以"利民""周事"（成全政务）为目的，反对盲目"法古"，因循守旧。"法宜变动"则是历代"因时制宜"政治实践的成功经验。强调立法不可不知变通，因应时势。《商君书·开塞》有云："圣人不法古，不修今。法古则后于时，修今则塞于势。周不法商，夏不法虞，三代异势而皆可以王。"（按，此"修今"指变动时势。）《吕氏春秋·察今》亦曰："凡先王之法，有要于时也，时不与法俱至。法虽今而至，犹若不可法。故择先王之成法，而法其所以为法。"亦主张为政不可盲目法古，要遵循成法应时政所需而成的原则。

> 故法者，为治之所由，而非所以为治也；礼者，成化之所宗，而非所以成化也。成化之宗，在于随时；为治之本，在于因世。不因世而欲治，不随时而成化，以斯治政，未为衷也。

最后以"不因世而欲治，不随时而成化，以斯治政，未为衷也"结尾，再次强调"因世""随时"地"作法""更礼"，才真称得上是忠于国事，暗讽那些未"因时制宜"变革法规礼制的守旧官员绝不可能做到尽其职守。

"法术"关乎政治的法规律则及其操作，常是古代政论的焦点。本篇征引前论也多，尤其是《韩非子》《商君书》《淮南子》中的相关材料。有法、术、数、象、势范畴入论，也有"因时制宜""赏信罚明"等名言。

《法术》中说："术藏于内，随务应变；法设于外，适时御民。""人用其道而不知其数者，术也。"此所谓"术"是指"心术"——内心对规律和运用机制的把握。"术"本义是方法、手段，"数"则指事物的运作机制。

由于重在说"法"，《法术》很少论"术"，仅有"天以气为灵，主以术为神，术以神隐成妙，法以明断为工"等语。在《赏罚》篇才明言驾驭臣下之术就是赏罚："治民御下，莫正于法教；立法施教，莫大于赏罚。赏罚者，国之利器，而制人之柄也。"法家认为赏罚是控制臣下最有效的方法，如《韩非子·喻老》所云："赏罚者，邦之利器也，在君则制臣，在臣则胜君。"

《法术》有"因时制宜"；《文心·序志》有"有同于旧谈者，非雷同也，势自不可以异也；有异乎前论者，非苟异也，理自不可同也。同之与异，不屑古今，譬肌分理，唯务折衷"；其《通变》首先指出文学承传变革中"有常之体"和"无方之数"的辩证关系：

> 夫设文之体有常，变文之数无方，何以明其然耶？凡诗赋书记，名理相因，此有常之体也；文辞气力，通变则久，此无方之数也。名理有常，体必资于故实；通变无方，数必酌于新声：故能骋无穷之路，饮不竭之源。

"有常"指"体"之"名理"（名称、规范）在历史演进中沿袭的稳定性而言，它们是审美经验的结晶，故云"体必资于故实"。"无方之数"（"数"，术数，即方法、原则。"无方之数"即没有定则）须斟酌于"新声"，表明通变包含着对时代潮流和文学未来发展趋势的探究和判断。能够处理好"有常"与"无方"的辩证关系，则"能骋无穷之路，饮不竭之源"，拥有无限发展前景和旺盛生机的"文辞气力"。《通变》篇末的"赞"也鼓吹"文辞气力，通变则久""文律运周，日新其业"，应当"望今制奇，参古定法"。

《刘子》也有适时势所须变通施政的论说。《随时》第四十五中说：

> 时有淳浇，俗有华戎，不可以一道治，不得以一体齐也。故无为以化，三皇之时；法术以御，七雄之世；德义以柔，中国之心；

政刑以威，四夷之性。故《易》贵随时，《礼》尚从俗，适时而行也。

"时有淳浇，俗有华戎"的时代特征非常鲜明，浇薄与淳朴的民情相背，华夏狄戎习俗不一，正是六朝政治面对的问题。从《易》能引导人们认识事物总是在"随时"变化这一点，要求治理上也得"适时而行"，施政必须因时势和对象的不同作出相应调整，从历史中总结出"德义以柔中国之心，政刑以威四夷之性"的成功经验。该篇引述了《易·随·彖》《礼记·曲礼》及《庄子》《吕氏春秋》《淮南子》《说苑》中语以及历史数据进行论证。有云：

> 昔秦攻梁，梁惠王谓孟轲曰："先生不远千里，辱幸弊邑，今秦攻梁，先生何以御乎？"孟轲对曰："昔太王居邠，狄人攻之，事之以玉帛，不可；大王不欲伤其民，乃去邠之岐。今王奚不去梁乎？"惠王不悦。夫梁国所宝者，国也；今使去梁，非其能去也，非异代所能行也。故其言虽仁义，非惠王所须也……秦孝公问商鞅治秦之术，鞅对以变法峻刑。行之三年，人富兵强，国以大治，威服诸侯。以孟轲之仁义，论太王之邠，而不合于世用；以商君之浅薄，行刻削之苛法，而反以成治。非仁义之不可行，而刻削之苛为美，由于淳浇异迹，则政教宜殊，当合纵之代，而仁义未可全行也。
>
> ……鲁哀公好儒而削，代君修墨而残，徐偃王行仁而亡，燕哙为义而灭。夫削残亡灭，暴乱之所招也，而此以行仁义儒墨而遇之，非仁义儒墨之不可行，非其时之所致也。

《明权》第四十二论守常与权变，引《孟子》《易·系辞》《论语》《淮南子》《文子》中的材料。其中说：

> 循理守常曰道，临危制变曰权，权之为称，譬犹权衡也。衡者，测邪正之形；权者，揆轻重之势。

"守常"即恪守常规（已被验证，理应持之以恒遵循的规范）。"权"是对新异现象和局面的考虑、权衡；"变"是经过权衡之后的变通处置。"循理守常""临危制变"的目的相同，是应对常态和反常的形势（尤其是危局）的需要，是权衡得失利弊轻重缓急之后的理智抉择，故又称：

> 人之于事，临危制变，量有轻重，平而行之，亦犹此也。古之权者，审于轻重，必当于理而后行焉。《易》称："巽以行权。"《论语》称："可与适道，未可与权。"权者，反于经而合于道，反于义而后有善。

权变的处置往往会带来质疑，这样做是否合乎仁爱亲情和道义呢？作者举出古代圣君贤臣的例子，当然是很有说服力的：

> 故溺则捽父，祝则名君，势不得已，权之所设也。慈爱者，人之常情；然大义灭亲，灭亲益荣，由于义也。是故慈爱方义，二者相权，义重则亲可灭。若虞舜之放弟象，周公之诛管叔，石碏之杀子厚，季友之酖叔牙，以义权亲，此其类也。欺父矫君，臣子悖行；然舜取不告，弦高矫命者，以绝祀之罪，重于不告；矫命之过，轻于灭国，权之义也。

末段的"夫有道则无权，道失则权作"强调"权（宜）"指"失道"也即"非常"情势下不得已而为之，是"反于经而合于道，反于义而后有善"之举，合乎"循理守常曰道，临危制变曰权"的应变原则。权变强调的是因时因事制宜之旨。

《观量》第四十四引《淮南子》及《说苑》《吕氏春秋》《列子》语，云：

> 夫曲思于细者，必忘其大；锐精于近者，必略于远。由心不并驻，则事不兼通；小有所系，大必有所忘也。
>
> 是以智者知小道之妨大务，小察之伤大明，捐弃细识，舒散情性。以斯观之，人有小察细计者，其必无退志广度，亦可知也。

指出"斯皆锐精于小而忘其大者也"，颇与《文心·附会》中的"夫画者谨发而易貌，射者仪毫则失墙，锐精细巧，必疏体统"等论类同。

《利害》第四十七引《淮南子·修务训》《人间训》等多篇，以及《吕氏春秋·去宥》齐人于鬻金之所夺人之金，"殊不见人，徒见金耳"的故事，说明"故就利而避害，爱得而憎失，物之恒情也。人皆知就利而避害，莫知缘害而见利；皆识爱得而憎失，莫识由失以至得。有识利之为害，害之为利，得之成失，失之成得，则可与谈利害而语得失矣"。

《贵速》第四十三论当机立断、果决行事。引《吕氏春秋·贵卒》等。"成务虽均，机速为上；决谋或同，迟缓为下。何者？则才能成功，以速为贵；智能决谋，以疾为奇也。""力贵突，智贵卒。"

《赏罚》第十五引《老子》《韩非子》《礼记》《吕氏春秋》《淮南子》等典籍中言说，法家思想倾向亦甚明显：

> 治民御下，莫正于法教；立法施教，莫大于赏罚。赏罚者，国之利器，而制民之柄也。……明赏有德，所以劝民善也；显罚有过，所以禁下奸也。善赏者，因民所喜以劝善；善罚者，因民所恶以禁奸。故赏少而善劝，刑薄而奸息。赏一人而天下喜之，罚一人而天下畏之，用能教狭而治广，事寡而功众也。

是谓赏与罚是"国之利器而制人之柄"，行之目的只在"诱人以趣善"。以为"赏少而善劝，刑薄而奸息"，行赏罚的投入少、影响大，在治理的功教上高于"教"。《赏罚》云：

> 圣人为治也，以爵赏劝善，以仁化养民，故刑罚不用，太平可致；然而不可废刑罚者，以民之有纵也。是以赏虽劝善，不可无罚；罚虽禁恶，不可无赏；赏平罚当，则理道立矣。

这段话讲到赏与罚的关系时说，"圣人为治""以爵赏劝善，以仁化民"，即便"刑罚不用，太平可致"。"然而不可废刑罚者，以民之有纵也"透露出所谓"圣人之治"极大可能是指较为久远的古朴世道，"民之有纵"则是此后，也是较近时代更多出现的社会现象。随后又说：

> 故君者，赏罚之所归，诱人以趣善也。其利重矣，其威大矣。空悬小利，足以劝善；虚设轻威，可以惩奸。矧复张厚赏以饵下，操大威以驱民哉！故一赏不可不信也，一罚不可不明也。赏而不要，虽赏不劝；罚而不明，虽刑不禁。不劝不禁，则善恶失理。是以明主之赏罚，非为己也，以为国也。适于己，而无功于国者，不加赏焉；逆于己，而便于国者，不施法焉。罚必施于有过，赏

必加于有功，苟善赏信而罚明，则万人从之，若舟之循川，车之遵路，亦奚向而不济，何行而弗臻矣！

反复说"赏信而罚明"是"明主"的作为，指出"赏罚，非为己也，以为国也"。可见"治民御下"的君上为国家做到"赏信而罚明"是其天经地义的责任。其中未必没有对凭一己之喜恶滥施赏罚的当政者的针砭劝谏。

三、人才论中的名实、名理之辨

人才论是《刘子》的重要组成部分，可分为两个部分，一是针砭这方面的时弊，对君上和有察举之责的官吏建言献策；一是对从政者的告诫和劝慰，既要善于官场的应对周旋，能创造并利用机遇使才智抱负得以施展也要以谦为德，谨言慎行，防范中伤谗毁，在险恶生存环境中得以自全。

《刘子》在识才、任才方面建言献策之先是作名实之辨。《九流》中说："名者，宋钘、尹文、惠施、公孙捷之类也。其道正名，名不正则言不顺，故定尊卑，正名分，爱平尚俭，禁攻寝兵；故作华山之冠，以表均平，制别宥之说，以示区分。然而薄者，捐本就末（华而不实，则"不正"之名是虚名。足见本末论可用于名辩），分析明辨，苟祈华辞也。"唐代撰写的《隋书·经籍志》指出："名者，所以正百物，叙尊卑，列贵贱，各控名而责实，无相僭滥者也。《春秋传》曰：古者名位不同，节文异数。"

《魏晋南北朝史论丛·魏晋玄学之形成及其发展》指出：《文心雕龙·论说》篇称："魏之初霸，术兼名法。"是一个正确的判断……西晋鲁胜著《墨辩序》云："名者所以别同异，明是非，道义之门，政化之准绳也。孔子曰：'必也正名，言不正则事不成。'墨子著书，作辩经，以立名本，惠施、公孙龙祖其学，以正刑名显于世。"

以为名辩之学论说政治教化的标准，把孔子的正名与法家的循名责实关联起来。亡绝了五百余年的名家之学在魏晋间得到重视。[①]

魏晋南北朝玄学的名理之说和才性之辩与时政关系密切，虽有先秦名家的渊源，但讨论的重心由强调每一种"名"（所指社会角色）皆有各自的"实"（应有的社会担当）进一步向人才察举方面转移。

《刘子》的名实范畴组合主要针对人才察举的现实，用于批判性论说，与《文心雕龙》的名理、名实之说多正面立论有别。如《文心》之《诸子》追述"尹文课名理之符"，《议对》之"赞"说"议惟畴政，名实相课"。《通变》论文章体裁称"凡诗赋书记，名理相因，此有常之体""名理有常，体必资于故实"，《序志》感慨"形同草木之脆，名逾金石之坚"，《程器》则有"名崇而讥减"之语。

唐长孺先生在《魏晋南北朝史论丛·魏晋才性论的政治意义》中指出：才性之辩在魏晋之际是名理学的一个重要论题。论同异者立足于"才""性"的解释：主张才性同的以本质释性，以本质之表现在外者为才；主张才性异的以操行释性，以才能释才。论"合"与"离"者首先承认性指操行，才指才能，然后讨论二者的关系。东汉人才察举（汉制：州郡长守等官员向上级有关部门举荐贤能的职责）虽有秀才、孝廉之分，往往更重操行。由于选举往往操于权豪之手，得选者未必名副其实。汉末乡闾清议已为大族或名士所操纵，尚名背实已成风气，也成为六朝的一个政治积弊。[②]

东汉末已有"举秀才，不知书。举孝廉，父别居。寒素清白浊如泥，高第良将不如鸡"和"上品无寒门，下品无世族"的谣谚，左思有"世胄蹑高位，英俊沉下僚"的愤世之辞。魏晋南北朝的政治军事形势尽管带来急迫的人才需求，然而却无合理选拔任用贤能，使之各得

---

① 唐长孺：《魏晋南北朝史论丛》，北京：商务印书馆，2010年，第308–310页。

② 唐长孺：《魏晋南北朝史论丛》，第293–305页。

其所，各尽其用的社会环境和制度保证。

吕思勉《两晋南北朝史》第二十二章《晋南北朝政治制度》第四节《选举》指出："晋、南北朝选法，最受人诋谉者，九品中正之制也。《三国志·陈群传》云：文帝即王位，徙为尚书，制九品官人之法，陈群所建也，则其制实始汉末。魏时，弊即大著，夏侯玄极言之。晋初，刘毅、卫瓘、段灼、李重等又以为言。（皆见《三国志》《晋书》本传。）然其制迄未能废，北朝亦放之。至隋乃罢。"[①]

九品中正制自曹魏始行。唐长孺《魏晋南北朝史论丛》引沈约《宋书·恩幸传序》："汉末丧乱，魏武基始，军中仓卒，权立九品，盖以论人才优劣，非谓氏族高卑。"但以后却演变为"州都郡正以才品人，而举世人才升降盖寡。徒以凭借世资，用相陵驾。"[②]《晋书·卫瓘传》载其《请废九品中正疏》云："魏氏承颠覆之运，起丧乱之后，人士流移，考详无地，故立九品之制，粗且为一时选用之本耳。""宜皆荡除末法，一拟古制，以土断定"，"尽除中正九品之制，使举善尽方，各由乡论。"[③]故唐长孺说："九品中正制所以沿用为数百年，就因为'人士流移'这个问题经过南北朝始终存在，而选举制度却还部分地保留着东汉旧传统。"[④]

由于历史原因，人才察举、擢拔、任用中存在的问题在魏晋南北朝政治中一直没有解决，《刘子》这方面的论证占很大篇幅，包括与名实之辨紧密联系的人才发现、举荐、合理任用以及教育激励和保护等方面，强调人才对国家治理的重要性，关注才士的生存环境、艰难仕途和心理困惑，透露出吏治改良和制度变革的时代要求。

---

① 吕思勉：《两晋南北朝史》，第1116页。
② 唐长孺：《魏晋南北朝史论丛》，第84页。
③ 〔唐〕房玄龄等撰：《晋书》，第1058页。
④ 唐长孺：《魏晋南北朝史论丛》，第85页。

《刘子》第三部分是从第十六到第二十九的《审名》《鄙名》《知人》《荐贤》《因显》《托附》《心隐》《通塞》《遇不遇》《命相》《妄瑕》《文武》《均任》的十四篇，针对贤能举荐、选任和如何展才的问题，揭示魏晋南北朝吏治弊端的症结所在；要求负有荐贤之责的官员恪尽明察和举贤任能之职守，使各方面的人才任得其所、发挥专擅为国效力；才士自身亦应能动地审时度势，在官场周旋应对得法，借助可靠依托"吹莹"，循势而作，施展才智抱负，以及在困厄中能够自我激励或者全身而退。

名实之辨首先是"察举"的需要，所以本文讨论《刘子》的人才论将其《荐贤》提前，然后从《审名》《知人》等篇了解刘勰以为如何识才才能确保举荐的公允、得宜。

（一）《荐贤》：察举是从政者职责所在

较九品中正制更早实行的是察举制度。魏晋南北朝时期人才荐举与九品中正制的积弊交互作用，严重影响了选贤任能。吴宗国的《唐代科举制度·科举制度的产生》追述了荐举选官的历史：

> 春秋时期（公元前770—前467年），官职完全由世族垄断。战国时期（前475—前211年）各国变法的主要内容之一，就是要废除世卿世禄制度……同时，随着"士"这一知识群体的壮大活跃，荐举也成为日益普遍的选官方式……
>
> 汉武帝时正式建立察举制度。汉文帝十五年（前165年）就曾召诸侯王、公卿、郡守举贤良能直谏者，文帝亲自策试。汉武帝建元元年（前140年）诏举贤良方正、正直极谏之士，武帝亲自策问以古今治道及天人关系问题。由皇帝临时下召察举的特科正式形成。汉武帝元光元年（前134年），"初令郡国举孝廉各一人"。岁举孝廉的察举常科亦初步建立，同年，武帝还诏举贤良、

文学，并亲加策试……如果不为地方所举，仍不能做官。

东汉顺帝阳嘉元年（132 年），"初令郡国举孝廉，限年四十以上，诸生通章句，文吏课笺奏，乃得应选"。岁举孝廉也建立了考试制度，阳嘉之制实行以后，儒生、文吏被郡守举为孝廉后，如果不能通过中央的考试，便不能获得官职。而郡守的举荐，则是到中央参加考试的前提……东汉中叶以后，察举和辟召都为豪强大族人所垄断。最后发展到魏晋的九品中正制，虽然出身授职还得通过两汉以来的察举、征辟等入仕的途径，但被察举或征辟的条件首先是门第。门第成为做官的先决条件。这与西汉从任子、赀选到察举相比，正好是一个相反的过程。

南北朝以来，随着豪强士族的衰落，按照才能而不是按照门第选任官吏的问题被重新提出来。后来成为梁武帝的萧衍在南齐末上表中提出，"设官分职，唯才是务"。西魏时苏绰在为宇文泰所拟《六条诏书》中也指出："自昔以来，州郡大吏，但取门资。"而"门资者，乃先世爵禄，无妨子孙之愚瞽。"明确提出："今之选举，当不限资荫，唯在得人。"……察举制重又受到了重视，南朝和北朝都恢复了举秀才、举孝廉的制度。梁武帝天监四年（505）又置五经博士各一人，各主一馆。与过去国子学生只有贵族高官子弟才能入学不同，"五馆生皆引寒门俊才"，"馆有数百生，给其饩廪。其射策通明者，即除为吏。十数年间，怀经负笈者云会京师"。[1]

政治囊括国家事务，需要各方面的人才任职用事。广泛招纳任用干才是施政所必须，吏治时代更是如此。依汉制，无论任职中枢还是地方，官员（特别是州郡牧守）都有为国举荐贤能的责任。所

---

[1]　吴宗国：《唐代科举制度研究》，沈阳：辽宁大学出版社，1992 年，第 1–3 页。

谓察举包括两个方面：察指对士才的了解，要做到明察，首先须克服当时品评人物中党同伐异、名不副实的流弊；荐举则既要出于公心，又要明察才士之短长，凡国之所需则尽心竭力推举擢拔，不使人才被埋没；而且要让他们任得其所，能充分展才为国效劳。

阎步克《察举制度变迁史稿·引言》中说：

> 察举制度，是中国古代帝国政府的一种选官程序，它主要存在于两汉和魏晋南北朝时期。在中国古代政治和制度的发展史上，曾先后出现过贵族世卿世禄制、察举征辟制、九品中正制和科举制等等不同的选官制度，它们分别在不同时期占据主导地位。察举制度便是选官制度变迁过程中的一个重要阶段。这一制度的成立，大约是在西汉的文帝、景帝和武帝之时，它与征辟制度一起，共同构成了汉代选官制度的主体。魏晋以降，由于九品中正制的出现并成为选官制度的主导，察举入仕之途的地位和作用颇有下降，但在这一时期它依然发挥着作用，其制度程序也仍然在依照某种规律向更高形态发展。九品中正制衰落之后，察举制在隋唐之际发展为科举制度。换言之，察举制便是科举制的前身与母体……
>
> ……科举制是一种考试制度……察举制则是一种推荐制度，主要由地方州郡长官承担推荐之责，按科目要求定期地或实时地向王朝贡上合乎相应标准的士人。定期察举如秀才、尤异、孝廉、廉吏等科，在成立之初皆不考试，举至中央后即授与本应官职；不定期的如贤良方正等科，举后须经对策方能授官，但这种对策有"应诏陈政""求言于吏民"之意，与科举制的那种对士人的才艺的程序化检验考试，尚有很大差异。……察举制下的被举者中有大量的孝子、隐士、侠客、贤人、名流等等人物……而士人

在社会上的个人声望，往往也对察举实施有重大影响，这在东汉后期尤为明显。[1]

东汉后期门阀士族把持仕进、朋党呼朋引类，稍后曹丕实行九品中正制，造成察举入仕的不公，是广召才士、任用贤能的最大障碍。如曹操这样明智的执政者虽屡次颁布实施过相关政令纠正此风，也只在一定范围、时期取得成效。东晋以降门阀士族势力渐衰，名门仕途通达的现象仍时而重现。即使时有改革的呼声和举措，由于国家分裂、篡代层出和政治腐败等因素存在，无法根除这方面积弊。总之，魏晋南北朝"以名取人"和"以族取人"的察举、选用基本是一种常态。

齐末萧衍所上《申饬选人表》称：

前代选官，皆立选簿，应在贯鱼，自有诠次。胄籍升降，行能臧否，或素定怀抱，或得之余论，故得简通宾客，无事扫门。顷代夷陵，九流乖失。其有勇退忘进，怀质抱真者，选部或以未经朝谒，难于进用。或有晦善藏声，自埋衡荜，又以名不素著，绝其阶绪。必须画刺投状，然后弹冠，则是驱迫廉拟，奖成浇竞。愚谓自今选曹宜精隐括，依旧立簿，使冠履无爽，名实不违。庶人识崖涘，造请自息。且闻中间立格，甲族以二十登仕，后门以过立试吏，求之愚怀，抑有未达。何者？设官分职，惟才是务。若八元立年，居皂隶而见抑；四凶弱冠，处鼎族而宜甄。是则世禄之富，无意为善；布衣之士，肆心为恶。岂所以弘奖风流，希向后进？此实巨蠹，尤宜刊革。"[2]

---

① 阎步克：《察举制度变迁史稿》，沈阳：辽宁大学出版社，1991 年，第 1-2 页。
② 〔唐〕姚思廉：《梁书》，第 23 页。

称之“巨蠹”，欲革除选官上唯重虚名陋习、被鼎族豪门把持之急切可知。

发现和举拔贤能致使国家得成功治理（兴利除弊的施政乃至获得军事外交重大成果）的史事不胜枚举。故自古以来圣哲明君就倡导为国举贤任能。周秦除了贵胄公卿世袭之外，选官主要靠近臣向君王举荐，才士往往借此能面君陈说大势、贡献策略，若被君王认可和赏识，便能得到任用。汉代有了察举制度，通过“荐贤”国家征用才能之士是政治的需要，地方长吏肩负向中央（定期或随时）举荐才士的职责。

《荐贤》第十九首先以生动的比况强调任用贤能是国家治理所必须，察举是从政者职责所在能否任用贤能，关系施政成败：

> 国之须贤，譬车之恃轮，犹舟之倚楫也……朝之乏贤，若凤亏六翮，欲望背摩青天，臆枪绛烟，路莫由也。
>
> 峻极之山，非一石所成；凌云之榭，非一木所构；狐白之裘，非一腋之毳；宇宙为宅，非一贤所治。是以古之人君，必招贤聘隐；人臣则献士举知。

国家需要多方面人才，君上、人臣在举贤授能上均有不容推卸的责任。尽管“立政致治，折冲厌难者，举贤之效也”史有成例，而“贤士有胫而不肯至者，殆蠹材于幽岫，腐智于柴荜者，盖人不能自荐，未有为之举也”，贤士在野不得任用、自生自灭，则出于“不能自荐”，又无人举荐之故。明确强调地方长吏这方面应承担的职责。

《荐贤》随后说的“古人竞举所知，争引其类：才苟适治，不问世胄；智苟能谋，奚妨秕行”极有现实针对性，“人臣竞举所知，争引其类"从好的方面说是为国荐贤尽职尽责，然而似乎又暗示：呼朋引类的流弊也可能会形成朋党。"才苟适治，不问世胄"明显是对九品中正制和门阀世族把持仕进的否定；"智苟能谋，奚妨粃行"则为纠正（自命清高或党同伐异者）挑剔末节、妄加德行不端恶名而弃用贤能的偏颇。汉魏之交践行这一主张最力的是曹操。

唐长孺《魏晋南北方朝史论丛·魏晋才性论的政治意义》指出：

> （建安）二十二年（217年）注引《魏书》八月令："昔伊挚、傅说出于贱人；管仲，桓公贼也，皆用之以兴。萧何、曹参，县吏也，韩信、陈平，负污辱之名，有见笑之耻，卒能成就王业，声施千载。吴起贪将，杀妻自信，散金求官，母死不归；然在魏，秦人不敢东向，在楚则三晋不敢南谋。今天下得无有至德之人，放在民间，及果勇不顾，临敌力战；若文俗之吏，高才异质，或堪为将守，负污辱之名，见笑之行，或不仁不孝，而有治国用兵之术。其各举所知，勿有所遗。"（即《举贤勿拘品行令》）
>
> 曹操在十五年中接连下了四道求才令，非常明确地提出重才不重德的选举标准……乡间清议在汉末已为大族或名士所操纵，人才的选拔自然也由他们把持……这些人却正在主持清议，组织朋党……尚名背实的风气是与法家的"综核名实""尊君卑臣"相违反的。①

《荐贤》征引史载及《吕氏》《说苑》《管子》《抱朴子》等子书中前人事例云：

> 昔子贡问于孔子曰："谁为大贤？"子曰："齐有鲍叔，郑

---

① 唐长孺：《魏晋南北朝史论丛》，第299–300页。

有子皮。"子贡曰:"齐无管仲,郑无子产乎?"子曰:"吾闻进贤为贤,排贤为不肖。鲍叔荐管仲,子皮荐子产,未闻二子(指管仲、子产)有所举也。"进贤为美,逾身之贤,矧复抑贤者乎?故黔息碎首以明百里,北郭刎颈以申晏婴,所以致命而不辞者,为国荐士,灭身无悔,忠之至也,德之难也。臧文仲不进展禽,仲尼谓之窃位;公孙弘不引董生,汲黯将为妒贤;虞丘不荐叔敖,樊姬贬为不肖;东闾不达髦士,后行乞于中路。故为国人宝,不如能献贤。献贤受上赏,蔽贤蒙显戮。斯前识之良规,后代之明镜矣。

孔子以鲍叔举荐管仲、子皮举荐子产为例向子贡说明"进贤为贤,排贤为不肖"以及"进贤为美,逾身之贤",认为"进贤"较一己之贤更可取。"黔息碎首以明百里,北郭刎颈以申晏婴,所以致命而不辞者,为国荐士,灭身无悔"是为国进贤舍身的无私之忠,难能可贵;反面的事例则是"臧文仲不进展禽,仲尼谓之窃位;公孙弘不引董生,汲黯将为妒贤,虞丘不荐叔敖,樊姬贬为不肖;东闾不达髦士,后行乞于中路"。最后告诫道:"为国入宝,不如能献贤。献贤受上赏,蔽贤蒙显戮。斯前识之良规,后代之明镜也。"有称赏也有挞伐,强调举荐和擢拔贤能是从政者道义职责所在。提供荐贤的道德信条和历史鉴证。

"昔时人君拔奇于囚虏,擢能于屠贩,内荐不避子,外荐不避仇"等语,以史载及《吕氏》《说苑》《管子》《抱朴子》等子书中前人事例与议论,说明"进贤为贤,排贤为不肖",以为进(举)贤、任贤较一己之贤更可取可贵。

按,国家需要大量人才,却多被埋没,既缺识者和有公心、不忌贤妒能的官员,更无举拔贤能的制度保证,刘勰迫切要求解决现实政治中长期存在的这种尖锐矛盾，确实是在为公平的开科取士的科举考试制度的建立造势。

（二）《审名》《鄙名》《妄瑕》：识才须走出名实不符的误区

举贤荐能必得识才，当时不仅有门阀世族把持仕进和九品中正制的影响，市朝评议中还会碰到名实和本末之辨的问题。在评介《刘子》的《审名》《鄙名》《正赏》等篇之前有必要略述名实之辨的渊源——先秦的名实论，以及汉魏的人物品鉴之风。

名实之辨的渊源在先秦，孔子说过："名不正，则言不顺。"（《论语·子路》）其"君君，臣臣，父父，子子"（《论语·颜渊》）是为君要像君的样子，臣要像臣的样子，父要像父的样子，子要像子的样子，亦名要符实之义。是以名责实，要求各种社会角色明白自己的本份和责任担当。

《庄子·逍遥游》中许由说："名者，实之宾也。"不接受尧让天下给他是因知道尧已做得不错——"天下既已治矣"，自己不愿名不副实妄得"天子"虚名，故云："吾将为名乎？……吾将为宾乎？"《田子方》那"举鲁国儒服而儒者实只一人"的寓言也涉及名实问题，不仅揭露那些假儒士的伪装，也说明世上装模作样、欺世盗名者实在太多。庄子批评惠子和公孙龙等先秦名家"辩者""能胜人之口，不能服人之心"。公孙龙有著名的"白马非马"之辨，主要是利用两个概念小与大的差别，即白马（是一匹或一个颜色的马）不等同于（所有的或者其他的）马，进行诡辩。

《墨子·经说上》："所以谓，名也。所谓，实也。"《管子·九守》篇："修名而督实，按实而定名。名实相生，反相为情。"《荀子·正名》称："故王者之制名，名定而实辨，道行而志通，则慎率民而一焉。"

《汉志》引《诸子略》称：

名家者流，盖出于礼官。古者名位不同，礼亦异数。孔子曰："必也正名乎！名不正则言不顺，言不正则事不成。"此其所长也。及謷者为之，则苟钩钲析乱而已。

《抱朴子·名实》篇又云：

门人问曰："闻汉末之世，灵、献之时，品藻乖滥，英逸穷滞，饕餮得志，名不准实，贾不本物，以其通者为贤，塞者为愚。其故何哉？"抱朴子答曰：……人主不能运玄鉴以索隐，而必须当涂之所举。然每观前代专权之徒，率其所举皆在乎附己者也，所荐者先乎利己者也。毁所畏而进所爱，所畏则至公者也。至公用则奸党破，众私立则主威夺矣；奸党破则升泰之所由也，主威夺则危亡之端渐矣。

阎步克在《察举制度变迁史稿》中说：

曹魏时期，选官体制开始发生重大变化。汉末的"以名取人"与"以族取人"现象，至此充分显示了它们的深刻影响。由"名士"因素与"族姓"因素结合而形成的士族，其政治势力在不断扩大，士族政治与官僚制度之间的矛盾日趋尖锐。曹魏统治者在察举、郎吏课试及学校制上的措施，便与之直接相关……

曹操与文帝曹丕之时，仍有一些身负盛誉的名士，依然热衷于交游结党，品题清议，并形成了一种特殊的政治势力。他们被曹魏统治者称为"浮华交会之徒"，并加以严厉镇压。如孔融、魏讽、曹伟等，皆以"浮华"事败。但魏文帝至魏明帝时，却又出现了一批新的浮华之徒。如何晏、夏侯玄、诸葛诞、邓飏、毕轨、李胜等，以"四聪""八达""三豫"等号相为标榜，合党连群，褒贬人物，交游放诞，倾动一时。魏明帝"以为构长浮华，皆免官废锢"（陈寅恪、唐长孺有论）……可视为专制皇权、官僚政治与士族名士集团的冲突。反映在选官思想与选官实施之中，就形成本、末、名、实的冲突。①

唐长孺《魏晋南北朝史论丛·九品中正制度试释》说："东汉末年的名士本来以人物的批评为务，名士口中的褒贬，传达到政府时，可以在选举上起决定性的作用。"②《后汉书·许劭传》记云："少峻名节，好人伦……故天下之拔士者，咸称许、郭……初，劭与靖俱有高名，好共核论乡党人物，每月辄更其品题，故汝南俗有'月旦评'焉。"③《后汉书·党锢传序》指出："逮桓灵之间，主荒政谬，国命委于阉寺，士子羞与为伍，故匹夫抗愤，处士横议，遂乃激扬名声，互相题拂，品核公卿，裁量执政，婞直之风，于斯行矣……因此流言转入太学，诸生三万余人，郭林宗、贾伟节为其冠，并以李膺、陈蕃、王畅更相褒重……又渤海公族进阶、扶风魏齐卿，并危言深论，不隐豪强。自公卿以下，莫不畏其贬议，屣履到门。"④可知后来"激扬名声，互相题拂"中也有一些偏颇。《意林》卷五载曹丕《典论》云："桓灵之际，阉寺专命于上，布衣横议于下。干禄者殚货以奉贵，要名者倾身以事势。位成乎私门，名定乎横巷。

① 阎步克：《察举制度变迁史稿》：第 108–110 页。
② 唐长孺：《魏晋南北朝史论丛》，第 86 页。
③ 〔南朝宋〕范晔撰，〔唐〕李贤等注：《后汉书》，第 2234–2235 页。
④ 〔南朝宋〕范晔撰，〔唐〕李贤等注：《后汉书》，第 2185–2186 页。

由是户异议，人殊论；论无常检，事无定价；长爱恶，兴朋党。"①
儒林游学之风也堪忧，《后汉书·儒林传序》称："本初元年，梁
太后诏曰：大将军下至六百石，悉遣子就学。每岁则于乡射月一飨
会之，以此为常。自是游学增盛，至于三万余生。然章句渐疏，而
多以浮华相尚。"②浮华是笃实的反面，也就是有趋名和务实之异。
像这样专事批评政治、臧否人物的集团对于政治显然是一种障碍。
在法家理论上正是"主势降乎上，私党成于下""务名背实"，应
予禁抑。东汉末王符、仲长统、徐幹等几乎都有抑浮华、破朋党的
主张，希望以循名核实之法来澄清选举。徐幹《中论·考伪》："名者，
所以名实也。实立而名从之，非名立而实从之也……仲尼之所贵者，
名实之名也，贵名乃所以贵实也。"③

《群书治要》录刘廙《政论》云："王者必正名以督其实，制
物以息其非……曰：行不美则名不得称，称必实所以然，效其所以成，
故实无不称于名，名无不当于实也。"④曹操杀孔融，罪名列有"世
人多采其虚名，少于核实"一项，杀以示儆。《三国志·魏书·明帝纪》
记其诏令："其浮华不务道本者，皆罢退之。"⑤同书《卢毓传》记："诸
葛诞、邓飏等驰名誉，有四聪八达之诮，帝疾之。时举中书郎，诏曰：
得其人与否，在卢生耳。选举莫取有名，名如画地作饼，不可啖也！"

王符《潜夫论·务本》曰："教训者，以道义为本，以巧辩为
末；辞语者，以信顺为本，以诡丽为末；列士者，以孝悌为本，以
交游为末；孝悌者，以致养为本，以华观为末；人臣者，以忠正为本，

① 〔唐〕马总编纂，王天海校释：《意林校释》，北京：中华书局，2014 年，第
505 页。

② 〔南朝宋〕范晔撰，〔唐〕李贤等注：《后汉书》，第 2547 页。

③ 〔魏〕徐幹撰，孙启治解诂：《中论解诂》，北京：中华书局，2014 年，第 205 页。

④ 〔清〕严可均编：《全上古三代秦汉三国六朝文》，第 2488 页。

⑤ 〔晋〕陈寿撰，〔南朝宋〕裴松之注：《三国志》，第 97 页。

以媚爱为末：五者守本离末则仁兴，离本守末则道德崩。慎本略末犹可也，舍本务末则恶矣。"①《三国志·魏书·董昭传》记其太和中"昭上疏陈末流之弊曰：……窃见当今年少，不复以学问为本，专更以交游为业；国士不以孝悌清修为首，乃以趋势游利为先。合党连群，互相褒叹，以毁訾为罚戮，用党誉为爵赏……"②同书《刘廙传》注引《刘廙别传》："今之所以为黜陟者，近颇以州郡之毁誉，听往来之浮言耳。亦皆得其事实而课其能否也。长吏之所以为佳者，奉法也，忧公也，恤民也。此三事者于治虽得计，其声誉未为美；阙而从人，于治虽失计，其声誉必集也。长吏皆知黜陟之在于此也，亦何能不去本而就末哉！"又同书《王昶传》载其《戒子书》："夫孝敬仁义，百行之首，行而立之，身之本也……人若不笃于至行，而背本逐末，以陷浮华焉，以成朋党焉。"在他们看来，学问为本，治能为本，孝悌为本。曹魏之时，这类崇本抑末的要求颇为不少，然而浮华之风日炽，有务本之实者多默默无闻，而趋末背实者反而有盛名于时，于是又有了循名责实的强烈呼声。

《审名》《鄙名》《知人》三篇的主旨就在于循名责实。

实施吏治必以选拔和任用各级官员为要务，贤能是否被察举和用得其所将影响甚至决定施政的成败。所以必须了解综核名实的重要，以及如何综核名实。

以"审名""鄙名"名篇，就是因为欺世盗名、呼朋引伴、相互吹捧的世风太严重，作《审名》显然出于名悖于实、本末倒置现象的不得不然，以为"俗之弊者，不察名实，虚信传说，即似定真"；兼取《墨子》《管子》《吕氏春秋》《战国策》《尹文子》《礼记》

---

① 〔汉〕王符撰，〔清〕汪继培笺，彭铎校正：《潜夫论笺校正》，北京：中华书局，1985年，第16页。

② 〔晋〕陈寿撰，〔南朝宋〕裴松之注：《三国志》，第442页。

《尸子》《抱朴子》中的材料进行辨析。

《审名》首论名与实、理与言的关系云：

> 言以绎理，理为言本；名以订实，实为名源。有理无言，则理不可明；有实无名，则实不可辨。理由言明，而言非理也；实由名辨，而名非实也。今信言以弃理，非得理者也；信名而略实，非得实者也。故明者，课言以寻理，不遗理而著言；执名以责实，不弃实而存名，然则言理兼通，而名实俱正。

是谓如同言说用来阐释道理、道理就是言说所本那样，名是用来区界和称呼实的，实即名产生的依据和本源。理因言说而彰显，但言说毕竟不是理；有了名的不同，各种实才能分辨；但实和名不是一回事。当时的一些言说弃置它应阐明的道理，名与实相背离，所以才有"审名"（审视名实是否相符）的必要。《审名》是对名悖于实、本末倒置现象的不得不然：

> 世人传言，皆以小成大，以非为是。传弥广理逾乖，名弥假实逾反，则指犬似人，转白成黑矣。今指犬似人，转白成黑，则不类矣。转以类推，以此象彼，谓犬似玃，玃似狙，狙似人，则犬似人矣；谓白似缃，缃似黄，黄似朱，朱似紫，紫似绀，绀似黑，则白成黑矣。

指出"执名以责实"的缘由和必要性。一个"今"字表明当时"信言弃理""信名略实"已成风气。随即采用《吕氏春秋·察传》中一段话："得言不可以不察，数传而白为黑，黑为白，故狗似玃，玃似母猴，母猴似人。人之与狗则远矣。"说明传言会逐渐失真，甚至向反面转化；别有用心者还会为制造舆论以讹传讹，导致黑白混淆，是非颠倒。

> 黄轩（帝）四面，非有八目；夔之一足，非有独胫。周之玉璞，其实死鼠；楚之凤凰，乃是山鸡。愚谷智叟，而蒙顽称；黄公美女，乃得丑名。鲁人缝掖，实非儒行；东郭吹竽，而不知音。四面一足，本非真实；玉璞凤凰，不是定名。鲁人东郭，空揽美称；愚谷黄公，横受恶名。由此观之：传闻丧真，翻转名实；美恶无定称，贤愚无正目。

离奇的传说与前人杜撰的故事中那些人和事都不宜当真，也别把比况或谦辞当作实指，其"名"无论美恶皆未必有"实"。随后又指出，古人典故中所用文字多义，传写亦时有误，加之常从简表述，若不细审其旨，也会有误读或误解：

> 俗之弊者，不察名实，虚言传说，即似定真。闻野丈人，谓之田父；河上姹女，谓之妇人；尧浆、禹粮，谓之饮食；龙胆、牛膝，谓之为肉。掘井得人，言自土而出；三豕渡河，云彘行水上。凡斯之类，不可胜言。故狐狸二兽，因名其便，合而为一；蛮蚕巨虚，其实一兽，因其词烦，分而为二。斯虽成其名，而不知败其实；弗审其词，而不察其形。

从古籍中列举出一系列药物、人和动物名称、文辞的误读例证。所谓"弗审其词"，指因汉字多义或者表述从简造成误会。最后申述古人重视"正名"的所以然：

> 是以古人必慎传名，近审其词，远取诸理，不使名害于实，
> 实隐于名。故名无所容其伪，实无所蔽其真，此之谓正名也。

《刘子》标举的以名责实，要害在于明确各种社会角色的责任担当：君君、臣臣、父父、子子；各级官吏也有名实相符的职责，必须选任得当，名望、声誉也得与其德行、业绩相符。

《鄙名》引《尹文子》《说苑》《论衡》《淮南子》的"名"论。所谓"名"指称名，也有用为动词指命名的地方。并从施政的角度讨论名与实的关系及其对世人心理的影响：

> 名者，命之形也；言者，命之名也……名言之善，则悦于人
> 心；名言之恶，则怃于人耳。是以古人制邑名子，必依善名；名
> 之不善，则害于实矣。

为处世与施政考虑，取名、题名讲究必须合乎道义，合乎人们共同的喜好、愿景，不无从众和迎合世俗心理的考虑，力求避免"名之不善，则害于实"造成误会、妨害政务。

> 昔毕万以盈大会福，晋仇以怨偶逢祸。然盈大者不必尽吉，
> 怨偶者不必皆凶，而人怀爱憎之意者，以其名有善恶也。今野人
> 昼见蟢子者，以为有喜乐之瑞；夜梦见雀者，以为有爵位之象。
> 然见蟢者未必有喜，梦雀者未必弹冠，而人悦之者，以其名利人也。
> 水名盗泉，尼父不漱；邑名朝歌，颜渊不舍；里名胜母，曾子还轫；
> 亭名柏人，汉后夜遁。何者？以其名害义也。以蟢雀之微，无益
> 于人，名苟近善，而世俗爱之；邑泉之大，生民所庇，名必伤义，
> 圣贤恶之。由此而言，则善恶之义在于名也。

按，"名"是外在的（由人命名的称谓），应依从、反映内在根本性的"实"（真实）。与言意、形神、本末（内外主次）关系之论的某些侧面相联系。以为无论对人对物，命名都得慎重，要合乎民意。

《妄瑕》第二十六引《文子》《庄子》《淮南子》《吕氏春秋》《管子》等史籍材料，论识人与用人不能"以小妨大"，只重外表、细节，不看主流：

> 以夫二仪七曜之圣，不能无亏沴；尧舜汤武之圣，不能免于诽谤；桓文伊管之贤，不能无纤瑕之过。由此观之，宇宙庸流，能自免于怨谤而无悔吝耶？

> 是以荆岫之玉，必含纤瑕；骊龙之珠，亦有微颣。然驰光于千里，蜚价于侯王者，以小恶不足以伤其大美也。今志人之细短，忘人之所长，以此招贤，是画空而寻迹，披水而觅路，不可得也。定国之臣亦有细短，人主所以不弃之者，不以小妨大也。以小掩大，非求士之谓也。

> 俗之观士者，见其威仪屑屑，好行细洁，乃谓之英彦；士有大趣，不修容仪，不惜小俭，而谓之弃人。是见朱橘一子蠹，因剪树而弃之；睹缛锦一寸点，乃全匹而燔之。

> 人之情性，皆有细短，若其大略是也，虽有小疵，不足以为累；若其大略非也，虽有衡门小操，未足与论大谋。

《妄瑕》所论也与名实相关，其中说天地万物都有不足，圣贤也难免过错。识人不能只看外表，不宜求全责备，更不能以小的瑕疵掩盖贤能之优长。也就是说求士"不以小妨大，以小掩大"，要看大节和主流。

还视其德行和优长是否适于施政："伯夷叔齐，冰清玉洁，义不为孤竹之嗣，不食周粟，饿死首阳；杨朱全身养性，去胫之一毛，以利天下，则不为也。若此二子，德非不茂，行非不高，亦能安治代紊、蹈白刃而达功名乎？此可为百代之镕轨，不可居伊管之任也。"

批驳"妄瑕"，强调的是任人唯贤，不能失察和嫉贤妒能，不能无视施政之所需，更不能任人唯亲或者吹毛求疵、排斥异己。魏晋南北朝政坛确有阿谀势要、朋党相互标榜的风气，更不乏以不实之辞妄议、挑剔、谗害贤能的故事。

（三）《知人》《均任》《文武》：知人善用，任得其所

识才方能不埋没贤能。《知人》要求从政者（包括君上势要和一切肩负荐用贤能职责的人）须理解下层才士艰困的生存环境和走上仕途的困难，而且要明察在先。

识才是举荐贤能的先决条件，《知人》第十八先指出：

> 士之翳也，知己未顾，亦与佣流杂处。自非神机洞明，莫能分也。故明哲之相士，听之于未闻，察之于未形，而监其神智，识其才能，可谓知人矣。若功成事遂然后知之者，何异耳闻雷霆而称为聪，目见日月而谓之明乎？

指出才士被遮蔽只因未逢知己。真正识才者能够"听之于未闻，察之于未形"，也即识其于还无名气、才能未显、功业未建之时，而非"功成事遂然后知之"。随即说了九方諲相马、薛烛相剑的故事，举文种举荐范蠡，孔子赏识鲍龙，以及"尧之知舜，不违桑阴；文王之知吕望，不以永日。眉睫之微，而形于色；音声之妙，而动于心。圣贤观察，不待成功而知之也。陈平之弃楚归汉，魏无识其善谋；

韩信之亡于黑水，萧何知其能将"等一系列历史典故。

又录子书中公输班刻凤未成，人"皆訾其丑，而笑其拙"，凤成则"赞其奇，而称其巧"的寓言，以及尧知禹，用其治水，"使百川东注于海，生民免为鱼鳖之患"，功成，"众人咸歌咏，始知其贤"的史事。说"故见其朴而知其巧者，是王尔之知公输也；凤成而知其巧者，是众人之知公输也，未有功而知其贤者，是尧之知禹也；有功而知其贤者，是众人之知禹也。故知人之难未易遇也"。

历数史载"知人"上能作见微知著预判的圣明君臣，而后感慨"世之烈士愿为赏者授命，犹瞽者之思视，躄者之想行，而目终不得开，足终不得伸，徒自悲夫"！为未逢"赏者"的"世之烈士"呼号，有自叹知音难得不遇于时的意味！"自非神机洞明，莫能分也"，则是对肩负知人、察举职责官员的嘲讽。

得逢知己为才士的期待，更是不遇者的渴求，非常不易！如同《文心雕龙·知音》感慨的，"知音其难哉！逢其知音，千载其一乎"！包括作者自己在内的士人郁结于心的正是未逢知音，不能施展才智抱负为君国所用，实现自己的人生价值。

《均任》认为才士任职应各得其所，先譬喻说：

> 器有宽陿，量有巨细，材有大小，则任有轻重，则所处之分，未可乖也……以大量小，必有枉分之失；以小容大，则致倾溢之患；以重处轻，必有伤折之过；以轻载重，则致压覆之害。……故鲲鹏一轩，横厉寥廓，背负苍天，跖足浮云，有六翮之资也；腰裹一鹜，腾光万里，绝尘掣彻，有迅足之势也。今以燕雀之羽，而慕冲天之迅；犬羊之蹄，而觊追日之步，势不能及，亦可知也。

是知从政者才能大小不一，常各有专擅。所能胜任的部门、职责范围、能负荷的轻重不一。任用才士必须做到心里有底（包括了解其所长所短及其所以然），若一己任职，也须有自知之明。

《均任》以不同族类生命都有自己的生存方式和相应生存能力、手段比方："奔蜂不能化藿蠋，而螟蛉能化之；越鸡不能伏鹄卵，而鲁鸡能伏之。夫藿蠋与螟蛉，俱虫也；鲁鸡与越鸡，同禽也。然化与不化，伏与不伏者，藿蠋大越鸡小也。"进而指出：

> 贤才有政理之德，故能践势处位……势位虽高，庸蔽不能治者，乏其德也。故智小不可以谋大，德狭不可以处广。以小谋大必危，以狭处广必败。子游治武城，仲尼发割鸡之叹；尹何为邑宰，子产出制锦之谏。德小而任大，谓之滥也；德大而任小，谓之降也。与其失也，宁降无滥。

"世胄蹑高位，英俊沉下僚"（左思语）诚然不合理，但《刘子》强调"德小而任大，谓之滥也。德大而任小，谓之降也。与其失也，宁降无滥"，"降"只是不能充分展才而已，"滥"则会在更大的施政范围、更重要的环节造成深重的危害和灾难。任用贤能的理想境界是："量才而授任，量任而授爵，则君无虚授，臣无虚任。"

《文武》篇论文、武两方面人才如何为国家效力。《文武》第二十八杂引《邓析子》《庄子·天运》《淮南子》《礼记》中语论曰：

> 规者所以法圆，裁局则乖；矩者所以象方，制镜必背；轮者所以辗地，入水则溺；舟者所以涉川，施陆必踬。何者？方圆殊形，舟车用异也。虽形殊而用异，而适用则均。暑盛炎蒸，必藉凉风；寒交冰结，必处温室。夏不御毡，非憎恶之，炎有余也；冬不卧簟，非怨雠之，凉自足也。不以春日迟迟，而毁羔裘，秋露洒叶，而

剔笋席。白羽相望，霜刃竞接，则文不及武；干戈既韬，礼乐聿修，则武不及文。不可以九畿摺然而弃武，四郊多垒而摈文。士用各有时，未可偏无也。五行殊性，俱为人用；文武异材，并为大益。

是谓无论规、矩、舟、车，还是"羔裯""笋席"，各种器材都各有用场，文、武才士亦有自己的所长所短，"用各有时"，适应不同时势的需要，在施政中对任用"文""武"干才要任得其所，使其特长能够充分发挥；"五行殊性，俱为人用；文武异材，为国大益"，强调文才、武才各尽其用，对国家大有益处。

> 墨翟救宋，重胼而行；干木在魏，身不下堂；行止异迹，存国一焉。文以赞治，武以凌敌，趋舍殊津，为绩平焉。秦之季叶，土崩瓦解，汉祖躬提三尺之剑，为黔首请命，跋涉山川，蒙犯矢石，出百死以绩一生，而争天下之利，奋武厉诚，以决一旦之命。当斯之时，冠章甫，衣缝掖，未若戴金胄，而擐犀甲也。嬴项既灭，海内大定，以武创业，以文止戈，征邹鲁诸生，而制礼仪，修六代之乐，朝万国于咸阳。当此之时，修文者荣显，习武者惭忸，一世之间，而文武递为雄雌。以此言之：治乱异时，随务引才也。

《文武》声言"行止异迹，存国一焉。文以赞治，武以凌敌，趋舍殊津，为绩平焉"，其意似在平衡文、武两者，肯定在"存国"上双方都有不可替代的重要作用。"以文止戈"是对楚庄王"文止戈为武"之说很有价值的改造和变通，后面讨论军国大计时还要对此作专门的解读，此处从略。

全篇末尾批评文武"各执其所长，相轻所短"的世风，希望变相互非难、鄙薄而为相互包容、融洽互补，申说"适才"（文武人才各得其所）的重要："今代之人，为武者则非文，为文者则嗤武。各执其所长，而相是非。犹以宫笑角，以白非黑，非适才之情，得实之论也。"

《文心雕龙·程器》篇也表述过文与武相济为用的互补和相得益彰的实例："文武之术，左右惟宜，却縠敦书，故举为元帅，岂以好文而不练武哉！孙武兵经，辞如珠玉，岂以习武而不晓文也？"出自习文的政论家之口，显然更多是对忽略文治、穷兵黩武骄狂乱政现象的批判。

《刘子》其他篇一些言说也涉及名实问题。

《正赏》第五十一之"赏"是赏鉴评说之意，"正"是端正之正。也属如何察举贤能、纠正其中积弊的问题，与法制相联系，用到名实、本末以及情理、华实等范畴概念。篇中引用桓谭《新论》《论衡》以及《韩非子》《吕氏春秋》《慎子》《淮南子》等的材料。指出："赏者所以辨情也，评者所以绳理也。赏而不正，则情乱于实；评而不均，则理失其真。""是以圣人知是非难明，轻重难定，制为法则，揆量物情……故摹法以测物，则真伪易辨矣；信心而度理，则是非难明矣。"评说不可失真，只能以法为准绳，不能只凭主观判断。

《正赏》论人物品评说："赏者，所以辨情也；评者，所以绳理也。赏而不正，则情乱于实；评而不均，则理失其真。理之失也，由于贵古贱今；情之乱也，在乎信耳而弃目。"举古史事批评"重古而轻今，珍远而鄙近，贵耳而贱目，崇名而毁实"的现象，感慨俗论，"故慕法以测物，则真伪易辨矣；信心而度理，则是非难明矣""正可以为邪，美可以称恶，名实颠倒，可谓叹息"。指出误评往往出于某种心理偏向，也是"由于美恶混糅，真伪难分"，不依客观标准以及过分自信的缘故。该篇末段的"今述理者，贻之知音君子，聪达亮于闻前，明鉴出于意表，不以名实眩惑，不为古今易情，采其制意之本，略其文外之华，不没纤芥之善，不掩萤烛之光，可谓千载一遇也"，以为评说情理、审视名实不能舍本逐末、因小失大。

批判中也流露出一己之感以及怀才不遇的士人对知音的渴求。反对"贵古贱今"，用到"知音""千载一遇"等语汇和"宋人得燕石以为美玉"的典故，则与《文心雕龙·知音》篇类同。

《适才》第二十七是对君上势要用人上的谏言，以为才士各有所长，才各有所适、各有所用，引《吕氏春秋》《淮南子》《庄子》《说苑》《孟子》《论衡》："物有美恶，施用有宜；美不常珍，恶不终弃……裘蓑虽异，被服实同；美恶虽殊，适用则均……适才所施，随时成务，各有宜也。""君子善能拔士，故无弃人；良匠善能断斫，故无弃材。用能人物交泰，各尽其分而立功焉。"

特别指出"美不必合，恶而见珍者，物各有用也"，"才各有施，不可弃也"，即使是"大盗诨侫"，"苟有一术，犹能为国兴利除害"也不能弃用。除服从于"为国兴利除害"的最高目标外，也有防止妄以败德之恶名阻遏贤能为世所用之意。又说："君子善能拔士，故无弃人；良匠善能运斤，故无弃材。用能人物交泰，各尽其分而立功焉。"才士各有长短，应不拘一格，令其才用各得其宜。

深知这种弊端的曹操就曾明令举拔"不仁不孝而有治国用兵之术"的人才。出之于乱世、得用于一时，却不可能成为魏晋南北朝三百多年施政用人的常规。

（四）《因显》《通塞》《辨施》《激通》：展才之道

关于从政者如何展才和实现政治抱负的问题，《刘子》有一些颇具现实针对性的论证，告诫有意从政者和已经入仕者如何应对官场情势和仕途通塞，抓住机遇因势利导从而得以施展抱负的导向性意见。这些专篇所论往往不被重视，甚至可能会被认为有教唆投机钻营、投靠和依仗势要之嫌。

施展才智抱负向来少不了从政者自己的努力，春秋战国纵横游说之士以军政外交谋略干之君上的事不胜枚举。到了南北朝，毛遂自荐的时代机遇早成过往，而两汉以来的察举制度犹存，仍须让有地位、能奖掖士人者或肩负荐举之责的官员了解自己的德识才能；既入官场，也不能不明情势、慎言行、知进退、识取与。

如何顺利进入官场任职确有门径，自古政治上欲有作为的士子就得通于此道。《论语·为政》中有"子张学干禄"的记载。孔子告诫他说："多闻阙疑，慎言其余，则寡尤；多见阙殆，慎行其余，则寡悔。言寡尤，行寡悔，禄在其中矣。"也是在教导子张如何求官任职。

即使后来有了科举取士制度，也还有人不乐于走考试这条路，而以文章和雄才大略干禄势要，谋求从布衣一步登天成为近臣的"终南捷径"。李白当年写下"生不用封万户侯，但愿一识韩荆州"的豪言，欲经"喜识拔后进"的韩朝宗一朝品题，便"激昂青云"。后来得知被举荐入京，又以"仰天大笑出门去，我辈岂是蓬蒿人"的诗句表达久久企盼之后梦想实现的狂喜。

从政者若做到了《刘子》首先要求的"清神""防欲""去情"，能"慎独"，存"爱民"之志，有"专务"之才，懂得"因显""通塞""辨施""激通"之道，谋求施展政治抱负又何可非议？

除《刘子》中所举例子而外，刘勰自己当年拦车鬻书得朝廷重臣和文坛领袖沈约的赏识，从著述不为时流所重，借助沈约的褒奖知名于世，到得"起家奉朝请"步入仕途，并终得昭明太子"深爱接之"；小说《红楼梦》中薛宝钗也有"好风凭借力，送我上青云"之句，虽未必指仕途而言，也显露出世间普遍的一种借助社会关系达成理想的愿望。

其实每个人都是社会关系网络上的一个纽结。古代士人欲进入官场、仕途通达，皆得借助人事，即使志存高远、抱负不凡。魏晋南北朝门阀和世家大族把持仕进，中下层士人更不能不在这方面有所希冀。刘勰以为，才士既欲出仕报效君国，就不宜消极等待机遇，要找到赏识自己并能够帮助自己达成愿景的可靠依托，借力扬声立名，彰显德才抱负，以求用世。

《因显》第二十篇名的"因"，借助也；"显"是彰显的意思。就是要求从政士人应该善于借力彰显其才、饰以求售。

《因显》篇先以"火不吹则无外耀之光，镜不莹必阙内影之照"为喻说明借力扬名的必要。贤能要靠声誉传扬扩大影响，"人之寓代也，亦须声誉以发光华"，告诫士人欲步入仕途展才，需要有识者褒扬举荐，令良好声誉在朝野传闻。举例说，秦国的樗里子是智囊，汉代贾谊有高才，若无知己褒举，其业绩声望流传于世是做不到的；而柳下惠"贞洁之行"和季布重"百金之诺"，两者有"德洽当时，流声万代"的美誉全靠孔子和曹丘的称扬。然后用寓言比方：

> 昔有卖马于市者，已三旦矣，而人不顾，乃谓伯乐曰："吾卖良马，而市人莫赏。愿子一顾，请献半马之价。"于是伯乐造市，来而迎睇之，去而目送之，一朝之价，遂至千金。此马非昨为驽骀，今成骐骥也，由人莫之赏，未有为之顾盼者也。
>
> 夫樟木盘根钩枝，瘿节蠹皮，轮囷臃肿；则众眼不顾。匠者采焉，制为殿梁，涂以丹漆，画为黼藻，则百辟卿士，莫不顾盼仰视。木性犹是也，而昔贱今贵者，良工为之容也。

用现代话语说，寓言中伯乐一顾千金的表演是请众所周知的相马权威代言，为卖马作广告；以良工制为殿梁以丹漆藻绘，说明包装的必要，这个比方则有《文心雕龙·情采》中"犀兕有皮，而色资丹漆：质待文也"的意味。

随后有慎重选择归属、投向的提醒，作了明珠投暗、所托非人的警示：

> 荆磎之珠，夜光之璧，荐之王侯，必藏之以玉匣，缄之以金縢。若暗以投人，则莫不相眄以愕，按剑而怒。何者？为无因而至。故若物无所因，则良马劳于驵阓，美材朽于幽谷，宝珠触于按剑。若有所因而至，则良马一顾千金，樟木光于紫殿，珠璧擎之玉匣。今人之居代，虽抱才智，幽郁穷闱，而无所因邪？未有为之声誉，先之以吹莹，欲望身之光，名之显，犹扪虚缚风，煎汤觅雪，岂可得乎？

此所谓"因"就是能改变处境、光显身名、廓清仕途障碍之因由。

《托附》第二十一主张从政者须借助各种力量（包括名人势要推荐或士人自己饰以求售）造声势、鼓吹、包装，彰显才华，颇有"好风凭借力，送我上青云"的意味。引《商君书》《吕氏春秋》《淮南子》《庄子》以及《荀子》《说苑》之说为论。

该篇先说一切生命体均"托附物势以成其便"：

> 夫含气庶品，未有不托物势以成其便者也。故霜雁托于秋风，以成轻举之势；腾蛇附于春雾，志希凌霄之游；鼷鼠附于蚕蚕，以攀追日之步；碧萝附于青松，以茂凌云之叶；以夫鸟兽虫卉之智，犹知因风假雾，托迅附高，以成其事，奚况于人，而无托附以就其名乎？

"庶品"点明的是普通身份、一般生物；"鸟兽虫卉之智，犹知因风假雾，托迅附高，以成其事，奚况于人"，说明托附的不得不然。官场危机四伏，不同政治势力和集团间残酷争斗的情景隐约可见。这是欲从政的下层士人面对门阀和世家大族把持仕途别无选择的感慨！进而言之：

> 故所托英贤，则身光名显；所附暗蔽，则身悴名朽……附得其所，则重石可浮，短翘能远；附失其所，则轻羽沦溺，迅足成蹇。

依然告诫士人辨明"英贤"与"暗蔽"的不同，仰仗谁、托附何人要慎重（借助、依托、投靠的朋党，世家大族和政治势力正确与否关系到士人的生存、发展，甚至于决定是身败名裂还是飞黄腾达）。当时的政坛门派林立，明暗难分、清浊混杂，从政者的"托付"必须作出理智的抉择：

> 夫燕之巢幕，衔泥补缀，烂若绶纹，虽陶匠逞妙，不能为之，可谓固也。然凯旋剔幕，则巢破子裂者，所托危也。鹪鹩巢苇之茎，缄之以丝发，珠圆罗绉，虽女工运巧，不能为之，可谓固矣。然虫风欻至，则苇折卵破者，何也？所托轻弱使之然也。故鸟有择木之性，鱼有选潭之情，所以务其翔集，盖斯为美也。

有坚挺有力、稳定可靠的依托才合乎理想。官场危机四伏，不同政治势力和集团间残酷争斗的情景隐约可见。

告诫、劝慰不能施展才智抱负的士人也是一种常态。因为那个时代为宦，往往仕途坎坷、处境险恶，甚至难以自全。东晋葛洪即深知宦途艰危，不仅要让自己进退得宜，也将此中的体验教训诉诸文字。《抱朴子·知止》曾警示："祸莫大于无足，福莫厚乎知止。抱盈居冲者，必全之算也；宴安盛满者，难保之危也……徒令知功成者身退，处劳大者不赏。狡兔死则知猎犬之不用，高鸟尽则觉良弓之将弃……"身在官场，即令功业有成也要知足长乐，抱盈居冲，能激流勇退。因为从来就有劳大不赏（功高震主以至不能自全）和鸟尽弓藏、兔死狗烹的教训。其《穷达》篇说：

> 或问："一流之才，而或穷或达，其何故也？俊逸絷滞，其有憾乎？"抱朴子答曰："夫器业不异，而有抑有扬者，无知己也。故否泰时也，通塞命也，审时者何怨于沉潜，知命者何恨于卑瘁乎……悲夫！邈俗之士，不群之人，所以比肩不遇，不可胜计。或抑顿于薮泽，或立朝而斥退也。盖修德而道不行，藏器而时不会。或俟河清而齿已没，或竭忠勤而不见知，远用不骋于一世，勋泽不加于生民。席上之珍，郁于泥泞；济物之才，终于无施。操筑而不值武丁，抱竿而不遇西伯。自曩迄今，将有何限？而独悲之，不亦陋哉！"

葛洪指出，即使皆一流高才，也有穷达的不同。不遇既因未逢知己，更是时势、命运不济所致。要士人能够"审时""知命"，不必沉溺于怨尤愤懑。

《遇不遇》二十四讲的是命运。所用材料出自《韩诗外传》《荀子·宥坐》《说苑·杂言》等，可见是秦汉以来较普遍的一种对机遇和命运的解释：

> 贤有常质，遇有常分。贤不贤，性也；遇不遇，命也。性见于人，故贤愚可定；命在于天，则否泰难期。命运应遇，危不必

祸，愚不必穷；命运不遇，安不必福，贤不必达。故患齐而死生殊，
德同而荣辱异者，遇不遇也。春日丽天，而隐者不照；秋霜被地，
而蔽者不伤，遇不遇也。

　　昔韩昭侯醉卧而寒，典冠加之以衣。觉而问之，知典冠有爱
于己也，以越职之故而加诛焉。卫之骖乘，见御者之非，从后呼车，
有救危之意，不蒙其罪。加之以衣，恐主之寒；呼车，忧君之危。
忠爱之情是同，越职之愆亦等，典冠得罪，呼车见德，遇不遇也。
鸱堕腐鼠，非虞氏之慢；瓶水沃地，非射姑之秽。事出虑外，固
非其罪。侠客大怒，而虞氏见灭；邾君大怒，而射姑获免，遇不
遇也。齐之华士，栖志丘壑，而太公诛之；魏之干木，遁世幽居，
而文侯敬之。太公之贤，非有减于文侯；干木之德，非有逾于华士。
而或荣或戮，遇不遇也。董仲舒智德冠代，位仅过士；田千秋无
他殊操，以一言取相。同遇明主而贵贱悬隔者，遇不遇也。

有史事为例，将"遇"与"不遇"说得更具体，才士的不同遭际取
决于君上判断是非、罪与非罪的尺度；是否出现造成君上误判的"虑
外"干扰；贤士的处世态度是否合乎君上要求、得到认可，以及是
否在某个特殊关头有能获"明主"格外赏识的进言。可以说是四种
不同类型的"遇"与"不遇"。最后的"达命"——要人通达认命
而不伤感怨尤，是对不遇的贤能的宽慰与劝勉：

　　遇不遇，命也；贤不贤，性也。怨不肖者，不通性也；伤不遇者，
不知命也。如能临难而不慑，贫贱而不忧，可为达命者矣。

际遇是命运的安排，要随遇而安，不必怨天尤人、自怨自艾、穷愁
怨懑。

中国自古就有相命传说和风习，在上古的帝王圣贤的传说和秦汉史传中都能找到。即如东汉王充以"疾虚妄"知名的学者，其《论衡》中亦有《命禄》《逢遇》一类论说。《命相》二十五中尽管说"命者，生之本也；相者，助命而成者也"，说到底，依然讲的是命运。刘勰举证了若干这方面的史事，然后说："命相吉凶，悬之于天。命当贫贱，虽富贵，犹有祸患；命当富贵，虽欲杀之，犹不能害。"最后的告诫是："命在于贫贱，而穿凿求富贵；命在于短折，而临危求长寿，皆惑之甚者也。"嘲笑的是"穿凿"以求富贵，生命垂危之际才追求长寿的人。他们平日既做不到旷达淡薄名利，也不能依循本然营卫一己生命。

阎步克《察举制度变迁史稿·南朝察举之复兴及其士族化》指出："在曹魏与西晋时期，以秀、孝察举出仕者，有相当一部分是普通士人、二、三流士族与下级官僚子弟，以及蜀、吴'亡国之余'，较为广泛地包括了各个阶层、各种身份之士人。国子学虽面向贵胄但并不为之看重，太学则主要是容纳了普通士人。但在南朝，情况又发生了较大变化。察举学校入仕之途复兴之时，却未能保持其取士的广泛性这一特点。这是说，南朝门阀士族开始大量步入察举学校之途了。""自刘宋始，步入秀才一科者大多数已是出于士族，许多还是东晋以来的一流高门。齐、梁、陈更是如此。""南朝国子学入仕之途，也几乎为士族权贵独占。"①

《刘子》的人才论，反映了那个时代举拔和任用职官的现状，特别是才士步入仕途的种种难题（甚至折射出南北朝尚不具备彻底改观的历史条件），为隋代为克服这些痼疾建立科举制的所以然作了很好的说明。

在学界林其锬先生是重视和开掘、疏理《刘子》人才论的第一人。

---

① 阎步克：《察举制度变迁史稿》：第204–206页。

指出《刘子》要求知人善任，举贤任能。提出了"知人""均任"的人才管理思想：

　　《刘子》中有许多专门讨论人才的篇章。在这些专篇里，集中阐发了人才的地位与作用、人才的考察和选拔、人才的使用和流通、人才的培养和教育等问题。它不仅总结和吸取了前人有关人才管理思想的精华，并且针对魏晋南北朝时期"上品无寒门，下品无士族"的压抑和扼杀人才的等级制度，大胆地提出了"才苟适治，不问世冑；智苟能谋，奚妨秕行"及"量力而授任，量任而授爵"的要求。

　　《刘子》认为："知人"是不易的，因为"凡人之心，险于山川，难于知天"（《心隐篇》），特别是当"士之翳也，知己未顾，亦与庸流杂处"的时候，"自非（神机）洞明，莫能分也"（《知人篇》）。但是，这不等于说人才就不可知了，它认为，只要遵循"课言以寻理""执名以责实"（《审名篇》）的路线，就能够"听之于未闻，察之于未形，而鉴其神智，识其才能"（《知人篇》）。

　　为了防止在人才考察中发生偏差，《刘子》总结了历史经验，提出四条办法：1.要避免"不察名实，虚信传说，即以定真"（《审名篇》）、"贵耳而贱目，崇名而毁实"（《正赏篇》）的弊病。2.不要犯"重古而轻今，珍远而鄙近"（《正赏篇》）的错误。3.要防止"忌人之细短，忘人之所长"和"以小妨大""以小掩大"（《妄瑕篇》）的求全责备的片面。4.要具体分析来自社会世俗的反映，不能以"贫富""仁施""亲敬"以及"俭吝"和"疏慢"论人。

　　在人才的使用方面，《刘子》提出了"适才"和"均任"两条原则。所谓"适才"原则，包含了两个内容：一是"随材所施""仍便效才"；二是"因事施用""随务用才"。前者是就人才自身的条件而言，后者则是根据客观任务的需要。所谓"均任"原则，就是要求"量才而授任，量任而授爵"。为什么要"均任"？因为"为有宽隘，量有巨细，材有大小"，所以，"任其轻重，所处之分，未可乖也"。它认为"德小而任大谓之滥也，德大而任小谓之降也"，而更常犯的错误还是"宁降无滥"（所引均见《均任篇》）。只要真正贯彻了"均任"的用人原则，既反对"滥"，也反对"降"，那么就能达到"君无虚授，臣无虚位，故无负山累，折足之忧"（《知人篇》）的理想用人境界了。

在人才的流通方面，《刘子》是把人才的"通"与"遇"，"塞"与"不遇"相联系的。它认为：人才之"遇"与"不遇"，对于发挥人才的作用是大不一样的。指出：当有用的人才处于"才通理壅""口目双掩"的"不遇"状态时，便"如骐骥之伏于盐车，玄猿之束于笼圈，非无千里之驶，万仞之犍，然而不异羸钝者，无所肆其巧也"。相反，如果人才如流水一样，"决之使通"，进行合理流动，那么，"不遇"就会改变为"遇"，那就会使有用的人才"声伸志得"，充分调动其积极性，并发挥其才能。因此《刘子》得出结论："通塞之路与荣悴之容，相去远矣。"（《通塞篇》）人才的通与塞，是大不一样的。

关于人才的培养与教育，《刘子》既重视去私情私欲、澡雪精神的养性，但为培养安邦治国的栋梁则更重于教育。他在《崇学篇》中强调："至道无言，非立言无以明其理；大象无形，非立形无以测其奥。道象之妙，非言不津；津言之妙，非学不传。未有不因学而鉴道，不假学以光身者也。"《刘子》主张通过学习而"鉴道"，通过履信而立行，通过正乐以和性，循理处情，慎独修善，从而造就合乎封建道德规范、德才兼备的人才。[①]

其锬先生认为，《刘子》以相当大的篇幅讨论人才问题，凸显了它对吏治改良的重要性，而且可从诸多章节中归纳出察举、任用、流通、教育培养中存在的问题，以及解决问题的思路和途径，是其重大的、现实针对性极强的理论建树。

四、说"武"论"兵"：意义非凡的军事思想

（一）"以武创业，以文止戈"诠解

《刘子》中的《适才》篇之后有《文武》篇，是从文、武两方面的人才如何为"用"入论的。《文武》第二十八的首段说：

> 规者所以法圆，裁局则乖；矩者所以象方，制镜必背；轮者所以辗地，入水则溺；舟者所以涉川，施陆必踬。何者？方圆殊形，舟车用异也。虽形殊而用异，而适用则均。暑盛炎蒸，必藉凉风；寒交冰结，必处温室。夏不御毡，非憎恶之，炎有余也；冬不卧簟，非怨讐之，凉自足也。不以春日迟迟，而毁羔裘；秋露洒叶，而剔笋席。白羽相望，霜刃竞接，则文不及武；干戈既韬，礼乐聿修，则武不及文。不可以九畿摺然而弃武，四郊多垒而摈文。士用各有时，未可偏无也。五行殊性，俱为人用；文武异材，并为大益。

五行殊性，俱为人用；文武异材，并为大益。"是谓"文"与"武"皆有自己的所长所短，"用各有时"，应根据不同时势的需要，在施政中对"文""武"作不同选择或在一个方面有所侧重；然而也指出，绝不可因"九畿摺然而弃武，四郊多垒而摈文"，在任何时

---

① 林其锬：《刘子集校合编》，第 1223–1224 页。

候两者均不可或缺。正因为如此，"士用各有时，未可偏无"，人才的任用也因时而异，未可有"偏"（偏向、偏狭）或者出现"无"（缺失）的现象。"五行殊性，俱为人用；文武异材，为国大益"强调有不同才干的人都是国家需要的，无论文才、武才皆能各尽其用，则对国家大有益处。

全篇末尾批评文武"各以所长、相轻所短"的世风，希望变相互非难、鄙薄而为相互包容、融洽互补，申说"适才"（文武人才各得其所）的重要："今代之人，为武者则非文，为文者嗤武，各执其所长，而相是非，犹以宫笑角，以白非黑，非适才之情，得实之论也。"

《礼记·杂记下》云："一张一弛，文武之道也。"已概括出一种传统的治国方略和理念。然而，正如《淮南子·泛论训》所说，"为文者则非武也，文武更相非，而不知时世之用"的现象屡屡发生，这正是《文武》立论的原委。刘勰在《文心雕龙·程器》中也表述过文与武相济为用的互补和相得益彰的实例："文武之术，左右惟宜，却縠敦书，故举为元帅，岂以好文而不练武哉！孙武兵经，辞如珠玉，岂以习武而不晓文也？"

古人治国讲究"文武之道"，《文武》篇明确倡言"以武创业，以文止戈"。魏晋南北朝时期篡代层出，都是尾大不掉的权臣以武力作后盾取代前朝。"五胡十六国"无不以武建国，相互间征战、杀伐、掳掠不断。面临这样的时势，《文武》倡言适应国家治乱之所需，文武相济为用；要求两方面的人才相互理解、相互尊重，实则有鼓吹修文以治国的用意。

《文武》中援引古事说：

墨翟救宋，重趼而行；干木在魏，身不下堂。行止异迹，存国一焉。文以赞治，武以凌敌，趋舍殊津，为绩平焉。

《淮南子·修务训》记"墨子救宋"和"干木存魏"的故事云："昔者楚欲攻宋，墨子闻而悼之，自鲁趋而十日十夜，足重茧而不休息，裂衣裳裹足，至于郢，见楚王……于是公输般设攻宋之械，墨子设守宋之备，九攻而墨子九却之，弗能入……其后秦将起兵伐魏，司马庾谏曰：'段干木贤者，其君礼之，天下莫不知，诸侯莫不闻。举兵伐之，无乃妨于义乎！'于是秦乃偃兵，辍不攻魏。夫墨子跌蹄而趋千里，以存楚、宋；段干木阖门不出，以安秦、魏；夫行与止也，其势相反，而皆可以存国，此所谓异路而同归者也。"声言"行止异迹，存国一焉。文以赞治，武以凌敌，趋舍殊津，为绩平焉"，其意似在平衡文、武两者，肯定在"存国"上双方都有不可替代的重要作用。不过从魏晋南北朝战争频繁的时势来看，这种平衡显然有抑武功、倡文治的意涵。此处所举墨子救宋虽与段干木存魏，分别为"武"与"文"各"存一国"的实例，然而，墨子"止戈"所仰仗的并不是攻战杀伐，而是言谏以及破解攻城利器的守备之法（其中不无"文以止戈"的意味），阐发的正是其墨家"非攻"的反战理念。

《文武》其后说：

秦之季叶，土崩瓦解，汉祖躬提三尺之剑，为黔首请命，跋涉山川，蒙犯矢石，出百死以绩一生，而争天下之利，奋武厉诚，以决一旦之命。当斯之时，冠章甫，衣缝掖，未若戴金胄，而擐犀甲也。嬴项既灭，海内大定，以武创业，以文止戈，征邹鲁儒生，而制礼仪，修三代之乐，朝万国于咸阳。当此之时，修文者荣显，习武者惭忸，一世之间，而文武递为雄雌。以此言之：治乱异时，随务引才也。

这段议论十分精彩。先说刘邦起兵反秦是"为黔首请命""而争天下之利",不得不"戴金胄而擐犀甲"进行征战。这里没有提及刘邦羡艳秦始皇的威仪,曾作过"大丈夫当如此耳"的慨叹,也不去说他斩蛇起事暗示天命有归的传说,而只是称其"为黔首请命""而争天下之利",这是在古代十分难得的认可秦末农民起义正当性的评价。随后的"嬴、项既灭,海内大定,以武创业,以文止戈,征邹鲁儒生,而制礼仪,修三代之乐,朝万国于咸阳",说的是汉朝创建后施行文治的不得不然及其取得的伟大成功。

"以武创业,以文止戈"的论断尤其值得注意。秦汉以来能成就帝功、开国称制者无不"以武创业",所说此语不过是一种常识。而"以文止戈"的出现却不同寻常,这种提法虽有出处,却不难发现作者刘勰寓于其中的创意。

从造字上追溯渊源,去探究和了解先人对"武"的理解和传统的战争理念以及刘勰的"文武之道",对今人更有启示性。

"以文止戈"的典故出自《左传》宣公十二年:"楚子曰:'夫文,止戈为武。武王克商,作颂曰:'载戢干戈,载櫜弓矢,我求懿德,肆于时夏,允王保之。'又作《武》,其卒章曰:'耆定尔功。'其三曰:'铺时绎思,我徂维求定。'其六曰:'绥万邦,屡丰年。'夫武,禁暴、戢兵、保大、定功、安民、和众、丰财者也。故使子孙无忘其章。"《说文》释"武"时则将原典的文字简化为:"楚庄王曰:夫武,定功戢兵,故止戈为武。"段玉裁注:"宣十二年《左传》文。此檃栝楚庄王语以解'武'义。庄王曰:'于文,止戈为武。'是仓颉所造古文也。只取定功、戢兵者,以合于'止戈'之义也。"[1]

---

[1]〔汉〕许慎撰,〔清〕段玉裁注:《说文解字注》,第632页。

按，"于文，止戈为武"的原义为："武"这个字由"止""戈"组成，故指制止、平息战争。

"兵"初始义为兵器，后代指士兵或战争〔在指战争时，与"干（盾）戈（平头戟）"或"戈"同〕。"武"的初始义近"勇武""武功"，由于与兵事征战相联系，后来"武"也常有与"兵"（"兵戎"）、"戈"（或者"干戈""弓矢"）通同的用法。"止戈"即制止、消弥战争。以此为目的，"武"止战、反战、慎战以安民兴邦之意甚明。不过，这方面的意义在后来人们的运用（如武力、武装、武器、武功、武艺的组合）中被淡化了。

"以武创业，以文止戈"两句对应，其"文"显然指"文治"而非武功，也不能如段玉裁注《说文》那样以"古文"的字形（"止"与"戈"结合）去解释"武"的意涵。《刘子》的"以文止戈"强调文治是"以武创业"之后"止戈"的手段，为守业、兴业所必须。以"文治"理解"文"，则《左》宣十二年中楚庄王所说的"文止戈为武"意当为"以文治制止战争，就是武功"。可知尽管"文""武"兼济，两者的地位并非是对等的，"文"能够成就"武"，发挥基础和统领作用，不无"文经武纬"以及"偃武修文"的意涵。

"以武创业，以文止戈"的对应中，"文"指非武力和不带强制性的、以仁德风化为主导的治理，也即文治。此处强调文治是"以武创业"之后"止戈"的手段，为守业、兴业所必须。"文"为何能"止戈"？"以文止戈"出现《刘子》意义何在呢？

简言之：和平安定从来就是人类社会理想的一个基本要素。《论语·季氏》记孔子说："远人不服，则修文德以来之。""来远人"靠的是"修文德"。"修文德"指摒弃干戈攻伐而行仁政、兴教化；实现这样的和平安宁是稳定的，能教远人"既来之，则安之"。"以文止戈"的"文（文治）"（特别是仁德的文治）才能力农牧、兴百业，才能民富国强，国泰民安、文化昌盛。既成就消弥兵祸于无形之"武"，实现"禁暴、戢兵、保大、定功，安民、和众、丰财"的业绩，乃至成就以"德服""来远人""朝万国"的盛世。魏晋南北朝时期国家分裂，战争频仍，《刘子》此时不说"止戈为武"而直言"以文止戈"，其意义在于凸显了人们对清明之"文治""德服"的信赖与期待：它无疑是民生家国苦难深重历史经验的总结，透露出对战争的谴责和对国家统一与和平安宁的渴求，以及对文治的信心。

"以武创业，以文止戈"对当时的现实而言或许还有一层意义，如前所说，魏晋南北朝篡代层出，国家分裂，改朝建国的雄主无不是"以武创业"的，因此，"以文止戈"也是对当朝者的谏言和忠告，若欲国祚长久，唯有文治昌明一途。若无仁德的文治，则不能振兴百业、国泰民安，给觊觎君位的野心家制造动乱篡权、割据提供机会，再现新的当朝者最为恐惧的"以武创业"。当今世界并不安宁，一些国家、族群和不同信仰之间的矛盾冲突此起彼伏。"以文止戈"就指相互包容尊重，以和平的、外交的手段化解争端、消弥战乱，谋求和促进共同的生存发展。说此论有跨越时空的理论价值并非虚言。

（二）"好战必亡，忘战必危""农隙教战，以修戎备"

强化武器装备诚然也是"修武备"的一个重要方面，《刘子·阅武》篇就强调过"缮修戎器，为国豫备"。上古圣王中或许只有轩辕黄帝武功显赫。《通鉴外纪》称："轩辕征师与蚩尤战于涿鹿之野，蚩尤为大雾，军士昏迷，轩辕作指南车以示四方，遂禽蚩尤。""作指南车以示四方"[①] 显然属于装备改良，也可以说黄帝此役是靠一

---

① 〔宋〕刘恕：《通鉴外纪》，上海：上海古籍出版社，1987 年，第 6 页。

种智巧取胜。此外，《史记·五帝本纪》记述道，黄帝"习用干戈，以征不享"是因其面临"诸侯相侵伐，暴虐百姓"和"蚩尤最为暴，莫能伐"的现实，颇有不得不然的意思。又强调黄帝通过"修德振兵"惩暴治乱，才取得了伐灭蚩尤的丰功伟绩。"舜征有苗""周伐崇侯"在历史记载中也都是以"德服"的。比如《吕氏春秋·上德》说："三苗不服，禹请攻之。舜曰：'以德可也。'行德三年而三苗服。"《韩非子·五蠹》亦云："当舜之时，有苗不服，禹将伐之。舜曰：'不可，上德不厚而行武，非道也。乃修教三年，执干戚舞，有苗乃服。'"《左传》僖公十九年记："文王闻崇德乱而伐之，军三旬而不降，退修教而复伐之，因垒而降。"

《兵术》开篇追述了战争的起源。第二段的"兵贵伐谋，不重交刃，百战百胜，非用兵之善也。善用兵者，不战而胜，善之善也"语出《孙子》。随即作者也用"王者之兵，修正道而服人"作了必要的补充。《荀子·议兵》也曾说："皆以仁义之兵行于天下也。故近者亲其善，远方慕其德，兵不血刃，远迩来服，德盛于此，施及四极。"

生产力的发展，特别是科技进步会导致武器杀伤力的不断提高。近、现代科技的进步已经使战争发生了一些质的变化。在枪炮取代冷兵器数百年后，西方列强就是凭借船坚炮利侵略中国，强迫清政府签定了一系列丧权辱国的不平等条约。以后世界各国陆、海、空武器装备不断加速更新，又有核武器以及导弹这样的运载工具和电子战技术设备的发明、改进和运用。正因为现代国防对科学技术的依赖越来越大，我们更有必要在相关的科研领域努力赶上甚至领先于国际水平，只有如此，国家和人民的正当权益与和平安宁才能确保。

追记上古战争史事时注意到武器进步的影响也很有见识。从"兵贵伐谋"上说，如今应有所"谋"的广度和深度大大逾越以往，须将确保科技长足发展的谋划置于重要地位。尽管如此，还是要把我们文化传统中"修正道"、以德服人的理念不断弘扬和推向世界，任何时代它都应是处理国际关系的一种正确的指导思想。

《阅武》第四十一开篇说：

> 《司马法》曰："国虽大，好战必亡；天下虽安，忘战必危。"亟战则民凋，不习则民怠。凋非保全之术，怠非拟寇之方。故兵不妄动，而习武不辍，所以养民命而修戎备也。

此为传统战争理念和军国大计指导思想的精切表述：绝不能"好战"，好战则国家必然灭亡；也绝不可"忘战"，作好武备是国家民族生存的保证。陷于战争将使民生凋敝，武备不修则无法对付外敌的入侵；所以不能轻易挑起战端，好战则自取灭亡；另一方面，不懈习武加强军备和防务以护卫国家和人民的生命财产，又是完全必要的。

之所以说"好战必亡，忘战必危"是一种传统的认识，其前其后要典中的相关言说足以佐证。《史记·司马穰苴列传》云："齐威王使大夫追论古者《司马兵法》，而附穰苴于其中，因号曰《司马穰苴兵法》。"《太史公自序》指出："自古王者而有《司马法》，穰苴能申明之。"清楚表明所谓《司马法》并非司马穰苴所著，而是此（齐威王之时）前兵法著述的追记汇总。其中的经典话语也极受汉人重视。除《史记》以外，《说苑·指武》篇中有："《司马法》曰：'国虽大，好战必亡；天下虽安，忘战必危。'"《汉书·主父偃传》也曾记载："《司马法》曰：'国虽大，好战必亡；天下虽平，忘战必危。'"

"教民战"是以农为本的华夏文明国家武备的基本立足点，故《阅武》又云：

孔子曰："不教民战，是谓弃之。"《易》曰："君子以修戒器，以备不虞。"是以春蒐、夏苗、秋狝、冬狩，皆于农隙以讲武事。三年而治兵，习战敌也。出曰治兵，始其事也；入曰振旅，言振众也。还归而饮至，告于庙。所以昭文章，明贵贱，顺少长，辨等列，习威仪。

所举的言说一概出自古代经典：孔子所说的"以不教民战，是谓弃之"见于《论语·子路》篇。"君子以修戒器，以备不虞"见诸《易·萃·象》。而"春蒐、夏苗、秋狝、冬狩，皆于农隙，以讲武事。三年而治兵，习战敌也。出曰治兵，治其事也；入曰振旅，言振众也。还归而饮至，告于庙。所以昭文章，明贵贱，顺少长，辨等列，习威仪"则语出《国语·周语》的"蒐于农隙，狝于既烝，狩于毕时"以及《左传》隐公五年所记："故春蒐、夏苗、秋狝、冬狩，皆于农隙以讲武事也。三年而治兵，入而振旅，归而饮至，以数军实。昭文章，明贵贱，辨等列，顺少长，习威仪也。"《商君书·农战》三有："国待农战而安，主待农战而尊。"《外内》二十二："边利尽归于兵，市利尽归于农。"《司马法·仁本》篇亦称："春蒐、秋狝，诸侯春振旅，秋治兵，所以不忘战也。"[1] 后来，唐太宗为教诲李治而作的《帝范》中也说："夫兵甲者，国之凶器也……不可以全除，不可以常用。故农隙讲武，习威仪也……是以勾践轼蛙，卒成霸业；徐偃弃武，终以丧邦。何则？越习其威，徐忘其备。孔子曰：'不教人战，是谓弃之。'故知弧矢之威，以利天下，此用

---

[1] 在《刘子·阅武》中，作者引用了《司马法·仁本》的这段话，参见林其锬：《刘子集校合编》，第 1054 页。

兵之机也。"①

《阅武》指出教战的必要:"夫三军浩漫,则立表号:言不相闻,故为鼓铎以通其耳;视不相见,故制旌麾以宣其目。若民不习战,则耳不聆鼓铎之音,目不察旌麾之号,进退不应令,疏数不成行。故士未战而震栗,马未驰而沫汗,非其人怯而马弱,不习之所致也。"然后再以往古史实中的事例说明教战习武对提高军民战斗力的重要作用:

> 吴王宫人,教之战阵,约之法令,回还进退,尽中规矩,虽蹈水火而不顾者,非其性勇而气刚,教习之所成也。镆铘不为巧者锐,而为拙者钝。然而巧以生胜,拙而必负者,习与不习也。阖闾习武,试其民于五湖,剑刃加肩,流血不止;勾践习战,试其民于寝宫,民争入水火者,死者千余,遽击金而退之。岂其恶生而贪死?赏罚明而教习至也。
>
> 是以蓬蒙善射,不能用不调之弓;造父善御,不能策不服之马;般、倕善斫,不能运不利之斤;孙吴善将,不能战不习之卒。貔貅戾兽,而黄帝教之战;鹰鹯鸷鸟,而罗氏教之击。夫鸟兽无知之性,犹随人指授而能战击者,教习之功也,奚况国之士民而不习武乎?

此处的议论依然皆有出处,《荀子·议兵》中就有:"弓矢不调,则羿不能以中微;六马不和,则造父不能以致远;士民不亲附,则汤、武不能以必胜也。故善附民者,是乃善用兵也。"《淮南子·兵略训》亦云:"四马不调,造父不能以致远;弓矢不调,羿不能以必中;君臣乖心,则孙子不能以应敌。"

----

① 吴云等校注:《唐太宗全集校注》,天津:天津古籍出版社,2004年,第616页。

《阅武》顺理成章地道明农隙教战的效果和"缮修戎器，为国豫备"的目的：

> 故射御惯习，至于驰猎，则能擒获，教习之所致也。若弗先习，覆迭是惧，奚遽望获？今以练卒与不练卒交锋，若胡越争游，不竞明矣。是以先王因于闲隙，大阅简众，缮修戎器，为国豫备也。

《阅武》篇阐发前人所谓"国虽大，好战则亡；天下虽安，忘战则危。亟战则民凋，不习则民怠"。"教民战""修戎器，戒不虞""于农隙，讲武事"等精论要语，表述了可贵的传统战争理念以及护卫国土家园的思路和农战体制。联系到《九流》篇对名家的"爱平尚简，禁攻寝兵"，墨家的"兼爱""非斗（攻）"以及纵横家的"弭战争之患""安危扶倾"的赞赏，可知诸子学说中"止戈"（制止、平弭战患）意识和治国方略存在的普遍性，它们深为刘勰所推崇也理所当然。

"好战必亡，忘战必危"是国人在春秋战国时代就有的历史经验总结：陷于战争则民生凋敝，所以不可任意挑起战端，更不能为掳掠财物人口，开疆拓土而妄施征伐；若自恃"国大"而"好战"，必然导致国家的败亡。另一方面，也必须居安思危，绝不可"忘战"，充分而周全的武备是国家民族生存发展的保证。因为战争常常是被外部的侵略者强加的，武备不修如何对付入侵和掠夺？所以不懈习武，加强战备，护卫国家和人民的生命财产，又是完全必要的。"好战必亡，忘战必危"是对统治者的警示，也是执掌国柄者制定基本国策的指针。

穷兵黩武至少是妄兴杀戮、制造仇恨，更不用说那血流漂杵、生灵涂炭的严重后果。古今中外的历史证明了这一点。古代那些喜好征战杀伐的当权者给自己的国家人民带来的只是灾难和毁灭，而非恒长的兴盛和安宁。二战中德国和日本法西斯曾分别在欧洲和亚太猖獗一时不可一世，自以为"武运长久"，最终国破民残，迅速败降的结果正是"好战必亡"的佐证。

和平安宁是世人的普遍愿望，然而在历史进程中它常常不能持久，在某些阶段甚至是潜藏着危机或险恶阴谋的表面现象。"天下虽安，忘战必危"的警示告诫人们：世界上只要阴谋扩张的掠夺者、觊觎他国权益者犹存，战争的因素就存在，就不能不防患于未然。国家若武备不修，没有居安思危的意识和对国际形势、政治军事动态的透彻了解，并以恰当的举措正确应对，潜在的战争阴谋就有可能得逞；或许有那么一天，毁灭性的袭击和战乱突然降临，给国家人民带来无法挽回的灾难。

充分的武备足以震慑来犯之敌，化解战争于无形。曾有人如此评说：山海关如此雄伟，号称"天下第一关"，建成以来却从未受到真正的攻击，看不出有何重大的战略意义。其实，正因为它守备严密、城防坚固才遏止了侵略者的觊觎之心，使其避之唯恐不及，又何敢轻举妄动？

《刘子》随后的《兵术》篇对"亟战则民凋"作了这样的补充："夫兵者凶器，财用之蠹，而民之残也；五帝三王弗能弭者，所以禁暴而讨乱，非欲耗财以害民也。"指斥战争对人民生命财产的残害与损毁是何等中肯和尖锐！"财用之蠹"的着眼点显然在战争对经济的破坏。"五帝三王弗能弭者"是因为"禁暴讨乱"的不得已，绝非用它来"耗财害民"。然而，只要陷于征战，"众聚则财散，锋接则民残，势之所然也"。这当中"非战"的批判意识极其浓厚。此后，唐太宗撰著的《帝范·阅武》承其说，也强调："夫兵甲者，国之凶也。土地虽广，好战则人凋；邦国虽安，亟战则人殆。"①
其自以为"人凋""人殆"就是民生的凋敝、危殆。贞观之治的出
现确实与这位千古明君践行偃武修文、与民休养生息的政策相关。

在浩繁的古代兵书中撷取《司马法》中的"国虽大，好战必亡；
天下虽安，忘战必危"的警示而且详加论证，可知《刘子》的作者
刘勰的见识非同凡响。要说此语出自传统的战争理念也有充分理由，
《史记》明确指出，《司马法》非司马穰苴一人所著，而是齐威王
时对之前兵法著述的一次汇集。除《史记》外《说苑·指武篇》和《汉
书·主父偃传》等汉代典籍中也有相同的记载和存录。如今看来，
它确有逾越时代和国度的不朽价值，最好的证明就是：2014 年 3 月
28 日，出访欧洲的国家主席习近平在德国科尔伯基金会发表演讲，
其中赞赏了德国前总理勃兰特不忘二战历史教训的明智，然后引用
了"国虽大，好战必亡"这条古训，正告谋图复活军国主义的日本
右翼势力。

《论语》中说"和为贵"是先王之道。华夏民族自古热爱和平。
更可贵的是热爱和平的理念中既有恪守"反战"的核心宗旨，又葆有
居安思危"不忘战"的清醒，辩证地看待战争问题，在文化传统中显
现出一种与其他国家民族和谐共存的博大胸怀和高度的政治智慧。

（三）为将之道，安国护民

刘勰遵循"文武之道，一张一弛"的传统方略，论"武"不离
"文"，倡"文（文治）"不离"仁德"。《刘子》说"武"，重
在守土、安民的军国大计；论"兵"则略在战阵机变权谋而与"仁德"
相联系，侧重为将的带兵之道。尤以"以文止戈"的解读不同凡响，
有值得重视的新义：无论是"止戈"二字，还是"止戈为武"，原
本都已包含着和平的诉求。"以文止戈"更具以仁德的"文"（文治）

---

① 吴云等校注：《唐太宗全集校注》，第 616 页。

谋求国家的长治久安，甚至是国与国之间、族群部落之间和平与和谐共存的目标。为将之道中除强调率兵征战所承担的家国安危存亡的重大责任以外，凸显的是将领对士卒的关爱和激励。

先秦兵书尤其以《孙子兵法》的成就举世闻名，备受中外古今的军事理论家推崇。《刘子》的承袭和阐发却有独到之处。

《兵术》说："将者，国之安危，民之司命，不可不重也。"将帅领受君命率军征战，"诏之于庙堂，授之以斧钺；受命既已，则设明衣，凿凶门"。之所以仪式规格极高且庄重严肃，正因事关国家人民的生死存亡，责任极其重大。一旦临敌，须鼓舞全军一往无前，将生死、荣辱、艰险、亲故置之度外，故云："临军之日，则忘其亲；援桴之时，则忘其身。用能无天于上，无地于下，无敌于前，无顾于后。"必须明白自己肩负重任，有舍生忘死的意志品质。

紧接着称："以全国为重，以智谋为先。"就是要有大局观，国家人民的利益、军事上的最后胜利高于一切，必要时为此放弃和牺牲局部（包括一己）的一切；要以运筹帷幄的大智慧去指挥作战，克敌制胜。

《孙子·作战》篇有："知兵之将，生民之司命，国家安危之主也。"《谋攻》篇亦云："凡用兵之法：全国为上。"军事关系国家安危人民生存，"用兵之法"须从保国安民的大局出发予以高度重视，故《刘子》亦云说："将者，国之安危，民之司命，不可不重也。"为将者领受君命率军征战，之所以仪式极其庄重严肃，只因关系家国生死存亡，责任至为重大；要求临敌决战之际，为将者身先士卒一往无前，生死、荣辱、艰险、亲故皆置之度外，故云："故诏之于庙堂，授之以斧钺；受命既已，则设明衣，凿凶门。临军之日，则忘其亲；援桴之时，则忘其身。用能无天于上，无地于下，无敌于前，无顾于后。"（《兵术》）《尉缭子·武议》就有："将受命之日，忘其家；张军宿野，忘其亲；援枹而鼓，忘其身。"《淮南子·兵略训》说得更具体："凡国有难，君自宫召将……将军受命，乃令祝史太卜斋宿三日，之太庙，钻灵龟，卜吉日，以受鼓旗。君入庙门，西面而立；将入庙门，趋至堂下，北面而立……将已受斧钺，答曰：'……君若不许，臣不敢将。君若许之，臣辞而行。'乃爪鬋，设明衣也，凿凶门而出。乘将军车，载旌旗斧钺，累若不胜。其临敌决战，不顾必死，无有二心。是故无天于上，无地于下，无敌于前，无主于后，进不求名，退不避罪，唯民是保，利合于主，国之宝也，上将之道也。"

《淮南子·兵略训》还说："将者必有三隧……所谓三隧者，上知天道，下习地形，中察人情。"《兵术》在这里将"天道""地利""人事"方面的要求说得更具体："以全国为重，以智谋为先。故将者，必明天时，辨地势，练人谋。明天时者，察七纬之情，洞五行之趣，听八风之动，鉴五云之候；辨地势者，识七舍之形，列九地之势；练人谋者，抱五德之美，握二柄之要。五德者，智、信、仁、勇、严也；二柄者，赏罚也。智以能谋，信以约束，仁以爱人，勇以陵敌，严以镇众，赏以劝功，罚以惩过。故智者，变通之源，运奇之府也；兵者，诡道而行，以其制胜也。"简括了古代兵法要求为将者必备的智谋。"兵者，诡道而行"语出《孙子·始计》篇。"诡道"，指谋略诡谲机诈的高深莫测而言。此处数次论及"地势"，指出"智者，变通之源，运奇之府"之后，随即《兵术》复云：

兵形象水，水之行，避高而就下；兵之势，避实而击虚，避强而攻弱，避治而取乱，避锐而击衰。故水因地而制流，兵因敌而制胜，则兵无成势，水无定形，观形而运奇，随势而应变，反经以为巧，无形以成妙。故风雨有形，则可以帷幕捍；寒暑无形，不可以关钥遏也。是以善攻者，敌不知其所守，如畏雷电，击无常处；善守者，敌不知其所攻，如寻寰中，不见其际。视吾之谋，无畏敌坚；视吾之坚，无畏敌谋。以此言之，不可不知也。

这一段取用的是《孙子·虚实》篇的"夫兵形象水，水之形，避高而趋下，兵之形，避实而击虚。水因地而制流，兵因敌而制胜。故兵无常势，水无常形，能因敌变化而取胜者，谓之神""故善攻者，敌不知其所守；善守者，敌不知其所攻"。以及《始计》篇的"攻其无备，出其不意"之类意旨。

先秦兵法中"势"和"奇正"之论颇有建树，而且两者时有联系，如《孙子·势》篇有云："战势不过奇正，奇正之变，不可胜穷也。奇正相生，如循环之无端，孰能穷之？""激水之势，至于漂石者，势也。鸷鸟之疾，至于毁折者，节也。是故善战者，其势险，其节短。势如彍弩，节如发机。""故善战者，求之于势，不责于人，故能择人而任势。任势者，其战人也，如转木石；木石之性，安则静，危则动，方则止，圆则行。故善战人之势，如转圆石于千仞之山者，势也。"《计》篇说："计利以听，乃为之势，以佐其外。势者，因利而制权也。"《吕氏春秋·慎势》指出："孙膑贵势。"（七十年代初山东银雀山西汉墓葬出土的《孙膑兵法》中有《势备》《奇正》等篇。）

其后《淮南子·兵略训》也用到"势"，如云："是故善守者无与御，而善战者无与斗，明于禁舍开塞之道，乘时势，因民欲而取天下。"又有"兵有三势"即"气势""地势""因势"之说，并释曰：

将充勇而轻敌，卒果敢而乐战，三军之众，百万之师，志厉青云，气如飘风，声如雷霆，诚积逾而威加敌人，此谓气势。硖路津关，大山名塞，龙蛇蟠，却笠居，羊肠道，发筍门，一人守隘，而千人弗敢过也，此谓地势。因其劳倦怠乱，饥渴冻暍，推其撎撎，挤其揭揭，此谓因势。

为将之道的重要组成部分是带兵之道，将领毕竟要率领和依靠士卒上战场格斗厮杀，《兵术》除"谋以制敌"而外极力推崇的带兵之道是"仁以得人"：

> 夫将者，以谋为本，以仁为源；谋以制敌，仁以得人。故谋能制敌者，将也；力能胜敌者，卒也。将以权决为本，卒以齐力为先。是以列宿满天，不及胐月者，形不一，光不同也；虎兕多力，而受制于人者，心不一，力不齐也。万人离心，不如百人同力；千人递战，不如十人俱至。今求同心之众，必死之士，在于仁恩洽而赏罚明。胥靡者，临危而不惧，履冰而不栗，以其将刑而不忧生也。今士抢白刃而不顾，赴水火而如归；非轻死而乐伤，仁恩驱之也。将得众心，必与同患；暑不张盖，寒不御裘，所以均寒暑也；险隘不乘，兵陵必下，所以齐劳逸也；军食熟，然后敢食，军井通，而后敢饮，所以同饥渴也；三军合战，必立矢石之下，所以共安危也。故醳醪注流，军士通醉；温辞一洒，师人挟纩。苟得众心，则人竞趋死，以此众战，犹转石下山，决水赴壑，孰能当之矣。

如果说战国的军事家吴起吮痈士卒是收买人心的"做秀"，那么汉代的李广却是体恤士卒，真正与他们打成一片、同甘共苦的典型：《史记·李将军列传》说："广廉，得赏赐辄分其麾下，饮食与士共之。终广之身，为二千石四十余年，家无余财，终不言家产事。"率兵征战时，"乏绝之处，见水，士卒不尽饮，广不近水；士卒不尽食，广不尝食。宽缓不苛，士以此爱乐为用"。遭遇十倍于己的"四万骑"强敌包围的危急时刻，他先让自己的儿子李敢"往驰之"，"独与数十骑直贯胡骑"以稳定军心、激励士气。所以部众不仅"乐为用"，后来李广自刭，"一军皆哭"也出于他们悲痛的真情。不难发现，在本篇以及其他一些古代兵书中对李广体恤士卒、与之平等相处的史料都有采录，或由此引申。说明这种为将之道是得到广泛认可的。

《刘子》此论亦广采前人之说。《老子》六十九章云："抗兵相若，哀者胜矣。"表明两军对垒，获得人们同情的一方有更强的战斗力。显示出总体的情感倾向在战争中的无形威力。《孙子·始计》说："道者（杜牧注：道者，仁义也），令民与上同意也，故可与之死，可以与之生，而不畏危。"《谋攻》有云："上下同欲者胜。"《地形》说："视卒如婴儿，故可与之赴深溪；视卒如爱子，故可与之俱死。"《孙膑兵法·将义》云："将者不可以不义，不义则不严，不严则不威，不威则卒弗死。故义者，兵之首也。将者不可以不仁，不仁则军不克，军不克则军无功。故仁者，兵之腹也。将者不可以无德，无德则无力，无力则三军之利不得。故德者，兵之手也。将者不可以不信，不信则令不行，令不行则军无专，军无专则无名。故信者，兵之足也。将者不可以不知胜，不知胜则无□。故决者，兵之尾也。"①

《淮南子·兵略训》提供这方面的材料和语汇尤多："故千人同心则得千人力，万人异心则无一人之用。""故良将之用卒也，同其心，一其力……万人之更进，不如百人之俱至也。""夫人之所乐者生也，而所憎者死也；然而高城深池，矢石若雨，平原广泽，

---

① 〔战国〕孙膑著，张震泽撰：《孙膑兵法校理》，北京：中华书局，1984年，第176页。

白刃交接，而卒争先合者，彼非轻死而乐伤也，为其赏信而罚明也。是故上视下如子，则下视上如父；上视下如弟，则下视上如兄……故四马不调，造父不能以致远；弓矢不调，羿不能以必中；君臣乖心，孙子不能以应敌……故将必与卒同甘苦，侯饥寒……故古之善将者，必以其身先之，暑不张盖，寒不被裘，所以程寒暑也；险隘不乘，上陵必下，所以齐劳佚也；军食熟然后敢食，军井通然后敢饮，所以同饥渴也；合战必立矢射之所及，以共安危也。故良将之用兵也，常以积德击积怨，以积爱击积憎，何故而不胜！"其他兵书也能见到类似言说，如《尉缭子·兵令下》篇就有："万人之斗不用命，不如百人之奋也。"《心书·将情》篇称："为将之道，军井未汲，将不言渴；军食未熟，将不言饥；军火未然，将不言寒；军幕未施，将不言困；夏不操扇，冬不服裘，与众同也。"

（四）"文武之道"：传统战争理念溯源

《刘子·兵术》第四十开篇追述远古战争源起说：

> 太古淳朴，民心无欲；淳浇则争起，而战萌生焉。神农氏弦木为弧，剡木为矢；弧矢之利，以威天下。其后蚩尤强暴，好习攻战，销金为刃，割革为甲，而兵遂兴矣。黄帝战于涿鹿，颛顼争于不周，尧战丹水，舜征有苗，夏讨有扈，殷攻葛伯，周伐崇侯。

"太古淳朴，民心无欲；淳浇则争起，而战萌生焉"，说上古时民风淳朴，人们无所欲求，所以没有战争；后来世风由淳厚变为浇薄，"欲"的恶性膨胀引起利益争夺，从而战争萌生。简明中肯地揭示出战争发生的根本性社会历史根源。

"神农氏弦木为弧，剡木为矢；弧矢之利，以威天下。其后蚩尤强暴，好习攻战，销金为刃，割革为甲，而兵遂兴矣。"随着社会发展生产力的提高，武器也在"进步"。"其后"以下数句强调的是，蚩尤"好习攻战，销金为刃，割革为甲"，其杀人利器的先进性似乎已达于上古时代之极至；作者以"强暴"称"好习攻战"的蚩尤，对战争的憎恶溢于言表。"兵遂兴矣"也有归咎、问责于战争祸首的意思。

"黄帝战于涿鹿，颛顼争于不周，尧战丹水，舜征有苗，夏讨有扈，殷攻葛伯，周伐崇侯"，是对五帝时代战争的历史追溯。传说中上古圣王中只有轩辕黄帝武功显赫，《史记·五帝本纪》记云：

> 轩辕之时，神农氏世衰。诸侯相侵伐，暴虐百姓，而神农氏弗能征。于是轩辕乃习用干戈，以征不享，诸侯咸来宾从。而蚩尤最为暴，莫能伐。炎帝欲侵陵诸侯，诸侯咸归轩辕。轩辕乃修德振兵，治五气，艺五种，抚万民，度四方，教熊罴貔貅䝙虎，以与炎帝战于阪泉之野。三战，然后得其志。蚩尤作乱，不用帝命。于是黄帝乃征师诸侯，与蚩尤战于涿鹿之野，遂禽杀蚩尤。而诸侯咸尊轩辕为天子，代神农氏，是为黄帝。

不过武功显赫的黄帝也以"修德振兵"惩暴治乱，从而才有伐灭强悍横暴的蚩尤这样的丰功伟绩。《通鉴外纪》称："轩辕征师与蚩尤战于涿鹿之野，蚩尤为大雾，军士昏迷，轩辕作指南车以示四方，遂禽蚩尤。"表明黄帝战蚩尤于涿鹿，"作指南车以示四方"靠的是以智巧取胜。此处黄帝"习用干戈，以征不享"是面临"诸侯相侵伐，暴虐百姓"和"蚩尤最为暴，莫能伐"[①]的现实，颇有不得不然之意。笔者在《中国古代美学范畴发生论》中曾说：《史记》强调黄帝通过"修德振兵"才成为最后的胜利者，把"修德"置于

---

① 〔宋〕刘恕：《通鉴外纪》，第6页。

"振兵"之前。即使"神农氏衰",部落盟主的地位为黄帝取代之后,失败了的炎帝(神农氏)部族并没有沦为奴隶或者成为低一等级的民族成员,炎帝仍被祀奉为华夏始祖,今天的中国人依然被称为炎黄子孙。体现了华夏民族早期发展史中一种和谐共存的群体意识与宽厚胸怀。历史上穷兵黩武者在中国没有根基,当权者大多懂得,以仁德为怀才能获得可靠的亲附,这也许是中华文明未曾中断过的缘由之一。①

《庄子·齐物论》中也有尧、舜 "修德义"不行攻伐的记载:

> 故昔者尧问于舜曰:"我欲伐宗、脍、胥敖,南面而不释然,其故何也?"舜曰:"夫三子者,犹存乎蓬艾之间。若不释然,何哉?昔者十日并出,万物皆照,而况德之进乎日者乎?"

尧因为要去讨伐三个小国而不悦,舜对他的劝解中强调:"德"治至上,胜于十日普照万物。尧、舜为政尚德的倾向明显。

《荀子·议兵》中说:"彼兵者,所以禁暴除害也……故仁人之兵,所存者神,所过者化,若时雨之降,莫不说喜。是以尧伐驩兜,舜伐有苗,禹伐共工,汤伐有夏,文王伐崇,武王伐纣,此四帝两王,皆以仁义之兵行于天下也。故近者亲其善,远方慕其义,兵不血刃,远迩来服,德盛于此,施及四极。"《淮南子·兵略训》也强调:"夫兵者,所以禁暴讨乱也。"

华夏民族算不上尚武和习惯征伐的民族,在先秦时期所记录的由战争造成的灾难中已经有"伏尸百万""血流漂杵"之类形容和谴责。战争频繁使生灵涂炭(秦国行商鞅之法,有以斩杀敌人首级计的军功爵;长平之役白起曾坑杀赵降卒数十万……史有"虎狼之

---

① 涂光社:《中国古代美学范畴发生论》,北京:人民教育出版社,1999 年,第 35 页。

秦"和"暴秦"之称）。《庄子·在宥》中的"今世殊死者相枕也，桁杨者相推也，刑戮者相望也……"可谓痛心疾首之言。《让王》中赞赏古公亶父"能尊生"，因其与荼毒生灵的战争背道而驰：

> 大王亶父居邠，狄人攻之；事之以皮帛而不受，事之以犬马而不受，事之以珠玉而不受，狄人之所求者土地也。大王亶父曰："与人之兄居而杀其弟，与人之父居而杀其子，吾不忍也。子皆勉居矣！为吾臣与为狄人臣奚以异！且吾闻之，不以所用养害所养。"因杖策而去之。民相连而从之，遂成国于岐山之下。夫大王亶父，可谓能尊生矣。

面对狄人的侵犯，周的先王古公亶父为民众（包括狄人子民）免遭战争杀戮一再委曲求全，最后弃豳迁岐。这个故事在一些秦汉史籍中也以肯定的口吻作了记载，表现出著录者的某种共识。虽是上古生存空间比较广阔，为古公亶父的忍让和弃地回避狄人提供了条件，仍然体现出柔性文化传统安邦定国的理念（如"和为贵""以德来远人"等），以及秦汉时期人们对以人为本政治思想的普遍推崇。《吕氏春秋·开春论·审为》与《庄子》在记叙上比较近似，《史记·周本纪》中古公亶父也说到"杀人父子而君之，予不忍为"。不过庄子于此生发议论，充分肯定大王亶父"尊生"（珍爱和尊重包括其他部族在内的所有人的生命，为此甚至宁愿舍弃国土和臣民）的思想。此外，大王亶父所说的"子皆勉居矣！为吾臣与为狄臣奚以异"表明，他没有土地臣民为我"私"有的意识与欲求，认为臣民可以自择君主（臣民当然唯"德"者是从，事实上也随亶父迁岐）。顺便补充一下，《刘子·随时》从另一侧面用到这个故事："昔秦攻梁，梁惠王谓孟轲曰：'先生不远千里，辱幸弊邑，今秦攻梁，先生何以御乎？'孟轲对曰：'昔太王居邠，狄人攻之，事之玉帛，不可，太王不欲伤其民，乃去邠之岐。今王奚不去梁乎？'惠王不悦。"是说孟轲以亶父迁岐为例，建议梁惠王离开梁国回避秦国攻击，这显然不能为惠王接受。明白无疑地指出"其言虽仁义"，但时过境迁，这种避让"非异代之所宜行也""不合于世用"。

《兵术》第二段说：

> 夫兵者凶器，财用之蠹，而民之残也；五帝三王弗能弭者，所以禁暴而讨乱，非欲耗财以害民也。然众聚则财散，锋接则民残，势之所然也。故兵贵伐谋，不重交刃，百战百胜，非用兵之善也。善用兵者，不战而胜，善之善也。王者之兵，修正道而服人；霸者之兵，奇谲变而取胜。

直言"夫兵者凶器，财用之蠹，而民之残也"！指斥战争对人民生命财产的残害损毁是何等尖锐！"财用之蠹"的着眼点显然在战争对于经济的破坏方面。

"五帝三王弗能弭者"是因为有要靠征伐"禁暴讨乱"的不得已。而不是用它"耗财害民"。然而只要陷于争战之中，"众聚则财散，锋接则民残，势之所然也"。其中"非战"的批判意识极其浓厚。唐太宗《帝范·阅武第十一》亦云："夫兵甲者，国之凶器也。土地虽广，好战则人凋；邦国虽安，亟战则人殆。"[①] 其"人凋""人殆"就是民生的凋敝、危殆。

"故兵贵伐谋，不重交刃。百战百胜，非用兵之善也。善用兵者，不战而胜，善之善也"则语出《孙子·谋攻》篇："故上兵伐谋，其次伐交。""是故百战百胜，非善之善者也；不战而屈人之兵，

---

① 吴云等校注：《唐太宗全集校注》，第 616 页。

善之善者也。"《淮南子·兵略训》的"未至兵交接刃而敌人奔亡",也主要指的是这种凭借智谋不战而胜的现象。不过,《兵术》随即的"王者之兵,修正道而服人;霸者之兵,奇谲变而取胜"又用"修正道"为以德服为上作了必要的补充,如此则可别"王""霸"的主次先后。

传统军事学说中的辩证思考极其卓越,而且不乏独到之处,无论是文与武,"好战"与"忘战",广施仁德与充足武备的对应,还是王与霸、变与通、奇与正、虚与实的"诡道"皆然。《刘子》这方面的综论也可谓简明扼要,并无缺失。

除了在前三节解读《文武》《兵术》《阅武》时征引的资料以外,传统战争理念和军事思想的萌生和形成还能从另一些典籍的录载和古今评说中得到参证,可作为本文追溯其文化渊源的一些补充:

总体上说中华大地成长起来的民族算不上剽悍尚武、惯于征战的民族。以农为本的华夏文明不曾中断,是因为和谐共存的理念使各个族群能够融合成一个生命力顽强的民族共同体。并不是居于中原的国家、部族不曾被征服,而是内迁的部族(甚至入主中原的征服者)均能被这种崇仁尚德的文化和高于自己发展水平的社会经济所同化。

与古希腊、古印度相比,中国古代神话中人们所膜拜敬仰的神和英雄为造福于民者似乎更多些,如开天辟地的盘古,炼石补天的女娲,为治病救人遍尝百草的神农,勇射九日的后羿,"与日逐走"的夸父在渴死之前还要"遗策"化为"邓林"给人蔽荫,更无须说战胜凶顽蚩尤的黄帝,治理洪水三过家门不入的大禹,教民稼穑的后稷……魂灵不死的刑天、精卫,也是失败者不屈不挠进行抗争的形象,都不是孔武有力能够为所欲为的征服者。《史记》对上古的历史还有这样一些记载:

（帝尧时）九族既睦，便章百姓。百姓昭明，合和万国。（《五帝本纪》）

桀不务德而武伤百姓，百姓弗堪……汤修德，诸侯皆归汤，汤遂率兵以伐夏桀。（《夏本纪》）

失德则王朝覆灭，修德则天下归心。众多部族之间以及各个邦国的和睦是太平盛世的重要标志。

有关黄帝"修德振兵"惩暴治乱的历史记载虽然未涉及耕耘，他的妻子嫘祖发明蚕桑的传说仍透露出某种定居务农的信息。唯商代比较重视牧业，那个时代的青铜重器常以饕餮为纹饰，其狰狞恐怖的形象体现着王权的威势。令商人自豪的是"武王（汤）载斾，有虔秉钺，如火烈烈，则莫我敢曷"（《商颂·长发》）和"自彼氐羌，莫敢不来享，莫敢不来王"（《商颂·殷武》），颇有崇尚威势和武力的迹象。周代隆礼、尚文、崇德，除了以往在黄河流域进行农业开发的基础而外，由于周人的特殊重视，更完善和强化了以农为本的民族意识。《诗经·大雅·生民》称颂其始祖后稷在农业上超凡的技能和卓越贡献就是证明。孔子说："周监于二代，郁郁乎文哉！吾从周。"（《论语·八佾》）总揽前代文化成果又使进一步系统化和制度化的西周王朝，奠定了传统文化的基本框架。

华夏先民很早就形成了一种谋求各部族群落和谐共生的理念以及和平安宁的社会理想，从被视为祥瑞事物的特征和图腾崇拜中就可窥其端倪：

古人以"麟凤龟龙"为"四灵"（见《礼记·礼运》），是吉祥福瑞和征兆，或者还象征着至高无上的权威。《说文》释"麟"为"大牝鹿也"。《春秋》哀公十四年记载："西狩获麟。"《公羊传》云："麟者，仁兽也。"龟的特征是安稳、迟缓、温和而有耐性，也是长寿的动物。两者都不是强悍威猛的形象。龙、凤是以幻想创造出来的崇拜物，实际上是多种动物的特征拼合而成。龙似乎是由牛首、鹿角、蛇身、鸡爪、鳄尾组成的，有须如羊，有鳞如鱼，罗愿《尔雅翼·释龙》说龙"角似鹿，头似驼，眼似鬼，项似蛇，腹似蜃，鳞似鱼，爪似鹰，掌似虎，耳似牛"。[1]闻一多《伏羲考》认为龙是以蛇身为身体的同时还有"兽类的四脚，马的毛，鬣的尾，鹿的角，狗的爪，鱼的鳞和须"[2]。所似何物识别有异，但观点一致。凤亦然，《说文》曰：

> 凤，凤凰也。天老（段玉裁注云：黄帝臣）曰：凤之像也，麐前鹿后（一作鸿前麟后），蛇颈鱼尾（一作鹳颡鸳腮），龙文龟（一作虎）背，燕颔鸡喙，五色备举，出于东方君子之国，翺翔四海之外，过昆仑，饮砥柱，濯羽弱水，莫（同暮）宿风穴，见则天下大安宁。从鸟凡声。古文凤（鹏），象形，凤飞群鸟从以数万，故以为朋党字。[3]

这种组合载录着华夏民族形成的一些信息，她是许多由不同崇拜物所反映的、特长不尽相同的部族融合而成，这些部族中多以群居务农为主，也有从事渔牧者。在部族融合过程中虽不能完全排除暴力，比如黄帝部族群落与炎帝部族群落的融合过程就发生过战争，但主导方式无疑是和平与互动的，由"凤"（"鹏"）引申出朋党的意思，透露出组成各部分间的友善关系。最好的例证就是龙与凤崇拜

---

① 〔宋〕罗愿撰，石云孙校点：《尔雅翼》，合肥：黄山书社，2013年，第329页。

② 闻一多：《神话与诗》，上海：人民出版社，2006年，第19页。

③ 〔汉〕许慎撰，〔清〕段玉裁注：《说文解字注》，第148页。

的和谐并存。无论龙还是凤，作为图腾，各组成部分之间并无明显的主次和等级差别，显示出群落各部族间朴素平等的关系。对凤的崇拜来自东方的部族群落，凤很可能就是曾被黄帝打败的炎帝部族群落的图腾。它也被战胜者——以龙为图腾的黄帝部族群落接受，与龙对等地都成为华夏民族共同的崇拜物。龙凤图腾是诸种生存方式的拼接，表现了理想中的多元建构的和谐之美。杂糅了多种基因，华夏民族汇聚了多样的智慧和潜能，从而表现出极其顽强的生存力和丰富的创造力。

殷商和周人都有屡次部族大迁徙的历史记录。《史记·殷本纪》云："自契至汤八迁，汤始居亳。"由汤至盘庚，商人又有五次迁徙。从地域看，很可能是迫于黄河水患，也许还有回避其他强悍部族侵扰的缘故。以农立国的周人发祥在"戎狄之间"，公刘在位时已有从邰迁豳之举。既不无"行地宜""取材用"的因素，也可能与避免周围游牧部落的侵害有关。

《周本纪》有关记载就比较清楚了：

> 古公亶父复修后稷、公刘之业，积德行义，国人皆戴之。薰育戎狄攻之，欲得财物，予之。已复攻，欲得地与民。民皆怒，欲战。古公曰："有民立君，将以利之。今戎狄所为攻战，以吾地与民。民之在我，与其在彼，何异？民欲以我故战，杀人父子而君之，予不忍为。"乃与私属遂去豳，度漆、沮，逾梁山，止于岐下。豳人举国扶老携弱，尽复归古公于岐下。及他旁国闻古公仁，亦多归之。

如前所说，这段史事亦见载于早于《史记》的《庄子·让王》等典籍。华夏民族所崇拜的古代圣君贤王基本都是以仁德获得人民爱戴、

服万邦而来远人的。史书中屡见谴责穷兵黩武的暴君，却很少赞颂
开疆拓土以武力镇慑万邦的雄主。于是为君主提供的统治术也明谓：
"善为君者，蛮夷反舌殊俗异习皆服之，德厚也。"（《吕氏春秋·功
名》）上古史上所载黄帝时代的征伐稍多，这位先祖对失败的对手
也只到"平者去之"的程度，找不到屠戮、奴役被征服部族的记录。
他"披山通道，未尝宁居"，也和大禹治水一样是勤政爱民、不辞
辛劳的典范。一切都为的是"百姓"的生存发展和利益，帝尧时"九
族既睦，便章百姓；百姓昭明，合和万国"，帝舜划分职守，择贤
量才而用之，来自不同部族的皋陶、益、契、弃、禹等二十二人"各
以其职来贡，不失厥宜。方五千里，至于荒服"（皆见《五帝本纪》）。
《吕氏春秋》有些记载更具体：

> 三苗不服，禹请攻之，舜曰："以德可也。"行德三年而三苗服。
> （《上德》）
> 夏后伯启与有扈战于甘泽而不胜，六卿请复之，夏后伯启曰：
> "不可。吾地不浅，吾民不寡，战而不胜，是吾德薄而教不善也。"
> 于是乎处不重席，食不二味，琴瑟不张，钟鼓不修，子女不饬，
> 亲亲长长，尊贤使能，期年而有扈氏服。（《先己》）

古人以为"武"易流为暴虐，规定其正当目的只在于"止戈"，
不得已方可用之。《孙膑兵法·见威王》的一段话就是要慎重用兵
的告诫：

> 夫兵者，非士恒势（恃）也，此先王之傅（辅）道也。战胜，
> 则所以在（应为"存"）亡国而继绝世也；战不胜，则所以削地
> 而危社稷也。是故兵者不可不察。然夫乐兵者亡，而利胜者辱。

兵非所乐也，而胜非所利也。

史籍中不乏对穷兵黩武君主的抨击。即使是身处西汉国力鼎盛、武功煊赫的武帝时代，作为太史令的司马迁既对"今上"的好大喜功、征伐频数颇有微辞；也指出项羽"自矜攻伐""欲以力征经营天下"，所以必然失败。

在《南越》《西南夷》《大宛》等列传中史迁对汉武帝发动战争、劳民伤财给国家民族造成巨大灾难更有深刻的揭露和批判。如第一次伐大宛"发属国六千骑，及郡国恶少年数万人"，结果大败而归，"往来二岁。还至敦煌，士不过一二"；第二次，"赦囚徒材官，益发恶少年及边骑，岁余而出敦煌者六万人，负私从者不与。牛十万，马三万余匹，驴骡橐它以万数。多赍粮，兵弩甚设，天下骚动，传相奉伐宛，凡五十余校尉"，最后汉军"凯旋"时，"军入玉门者万余人，军马千余匹"（均见《史记·大宛列传》）。《平准书》记财政，说武帝即位之初"汉兴七十余年之间，国家无事，非遇水旱之灾，民则人给家足，都鄙廪庾皆满，而府库余货财。京师之钱累巨万，贯朽而不可校。太仓之粟陈陈相因，充溢露积于外，至腐败不可食。众庶街巷有马，阡陌之间成群……"武帝好大喜功，于是"严助、朱买臣等招来东瓯，事两越，江淮之间萧然烦费矣。唐蒙、司马相如开路西南夷，凿山通道千余里，以广巴蜀，巴蜀之民罢焉。彭吴贾灭朝鲜，置沧海之郡，则燕齐之间靡然发动。及王恢设谋马邑，匈奴绝和亲，侵扰北边，兵连而不解，天下苦其劳，而干戈日滋……"因连年征战，击匈奴，平南越、西羌，大兴土木建宫池苑、封禅泰山，以至于国库空虚，不得不多铸钱币，行盐铁专卖，以赋税搜刮，若遇天灾，更有"山东被河灾，及岁不登数年，人或相食，方一二千里"的现象。太史公直言，如此"外攘夷狄，内兴功业，海内之士力耕不足粮饷，女子纺绩不足衣服"的状况。班固《汉书·西南夷两粤朝鲜传》全部照录这几篇传文，也说："三方之开，皆自好事之臣，故西南发自唐蒙、司马相如，两粤起严助、朱买臣，朝鲜由涉何，遭世富盛，动能成功，然已勤矣。追观太宗（文帝）镇抚尉佗，岂古所谓'招携以礼，怀远以德'者哉！"《汉书·刑法志》亦云："萧、曹为相，填以无为，从民之欲，而不扰乱，是以衣食滋殖，刑罚用稀。及孝文即位，躬修玄默，劝趣农桑，减省租赋……及至孝武即位，外事四夷之功，内盛耳目之好，征发烦数，百姓贫耗……"

华夏民族农桑耕织的生产方式决定了人们安土重迁；耕作中的互助必不可少，村落聚居是常态，家人邻里相互间的亲密友善、慈孝仁爱之情生于自然。因此也决定了人们对战争的基本态度：尊生恤民、反战、慎战，批判恃强凌弱、穷兵黩武和战争掠夺，推崇以德服、来远人，多褒扬兴亡继绝，而非征服、奴役其他部族、国家。鼓吹开疆拓土者极少能获得认可，即使"中央"帝国君主那"万国衣冠拜冕旒"的梦想，也不会建立在以赫赫武功威震四方的基础上。先秦两汉典籍中这方面颇有价值的录存仍不少，比如：

《老子》三十章曰："以道佐人主者，不以兵强天下。其事好还（兵凶战危，反自为祸）。师之所处，荆棘生焉。大军之后，必有凶年。善有果而已，不敢以取强。果而勿矜，果而勿伐，果而勿骄，果而不得已，果而勿强。物壮（武力兴暴）则老，是谓不道，不道早已（死）。"三十一章曰："夫佳兵者，不祥之器。物或恶之，故有道者不处……兵者，不祥之器，非君子之器。不得已而用之，恬淡为上，胜而不美，而美之者，是乐杀人。夫乐杀人者，则不可得志于天下矣。"四十六章："天下有道，却走马以粪（治田畴）；天下无道，戎马生于郊。"

《论语·季氏》中记孔子说："丘也闻有国有家者，不患寡而患不均，不患贫而患不安。盖均无贫，和无寡，安无倾。夫如是，故远人不服，则修文德以来之。既来之，则安之。"来远人"中非战的和平安宁靠的是"修文德"。"修文德"指弃干戈攻伐而兴教化，致使社会和谐安定的行仁政而言。

古人也充分意识到打仗是打政治，所以颇重人心向背。《荀子·议兵》云："凡用兵攻战之本在乎壹民……士民不亲附，则汤、武不能以必胜也。故善附民者，是乃善用兵者也。故兵要在乎善附民而已。""彼兵者，所以禁暴除害也，非争夺也。故仁者之兵，所存者神，所过者化，若时雨之降，莫不悦喜……（尧、舜、禹、汤、文王、武王）此四帝、两王，皆以仁义之兵行天下也。故近者亲其善，远方慕其德，兵不血刃，远迩来服，德盛于此，施及四极。"

《淮南子·兵略训》有云："兵之胜败，本在于政。政胜其民，下附其上，则兵强矣。民胜其政，下畔其上，则兵弱矣。故德义足以怀天下之民，事业足以当天下之急，选举足以得贤士之心，谋虑足以知强弱之势，此必胜之本也。地广人众，不足以为强；坚甲利兵，不足以为胜；高城深池，不足以为固；严令繁刑，不足以为威。为存政者，虽小必存；为亡政者，虽大必亡。"这段文字之前，《兵略训》还用其生动流畅的话语论及用兵方略和指导思想的多个方面，如：

> 古之用兵者，非利土壤之广而贪金玉之赂，将以存亡继绝，平天下之乱，而除万民之害也。……夫兵者，所以禁暴讨乱也。
> ……故君为无道，民之思兵也，若旱而望雨，渴而求饮，夫有谁与交兵接刃乎！故义兵之至也，至于不战而止。晚世之兵，君虽无道，莫不设渠堑，傅堞而守，攻者非以禁暴除害也，欲以侵地广壤也。是故至于伏尸流血，相支以日，而霸王之功不世出

者，自为之故也。夫为地战者不能成其王，为身战者不能立其功。举事以为人者众助之，举事以自为者众去之。众之所助，虽弱必强；众之所去，虽大必亡。兵失道而弱，得道而强；将失道而拙，得道而工；国得道而存，失道而亡。

……修政于境内而远方慕其德，制胜于未战而诸侯服其威，内政治也。

因民之欲，乘民之力而为之，去残除贼也，故同利相死，同情相成，同欲相助。顺道而动，天下为响；因民而虑，天下为斗。

……兵有三诋：治国家，理境内，行仁义，布德惠，立正法，塞邪隧，群臣亲附，百姓和辑，上下一心，君臣同力，诸侯服其威而四方怀其德，政修庙堂之上而折冲千里之外，拱揖指撝而天下响应，此用兵之上也。地广民众，主贤将忠，国富民强，约束信，号令明，两军相当，鼓锌相望，未至交兵接刃而敌人奔亡，此用兵之次也。知土地之宜，习险隘之利，明奇正之变，察行阵解赎之数，维枹绾而鼓之，白刃合，流矢接，涉血属肠，舆死扶伤，流血千里，暴骸盈场，乃以决胜，此用兵之下也。[1]

《淮南子·兵略训》颇有集先秦兵学之成的意味，六百年后《刘子》说“武”论“兵”对它征引甚多。诚然，这并无碍刘勰作更宽泛的采集和精要的表述。不仅古代军事思想发展的脉络隐约可见，也凸显出作者对传统战争理念的深刻理解。

最后再对“农战”体制的源流和影响方面的材料稍作补充。

“忘战必危”的警示与“教民战，修武备”国策相联系，倡导的是守土安民的农战理念。既言“农隙教民战”，显然是教农耕者战！这种武备思想主张甚至能上溯到商、周。《汉书·刑法志》追记：“殷、

---

① 〔汉〕刘安编，刘文典等点校：《淮南鸿烈集解》，第489-495页。

周以兵定天下。天下既定，戢藏干戈，教以文德，而犹立司马之官，设六军之众，因井田而制军赋……有税有赋，税以足食，赋以足兵。故四井为邑，四邑为丘。丘，十六井也，有戎马一匹，牛三头。四丘为甸。甸，六十四井也，有戎马四匹，兵车一乘，牛十二头，甲士三人，卒七十二人……"①

先秦时代的《商君书·农战》篇曾说："国待农战而安，主待农战而尊。"奖励农兵而去游食坐谈之士。汉魏的屯田则有兵寓于农、兵农一体的意味，屯垦戍边也是若干朝代采用的国防策略。

"农战"之论的要义也体现在北周、隋、唐府兵制的实施中。"府兵之制，起自宇文泰……宇文泰所立府兵之制，《通鉴》系梁简文帝大宝元年，云：泰始籍民之才力者为府兵。身租、庸、调一切蠲之。以农隙讲阅战阵。"②

宇文泰辅西魏时，仿周典置六军，藉六等之民，使刺史以农隙教之，合为百府。是为府兵之始。北周踵行其制。隋承周制，加以增损。唐初尚仍隋制。其后藩镇渐强，府兵之制遂废。《新唐书·兵志》记："古之有天下国家者，其兴亡治乱，未始不以德。而自战国、秦、汉以来，鲜不以兵。夫兵岂非重事哉！然其因时制变，以苟利趋便，至于无所不为，而考其法制，虽可用于一时，而不足施于后世者多矣，惟唐立府兵之制，颇有足称焉。盖古者兵法起于井田，自周衰，王制坏而不复；至于府兵，始一寓之于农，其居处、教养、畜材、待事、动作、休息，皆有节目，虽不能尽合古法，盖得其大意焉。此高祖、太宗所以盛也。至其后世，子孙骄弱，不能谨守，屡变其制。夫置兵所以止乱，及其弊也，适足为乱，又其甚也，至困天下以养乱，而遂至于亡焉……府兵之制，起自西魏、后周，而备于隋，唐兴因之。"

---

① 〔汉〕班固撰，〔唐〕颜师古注：《汉书》，第1081页。
② 吕思勉：《两晋南北朝史》，第1166–1167页。

战争屠戮生灵，损毁经济民生，关系人类的生存发展，对它的研究与认识从来是、现代仍然是世界性大课题。在华夏民族文化传统中，军事思想、战争理念方面的价值和意义可谓举世无匹。《刘子》这方面的归纳总括在子书中堪称精要，其特点是：

遵循"文武之道，一张一弛"的传统方略，论"武"不离"文"，倡"文（文治）"不离"仁德"。从"以文止戈""好战必亡，忘战必危""兵者，凶器；财用之蠹，而民之残也"、"教民战、修戎器""于农隙，讲武事"和"不战而胜，善之善也"等名言中疏理出古人说"武"论"兵"之精华。

《阅武》《文武》两篇的论政还体现了《刘子》"以古论今"的特点：征引古代典籍中的命题和概念组合时，刘勰并非机械地照搬前人名论，而是根据现实政治论题的需要进行选择和改造，既有明确的针对性，也从不同侧面提升了理论水平。如《兵术》中不以谋略为主，未更多征引享誉千古《孙子》的材料；《阅武》标举的是《司马法》"好战必亡，忘战必危"和农隙教战的军国大计；《文武》篇原本讨论各具优长的文武两种人才的互补性，而"以武创业，以文止戈"则是刘勰对"文止戈为武"典故的改造，其新义合乎魏晋南北朝政治的时代特征与制定国策的需要，且有跨越时空的理论价值。皆为《刘子》实现理论升华的闪光点。

《刘子》说"武"论"兵"既有集成性又能突出精要，且不乏超越以往兵法著述和子书专论的创意，正是其价值所在。

作者刘勰以撰写古代文的经典著作《文心雕龙》享誉古今。其亲族中不乏刘宋的军政要员：伯曾祖父刘穆之是辅佐刘裕成就帝业的主要谋臣，伯祖父刘秀之曾任刘宋督梁南北秦三州诸军事、宁远将军、西戎校尉以及散骑常侍、安北将军、军蛮校尉等军职，其父刘向也做过越骑校尉。刘勰以文名世，做过武帝萧衍之弟中军临川王萧宏和武帝四子仁威南康王萧绩的记室；后因上表言郊庙飨荐改蔬果事得武帝赏识，出任掌上林苑门屯兵的步兵校尉，兼东宫通事舍人。任此要职，虽未直接率兵征战，显然是通于军事的。

《文心雕龙》是文学理论巨著，不过其中也有言及军事[①]以及借鉴用兵权谋、传统战争理念讨论文章写作之处，如"势"范畴的移用，以及晓术数、适会通、应机变、运奇正、能控驭之论皆然，显然是于古代兵法有心得、善取用的。

诚如王重民所言，《刘子》是"总结了古代诸子的学术思想，来用古说今"[②]，在讨论"文武之道"的时候更是如此。然而应该看到，虽广泛征引古代诸家兵学著述，但作者有所取也有所舍，在对各家言说的重组中赋予新意，更具有特殊的价值。可以说在"总得其要，议显其真"方面是此前兵学著述不可及的。

中国古代兵法的高明举世称道，然而《刘子》论中最为关注的不是战阵指挥的权谋，而是基本国策。对于《孙子》的采摘虽多，重点却不在机变奇正的"诡道"上面。传世的《孙子》十三篇为《始计》《作战》《谋攻》《军形》《兵势》《虚实》《军争》《九变》《行军》《地形》《九地》《火攻》《用间》，基本国策虽时有所及，但并无专篇论证；绝大多数篇章所言为军事指挥的计谋策略和临阵

---

① 《文心雕龙·檄移》指出，征伐须师出有名，以檄文宣示伸张正义、惩奸伐罪、除暴安民的目的，以收震慑"奸宄"之效："故兵出须名，振此威风，暴彼昏乱。""兵以定乱，莫敢自专：天子亲戎，则称恭行天罚；诸侯御师，则云肃将王诛。故分阃推毂，奉辞伐罪，非唯致果为毅，亦且厉辞为武。使声如冲风所击，气似槐枪所扫，奋其武怒，总其罪人，惩其恶稔之时，显其贯盈之数，摇奸宄之胆，订信慎之心；使百尺之冲，摧折于咫书，万雉之城，颠坠于一檄者也。"又说："凡檄之大体，或述此休明，或叙彼苟虐，指天时，审人事，算强弱，角权势……虽本国信，实参兵诈。"先以政治上"休明"与"苟虐"的对比取得在"天时"和"人事"方面的优势地位，让"算强弱，角权势"的"兵诈"充分发挥其威力。

② 王重民：《中国目录学史论丛》，第134页。

用兵的奇正权变。

五、对才士的激励和宽慰

还有一些篇章中是对从政士人的告诫和劝慰，有官场应对中的提示和忠告，也有对难逢际遇者的宽慰，反映士人生存环境的险恶，仕途的艰困，折射出作者垂暮之年的心境。《韬光》有"物之寓世，未尝不韬形灭影、隐质遁外以全性栖命者也"的警语，《心隐》引《庄子》中孔子所谓"凡人之心，险于山川，难于知天"之句。

《刘子》第三十到第三十八是对从政者为人处世的告诫，以为在官场要谨言慎行，周旋应对谈吐得宜，"从善遣恶"，谦和下人，进退自如方能全身远害。现摘要简介于下：

《慎言》第三十引《易·系辞》《荀子》《淮南子·人间训》《邓析子》《说苑》中材料强调："明者慎言，故无失言；暗者轻言，身致害灭。"

《贵言》第三十一引《史记·孔子世家》所记老子言，以及《孟子》《晏子春秋》《荀子》《邓析子》《吕氏春秋》《淮南子》中语，以为"必籍善言以成德行"，"明者纳规于未形，采言于患表，从善如转圆，遣恶如雠敌，正音日闻于耳，祸害逾远于身……君子若能听言如响，从善如流，则身安南山，德茂松柏，声振金石，名流千载也"。

《伤谗》三十二引《论衡·艺增》《庄子·胠箧》和《韩非子》《墨子》《淮南子》中材料，指出"扬善生于性美，宣恶出于情妒。性美以成物为恒，情妒以伤人为务"，提醒从政士人要防范被出于忌妒的谗言所伤害。

《慎隙》三十三引《韩非子》《吕氏春秋》《淮南子》《六韬》《说苑》以及史籍中典故和话语，如："尺蚓穿堤，能漂一邑；寸烟泄突，致灰千里。"以及"祸与福同门，害与利同邻，若非至精，莫能分矣。

是以智愚者，祸福之门户，动静者，利害之枢机，不可不慎也。"
警惕别因小怨之积致成大害。

《诫盈》第三十四引史事及《淮南子》《文子》《荀子》等典
籍中材料，如引《说苑·敬慎》中孔子语："《易》曰：'以贵下贱，
大得民也。'是以君子高而能卑，富而能俭，智而能愚，勇而能怯，
辩而能讷，博而能浅，明而能暗，是谓损而不穷也。""夫知进而
不知退，则践盈满之危；处存而不忘危，必履泰山之安。"

《明谦》第三十五旨意相近，主要引《老子》和《易传》中材
料论证，如言："高必以下为基，贵则以贱为本。在贵而忘贵，故
能以贵下民；处高而遗高，故能以高就卑。是以大壮往则复，天地
之谦也；极升必降，阴阳之谦也；满终则亏，日月之谦也；道盈体冲，
圣人之谦也。《易》称：'谦尊而弥光。'《老子》云：'不伐故有功。'"
申老子处弱守雌之旨。

《大质》三十七与《辨施》三十八前面已作过述评，此处从略。

《和性》第三十八可谓是对《诫盈》《明谦》的补充，多引《淮
南子·泛论训》语和相关史料，讨论性情的刚柔，以及处理事务的
缓急、宽严对施政得失成败的影响。强调性情刚柔兼济、宽缓得宜
且要适应政务的特点才合乎施政的要求，绝不可任性而为。指出："太
刚则折，太柔则卷。""刚者伤于严猛，柔者失于软懦，缓者悔于
后机，急者败于懁促，理性者使刚而不猛，柔而不懦，缓而不后机，
急而不懁促，故能剑器兼善而性气淳和也……是以智者宽而栗，严
而温，柔而毅，猛而仁。刚济其柔，柔抑其强，强弱相参，缓急相弼，
以斯善性，未闻忤物而有悔吝者也。"

施展抱负的机遇大小和有无，原非人人一样，在察举不实、任
不唯贤的时代更无法公平。《遇不遇》第二十四所论对生不逢时的
才士显然是一种宽解。从所引材料看，《韩诗外传》《荀子·宥坐》

《说苑·杂言》有此类言,《论衡》《韩非子》《淮南子》也有对才智抱负不能施展的士人的告诫与劝慰。篇中说:

> 贤有常质,遇有常分。贤不贤,性也;遇不遇,命也。性见于人,故贤愚可定;命在于天,则否泰难期。命运应遇,危不必祸,愚不必穷;命运不遇,安不必福,贤不必达。故患齐而死生殊,德同而荣辱异者,遇不遇也。春日丽天,而隐者不照;秋霜被地,而蔽者不伤,遇不遇也。

随即在史事中选列了四种不同类型的"遇"与"不遇":

> 昔韩昭侯醉卧而寒,典冠加之以衣。觉而问之,知典冠有爱于己,以越职之故加诛焉。卫之骖乘,见御者之非,从后呼车,有救危之意,不蒙其罪。加之以衣,恐主之寒;呼车,忧君之危。忠爱之情是同,越职之愆亦等,典冠得罪,呼车见德,遇不遇也。鸥堕腐鼠,非虞氏之慢;瓶水沃地,非射姑之秽。事出虑外,固非其罪。侠客大怒,而虞氏见灭;邾君大怒,而射姑获免,遇不遇也。齐之华士;栖志丘壑,而太公诛之;魏之干木,遁世幽居,而文侯敬之。太公之贤,非有减于文侯;干木之德,非有逾于华士。而或荣或戮,遇不遇也。董仲舒智德冠代,位仅过士;田千秋无他殊操,以一言取相。同遇明主而贵贱悬隔者,遇不遇也。

然后指出:"遇不遇,命也;贤不贤,性也。怨不肖者,不通性也;伤不遇者,不知命也。如能临难而不慑,贫贱而不忧,可为达命者矣。"

另一类则推己及人,抒发政治生涯中的人生体验和感悟,与同道情感的交流与共鸣。在坎坷和祸福难料的政治生涯中,谋求一种相互激励或者相互慰藉的精神力量。《类感》第五十描述自然现象中"声以同应，气以异乖""物以类相感，神以气相化"的现象，隐约可见对归附志同道合群体的期待；也有对失志不遇者的激励和宽解、劝慰，《激通》五十二："梗枏郁蹙，以成缛锦之瘤；蚌蛤结痾，以衔明月之珠。鸟激，则能翔青云之际；矢惊，则能逾白雪之岭。""观其数贤，皆因窘而发志，缘厄而显名。""古之烈士，厄而能通，屈而能伸，彼皆有才智，又遇其时，得为世用也。"与发愤为作、穷而后工以及厚积薄发之论同调。《文心雕龙》中亦不乏类同的论说，如其"蚌病成珠"之喻，以及《程器》的"将相以位隆特达，文士以职卑多诮，此江河所以腾涌，涓流所以寸折也"；《杂文》的"……发愤以表志，身挫凭乎道胜，时屯寄于情泰"；《诸子》亦云："身与时舛，志共道申，标心于万古之上，而送怀于千载之下，金石靡矣，声其销乎！"虽是论文，也反映了士人所处环境、时势，以及包括刘勰自己在内的贤能施展抱负、实现生命价值的困难。

《言苑》第五十四，其篇题可以这样理解：为助推出仕展才营造有利的舆论环境。论的是基础性、方向性修为，以及以施仁结缘，使一己之长得到褒扬而获从政展才的机遇。征引《孟子》《庄子》《管子》《吕氏春秋》《淮南子》《白虎通义》中的材料。

该篇首先讨论"忠孝""信让""仁义"的修为，可以说是从儒学方面对全书列前施政主体论的补充：

> 忠孝者，百行之宝钦！忠孝不修，虽有他善，其犹玉屑盈匣，不可琢为圭璋；刬丝满筐，不可织为绮缨……信让者，百行之顺也；诞伐者，百行之悖也。信让乖礼，回而成悖；诞伐合义，翻而成顺……仁义所在，匹夫为重；仁义所去，则尊贵为轻。

随后说："夫善交者，不以出入易意，不以生死移情，在终如始，在始如终，犹日月也。"人际交往中应有始终不逾的道德原则。然而，人的取舍好恶不同，认识往往有缺陷和偏颇，一己主观认识、判断难免有错误和片面性：

> 人皆爱少而恶老，重荣而轻悴……莫识枯杇生于英华，英华归于枯杇。山抱玉，故凿之；江怀珠，则竭之；豹佩文，则剥之；人含智，则嫉之。智能知人，不能自知；神能卫物，不能自卫。故神龟以智见灼，灵蛇以神见曝。孰知不智为智，不神为神乎？

是谓贤能才智不为世人所识有普遍性。作者对早年尚受青睐，晚年被冷落弃置颇有感慨，似乎也作了无自知之明的自嘲。不难体察出长期无由施展抱负的作者垂暮之年的叹惋之情。

随后强调时不我待，士人展才以及国家选贤任能都是迫在眉睫须立即解决的问题。"妙必假物，而物非生妙；巧必因器，而器非成巧。"既指士人要早结善缘，借有利的舆论获得施展才智的机遇；国家更须及早营造举荐贤能的氛围，尽快建立选拔人才的制度和客观标准，且一以贯之地执行："宿不树惠，临难而施恩；本不防萌，害成而修慎。是以临渴而穿井，方饥而植禾，虽疾无所及也。"

其中的"画以摹形，故先质后文；言以写情，故先实后辩。无质而文，则画非形也；不实而辩，则言非情也……由于质不美、曲不和也。质不美者，虽崇饰而不华；曲不和者，虽响疾而不哀"颇类《文心》中语。这里的"情"指情志而言，显然与《去情》第三中的偏私之"情"不同。

《言苑》中感慨世事顺逆相反、是非颠倒，士人拥有诚信、谦让和才智反而招致摧残、戕害："信让者，百行之顺也；诞伐者，百行之悖也。信让乖礼，回而成悖；诞伐全义，翻而成顺。""智慧知人，不能自知；神能卫物，不能自卫。故神龟以智见灼，灵蛇以神见曝。孰知不智为智，不神为神乎？"不过仍然说言辞唯有诚挚朴实才能让人信服、感动："画以摹形，故先质后文；言以写情，故先实后辩……红黛饰容，欲以为艳，而动目者稀；挥弦繁弄，欲以为悲，而惊耳者寡；由于质不美、曲不和也。质不美者，虽崇饰而不华；曲不和者，虽响疾而不哀。理动于心，而见于色；情发于衷，而形于声。故强欢者，虽笑不乐；强哭者，虽哀不悲。"然后指出："为仁则不利，为利则不仁"，既要作"为仁"不"为利"的正确抉择，也要尽早地"为仁""施恩"，不失时机地获得人们的信任与支持："宿不树惠，临难而施恩"不可取，"临渴而穿井，方饥而植禾，虽疾无所及也"。

老庄和佛学印记明显的《惜时》第五十三指出，前贤无不珍惜时间，尽其所能"立德贻爱""立功垂世"。当下才士却只能"哀时命"，让时光白白流逝，无法追随前贤施展才智抱负，"行其德义，拯世救溺，立功垂世，延芳百世"。满腔"道业未就"失志落魄的悲慨：

> 夫停灯于釭，先焰非后焰，而明者不能见；藏山于泽，今形非昨形，而智者不能知，何者？火则时时灭，山亦时时移。夫天回日转，其谢如矢，腰褭迅足，弗能追也。人之短生，犹如石火，炯然以过，唯立德贻爱，为不朽也。

> 昔之君子，欲行仁义于天下，则与时竞驰，不吝盈尺之璧，而珍分寸之阴。故大禹之趋时，冠挂而不顾；南荣之访道，踵研而不休；仲尼栖栖，突不暇黔；墨翟遑遑，席不及暖。皆行其德义，拯世救溺，立功垂楷，延芳百世。

> 今人退不知臭腐荣华，剗绝嗜欲，被丽弦歌，取媚泉石；进

> 不能被策树勋，毗赞明时，空蝗梁黍，枉没岁华。生为无闻之人，殁成一棺之土，亦何殊草木自生自死者哉！岁之秋也，凉风鸣条，清露变叶，则寒蝉抱树而长叫，吟烈悲酸，萧瑟于落日之际，何也？哀其时命，迫于严霜，而寄悲于菀柳。今日向西峰，道业未就，郁声于穷岫之阴，无闻于休明之世。已矣夫！亦奚能不沾衿于将来，染意于松烟者哉！

最后一句表述了寄意写作以著述传世的打算，来弥补不得从政展才、造福世人的遗憾！

感慨生不逢时，其"沾衿将来""染意松烟"，欲以文章传世实现生命价值与《文心·序志》的"岁月飘忽，性灵不居，腾声飞实，制作而已"和"文果载心，余心有寄"意近。不过，《文心》成书于满怀抱负的早年，《杂文》的"原夫兹文之设，乃发愤以表志。身挫凭乎道胜，时屯寄于情泰"，《诸子》的"身与时舛，志共道申，标心万古之上，而送怀千载之下"，《程器》的"文士以职卑多诮""穷则独善以垂文"……亦屡有才智之士壮志难酬，唯诉诸笔墨一途的表述。毕竟《刘子》作于晚岁，某些地方则略显颓唐，更多一层垂暮之年的伤感。

《惜时》的思想倾向无疑侧重道家。用到《庄子》的《养生主》《大宗师》和《淮南子》等文献中的材料，且有佛学语。

刘勰抒写劝慰、怨愤的情感用到的理论范畴不多，概念组合有"顺"与"逆"，"言"与"意"，"情"与"性"，"刚"与"柔"，"贵"与"贱"，"遇"与"不遇"等。

作者久沉下僚，壮志难酬。这些劝诚慰藉之辞充满身世之感，对于同样身处困境的士人，既有谨言慎行以自全的告诫，也有助其解脱压抑、苦闷的宽慰。不时流露入仕和出世的纠结与徘徊，读来不难体味到其中佛、道人生哲学的浸润。

六、"势"范畴的广泛运用

比较研讨中可以认识到卓越的理论建树无不倚重范畴概念的成功组合。比较"势"在两书(尤其是《刘子》)中的运用,既可了解两书理论的一些通同处,也能一窥解传统范畴概念的文化特征。

"势"是传统理论中典型的形象性概念。其意涵大抵从"由不平衡格局形成的力与运动态势"的原义生发,与事物的势态、动向、格局以及力的蓄蕴与展示密切相关。它蓄蕴或表现于动态形体,形成某种运动和力的趋向,其影响和控驭范围甚至超越于其形体之外。从不同层面去体会、在不同语境中解读,"势"的意涵不尽一致。

之所以选择"势"范畴探讨,因其创设运用能凸显古代理论的文化特征(即范畴、概念由常是多义的汉字构成)带来的影响。范畴虽有核心意涵,在组合的话语中往往有不同侧重。两书"势"不仅出现最频,意蕴的诸多差异不容忽略。

《文心雕龙·定势》篇起始云:

> 夫情致异区,文变殊术,莫不因情立体,即体成势也。势者,乘利而为制也。如机发矢直,涧曲湍回,自然之趣也。圆者规体,其势也自转;方者矩形,其势也自安:文章体势,如斯而已。是以模经为式者,自入典雅之懿;效骚命篇者,必归艳逸之华;综意浅切者,类乏酝藉;断辞辨约者,率乖繁缛:譬激水不漪,槁木无阴,自然之势也。

"情"→"体"→"势"道出"文章体势"造就的过程,此所谓"势"因"情"而立、即"体"而成,也就有该篇文章的风格特征。另外,"自然之趣"与"自然之势"通同,说明"趣""势"的通同。

同篇另一段"势殊"之论所谓"势"的意蕴与"体势"明显有差异：

> 桓谭称文家各有所慕，或好浮华而不知实核，或美众多而不见要约。陈思亦云：世之作者，或好烦文博采，深沉其旨者；或好离言辨白，分毫析厘者：所习不同，所务各异，言势殊也。刘桢云：文之体指实强弱，使其辞已尽而势有余，天下一人耳，不可得也。公干所谈，颇亦兼气。然文之任势，势有刚柔，不必壮言慷慨，乃称势也。又陆云自称往日论文，先辞而后情，尚势而不取悦泽，及张公论文，则欲宗其言。夫情固先辞，势实须泽，可谓先迷后能从善矣。

赞"辞已尽而势有余，天下一人耳，不可得也"，说"文之任势，势有刚柔，不必壮言慷慨，乃称势也"以及"势实须泽"表明其"势"已对"体"厘定的范围有所逾越。

《文心》论"势"不只《定势》篇，如《诠赋》云：

> 然则赋也者，受命于诗人，拓宇于楚辞也……汉初词人，顺流而作，陆贾扣其端，贾谊振其绪，枚马播其风，王扬骋其势……
>
> 序以建言，首引情本；乱以理篇，写送文势。
>
> ……延寿灵光，含飞动之势。

《论说》有"顺风托势"；《封禅》也称"循势易为力"；《声律》中说："势若转圜。"《附会》则云："遗势郁湮，余风不畅。"《物色》倡言："即势以会奇。"《才略》亦称："亦遇之于时势也。"均非"体势"之"势"。

《序志》的"有同乎旧谈者，非雷同也，势自不可异也。有异乎前论者，非苟异也，理自不可同也。"则可见"势"与"理"的通同。

《刘子》十四篇用到"势"及其概念组合计35次。《兵术》七次，为最多者。如云"故将者，必明天时，辨地势，练人谋……辨地势者，识七舍之形，别九地之势"，以及"兵形象水，水之行，避高而就下；兵之势，避实而击虚，避强而攻弱，避治而取乱，避锐而击衰。故水因地而制流，兵因敌而制胜，则兵无成势，水无定形，观形而运奇，随势而应变……"故比较重点在阐述《刘子》中的"势"范畴运用，以补以往研讨的不足。

先从常与"自然"关联的"势"说起。

《老子》说"道法自然"，《庄子》倡言"法天贵真"，出于对老庄思想的接受，论者重事物之本然及其运作的自然而然：《刘子》用到"自然之质""自然之性""自然之数"与"自然之道"，《文心》中不仅《原道》有"自然之道""夫岂外饰，盖自然耳"，《定势》有"自然之趣""自然之势"，《明诗》有"感物言志，莫非自然"，此外还有《丽辞》的"自然成对"，《诔碑》的"自然而至"，《体性》的"自然之恒资"，《隐秀》的"自然会妙"。

"势"左右事物运作的内在动力及其所处格局、运动态势、发展趋向。先秦时期"势"的概念已广泛运用。《尚书·君陈》中周成王所谓"无依势作威"之"势"指权势。这是"势"概念在典籍中较早的存录。《老子》五十一章"道生之，德畜之，物形之，势成之"，其"势"是左右"物"运作的动因与外部条件形成的合力。《庄子》也从环境、格局和发展势态方面用"势"，如说："当尧舜而天下无穷人，非知得也；当桀纣而天下无通人，非知失也：时势使然。"（《秋水》）"处势不便，未足以逞其能也。"（《山木》）

战国是强权政治的时代，诸子对地位、权力之"势"的感受和认识更为深入。慎到提出"势治"的主张；晚周荀子、韩非和《吕氏春秋》所谓"势"是政治权力不平衡格局造成的让臣民服从的不得不然之"势"（韩非所谓"自然之势"强调的正是权势"合规律"的严峻性），认为君主应该凭借自己至高无上的权力地位实行法治。比如（以下各家仅举一例）：

> 天子者，执位至尊，无敌于天下。（《荀子·正论》）
>
> 明主在上位，有必治之势，则群臣不敢为非。是故群臣之不敢欺主者，非爱主也，以畏主之威势也。百姓之争用，非以爱主也，以畏主之法令也。故明主操必胜之数，以治必用之民。处必尊之势，以制必服之臣。故令行禁止，主尊而臣卑。故明法曰：尊君卑臣，非计亲也，以势胜也。（《管子·明法解》）
>
> 君执柄以处势，故令行禁止。柄者，杀生之制也；势者，胜众之资也。（《韩非子·八经》）
>
> 失之乎势，求之乎国，危。吞舟之鱼，陆处不能胜蝼蚁。权钧则不能相使，势等则不能相并，治乱齐则不能相正。（《吕氏春秋·慎势》）

在兵法中"势"是阵形和格局。春秋战国时期诸侯间征战频频，事关兴亡成败，军事为各国君主视为头等要务，士人也常以用兵之术作为进身之阶，于是总结战争经验和指挥艺术的兵法著述应时而兴。其中流传最广、享誉最高的是春秋末齐人孙武所著《孙子》十三篇。其中不少地方言及"势"，且有《兵势》篇的专论，比如说到"战势不过奇正，奇正之变，不可胜穷也"，"奇正之变"中显示出用"势"的辩证法。《虚实》篇也说："兵无常势，水无常形，能因敌变化而取胜者，谓之神。"从阵形态势和心理（勇怯）造势蓄能，在短促的爆发中形成最大的冲击力。

《吕氏春秋·慎势》说"孙膑贵势"。战国中期的孙膑是孙武后人，也是著名的军事家。所著《孙膑兵法》曾失传。七十年代初在临沂银雀山西汉墓葬中《孙膑兵法》与《孙子兵法》同时出土，其《势备》篇和《奇正》篇都有对兵"势"的讨论，不仅录有孙膑亲历的战例和对问，许多方面（如"势如弩弩"之论和"势"与"形"的关系上）对《孙子兵法》作了进一步的阐发。

"势"有顺逆、水火之势，有权位和权衡利弊、高下之势，更有态势、势头、地势、形势、阵势、趋势之势。兵法可以称之为军事指挥的艺术。后来的史实的确也表明："势"这样一个出现很早、民族特色鲜明的理论范畴，在中国古代各个门类的艺术理论中被广泛移植，影响深远。

（一）兵学中的"势"范畴

古代理论中"势"范畴的运用广泛，尤其是在兵学之中。《孙子兵法》立有《势》篇；《孙膑兵法》不仅也有《势备》篇，并以"贵势"知名。

《汉书·艺文志》所录"诸子十家，其可观者九家而已"，其中没有兵家。只是在"诗赋略"之后有兵家，录"吴孙子兵法八十二篇、齐孙子八十九篇……""右兵权谋十三家，二百五十九篇。权谋者，以正守国，以奇用兵，先计而后战，兼形势，包阴阳，用技巧者也"。其下又录兵形势十一家九十二篇图十八卷，阴阳家十六家二百四十九篇图十卷，兵技巧十三家百九十九篇。末尾称："凡兵书五十三家，七百九十篇，图四十三卷。兵家者，盖出古司马之职，王官之武备也。洪范八政，八曰师。孔子曰为国者'足食足兵''以不教民战，是谓弃之'，明兵之重也……下及汤武受命，以师克乱而济百姓，动之以仁义，行之以礼让，司马法是其遗事也……"①

---

① 〔汉〕班固撰，〔唐〕颜师古注：《汉书》，第 1756–1758、1762 页。

　　《九流》依《汉志》未列兵家，但军国大计是《刘子》的主要论题，立有《文武》《兵术》《阅武》的专章。作者在军事方面又是如何"用古说今"的呢？下文以《兵术》篇"势"范畴的运用为线索，一看古代兵学中一种重要的思维方式，以及《刘子》对古代军事著作精华的承传。

　　《汉志》说到兵家，提及"兼形势"，录"兵形势"若干家，已透露出兵学中言说"形势"是其重要内容。"势"这个理论范畴的运用不仅历史悠久，且至今仍广泛沿用，前途无限光明，显示出先哲创造的一种思维模式旺盛的生命力。"势"大抵是受动因驱使或特定格局左右，事物显现的运动变化态势、趋向和力度。因古代汉语表述上自有特点，在不同理论话语中"势"的意旨常各有侧重；有时虽明为一段势论，"势"字却隐于话语中。"势"参与组合的概念、复合词、成语极多，如气势、权势（势要）、形势（形格势禁）、趋势（因势利导、势如破竹）、态势（均势、势不两立）……

　　"势"的概念很早就出现在《尚书》《老子》《庄子》《韩非子》《荀子》等古书中，兵法中更运用频繁。"势"在与其他范畴概念组合成的话语，常常在理论表述中发挥关键性的，有时甚至是核心的作用。《刘子》好些篇章都用到"势"的概念，《兵术》为多，共现身七次，涉及不同层面的意义。选择该篇的"势"进行讨论，也能较充分地展示传统学术范畴运用的理论意义和当代价值。欲读解《兵术》的论说，探讨其中"势"范畴运用的意义，必先了解中国古代兵学中"势"论具有的特殊地位。

　　《孙子兵法》十三篇，不少地方都论及用兵之势，且立有《势》篇的专论：

　　　　战势不过奇正，奇正之变，不可胜穷也。奇正相生，如循环之无端，孰能穷之？

激水之疾，至于漂石者，势也；鸷鸟之疾，至于毁折者，节也。是故善战者，其势险，其节短。势犷如弩，节如发机。

勇怯，势也；强弱，形也。

故善战者，求之于势，不责于人，故能择人而任势。任势者，其战人也，如转木石；木石之性，安则静，危则动，方则止，圆则行。如转圆石于千仞之山者，势也。

孙武认为，两军对垒所形成的"势"如何，关系战争胜负，而"势"又"奇正相生"，变化无穷。所谓"正"，是正常、合乎规范的，"奇"则是非常规的、出人意表的。"奇"与"正"有种种组合、变化方式，以适应千变万化的主客观因素。统率一军的将帅须灵活地构结和驾驭"势"为己所用。

"势"如张开的弓，冲荡的水，是事物运动显示的能量或力的积蓄。善于指挥战争的人能够使自己的军队在短促的运动节奏中集中地爆发所集蓄的全部能量，从而产生不可抗御的打击力和破坏力，达到摧毁敌人的目的。

孙武指出，"势"直接影响战争参与者的心态：居于有利之"势"的一方，自然"勇"；处于不利之"势"，则自然怯。此处论的是战场的阵形格局，暂时撇开决定胜负的其他因素，就"战势"的心理影响而言，孙武确实是很有见地的。当然"勇怯，势也；强弱，形也"在某些场合（语境）中也可以作互文理解。

后一段引文强调将帅在指挥上有不可推诿的职责，即自己对战"势"的判断、把握以及"择人任势"。明确地说，"任势"即将参加战斗的人置于如同从高山往下滚动木石那样不得不然又势不可挡的动态中。善于指挥的将帅能使自己的士卒在合战之际以高屋建瓴之势一往无前。

《孙子兵法》其他篇中也有精彩的"势"论，如《始计》篇说："计利以听，乃为之势，以佐其外。势者，因利而制权也。"是谓采纳了于己有利的计策后，要形成相应的"势"来辅助计谋的实施。唐杜牧、宋梅尧臣分别注释道："或因敌之害见我之利，或因敌之利见我之害，然后可制机权而取胜也。""因利行权以制之。"《虚实》篇说："兵无常势，水无常形，能因敌变化而取胜者，谓之神。"

《孙膑兵法》的"势"论大多与《孙子兵法》所论一脉相承，除有《势备》篇外，《威王问》《见威王》《客主人分》等篇亦有用到"势"之处，其《奇正》篇说：

> 有所有余，有所不足，形势是也……战者，以形相胜也。形莫不可以胜，而莫知其所以胜之形。形胜之变，与天地相敝而不穷。形胜，以楚越之竹书之而不足。形者皆以其胜者也。以一形胜万形，不可。所以制形壹也，所以胜不可壹也。故善战者，见敌之所长，则知其所短；见敌之所不足，则知其所有余。见胜如见日月。其错胜也，如以水胜火。形以应形，正也；无形而制形，奇也。奇正无穷，分也……故战势，胜者益之，败者代之，劳者息之，饥者食之。故民见□人而未见死，道白刃而不旋踵。故行水得其理，剽石折舟。用民得其性，则令行如流。

可以说是对《孙子兵法·兵势》论的阐扬。此后兵学述作中"势"范畴几乎不可或缺，尤以汉代的《淮南子》为最。

《刘子·兵术》以"太古淳朴，民心无欲。世薄时浇，则争起而战萌生焉"一句开篇意味深长，指出人类战争的根源所在，流露出对淳朴世风的向往和对战争的厌恨，不能不应对和遏制之的无奈。

该篇率先用到"势"的一段议论却有反战的意识：

> 夫兵者凶器，财用之蠹，而民之残也；五帝三王弗能弭者，
> 所以禁暴而讨乱，非欲耗财以害民也。然众聚则财散，锋接则民残，
> 势之所然也。故兵贵伐谋，不重交刃，百战百胜，非用兵之善也；
> 善用兵者，不战而胜，善之善也。王者之兵，修正道而服人；霸
> 者之兵，奇谲变而取胜。

此"势之所然"指"凶器"（战争）带来灾难性后果的势态。"五帝三王"不得已而用之。因此这不得不打的仗，也要懂得怎么打才能既获胜，又减少损失，打得智慧。不战而胜是最高境界。"众聚则财散，锋接则民残，势之所然也"句中的"势"指事态动向和发展趋势。"善用兵"与"兵贵伐谋"或近似；"不战而胜"称"善之善也"，则远较"百战百胜"理想，往往就是"修正道而服人"的功德效绩。"修正道而服人"能成就一种天下归心之"势"。"王者之兵，修正道而服人；霸者之兵，奇谲变而取胜"中可见"势"论与"奇""正"的联系，此句中"正""奇"虽皆可取，"正"毕竟大大优于"奇"。

《兵术》论"将道"的"辨地势"称：

> 故将者，必明天时，辨地势，练人谋。明天时者，察七纬之情，
> 洞五行之趣，听八风之动，鉴五云之候。辨地势者，识七舍之形，
> 别九地之势。

"七舍之形""九地之势"的"形"与"势"意相近，所以可合成一个概念；若须仔细辨识"形"与"势"的差异，则"形"偏在形貌，

"势"偏在态势。《兵术》说"练人谋"强调"兵者，诡道而行"，明显对"通变"和"奇"有所倚重：

> 故智者，变通之源，运奇之府也；兵者，诡道而行，以其制胜也。是以万弩上彀，孙膑之奇；千牛俱奔，田单之策；囊土壅水，韩信之权；拽柴扬尘，栾枝之谲；舒军豕突，尹子之术；云梯烟浮，鲁生之巧。用奇出于不意，少可以挫多，弱可以折强；况夫以众击寡，以明攻昧！

"形"与"势"意有近似，有时可合成一个概念；若仔细辨识，则"形"偏在形貌，"势"偏在态势。其后又曰：

> 兵形象水，水之行，避高而就下；兵之势，避实而击虚，避强而攻弱，避治而取乱，避锐而击衰。故水因地而制流，兵因敌而制胜，则兵无成势，水无定形，观形而运奇，随势而应变，反经以为巧，无形以成妙。故风雨有形，则可以帷幕捍；寒暑无形，不可以关钥遏也。是以善攻者，敌不知其所守，如畏雷电，击无常处；善守者，敌不知其所攻，如寻囊中，不见其际。视吾之谋，无畏敌坚；视吾之坚，无畏敌谋。以此言之，不可不知也。

根据战场敌我双方对峙的形势，"观形而运奇，随势而应变"扬长避短、出人意表的运作，造就制胜的格局态势。"反经以为巧，无形以成妙"可谓是"诡道"的总结。此句的"经"就是常规的意思。诡道运"奇"，统兵则唯持"正"才能成"势"。

> 夫将者，以谋为本，以仁为源；谋以制敌，仁以得人。故谋

能制敌者，将也；力能胜敌者，卒也。将以权决为本，卒以齐力
为先。是以列宿满天，不及胧月者，形不一，光不同也；虎兕多力，
而受制于人者，心不一，力不齐也。万人离心，不如百人同力；
千人递战，不如十人俱至。今求同心之众，必死之士，在于仁恩
洽而赏罚明。胥靡者，临危不惧，履冰而不栗，以其将刑而不忧
生也。今士抢白刃而不顾，赴水火而如归；非轻死而乐伤，仁恩
驱之也。将得众心，必与同患：暑不张盖，寒不御裘，所以均寒
暑也；险隘不乘，兵陵必下，所以齐劳逸也；军食熟，然后敢食，
军井通，而后敢饮，所以同饥渴也；三军合战，必立矢石之下，
所以共安危也。故醪醳注流，军士通醉；温辞一洒，师人挟纩。
苟得众心，则人竞趋死，以此众战，犹转石下山，决水赴壑，孰
能当之矣。

"万人离心，不如百人同力；千人递战，不如十人俱至"表明，即
使士卒众多，目标散乱就形成不了应有的战斗力，惟同心齐力方能
凝聚成克敌致胜的强劲之势。"求同心之众，必死之士"的关键，
在于"仁恩洽而赏罚明"，尤其是"仁恩洽"方面，故言"将得众心，
必与同患（难）"，将士能够"均寒暑""齐劳逸""同饥渴""共
安危"，自然上下一致、万众同心。

孙武曰："如转圆石于千仞之山者，势也。"（《孙子兵法·势》）
孙膑也有"道白刃而不旋踵。故行水得其理，漂石折舟。用民得其性，
则令行如流"（《孙子兵法·奇正》）的话。说刘勰在全篇结尾以"苟
得众心，则人竞趋死，以此众战，犹转石下山，决水赴壑，孰能当之"
承其说是有道理的，当然也必须看到他对"得众心"（与孙膑的"用
民得其性"有吻合处）的强调。

《兵术》前面说了"修正道而服人"，末尾则有"苟得众心，

人竞趋死"，一是修正道以仁义服众，一指体恤士卒而"得众心"，"服人""得众心"则类似。"修正道而服人"成就天下归心之"势"，体恤士卒得"同心之众，必死之士"，其"势""孰能当之"！前呼后应，皆可谓以仁德造势的成功。

《兵术》中的"势"论中依然宣示着"以仁得人"、安国护民和"以文止戈"的理念，闪烁着传统文化精神的光辉。

如前所说，"势"是受动因驱使或特定格局左右，事物显现的运动变化态势、趋向和力度。"势"之功用的认识和合理利用是"势"论的精华所在。"势"有由己方（也即主观能动因素）决定的，也有由环境和相关事物的势态格局形成的。本篇中的"地势"本属后者，但"智者"要认识它并使其为我所用；"修正道而服人"与"苟得众心，人竞趋死"以及由"人谋"形成的不可阻遏之"兵势"则属前者（即由主观能动地造就）。

（二）从政者对"势"的辨识、营造和驾驭

《刘子》指出，从政者必须具有一种辨识、营造和依托、驾驭官场运作"势"态的意识，能动地发其作用。这样不仅能在恶劣生存环境中自全，也能创造和获得机遇充分展才，实现自己的政治抱负。

《均任》第二十九引有《庄子》《淮南子》中材料，说：

> 故鲲鹏一轩，横厉寥廓，背负苍天，足蹈浮云，有六翮之资也；腰褭一骛，腾光万里，绝尘弭辙，有迅足之势也。今以燕雀之羽，而慕冲天之迅；犬羊之蹄，而觊追日之步，势不能及，亦可知也。
>
> 贤才有政理之德，故能践势处位……势位虽高，庸蔽不能治者，乏其德也。

"骥裹一骛，腾光万里，绝尘掣彻，有迅足之势"和"犬羊之蹄，而觊追日之步，势不能及"的"势"是态势之意；"势位"即指权势、地位。

《因显》篇字面上未见"势"字，然而与下一篇《托附》所论都有借助旁力（依托有利的外部条件造"势"）成就其事的意涵。《因显》《托付》前面已有较详细的述评，此处从略。

"权势"之"势"常常是负面的，失德者依附权贵仗势欺人、胡作非为更被人痛斥鄙弃。《刘子》主张从政者为自己能被举拔展才而造势，是否有投机钻营之嫌呢？其实"造势"调动有利因素令才智能充分发挥，若目的正当，应鼓励提倡无疑，哪怕是迷惑和蒙蔽敌人的虚张声势！《刘子》首先要求从政者强化品格修养提升精神境界，有此前提，造势就不会出格，借助有利因素济世报国在那个时代常常是不得不然，无可厚非。

我们必须注意古人在范畴运用中有个特点，即受汉语表述习惯的影响，"有时明为一段势论，'势'字却隐形话语中"。结尾这句"苟得众心，则人竞趋死，以此众战，犹转石下山，决水赴壑，孰能当之"（《刘子·兵术》）和孙膑所谓"行水得其理，飘石折舟；用民得其性，则令行如流"（《孙子兵法·奇正》）都是例子。当然，古代理论话语用到其他范畴概念时，也会出现"隐身"和以义近概念借代的现象。

《通塞》第二十三引《荀子》《淮南子》等子书及史籍论"势"之通塞，仕途遭际的否泰屈伸，主张如水流"决之使通，循势而行"。"势"五见，等同所处地位及发展势态。篇中论仕途遭际的否泰屈伸：

> 命有否泰，遇有屈伸。否与泰相翻，屈与伸殊贯。遇泰遇伸，不尽睿智；遭否会屈，不专庸蔽。何者？否泰由命，屈伸在遇也。

命至于屈，才通即壅；遇及于伸，才壅即通。通之来也，非其力所招；壅之至也，非其智所回。势苟就壅，则口目双掩；遇苟属通，则声眺俱明……向在井穴之时，声非卒嚘，目非暴昧，而闻见局者，其势壅也；及其乘风蹈峰，声非孟贲，目非离娄，而声彻眺远者，其势通也。

"否泰由命，屈伸在遇也"，承认"命"与"遇"非主观意愿。"势"的壅塞通达与否，决定其人才智能否施展、发挥到何种程度。随即举例说：

买臣忍饥而行歌，王章苦寒而卧泣，苏秦握锥而愤懑，班超执笔而慷慨。当彼四子势屈之时，容色黧黑，神情沮怛，言为瓦砾，行成狂狷，发露心忧，形消貌悴，引叹而雷转，喷气则云涌，如骐骥之伏于盐车，玄猿之束于笼圈，非无千里之骏，万仞之捷，然而不异羸钝者，无所肆其巧也，何异处穴而望声彻，入井而欲睎博哉！及其势伸志得，或衣锦而还乡，或佩玉于廊庙，或合纵于六国之内，或悬旌于昆仑之外，当斯之时也，容彩光炜，神气开发，言成金玉，行为世则，乘肥衣轻，怡然自得……

水之性清动，壅以堤则波汩而气腐；决之使通，循势而行，从涧而转，虽有朽骸烂髂，不能污也。非水之性异，通之与壅也。人之通，犹水之通也；德如寒泉，假有沙尘，弗能污也。以是观之：通塞之路与荣悴之容，相去远矣！

最后的"决之使通，循势而行"显然是能动和积极的一面，是改变不利现状，充分发挥优势的主观努力。

其他篇也言及官场中随时适势权衡因应，使"通"能展才，"塞"

亦可自全。

《辨施》三十七引《庄子》《淮南子》《韩非子》《论衡》"势"论。如《庄子·山木》的"处势不便，未足以逞其能也"。士人身处不利境况、势态、格局中，则其才难为人识，无可施展。该篇有云："处世非为人积财，财积而人自依之；非其所招，势使然也。""相马者，失在于瘦，求千里之步亏也；相人者，失在于贫，求恩惠之迹缺也。轻财之士，世非少也，然而不见者，贫掩之也。德行未著，而称我能，犹足不能行而卖躄药，望人信之，实为难矣！"

《思顺》论顺（顺：逆之反），力求顺势，适自然之本性、客观规律，其"势"指事物运动演化的态势。强调顺势自然而然的合规律性。

> 七纬顺度，以光天象；五性顺理，以成人行。行象为美，美于顺也。度理为失，失在于逆。故七纬逆则天象变，五性逆则人道败……山海争水，水必归海，非海求之，其势顺也……是以去湿就燥，火之势也；违高从下，水之性也。今导泉向涧，则为易下之流；激波陵山，必成难升之势。
>
> 后稷虽善播植，不能使禾稼冬生，逆天时也。禹善治水，凿山穴川，不能回水西流，逆地势也。

随后论顺适自然本性、客观事理，其"势"指事物运化态势："后稷虽善播植，不能使禾稼冬生，逆天时也。禹虽善治水，凿山穴川，不能回水西流，逆地势也。人虽材艺卓绝，不能悖理成行，逆人道也。故循理处情，虽愚蠢可以立名；反道为务，虽贤哲犹有祸害。君子如能忠孝仁义，履信思顺，自天祐之，吉无不利也。"

《大质》三十六亦以不容更替的自然"质""性"，比喻士人忠直的操守：

> 有自然之质，而寒暑不能移也。故丹可磨，而不可夺其色；
> 兰可燔，而不可灭其馨；玉可碎，而不可改其白；金可销，而不
> 可易其刚：各抱自然之性，非可强变者也。士有忠义之性，怀贞
> 直之操，不移之质，亦如兹者也。

这段论述未明言"势"，所褒举的"自然之质""自然之性"却显
现出内蕴充沛的精神力量，坚贞高洁、不容撼动玷污的峻拔态势。

《激通》第五十二多引《淮南子》《说苑》《吕氏春秋》《庄子》《韩
诗外传》中文字及相关史料，多以"势"入论；认为才士穷则思变
的自我之"激"（能动地创造条件），可成就施展才智抱负之"通"——
通达施展才智抱负目标的有利格局和势态：

> 蚌蛤结疴，而衔明月之珠。鸟激，则能翔青云之际；矢惊，
> 则能逾白雪之巅。斯皆仍瘁以成文明之珍，因激以致高远之势。
> 冲飙之激则折木，湍波之涌必漂石……而能披坚木、转重石者，
> 激势之所成也。

以为"故居不隐者，思不远也；身不危者，志不广也"，举苏秦、
张仪、宁越、班超等历史人物的例子说："观其数贤，皆因窘而发志，
缘厄而显名。"末尾又说：

> 以险而陟，然后为贵；以难而升，所以为贵。古之烈士，厄
> 而能通，屈而能伸，彼皆有才智，又遇其时，得为世用也。

此篇说"蚌蛤结痾，以衔明月之珠"；《文心·才略》也用了"蚌病成珠"的典故。

两书另一些范畴和范畴组合及其运用方式也不乏类同，也常因适应各自的需要而在用场和搭配上有所差别。

《文心》《刘子》在重视行为主体精神品格和情感、个性上有相同处，《文心》有"心生言立""心哉美矣""志足言文""必以情志为神明""情动言形""各师成心""修辞立诚"，以及《程器》的"弸中彪外""独善垂文"和《诸子》的"渊岳其心，麟凤其采"等语。政治关乎民生和军国要务，《刘子》更以重视从政者的品性修持为其特点，全书首列《清神》《防欲》《去情》《崇学》《履信》《慎独》等篇论之。所以两书"心""情""性""志"（或由与"外"对应"中""内"代指）之类主体性范畴概念出现频繁。

《文心》中"性""情""志"常不甚区别，均可代指文章的内容；《刘子·防欲》则云："情出于性而情违性；欲由于情而欲害情。"将"性""情""欲"分为三个层次，强调对有违纯良天性的"情""欲"的防范、抑止，而不是放纵，可以看作是庄子"无功""无名""无己"之说的延伸。无违人的自然本性是黄老"无为而治"的前提，其说有揭示人性异化根源方面的意义。

《刘子》有类似《文心雕龙》所强调的"情深不诡"（《宗经》）、"情动言形"（《体性》）、"铅黛所以饰容，而盼倩生于淑姿""繁采寡情"（《情采》）的议论："画以模形，故先质后文；言以写情，故先实后辩。……理动于心，而见于色；情发于衷，而形于声。"（《刘子·言苑》）尚内质、情理，外在的文、形、色皆处从属地位；以为这是基本的修为和从政的精神准备，故于其前强调施恩树德。

在神形论方面，《文心雕龙·神思》篇首引语出庄子的"形在江海之上，心存魏阙之下"，随即说"其神远矣"，可证"心""神"

此处通同；"心"（或"神"）与"形"是对应的。引语况喻的是作家艺术思维对身观时空局限的突破。其他像"心生而言立"（《原道》），"情动而言形""各师成心，其异如面"（《体性》），"拟容取心"（《比兴》），"心定而后结音"（《情采》），"声萌我心"（《声律》）等，从不同角度折射出神形之间的内外、虚实、主从关系。《刘子·清神》则说："形者，生之器也；心者，形之主也；神者，心之宝也。故神静而心和，心和而形全；神躁则心荡，心荡则形伤。将全其形，先在理神。故恬和养神，则自安于内；清虚栖心，则不诱于外。神恬心清，则形无累矣；虚室生白，吉祥至矣。"如同《淮南子》一样，将"形""心""神"分为三个层次；"心"介于"神""形"之间，也是虚实之间和内外之间，"心"与"神"互代之时则指精神活动。《清神》此处针对为政者的精神和心境而言，以为必须清虚安详，不浮躁放纵、不受外在名利诱惑的左右，才合乎行政与处世的要求。

《刘子》重视神（心）形和性情的修为。

《清神》为全书的首篇，强调为政者必须心和神静，不放纵声色嗜欲，势利无动于衷，才不至于"败德伤生"："镜水以明清之性，故能形物之形。由是观之：神照则垢灭，形静则神清；垢灭则内欲永尽，神清则外累不入……万物眩曜以惑一生，生能无伤乎？"可以说是对君主与把持仕进的门阀世族滥权逐利、骄奢淫逸的一种委婉劝谏。不过，作者所言不止针对君上和势要的修为："圣人清目而不视，静耳而不听，闭口而不言，弃心而不虑，贵身而忘贱。故尊势不能动，乐道而忘贫。故厚利不能倾，容身而处，适情而游，一气浩然，纯白于衷。故形不养而性自全，心不劳而道自至也。"所谓"圣人""容身而处，适情而游""性自全""道自至"，当是不受市朝嗜欲名利纷扰的自适者。确有可能是仕途不顺的作者晚年退隐后所言。施政与退隐依违两可之间，坦露出论者一种对政治抱负无可施展、不能有所作为的心结。

次篇《防欲》虽是对《清神》的一个补充，将人的"性""情""欲"分为三个层次，对它们的相互关系、作用论之甚详，指出"情"和"欲"会有违人的本然之"性"，应该收敛甚至禁绝："人之禀气，必有性情。性之所感者，情也；情之所安者，欲也。情出于性而情违性，欲由于情而欲害情。""将收情欲，先斩五关。""将收情欲，必在脆微。"

《九流》数以"本"入论，除说道家"以空虚为本""玄化为本"，儒家"明教化之本"，杂家"明阴阳、本道德，兼儒、墨，合名、法"而外，评说名家末流时则称"然而薄者，损本就末"。《贵农》中的"本末"论更是中国传统的"民本"思想和"农本"治国理念的表述，申述了华夏以农立国之要义，凸显的是国本与民本："衣食者，民之本也；民者，国之本也……故衣食为民之本，而工巧为其末也。"

《赏罚》中也有一与多、广与狭、众与寡的对应："……故赏少而劝善，刑薄而奸息。赏一人而天下喜之，罚一人而天下畏之，用能教狭而治广，事寡而功众。"《崇学》说："至道无言，非立言无以明其理；大象无形，非立形无以测其奥。道象之妙，非言不津；津言之妙，非学不传。"在道（大象）与言（形）之外，又加上言与学一个层次；与《文心雕龙·神思》中"言授于意，意授于思"加了"思"的层次类似，是对先秦言意之辨（或王弼的"言—象—意"之说）为适于论文章写作所做的一种改造。

结　语

比较研究是拓展积淀的重要思路，当然，一切都以尊重和还研讨对象之本真为前提。"龙学"是现代显学。如今的"龙学"和刘勰研究须通过比较厘清尚存异议或不应忽略的问题，作不同学科领域、不同时空（不同时期、不同文化地域、国度）的比较，是拓展和提升当代"龙学"和刘勰研究的重要途径。

考究《文心》《刘子》同异，首个论题就是同在齐梁问世，体现了怎样的时代精神。两书均论及魏晋玄学，《刘子·九流》以"道者玄化为本，儒者德教为宗，九流之中，二化为最"勾勒汉魏六朝学术发展中道、儒互动的主脉。探讨"玄化为本"的思辨有助于了解两书在各自学科中取得卓越建树之所以然；一窥玄学助推儒道佛融通，促进"三教合一"传统形成之功用；道出思想理论大家刘勰现身齐梁的原委。

两书最大的不同是论证的对象有别（虽有少许重叠交叉），《文心》汇总进入自觉时代文论的创获，成就"体大思精"的文论经典；《刘子》是兼综"九流"的杂家子书，为国家分裂、战乱频仍、积弊甚多的六朝施政建言。

就文学艺术而言，古今（一些方面也是中外）文学观念、理论思考以及范畴概念创设有何异同？对思考和理论建构有何影响？作为中国古代文论经典的《文心雕龙》，为何问世一千多年后获得中外学者的充分肯定？

无论是否认同皆刘勰所作，两书在同一时代面世无可置疑。其中名言和经典性论证中均有新的范畴组合。玄学思辨与范畴创用成就了各自领域非凡的理论贡献。

那么，应如何评价两晋南北朝的玄学，包括玄学思辨特点，兴于此时的缘由，推动学术发展的所以然，及其在学术史上的地位，才更有助于纠正一些受两晋玄谈和玄言诗赋负面因素影响而出现的认知偏差？

刘勰的思考也受惠于比较：既汇总过往文学评论和抨击吏治积弊、建言施政中的得失成败，也曾作不同国度、文化间的比较。如《灭惑论》说"梵言菩提，汉语曰道"，表明他注意到"文有同异"，又强调两种语汇中居理论核要地位范畴的通同。

《文心·论说》称许玄学名家论著"并师心独见，锋颖精密，盖人伦之英也""并独步当时，流声后代"，贬斥另一些论者"徒锐偏解，莫诣正理"后极赞"动极神源，其般若之绝境乎"，更是在一种精严比较中对佛学"般若"至境的标举。

学术历史发展的阶段性不容忽略。与独尊儒术的汉代相比，魏晋南北朝儒学地位有所降低，王弼《老子注》《老子指略》《周易略例》即以老庄释儒典起步，魏晋玄学昌盛引领学术发展；佛教流播渐广，形成"三教合一"的态势，显现出传统学术一种开放包容思想理念。

其时著述多兼综前论和各家学说，未必皆将儒学置之首位。东晋葛洪《抱朴子·自叙》中即云："其内篇言神仙方药、鬼神变化、养生延年、禳邪却祸之事，属道家；其外篇言人间得失，世事臧否，属儒家。"所谓"道家"不与老庄等同，却与道教类似；其"内""外"之分也可见其给予"儒家"以次要地位。国学须注意所论对象的时代特征，现代学者评介《文心·原道》中的"自然之道"言不及老庄已有欠妥处；说《刘子》"归心道教"更是荒谬。

《刘子·九流》称"九家之学……皆同其妙理，俱会治道"，宣示杂家子书兼综各家开放包容的学术精神；说："道者玄化为本，儒者德教为宗，九流之中，二化为最。夫道以无为化世，儒以六艺济俗；无为以清虚为心，六艺以礼教为训。"勾勒了秦汉魏六朝学术发展的脉流之主干——促互补的道、儒两家学说。"玄化为本"强调对事物运作内在规律、机制的把握；"德教为宗"凸显仁爱对社会道德风尚的化育。"道以无为化世，儒以六艺济俗；无为以清虚为心，六艺以礼教为训"是两家施政方略。对道、儒的特点和要义、功用的表述切中肯綮。

难得的是"道者玄化为本"一语，为六朝子书（乃至其他学术史论著）仅见！肯定道家思想在传统学术理论建构中的本根性和玄学的思辨精神。《老子》的"玄之又玄"指向玄妙内在运作机制规律，是道家学说的特征。足见老庄和玄学思辨对提升这一时期学术理论境界的作用莫可企及。

用范畴组合论证是玄辨所长。两书理论建树皆仰赖范畴创用成就：《文心》是体大思精的文论经典性建构，对基础性和民族文化特色鲜明的论题有系统的、以范畴名篇的专论。《刘子》则以有创意的组合探讨时政要题，一些革除时政积弊和军国大计的建言，多具有恒久生命力。六大亮点熠熠生辉，为其他子书所不及：

一、在《九流》末段有对秦汉魏晋南北朝学术发展脉流清晰的梳理：以道、儒互动互补为基干，兼综前论有取有舍，展示以"杂"求新的发展态势；以"道者玄化为本，儒者德教为宗"确切表述了古代学术理论依据、思想宗尚。

二、前三篇《清神》《防欲》《去情》是保证廉明施政的主体论，说的是从政者如何提升精神境界、防范欲求放纵、杜绝私情干扰，根治腐败的论证至为精当。

三、以《贵农》《爱民》阐发民本主义和农业立国的经济思想，倡言"民为国本""贵农"的理念。

四、从综核名实入手，建言选任贤能，革除积弊、刷新吏治。

五、适应社会发展的新形势，与时俱进，重视"华戎"不同地域、民俗风尚的差别，调整治理政策。

六、军国大计、基本国策中的传统军事理念新阐发：更新典故，倡言"以文止戈"；张扬"好战必亡，忘战必危"古训的价值与"农战"的时代新义；兵学论的重心由权谋战阵指挥向为将之道（肩负卫国重责和爱护士卒）转移。

政论的价值体现在对施政的指导意义上，且有吏治时代的鲜明特征。《刘子》在南北朝后期和隋唐已广泛传抄，唐太宗所著《帝范》和武则天所著《臣轨》也多有征引。

简言之，"以古论今"的杂家子书《刘子》常赋予所用之"古"以新义；所论之"今"有现实的针对性。两书皆是魏晋玄学思辨（特别是以范畴概念组合进行论辩）助推成就的论著，有鲜明的时代特征。